RANDI FUGLEHAUG

TODES SCHLAG

EIN AGNES-TVEIT-KRIMI

Aus dem Norwegischen
von Hanne Hammer

FISCHER

Aus Verantwortung für die Umwelt hat sich der S. Fischer Verlag zu einer nachhaltigen Buchproduktion verpflichtet. Der bewusste Umgang mit unseren Ressourcen, der Schutz unseres Klimas und der Natur gehören zu unseren obersten Unternehmenszielen.

Gemeinsam mit unseren Partnern und Lieferanten setzen wir uns für eine klimaneutrale Buchproduktion ein, die den Erwerb von Klimazertifikaten zur Kompensation des CO_2-Ausstoßes einschließt.

Weitere Informationen finden Sie unter: www.klimaneutralerverlag.de

FSC www.fsc.org
MIX
Papier | Fördert gute Waldnutzung
FSC® C083411

Deutsche Erstausgabe
Erschienen bei FISCHER Taschenbuch
Frankfurt am Main, Mai 2023

Die norwegische Originalausgabe erschien unter dem Titel
»Tonedöd« bei Kagge Forlag A. S., Oslo

Die Veröffentlichung erfolgt durch die freundliche
Vermittlung der Stilton Literary Agency.

Redaktion: Ilse Wagner
Satz: Fotosatz Amann, Memmingen
Druck und Bindung: CPI books GmbH, Leck
Printed in Germany
ISBN 978-3-596-70557-3

Die Musik wählt sich ihre Musiker.

Patricia Barber

PALMSAMSTAG

Diese verdammten Idioten, allein schon, wie sie da saßen. Die Frauen mit rotem Lippenstift, die Männer in schwarzen Mänteln. Die aufgesetzten ernsten Gesichter, die leeren Blicke. Die Hände, die rhythmisch klatschten. Die Pseudo-Insider, die sich mit geschlossenen Augen auf ihren Plätzen leicht vor- und zurückwiegten, als wollten sie zeigen, dass sie – im Gegensatz zum Rest des Publikums – in die Musik eintauchten.

In Augenblicken wie diesem, wenn das grelle, auf die Bühne gerichtete Licht kurz ausging und sie selbst mehr von dem Saal sah, ließ Marta Tverberg den Blick gern über die Menschen unten in den vorderen Reihen schweifen. Vielleicht wurde sie langsam alt und gebrechlich, doch ihre Augen funktionierten noch einwandfrei.

Sie sah alles.

Sie sah den Bürgermeister in einem Anzug, der eigentlich hätte gebügelt sein sollen, und einem Hemd, das über dem Bauch spannte, wie er sich nach Hause in seine Sofaecke und nach einer Schale mit Süßigkeiten sehnte, die sicherlich das ganze Wochenende bereitstand und ständig von seiner Frau neu aufgefüllt wurde.

Sie sah den stolzen, aber nervösen Blick des Festivalleiters unter den braunen Locken, wie er ihren Blick suchte und aufmunternd lächelte wie ein gehorsamer Hundewelpe.

Sie sah all die Freaks, die vor dem Konzert zu viel Rotwein getrunken hatten und schliefen.

Marta wartete, bis der Applaus verstummt war, bevor sie die Lippen noch einmal an das Mundstück des Tenorsaxophons legte. Das Licht funkelte auf dem Messing und ließ das Horn glänzen. Hinter ihr rasselten die Trommeln, sie hörte, wie der Bass einsetzte, bevor die sanften Töne, die sie geschrieben hatte, aus dem großen Flügel strömten. Wenn sie genauso reibungslos zum Ende kamen, hatte sie nicht den geringsten Zweifel, dass diese Auftragskomposition als eine der hervorragendsten und am besten ausgeführten in die Geschichte von Vossa Jazz eingehen würde. Das Stück war wahrhaftig das beste, das sie während ihrer ganzen Karriere komponiert hatte.

Und zwar in gerade mal sieben Monaten.

Allein das war historisch.

Gewöhnlich brauchten Musiker mindestens ein Jahr für diesen prestigeträchtigen Auftrag, das wusste sie, manche sogar zwei. In Rekordzeit hatte sie Jazzmusik der Weltklasse geschaffen. Von diesem klassischen, grandiosen Instrumentalstück erwartete sie sich die ganz große Anerkennung.

Der Chor der Unzufriedenen würde seine Worte zurücknehmen müssen.

Selbstverständlich hatte sich niemand dazu geäußert. Sie hatten nicht den Mumm, ihr auch nur ein Wort ins Gesicht zu sagen. Aber sie hatte das Gerede natürlich mitbekommen. Die Diskussionen. Wie sie über sie hergezogen waren. Zuletzt gestern bei der Probe, als sie die letzten kosmetischen Änderungen an dem Plan für die Aufführung vorgenommen hatten. Sie war auf der Toilette gewesen, als sie draußen Stimmen gehört hatte.

»Jetzt bleibt nur noch abzuwarten, ob ihre Lungen das mitmachen«, hatte ein Mann gemurmelt.

»Ich finde es viel interessanter, ob ihr Gesicht das mitmacht«, hatte der andere gesagt. »Ihre Botox-Fratze dürfte im Scheinwerferlicht doch ständig Gefahr laufen, aufzuplatzen.«

Der Erste hatte gekichert und noch hinzugefügt: »Ich habe gehört, dass sie im Nacken Gaffatape benutzt, damit ihr Hals auf den Bildern straffer aussieht.«

Sie war wütend hinausgestürmt, sobald sie drinnen fertig gewesen war, doch da waren sie bereits verschwunden. Waren das die Typen von Voss Lyd? Während der intensiven Probetage hatten nicht so viele Zugang zum Olavsaal, eigentlich nur die Tontechniker, die Musiker, der Produzent und ein paar ausgewählte Journalisten. Sie fragte sich immer noch, wer das gewesen war, der so etwas über sie gesagt hatte, denn die Kommentare nagten noch an ihr. Am ärgerlichsten war, dass sie jetzt wieder auftauchten, wo sie sich auf ihr Spiel konzentrieren sollte. Zum Glück war ihr diese Musik so vertraut, dass sie wie auf Autopilot spielen konnte, oder als spielte ein anderer für sie. Plötzlich sorgte sie sich, dass einer der Journalisten genau das in seiner Besprechung schreiben könnte, nämlich dass *sie* nicht im Augenblick anwesend war.

Sie versuchte, sich wieder zu fokussieren, doch alles fühlte sich plötzlich falsch an.

Was war es schlussendlich wert, hier zu stehen und sich in dem sogenannten Glanz zu sonnen? Müsste das, worauf sie so lange gewartet hatte, sich nicht bedeutender und wichtiger anfühlen? Sie, deren Tourneen sie rund um die Welt geführt hatten, die vor Präsidenten und Königshäusern gespielt und Konzerte in der Royal Albert Hall und in der Oper in Sydney gegeben, aber noch nie die Auftragskomposition für Vossa Jazz komponiert und aufgeführt hatte. Warum war sie von diesem Auftrag in ihrer kleinen Heimatstadt regelrecht besessen gewesen?

Vielleicht, weil es so lächerlich lange gedauert hatte, bis man sie gefragt hatte. Vielleicht, weil ein Mann ihr all die Jahre Knüppel zwischen die Beine geworfen hatte.

Sie hatte trotzdem auf seiner Beerdigung gespielt. Es hätte seltsam ausgesehen, hätte sie das nicht getan. Und in der vollen Kirche war es trotz allem schön gewesen, ihm die letzte Ehre zu erweisen. Sie hatte sogar eine weiße Rose auf seinen Sarg gelegt, als sie zu Ende gespielt hatte.

Kurz darauf war der Anruf gekommen, auf den sie seit den Achtzigern gewartet hatte.

Aber jetzt, wo sie hier stand und endlich die volle Kontrolle hatte, schien das alles nichts mehr zu bedeuten.

Doch.

Es bedeutete etwas.

Sie fühlte sich mächtig und sinnlich in dem Rauch, der sie und die anderen Musiker umhüllte. Der Blick des Ortes ruhte auf ihr. Vielleicht sahen die Männer keinen Grund mehr, sich zu ihr hingezogen zu fühlen, vielleicht betrachteten noch mehr sie als Botox-Fratze, doch wenn sie keinen Respekt vor dem hatten, was sie machte, davor, wer sie war, dann machte sie das wütend.

Sie war Marta Tverberg, die Jazzdiva.

Und jetzt würde sie ein ernstes Wort mit diesen Idioten reden.

Während der Applaus wie eine Welle durch den Raum schwappte, legte sie das Instrument zur Seite. Trat direkt vor das Mikrophon.

Das Herz schlug hart in ihrer Brust.

Sie fühlte sich sehr viel wohler, wenn sie spielte, als wenn sie redete.

»Liebes Festivalpublikum. Lieber Bürgermeister. Liebe Vosser«, sagte sie, bevor ihr Blick über die Versammlung schweifte, die sofort aufmerksam und erwartungsvoll zu ihr aufsah.

»Was für verdammte Idioten ihr doch seid.«

Agnes Tveit liebte Vossa Jazz.

Wäre da nur nicht die Musik gewesen.

Irgendetwas war mit dem Jazz, das sie nicht zu fassen bekam. Selbstverständlich verstand sie, dass die Leute sich alte Legenden wie Billie Holiday und Louis Armstrong anhörten, aber moderner Jazz oder – o Schreck, o Graus – *Freejazz*. Das waren entweder endlose und richtungslose Instrumentalsoli, bei denen sie Schwierigkeiten hatte, nicht einzuschlafen, oder ein hektisches, abgehacktes und disharmonisches Musikinferno.

So wie jetzt.

Der Klang des Saxophons versuchte seit über einer halben Stunde, sie in den Schlaf zu lullen. Sie unterdrückte ein weiteres Gähnen, indem sie sich zu ihrer Tasche hinunterbeugte und diskret einen Blick auf ihr Handy warf, um zu sehen, wie viel Zeit vergangen war. Die Auftragskomposition sollte nicht länger als eine gute Stunde dauern, doch ihr kam es vor, als säße sie bereits drei Stunden hier. Vielleicht, weil sie auch bei den Proben dabei gewesen war. Genau genommen hatte sie sich diese gottserbärmlich langweilige Musik die letzten drei Tage fast ununterbrochen angehört, doch im Gegensatz zu anderer Musik, die sie so oft hörte, blieb ihr diese nicht im Kopf. Gott sei Dank.

Marta Tverberg hatte nie besser ausgesehen, das musste man ihr lassen. In ihrem bodenlangen königsblauen Kleid mit dem glitzernden Muster und der kleinen Schleppe sah sie genau wie der Star aus, der sie war. Leider genügte ihr Anblick Agnes nicht, die Augen offen zu halten.

Das Einzige, was half, war der Gedanke an Essen. Sie versuchte, das Kebab zu visualisieren, das sie sich einverleiben würde, sobald sie wieder draußen war. Sie musste nur die Treppe hochgehen, aus der Tür schlüpfen und die Straße überqueren, dann warteten saftiges Fleisch, weiches Brot und eine scharfe Sauce auf sie. Sie meinte, den Duft der Gewürze bereits riechen zu können. Nach dem feuchtfröhlichen gestrigen Tag verlangte ihr Körper verzweifelt nach Fett und Kohlehydraten.

Der gestrige Abend war bis auf eine Ausnahme – das Zusammentreffen mit Tor Erik Åkervold – grandios gewesen. Plötzlich hatte er vor ihr gestanden, der aufgeblasene *VG*-Journalist, den sie nicht mehr gesehen hatte, seit sie im vergangenen Sommer beschämt sein Hotelzimmer verlassen hatte.

»Was, zur Hölle, tust du hier?« Es war ihr so herausgerutscht, obwohl er ihr vor einigen Wochen eine kryptische SMS geschickt hatte, dass er sich auf das Festivalleben im Vestland freue.

Åkervold grinste und hielt zwei Halblitergläser hoch.

»Ich trinke Bier!«, rief er in seinem nasalen südnorwegischen Dialekt, um den Lärm im Raum zu übertönen. »Und ich höre Jazz. Du hast vielleicht nicht gewusst, dass ich ein begnadeter Gitarrist bin? Oder hast du das an der Art erkannt, wie ich ... letztes Mal deine Saiten gespielt habe?«

Der Mann mit dem glatten Äußeren, das Agnes immer an eine Ken-Puppe erinnerte, zwinkerte ihr zu. Sie blickte mit steinerner Miene zurück. Wenn Åkervold gewusst hätte, was alles seit der fatalen Nacht passiert war ... Und was war das jetzt, stalkte der Typ sie oder interessierte er sich wirklich für Musik?

»Ich erinnere mich nur an die falschen Töne von deinem Fingerspiel«, sagte sie. »Aber ich wünsche dir ein richtig gutes Festival.«

Zufrieden mit ihrer Antwort war sie gegangen und hatte ihn seitdem zum Glück nicht mehr getroffen.

Jetzt ließ Agnes den Blick wachsam über den Saal schweifen, um zu sehen, ob Åkervold hier war. Sie weigerte sich zu glauben, dass er nur wegen der Musik zurück nach Voss gekommen war.

Gerade als sie erneut auf ihr Handy sehen wollte, begegnete sie Martas Blick. Es war, als würde die Frau sie von der Bühne aus anstarren. Agnes blieb ganz ruhig sitzen.

Wagte nicht, das Risiko einzugehen, sich einen Rüffel einzuhandeln. Sie kamen jetzt gut miteinander aus, aber sie erinnerte sich mit Grauen an die Anfänge ihres gemeinsamen Buchprojekts.

Sie war so müde.

Wegen allem.

Sich nur ein ganz kleines bisschen ausruhen, das war es, was sie brauchte. Eine halbe Minute die Augen schließen.

Mit etwas Glück würde es so aussehen, als wäre sie ganz in die Musik versunken.

Sie erwachte von einer lauten Stimme und einem unangenehmen Gefühl im Bauch; sie war sich sicher, dass jemand sie ausschimpfte, weil sie schlief. Doch als sie sich umsah, schaute niemand in ihre Richtung. Alle sahen zur Bühne hin; Marta Tverberg hatte aufgehört zu spielen.

Sie stand da und redete laut ins Mikrophon – schrie beinahe –, während die Musiker der Band hinter ihr die Köpfe einzogen.

»Die Art und Weise, wie dieses Festival geleitet wurde, ist sowohl für die Jazzszene als auch für Voss eine Schande!«, rief Marta.

Mein Gott, was tat die Frau da?

Wollte sie plötzlich jetzt schon auspacken, nicht erst in dem Buch?

»Viele Scheinheilige sind heute Abend hier erschienen«, sagte Marta, und Agnes meinte sehen zu können, wie ihre Augen hinter der Brille funkelten und blitzten. »Ihr sitzt hier und klatscht höflich, doch eigentlich seid ihr randvoll mit Vorurteilen. Ihr haltet mich sowohl für zu alt als auch für nicht avantgardistisch genug, und vielleicht bin ich euch auch *zu sehr Frau*. Euch allen möchte ich sagen: LECKT MICH AM ARSCH! Und um bei den körperlichen Metaphern zu bleiben: Voss wäre nicht mehr als ein Pickel am Rumpf der Jazzwelt, hätte ich nicht den Weg gebahnt und in all den Jahren weltweit für das Festival geworben. Und ich hoffe – nein, ich *erwarte* –, dass der neue Festivalleiter diese Tradition auf eine sehr viel bessere Weise verwaltet, als der Elefant das getan hat. Jetzt liegt die Verantwortung bei dir, Alexander Kosanovic. Ich nehme Anteil an deinem Tun und vertraue darauf, dass du mit dem erbärmlichen Jugendwahn Schluss machst, Vielfalt hervorbringst und, was am wichtigsten ist, gut auf die Musik aufpasst. Das war's. Danke für eure Aufmerksamkeit.«

Sie trat wieder einen Schritt zurück. Vereinzelt wurde im Saal geklatscht, das Publikum war eindeutig verunsichert, wie es reagieren sollte.

Marta Tverberg bückte sich und griff nach ihrem Saxophon.

Sie schloss die Augen und begann zu spielen.

Nach einigen Minuten wurde die Musik plötzlich experimenteller. Das musste der, wenn überhaupt möglich, noch unerträglichere Improvisationsteil der Komposition sein.

Kurz darauf fiel Agnes eine weitere Veränderung auf.

Die Töne wurden kürzer und schwächer.

Hin und wieder mischten sich Misstöne darunter.

Bald darauf hörten die anderen Musiker auf zu spielen – einer nach dem anderen.

Sie sahen besorgt zu Tverberg hin, die jetzt mit dem

Instrument um den Hals von einer Seite zur anderen schwankte wie in einem sonderbaren, rauschhaften Solotanz.

»Marta?«, sagte die Schlagzeugerin.

Dann kippte die Diva um.

Agnes hatte bei der fürchterlichen Vorstellung einen Orchesterplatz, genau wie der Rest des Publikums im Saal.

Sie sah die Musiker, die sich über Marta beugten. Die Leute in den gelben Jacken, die aus verschiedenen Teilen des Raums herbeigeeilt kamen. Alexander, der die vier Stufen zur Bühne hochsprang und mit schriller Stimme ins Mikrophon rief: »Ist ein Arzt im Saal?« Sie sah den jungen Mann in dem Anzug, der gleich darauf herbeigeeilt kam und sich aus dem Jackett schälte, sah, wie er sich über die bewusstlose Frau auf dem Boden beugte. Wahrscheinlich um zu prüfen, ob sie noch Puls hatte, was mit Sicherheit nicht der Fall war, denn kurz darauf kniete der Arzt neben ihr und begann mit einer Herz-Lungen-Wiederbelebung. Zuerst kam eine Herzdruckmassage, gefolgt von einer Mund-zu-Mund-Beatmung. Dann begann er von vorn. Das Saxophon, oder das Horn, wie Marta ihr Instrument nannte, lag die ganze Zeit wie ein treuer Hund, der seinem Besitzer nicht von der Seite wich, neben ihr auf dem Boden.

Nach ein paar Minuten, im gleichen Augenblick, in dem zwei Sanitäter mit einer Trage in den Vossa-Saal gestürmt kamen, richtete der Arzt sich auf.

Agnes sah, dass er in Richtung derjenigen, die um ihn herumstanden, den Kopf schüttelte.

Marta blieb am Boden liegen, ganz ruhig.

Hä? Was passierte da? Sie war doch wohl nicht …

Als Agnes zu schlucken versuchte, spürte sie einen großen, harten Kloß im Hals.

Mein Gott.

Marta war tot.

Agnes saß ganz still. Ihre Hände lagen noch immer in ihrem Schoß, als sei sie bei einem Gottesdienst in der Kirche. Eine Schweißschicht hatte sich auf beiden Handflächen gebildet, die sie an ihrem schwarzen Rock abwischte.

Das hier passierte wirklich.

Marta Tverberg hatte ihren letzten Ton gespielt.

Agnes ließ den Blick über die Stuhlreihen schweifen, registrierte, dass die Stimmung im Saal erstaunlich ruhig und kontrolliert war. Gott sei Dank waren nur Erwachsene vor Ort. Mit Grauen erinnerte sie sich, wie Veslemøy Liland letzten Sommer während der Extremsportwoche vor den Augen Hunderter Kinder zu Boden gestürzt war. Erst jetzt erhoben sich auf die freundliche, aber bestimmte Aufforderung der ehrenamtlichen Helfer in den gelben Festivaljacken die Leute von ihren Plätzen. Die Geräusche im Saal kamen allmählich zurück, nachdem sie auf stumm gestellt worden waren. Man hörte Menschen sprechen, Absätze klacken.

Als hätte die Vorstellung bis jetzt gedauert.

»Ist sie tot?«

Agnes zuckte zusammen, obwohl die Stimme leise war. Hans Haukur »Hauki« Thorsson war neben sie getreten. Unbeweglich stand er da und starrte zur Bühne hin.

Sie drehte sich zu ihm um, ohne etwas zu sagen, richtete sich auf und legte dem großen Isländer stattdessen die Hand auf die Schulter. Marta Tverbergs Mann, mit dem sie seit über vierzig Jahren verheiratet war, stand ein wenig vornübergebeugt, die Arme hingen an den Seiten herunter, als würde er sich bemühen, für seine Frau strammzustehen.

Er hustete ein paarmal, sonst nichts. Ob seine Lippen zitterten, verbarg der große weiße Bart. Ob die Augen feucht waren, war unter den buschigen Brauen unmöglich zu erkennen. Agnes war überrascht, dass er neben ihr verharrte. Sie hätte gedacht, dass er auf die Bühne hinaufstürmen würde, um seiner Frau ein letztes Mal über die Wange zu streichen. Doch sie und Hauki standen beide bewegungslos da und sahen zu, wie Marta auf die Trage gehoben wurde. Die Schleppe ihres königsblauen, glitzernden Kleids hing über die Seiten, selbst jetzt sah sie aus wie eine Königin, wie sie da lag.

Einmal Diva, immer Diva.

Agnes sah Hauki an.

Er hatte die Augen geschlossen.

Dann drehte er sich um und ging zum Ausgang.

Agnes blickte ihm nach, schockiert über sein Verhalten.

Sie blieb stehen, ohne zu wissen, was sie mit sich anfangen sollte. Wäre sie als Journalistin hier gewesen, hätte sie sofort mit der Arbeit begonnen. Sich einen Überblick verschafft, ermittelt, was passiert war, mit den Involvierten gesprochen, herausgefunden, was sie am nächsten Tag über den Todesfall schreiben konnte und welche Perspektive sie anlegen sollte.

Was konnte sie jetzt tun?

Plötzlich sah sie Tor Erik Åkervold am Eingang stehen und telefonieren. Bestimmt war er schnell wieder nüchtern geworden und besprach schon mit der Abendschicht von *VG,* dem Hauptstadtjournal, was er liefern sollte. Dieses Mal würde die Zeitung die Nachricht noch schneller bringen als sonst, da ihr Stern unter den Kriminalreportern bereits am Tatort gewesen war, bevor es passierte.

Er würde den Ort wohl so bald nicht verlassen.

Verdammt.

Auf dem weißen Rasen hinter dem *Park Hotel Vossevangen* wimmelte es von Menschen. Agnes war vor allem damit beschäftigt gewesen, sich an den *VG*-Fritzen vorbeizuschleichen, doch jetzt sah sie ein, dass sie besser ihre Jacke an der Garderobe hätte holen sollen, bevor sie hinausgegangen war. Sie hatte völlig vergessen, wie eiskalt es an diesem Aprilabend war. Sechshundertfünfzig Zuschauer waren gleichzeitig hinausgeworfen worden, und keiner von ihnen schien daran gedacht zu haben, Mantel oder Jacke mitzunehmen, so dass sie von vielen teils betrunkenen, teils übellaunigen Leuten umgeben war. Der Krankenwagen wartete mit offener Heckklappe, und viele der Dünnbekleideten hatten sich in einem Halbkreis außen herum versammelt. Was war mit den Leuten los, bekamen sie denn nie genug? Warteten sie auf eine Zugabe? Agnes schielte so konzentriert zu ihnen hin, dass sie jemanden anstieß, als sie sich wieder umdrehte.

»Sorry«, murmelte sie verärgert.

»Agnes?«, sagte er.

Sie roch ihn, bevor sie hochblickte.

Es war der Geruch nach Teenagerverliebtheit und Unschuld und Spannung. Alexander Kosanovic roch nach dem gleichen Aftershave, das er sein ganzes Leben lang benutzt haben musste, zumindest seit sie vor zwanzig Jahren ein Paar gewesen waren. Der Geruch weckte diese Sehnsucht in ihr, wie er das immer getan hatte, wenn sie in seiner Nähe war. Während des Konzerts hatte er ein paar Reihen vor ihr gesessen, so dass Agnes nur seine braunen Locken und seinen Nacken gesehen hatte, soweit er sichtbar gewesen war. Sie hatte seit dem letzten Abend der Extremsportwoche nicht mehr mit ihm gesprochen, nicht mehr, nachdem sie mit Tor Erik Åkervold im Bett gewesen war.

Es hatte nicht so viel Sinn ergeben, schließlich war Alexander nach vielen Jahren in Brüssel mit Frau und Kindern zurückgekommen. Aber sie hatte seine Aktivitäten aufmerksam verfolgt und sowohl das Porträtinterview in *Hordaland* als auch in der *Bergens Tidende* gelesen, als der freischaffende Musiker und Fußballspieler zum neuen Festivalleiter von Vossa Jazz ernannt worden war.

Er war angespannt an diesem Wochenende. Sein sonst goldbraunes Gesicht war weiß wie ein Laken. Große Schweißperlen standen ihm auf der Stirn, obwohl auch er es nicht geschafft hatte, sich einen Mantel über den dunklen Anzug zu ziehen. Er hielt das Handy in der einen und ein paar Papierbögen in der anderen Hand.

»Mein Beileid«, sagte Agnes und hätte ihn gern umarmt. Es sah nicht so aus, als hätte er das gleiche Bedürfnis, deshalb legte sie ihm nur vorsichtig eine Hand auf den Arm. Sie spürte die Muskeln unter dem Pullover spielen.

»So ein Mist, dass so etwas während deiner Dienstzeit passieren muss.«

»*Ich* brauche kein Mitgefühl«, sagte er und schaute sich um, als würde ihm der Ernst der Lage erst jetzt so richtig bewusst, denn schließlich war er der Verantwortliche. Sie hatte Alexander noch nie hektisch erlebt. »Ich muss meine Leute sammeln. Ich muss herausfinden … was zu tun ist. Mein Gott.«

»Du schaffst das«, sagte Agnes ruhig und begegnete seinem Blick.

Es sah so aus, als würden ihre Worte ihn wirklich ein wenig beruhigen. Er nickte.

»Ich muss los«, sagte er. »Aber danke.«

Sie blieb stehen und blickte ihm nach, als er wieder ins Hotel eilte, gegen den Strom der Menschen in hochhackigen Stiefeletten und blank geputzten Schuhen, die noch immer auf dem Weg nach draußen waren. In der Menge entdeckte sie ihren besten Freund. Viktor trug seine Uniform mit der dicken Polizeijacke und ragte vielleicht deshalb über die meisten hinaus. Es sah aus, als hätte man ihn dorthin beordert, um sicherzustellen, dass alle gut hinauskamen. Sie lief zu ihm.

»Beamter Vormedahl«, sagte sie ernst, »was willst du dafür, dass du mir deine Jacke leihst?«

Er zog eine Braue hoch.

»Sorry, aber du musst wohl zusammen mit dem Abschaum der Gesellschaft hier stehen und mit den Zähnen klappern, wenn du dich nicht richtig für das Wetter angezogen hast.«

In einer anderen Situation hätte sie ihm eine kecke Antwort gegeben. Doch das war nicht der richtige Zeitpunkt für Scherze.

»Weißt du, was passiert ist?«, fragte sie stattdessen.

Viktor schüttelte den Kopf.

»Nicht mehr als du und der Rest dieser halb besoffenen Meute, nehme ich an. Ich bin gerade erst gekommen und fungiere im Moment als Türsteher, wie du siehst. Dafür bin ich allerdings nicht drei Jahre auf die Polizeihochschule gegangen«, fügte er für ihn ungewöhnlich ärgerlich hinzu. »Aber nein, ich weiß nichts. Hatte sie früher schon mal einen Herzinfarkt oder so etwas?«

»Marta? Nicht, soweit ich weiß.«

»Sie hat möglicherweise nichts ausgelassen im Leben?«

Agnes stutzte. Marta Tverberg war einer der gesündesten Menschen, die sie kannte. Es war schon irritierend gewesen, wie viel sie trainierte und wie gesund sie aß.

Agnes konnte Hauki nirgendwo entdecken. Den feinen Mann, den sie auch etwas besser kennengelernt hatte; sie hatten sich angewöhnt, miteinander zu reden, während sie auf Marta warteten. Sie wollte mit ihm sprechen, hören, wie es ihm ging.

Er musste unter Schock stehen.

Für Agnes war es faszinierend und rührend zugleich, wie gegensätzlich er und Marta waren. Während Tverberg der glamouröse Stern war und rund um die Welt tourte, war Hauki Thorsson der besonnene, normale Ehemann, der zu Hause blieb und das Haus hütete. Agnes gefiel es, dass die Jazzsaxophonistin und der Besitzer von Thorsson Bygg AS so lange verheiratet gewesen waren. Es hatte etwas von Dolly Parton und ihrem Ehemann. Er war ein Typ, den niemand in der Musikindustrie kannte und der absolut null Interesse daran hatte, im Rampenlicht zu stehen, doch zu dem nach Hause zu kommen sich sicher und gut anfühlte und mit dem Dolly Campingferien machte.

Agnes wusste nicht, ob Marta und Hauki Campingferien machten.

Sie bezweifelte es.

Aber er gehörte definitiv zu den mildernden Umständen, was Marta anging.

War Fredrik ein mildernder Umstand gewesen, was Agnes anging? War sie ohne ihn unerbittlicher und weniger sympathisch?

»Aus dem Weg!«

Sie drehte sich um und sah die beiden Sanitäter mit der Trage durch die Menge geeilt kommen. Es war einer von ihnen, der gerufen hatte.

Warum diese Eile, da sie bereits tot war?, konnte Agnes noch denken, bevor sie an ihr vorbeiliefen.

Erst jetzt sah sie, dass nicht Marta Tverberg auf der Trage lag.

Sondern der Arzt in dem Anzug, der versucht hatte, Marta das Leben zu retten.

»Hast du gesehen, was passiert ist?«

Agnes fragte das erste bekannte Gesicht, das sie entdeckte. Es war einer der Rogne-Brüder aus Marta Tverbergs Band. Alfred und Didrik sahen sich dafür, dass sie erwachsen waren – und keine Zwillinge –, immer noch schockierend ähnlich. Beide hatten dickes, blondes Haar. Beide trugen Jeans und schwarze Hemden. Und trotzdem waren sie grundverschieden.

Alfred, der Pianist, war auf dem Gymnasium in Agnes'

Parallelklasse gegangen und sehr viel fleißiger gewesen als sein großer Bruder. Er war immer stilgerecht gekleidet und hatte eine Frisur, die nicht stylish sondern durchdacht aussah. Sein großer Bruder, Didrik, der den Bass spielte, sah oft aus, als könnte er eine ausgiebige Dusche und eine Nacht Schlaf vertragen. Außerdem war seine Nase gerötet und unförmig. Die klassische Alkoholikernase war ein bisschen ungewöhnlich bei einem Typen Anfang vierzig. Aber Didrik Rogne hatte wohl »nichts ausgelassen«, wie Viktor es ausgedrückt hätte.

Er war es, der jetzt vor ihr stand und den Kopf schüttelte.

»Sie ist bestimmt tot«, sagte Didrik und begegnete ihrem Blick. Er zog an seiner Zigarette und stieß eine Mischung aus Nikotin und Frostatem aus.

»Ja«, sagte Agnes ruhig, ohne zu verbergen, wie ungeduldig sie war. »Ich habe mich gefragt, was anschließend mit dem Arzt passiert ist?«

Didrik sah sie eindringlich an. Sein Blick war dunkel.

»Ist was mit ihm passiert?«

»Er ist gerade im Krankenwagen weggefahren worden.«

»Verdammt«, sagte er wie zu sich selbst.

»Kennst du ihn?«

Didrik nickte. Seine Augen waren ein wenig feucht, und es dauerte ein paar Sekunden, bis er antwortete.

»Er ist mein Schwager.«

Agnes hatte nicht gewusst, dass die Rogne-Jungen eine Schwester hatten, doch jetzt war nicht der richtige Zeitpunkt, nach den Familienverhältnissen zu fragen.

»Ich drücke die Daumen, dass alles gut geht«, sagte sie. »Ja, und herzliches Beileid sollte ich wohl sagen.«

Er sah sie fragend an.

»Wegen Marta, meine ich«, fügte Agnes hinzu.

Didriks Augen schweiften von ihr weg über die Versammlung aus frierenden Festivalgästen. Dann blies er eine weitere Wolke aus Frostatem und Rauch aus.

»Verdammt!«, sagte er noch einmal, drückte die Zigarette aus und ging.

Der Schnee fiel dicht, als Agnes nach Hause in den Russarveg kam. Vor ihrer Eingangstür lag bereits eine weiße Schicht. Sie blieb stehen, seufzte und fluchte. Was war aus den nassen, milden Wintern des Vestlands geworden? Das war ja, als würde sie wieder in Oslo wohnen, das Einzige, was ihr an ihrem Leben in der Hauptstadt nicht gefallen hatte. Sie hasste Schnee und verabscheute Schneeschippen. Jedes Mal, wenn sie die Schaufel in die Hand nahm, überlegte sie, ihren Vater anzurufen. Jedes Mal kam sie zu dem Schluss, dass sie nicht zu den Frauen gehörte, die Hilfe von einem Mann brauchten. Und dass ihr Vater mehr als genug damit zu tun hatte, seiner krebskranken Frau beizustehen.

Sie klopfte erst den einen Schuh an der Wand ab und dann den anderen, bevor sie schwerfällig durch die Tür schlurfte, stehen blieb und dem leeren, stillen Haus lauschte. Dann drehte sie sich um und schloss schnell die Tür ab. Plötzlich fühlte es sich unangenehm an, allein hier zu sein.

Als würden die Ereignisse erst jetzt langsam in ihr Bewusstsein sickern.

War Marta wirklich tot?

Was hatte sich heute Abend eigentlich vor ihren Augen abgespielt?

Es konnte doch kein Zufall sein, dass der Arzt auch ins Krankenhaus gebracht worden war.

Agnes hatte versucht, Viktor auszufragen, doch sobald sich die Situation von kontrolliert zu dramatisch hin veränderte, hatte er seine Polizistenautorität herausgekehrt, die grenzenlos irritierend war. Sie wusste, dass man nichts aus ihm herausbekam, wenn er die Stirn auf diese bestimmte Art runzelte, dass die Augenbrauen sich in der Mitte trafen, und das hatte er getan, als der Krankenwagen mit dem Arzt davongefahren war. Sie musste warten, bis sie mal allein waren.

Das unangenehme Gefühl rührte auch von den Reaktionen auf den Todesfall her – oder deren Fehlen. Weder Hauki Thorsson noch Didrik Rogne hatten nennenswert Trauer gezeigt. Es war fast … als hätten sie darauf gewartet? Oder als würde es sie nicht sonderlich kümmern? Sie spürte, wie verletzt sie in Martas Namen war, wie die Sympathie für sie wuchs. Konnte die unsentimentale Haltung daher rühren, dass sie keine trauernden Nachkommen hinterließ? War das so, wenn eine kinderlose Frau von fast siebzig Jahren starb, dass die Leute lediglich dachten: Tja, tja, die besten Jahre hat sie ohnehin hinter sich, und eigentlich wird niemand sie vermissen?

Selbst wenn diese Frau von Fans auf der ganzen Welt geliebt und gefeiert wurde?

Das war unendlich traurig, wenn es zutraf.

Agnes trat ihre Stiefeletten von den Füßen. Die Schneereste schmolzen sofort auf dem beheizten Boden. Schuhe lagen herum, doch jedes Mal, wenn sie hereinkam, dachte sie, dass jetzt nicht der richtige Zeitpunkt war, das Schuhzeug von nur einer Person wegzuräumen. Hier hätte ein Chaos aus ungleichen Schuhen herrschen sollen. Hier hätten Kinderschuhe liegen sollen. Zumindest Herrenschuhe. Dieses Haus war viel zu groß für sie allein.

Das Buchprojekt war jetzt bestimmt auch gestorben. Bald würde sie nicht mehr die Mittel haben, allein ein ganzes Haus zu unterhalten, vor allem dann nicht, wenn Fredrik seine Hälfte loswerden wollte.

Nein, das war nicht der richtige Zeitpunkt für Selbstmitleid. Nicht zu fassen, dass Marta einfach tot umgefallen war, ganz plötzlich. Nicht auszudenken, wenn Agnes das passiert wäre, hier und jetzt. Wie lange hätte es gedauert, bis jemand sie überhaupt vermisst hätte? Wie viele wären traurig gewesen?

Aber es ging hier nicht um sie.

Der Magen machte sich ungeduldig bemerkbar. Natürlich war aus dem Kebab nichts geworden, nachdem erst der Arzt – und später, mit sehr viel mehr Ruhe, Marta – in dem Krankenwagen weggebracht worden war. Es erschien ihr plötzlich respektlos, Kebab zu essen. Doch jetzt wurde das Bedürfnis kritisch, denn der Kater war immer noch spürbar.

Sie hatte gestern getrunken, als gäbe es kein Morgen. Es hatte sich angefühlt wie ein Besuch in dem Leben, wie es einmal war: spaßig, unkompliziert, mit Weinflaschen ohne Boden und Nächten auf dem Sofa mit einer Tüte Bacon Chips. Der Freitagabend bei Vossa Jazz war immer das Beste, denn da gab es mindestens noch einen anderen

Künstler im Programm, der etwas anderes als Jazz spielte. Nicht dass die Musik einen großen Raum einnahm. Für sie und viele andere im Ort war das Festival vor allem ein fester, alljährlicher Termin, um alte Bekannte zu treffen. Zunächst hatte es sie irritiert, dass ein Großteil des Publikums nach der Jahrtausendwende geboren zu sein schien, doch als sie festgestellt hatte, das sowohl der Sänger als auch der Gitarrist einer der weniger bekannten Rockbands Freunde aus Oslo waren, hatte der Abend zusehends gewonnen. Sie hatte die gute, alte Aufregung gespürt, als sie zu der anschließenden Feier eingeladen wurde. Aber trotz ihrer heftigen Flirterei war sie ungeküsst aus dem Hotel geschwankt.

Sie ging in die Küche und öffnete den Kühlschrank. Es war nach Mitternacht, doch sie griff nach dem großen Stück Norvegia. Holte einen Topf heraus, in den sie eine viertel Packung Makkaroni gab und füllte mit Wasser auf, bis alles bedeckt war. Dann stellte sie den Topf auf die Platte und drehte sie voll auf. Während das Wasser kochte, rieb sie ein Stück von dem Käse. Als fast das ganze Wasser verkocht war, gab sie Käse und Makkaroni in eine feuerfeste Form und schob alles in den Ofen. Dann öffnete sie einen Karton Pepsi Max, setzte sich auf die Küchenbank und lehnte den Kopf nach hinten gegen den Schrank.

Nachts zu kochen war eines der Dinge, die Fredrik gehasst hatte. Er machte sich Sorgen, dass ein Feuer ausbrechen könnte, sagte er immer. Sie hatte erklärt, dass sie kochen müsse, wenn sie sich inspiriert fühle, bis zu dem Mal, wo sie auf dem Sofa eingeschlafen war, während die Spaghetti kochten. Sie waren beide aufgewacht, als das ganze Wasser im Topf verkocht war und der Rauchmelder angefangen hatte zu heulen. Fredrik hatte nichts gesagt, sie nur angesehen, als wäre sie ein Kind, von dem er enttäuscht war. Der Geruch hatte trotz geöffneter Fenster noch mehrere Tage im Haus und in den Kleidern gehangen.

Jetzt bestand keine Gefahr, dass sie einschlafen würde, was nicht nur an dem Geruch des Gratins lag, der aus dem Backofen neben ihr strömte. Sie hatte die Augen weit offen, und ihr Kopf war bis zum Bersten voll mit Gedanken.

Sie sprang von der Bank auf und öffnete die Ofentür. Der Käse hatte bereits angefangen, Blasen zu werfen, und ihr lief das Wasser im Mund zusammen. Einige Vorteile hatte es definitiv, allein zu wohnen.

Das Letzte, was Fredrik in dieser Küche gekocht hatte, war ein Coq au vin.

Er war richtig geschwätzig gewesen an diesem Abend. Während er über den Topf gebeugt dastand, hatte er unablässig darüber geredet, wie viele Gäste sie zu der Hochzeit einladen sollten, ob sie drei Tage feiern oder das Wochenende nur mit einem einfachen Grillen am Freitagabend beginnen sollten. Ob er einen Smoking oder einen Anzug mit Schlips tragen sollte. Er hatte sogar Vorschläge für den Blumenschmuck in der Kirche gemacht. Es war ihr so vorgekommen, als hätte Fredrik, der sich vorher vor allem für sein Training und für Bergtouren interessierte, plötzlich einem ganz neuen Hobby gefrönt, nachdem sie seinen Antrag angenommen hatte.

Er war zum *Groomzilla* geworden.

Und je eifriger er plante, desto mehr bekam sie ein schlechtes Gewissen.

Zwei Monate hatte sie so gut wie jede Nacht wach gelegen, während die Gedanken in ihrem Kopf kreisten und es nicht einmal etwas brachte, die Augen zu schließen. Die ersten Wochen hatte die Angst dominiert. Würde Fredrik herausfinden, was passiert war? Würde Tor Erik Åkervold den Mund halten?

Dann war die unklare Angst gewichen und hatte einem klaren Gefühl der Scham Platz gemacht.

Sie war nicht nur eine, die im Rausch mit verheirateten Ex-Kollegen ins Bett ging – sie war eine, die das an dem Tag tat, an dem sie einen Antrag bekommen hatte. Wer machte so etwas?

Die Scham saß noch immer in ihr, als sie rational und lautlos mit sich zu diskutieren begonnen hatte, ob es das Cleverste war, Fredrik zu erzählen, was sie getan hatte, oder besser nicht.

Es war die reinste Hölle gewesen.

Wie schafften es Leute, jahrelang fremdzugehen?

Dieser One-Night-Stand im betrunkenen Zustand, an den sie sich kaum erinnerte, war es jedenfalls nicht wert gewesen.

Die letzten zwei Wochen vor dem Bruch waren die allerschlimmsten. Zwei Wochen, in denen sie auf die Periode gewartet hatte, die immer auf den Tag genau kam, die ihre Hoffnung, Eltern zu werden, Monat für Monat enttäuscht hatte. Das Universum hielt sie zum Narren. Nach über einem Jahr ergebnisloser Versuche war das Schlimmste passiert, das passieren konnte: Sie war schwanger.

Jetzt, wo sie einen Punkt erreicht hatte, an dem sie nicht mehr sicher war, ob sie sich wirklich ein Kind wünschte, war sie sicher, dass sie schwanger war.

Und wenn sie schwanger war, wer war der Vater?

Mit einem Abstand von einem Tag war sie mit zwei Männern zusammen gewesen.

All das war ihr nicht mehr nur nachts durch den Kopf gegangen, es eroberte auch langsam ihre Tage, obwohl sie intensiv an dem Buch über den Fallschirmmord arbeitete. Als sie an diesem Abend am Küchentisch saß und Fredrik zuhörte, wie er über dem Hühnertopf vom Hochzeitskuchen redete, war ihr der Traum eingefallen, der sich in den wenigen Stunden, die sie schlief, immer wiederholte.

Sie schritt in einem weißen Kleid und mit einem dicken Bauch in der Kirche zum Altar. Entlang der Bankreihen standen die Gäste, und alle hielten einen DIN-A4-Bogen hoch. Auf der einen Hälfte stand der Name »Fredrik«, auf der anderen »Åkervold«. Als sie bei dem Pfarrer angekommen war, sah er sie erwartungsvoll an und fragte: *»Ja, jetzt sind wir alle gespannt! Wer ist denn der glückliche Papa?«*

In dem Moment, als Fredrik den Topf mit dem Coq au vin auf den Tisch gestellt hatte, war sie zusammengebrochen. Sie begann heftig zu weinen und ließ den Tränen freien Lauf. Sie konnte nicht mehr. Ertrug den Gedanken nicht, wie erfreut er geschaut hätte, wäre sie mit einem positiven Schwangerschaftstest gekommen.

Da hatte sie ihm alles erzählt.

Nicht nur, was sie am letzten Abend der Extremsportwoche in dem Hotelzimmer im *Park Hotel* gemacht hatte, sondern auch, dass sie bei der Weihnachtsfeier in Oslo, bevor sie nach Voss gezogen waren, bereits mit Åkervold Sex gehabt hatte.

Fredrik hatte auf der anderen Seite des Tisches gesessen und zugehört, ohne etwas zu sagen. Er hatte die Gabel in der einen und das Messer in der anderen Hand gehabt, als wollte er sich bedienen. Aber er bewegte sich nicht. Der Dampf aus dem warmen Topf verhüllte sein Gesicht, doch sie würde nie vergessen, wie traurig er ausgesehen hatte. Da hatte sie es noch nicht gewusst, aber es war dieser Blick, den an den sie sich erinnern würde, wenn sie in den nächsten Monaten wach lag.

Er wurde nicht wütend.

Er packte am selben Abend zwei Koffer und fuhr Richtung Osten.

Am nächsten Morgen bekam sie ihre Periode.

Der Coq au vin hatte mehrere Tage unberührt auf dem Tisch gestanden.

Auf dem Vossa Jazz-Festival gestern war sie besserer Laune gewesen als seit langem, zumindest bis die *VG*-Fritzen aufgetaucht waren, und das hatte nicht nur an ihrem Alkoholkonsum und den alten Bekannten gelegen. Leute hatten sie angesprochen und nette Bemerkungen gemacht. Es war erst knapp einen Monat her, dass ihr Buch herausgekommen war, und wie es schien, hatten viele Vosser *Der Fall* wirklich gelesen. Die *Bergens Tidende* hatte dem Buch vier von sechs Herzen gegeben und geschrieben, dass sie »die Geschichte von dem Fallschirmmord auf eine spannende Weise erzählte«.

Wer hätte gedacht, dass sie als Autorin schließlich in ihrer Heimatstadt Anerkennung finden würde?

Wer hätte gedacht, dass sie knapp ein Jahr, nachdem sie

ihren Job als Journalistin bei *Hordaland* gekündigt hatte, an ihrem zweiten Buch arbeitete?

Sie hatte es nicht geschafft, das Angebot zurückzukommen auch nur in Erwägung zu ziehen. Der Chefredakteur Eskildsen war – auf Druck von oben, wie sie vermutete – letzten Herbst in Frührente gegangen, und der »Pensionär« hatte den Chefsessel eingenommen. Es vergingen nicht viele Wochen, bis er Agnes angerufen und gesagt hatte, dass sie ihren Job bei der Zeitung zurückhaben konnte, wenn sie wollte. Doch da hatte sie sich bereits in das Fallschirmbuch gestürzt, das ein kleiner Verlag in Oslo sie zu schreiben beauftragt hatte. Sie hatte Tag und Nacht an dem Projekt gearbeitet, es als Serie von Artikeln betrachtet, die zusammengehörten. Es war gut gewesen, etwas anderes zu haben, woran sie denken konnte; sie hatte fast nur geschrieben und gegessen. Und direkt, nachdem das Buch fertig gewesen war, hatte der Redakteur sie gefragt, ob sie sich vorstellen könne, ein neues Projekt anzufangen: eine Biographie.

Wie auf Autopilot hatte sie ja gesagt, bevor sie überhaupt wusste, über wen sie schreiben sollte.

Sie hatte gewusst, dass sie sich beschäftigen und dafür sorgen musste, aktiv zu sein. Ansonsten fürchtete sie, morgens nicht aus dem Bett zu kommen.

»Du kennst doch bestimmt diese Jazzdiva aus deiner Heimatstadt?«, hatte der Redakteur im Verlag gefragt. Agnes hatte das bejaht, aber im Stillen hatte sie gedacht, dass das nie funktionieren würde. Sie hatte Marta Tverberg nämlich einmal für ein Porträt interviewt, als sie bei *Hordaland* gearbeitet hatte.

Und das war, milde ausgedrückt, schlecht gelaufen.

Nie würde sie den Tag vergessen, an dem sie mit einem leeren Aufnahmegerät und einem vollen Notizbuch in dem großen Haus in Een erschienen war. Sie hatte sich gut vorbereitet und viele Fragen gehabt. Sich gefreut anzufangen.

Marta hatte bereits einen übellaunigen Eindruck gemacht, als sie die Tür öffnete.

»Ich habe keinen Kaffee.«

»Das ist in Ordnung. Sollen wir den Plan für das Interview kurz durchgehen?«

»Okay.«

»Ich habe mir gedacht, dass wir vielleicht damit beginnen, dass du etwas über deine Entwicklung als Künstlerin sagst?«

»Hast du keinen Humor?«

»Was meinst du?«

»Ich meine das, was ich gesagt habe: Hast du überhaupt keinen Humor?«

»Äh, doch, ich denke schon.«

»Davon merke ich aber nichts. Du bist so von dir eingenommen.«

»Vielleicht sollten wir einfach anfangen?«

»Okay.«

»Wenn du auf deine lange Karriere zurückblickst und ein Konzert auswählen müsstest, welches fällt dir spontan ein – und warum?«

»Auf so idiotische Fragen antworte ich nicht. Du kommst hierher und willst mich über mein Leben interviewen, und die erste Frage, die du mir stellst, ist die, an welches Konzert ich mich spontan erinnere? Also eine richtig dumme Frage, wie sie alle geistig zurückgebliebenen Journalisten stellen. Was glaubst du, was ich davon halte?«

»Ich glaube, dass du denkst, dass ich eine Idiotin bin.«

»Bingo! Da hast du vollkommen recht. Und warum meine ich das?«

»Weil ich von mir eingenommen bin und keinen Humor habe?«

»Jetzt bist du schlagfertig.«

»Weißt du was ... Ich denke, wir sollten vielleicht hier aufhören.«

»Sollen wir den Rest dann morgen machen?«

»Was meinst du?«

»Gleiche Zeit, gleicher Ort? Jetzt, wo wir uns ein wenig kennengelernt haben, bin ich bereit anzufangen. Wo kaufst du übrigens deine Aufnahmegeräte?«

Am darauffolgenden Tag war Agnes wiedergekommen. Danach hatte sie das Porträtinterview geschrieben. Doch der Eindruck, dass Marta Tverberg ein Rätsel war und dass die Jazzdiva weder von Agnes' Arbeit als Journalistin noch von ihr als Mensch besonders beindruckt war, war geblieben.

Deshalb hatte sie auch ihren Ohren nicht getraut, als der Redakteur ihr erzählt hatte, dass es Tverbergs ausdrücklicher Wunsch gewesen war, dass Agnes das Buch schreiben sollte.

Seit damals hatten sie viele und lange Gespräche geführt. Einige waren sogar gut gewesen, ein paar annähernd nett. Agnes hatte ihre Ehre darein gesetzt, zu zeigen, dass sie Humor hatte. Doch dass es schwierig war, Marta wirklich kennenzulernen, daran bestand kein Zweifel. Auf persönliche Fragen, die etwas mehr über sie als Mensch aussagten, bekam man nur zögerlich eine Antwort. In den letzten Wochen war Agnes sowohl der Frau als auch der Musik und des ganzen Buchs gründlich überdrüssig gewesen. Vielleicht fehlte es ihr ein wenig an Geduld, um Autorin zu sein. Sie wurde schnell einer Sache müde, das war schon immer ein Problem gewesen, in vielen Bereichen ihres Lebens. Doch jetzt hatten Marta und sie sich der Ziellinie genähert, zumindest der Phase mit den Gesprächen und dem Sammeln von Material. Die Aufführung der Auftragskomposition sollte den Rahmen für den Text bilden. Der Vorschlag war von Marta gekommen. Sie war letzten Monat sehr konzentriert gewesen. Vielleicht war es das Faszinierendste an diesem Projekt, einen Musiker auf ein konkretes Ziel hinarbeiten zu sehen. Ansonsten war sie damit beschäftigt gewesen, sich zu beklagen, wie schlecht sie sich von der norwegischen Jazzszene im Allgemeinen und von der Vosser im Besonderen behandelt fühlte, so wie sie das gestern auf der Bühne zum Ausdruck gebracht hatte. Sie war im eigenen Land nie zum Propheten geworden, hatte sie gesagt. Genau das hatten sie gemeinsam, hatte Agnes gedacht, aber nicht ausgesprochen.

Die »explosiven Enthüllungen über das norwegische Kulturleben«, mit denen die Musikerin laut Verlag rauskommen wollte, hatte sie bisher noch nicht geliefert. Sie erzählte viel über viele andere, doch es ging nicht über Klatsch und Tratsch und Tverberg'schen Rufmord sowie über Gerüchte hinaus, die sich schwerlich in einem Buch verwenden ließen, wollte man keine Beleidigungsklage riskieren. Vielleicht war die Jazzdiva letztendlich doch nicht so interessant. Vielleicht war sie genauso feige wie die meisten.

Vielleicht war das auch eines der Dinge, die Marta und sie gemeinsam hatten.

Und jetzt war sie tot.

Mein Gott.

Erneut spürte Agnes so etwas wie einen Schlag in die Magengrube, nur dass es sich jetzt fast so anfühlte, als wäre ein Familienmitglied gestorben. Ihre Beziehung zueinander war mit Sicherheit turbulent, aber es war trotzdem eine Beziehung gewesen. Die arme Marta. Sie sollte irgendeine Saxophonmusik auflegen, um sich an sie zu erinnern.

Nein, noch mehr Jazz ertrug sie wirklich nicht.

Stattdessen setzte sie sich an ihren Mac und öffnete den Ordner mit ihren Gesprächen. Sie starrte auf all die kleinen Dateien, all die Informationen, die sie gesammelt hatte. Jede Aufnahme war lediglich durch das Datum gekennzeichnet, an dem sie gemacht worden war, doch zumindest hatte sie einen Teil davon in verschiedenen Unterordnern abgelegt, die thematisch sortiert waren.

Agnes stützte den Kopf in die Hände und seufzte.

Was tat ein Autor, wenn das Biographie-Objekt während der Arbeit verstarb?

Falls das Buchprojekt hier sein Ende fand, hatte sie zumindest keine Zeit auf den verdammten Job verschwendet, die Gespräche zu transkribieren. Noch hatte sie kein Wort geschrieben. Es hatte ihr davor gegraut, sich die nicht immer interessanten Unterhaltungen oder Ausführungen noch einmal anzuhören und zumindest den Versuch zu machen, das, was in den Aufnahmen gesagt wurde, zu verstehen.

Jetzt verspürte sie ein unerklärliches Bedürfnis, Marta Tverbergs Stimme zu hören.

Sie wählte irgendeine Aufnahme aus dem Ordner mit dem nichtssagenden Namen *Diverses,* und als Martas Stimme aus dem Gerät kam, zuckte sie kurz zusammen.

Dann wurde sie ganz ruhig.

Es war, als wäre Marta noch hier.

»Was für ein Verhältnis ich dazu habe, als Diva bezeichnet zu werden? Pah! Eigentlich ist das doch total falsch, weißt du.«

»Wieso?«

»Eine Diva singt Opern oder gewinnt Oscars, ist nicht mit einem Bauingenieur verheiratet und wohnt nicht in Een.«

»Mit anderen Worten, du magst es nicht?«

»Ich habe nichts dagegen. Es passt zu mir, findest du nicht?«

»He-he, ja, vielleicht.«

»Heutzutage braucht man das Wort ohnehin eher als Adjektiv. Du bist so Diva, hat ein Fotograf einmal zu mir gesagt. Danke, habe ich geantwortet. Aber er hatte das nicht als Kompliment gemeint, das war ganz deutlich, so sauer, wie er war.«

»Hattest du ihm denn etwas getan?«

»Nichts anderes, als dass er kurz warten musste, bis wir anfangen konnten, weil ich noch nicht fertig geschminkt war.«

»Wie lange musste er warten?«

»Keine Ahnung, ein oder zwei Stunden? Aber so etwas toleriert man hier in Norwegen nicht, nein, hier verhält man sich bitte wie alle anderen auch, bildet keine Ausnahme. Wenn ich eines auf meinen Tourneen um die Welt beobachtet habe, dann, dass fast alle Länder Diven gegenüber mehr Toleranz aufbringen als die Norweger. Man muss nicht weiter als bis Schweden gehen, wo es ganz normal ist, frischen Fisch zum Mittagessen zu verlangen, selbst wenn man einen Auftritt mitten im Land hat. Hier zu Hause ist es das Beste, was man über eine bekannte Persönlichkeit sagen kann, dass sie wie alle anderen ist.«

»Und das ärgert dich?«

»Das ärgert mich grenzenlos.«

Die Stoppuhr am Ofen schrillte. Agnes klappte schnell ihren Mac zu, öffnete die Ofentür und nahm ein Küchentuch, um die heiße Form herauszuholen, die sie direkt auf den Küchentisch stellte. Dann holte sie eine Gabel und fuhr damit an der Seite entlang, wo der Käse am stärksten gebacken und ein wenig hart war. Sie schaffte es nicht zu warten, zog ein paar Makkaroni heraus, verbrannte sich prompt die Zunge und fluchte verärgert. Der Geruch war tröstlich, und während der Geschmack von Pasta und geschmolzenem Käse sich in ihrem Körper ausbreitete, kam ihr die Welt nicht mehr ganz so kompliziert vor.

Agnes konnte jetzt nicht aufhören, sie musste weiterarbeiten.

Morgen würde sie den Redakteur anrufen und darauf bestehen, einen Entwurf der Biographie fertig zu schreiben.

Sie würde sich alle Aufnahmen anhören und Worte wie »Legende« und »unsterblich« in den Text einfließen lassen.

Das schuldete sie Marta Tverberg.

Sie war satt, und sie wurde unruhig, als ihr einfiel, dass sie nicht mehr auf ihr Handy geblickt hatte, seit sie nach Hause gekommen war.

Sie hatte eine neue Nachricht von Viktor. Nur einen Satz.

Der Arzt ist auch tot.

PALMSONNTAG

Das Schlafzimmer kam ihr wie eine Tiefkühltruhe vor. Agnes hatte das Fenster geöffnet, bevor sie sich hingelegt hatte; nach der Nachricht von Viktor gestern Abend hatte sie das Bedürfnis nach frischer Luft verspürt.

Trotzdem hatte sie schlecht geschlafen. Und war früh aufgewacht, es war erst zehn nach sieben.

Sie hatte gesehen, wie Marta Tverberg auf der Bühne gestorben war.

Sie hatte den Arzt leblos auf der Trage liegen sehen.

Zwei Menschen waren tot.

Das konnte kein Zufall sein.

Im selben Moment kam ihr der Gedanke: Jemand musste das Saxophon von Marta mit irgendetwas präpariert haben.

Mit etwas, das bei der Mund-zu-Mund-Beatmung auf die Lippen des Arztes geraten war.

Warum hatte sie nicht schon gestern Abend daran gedacht?

Agnes schauderte und zog sich die Decke über das Gesicht. Sie blieb liegen und lauschte der ungemütlichen Stille im Haus.

Sie hasste es, allein zu wohnen und niemanden zu haben, mit dem sie reden oder an den sie sich kuscheln konnte, wenn die Welt aus den Angeln zu geraten schien.

Agnes schaltete das Radio der Sonos-Anlage ein, die Fredrik dagelassen hatte, doch sowohl auf P1 als auch auf P2 und allen anderen Sendern plauderten morgenfrische und leutselige Feiertagsprogrammredakteure über Wohlfühlthemen, die mit Ostern zu tun hatten. Wie konnte das im Radio ein ganz normaler Tag sein? Niemand redete von Voss, niemand redete vom Tod, und bis zur nächsten Nachrichtensendung dauerte es noch eine Dreiviertelstunde.

Sie ging auf Spotify, suchte nach Marta Tverberg und ließ die Saxophontöne, von denen sie in den letzten Tagen eigentlich die Nase voll gehabt hatte, durch das Zimmer strömen.

Es war anders, sie jetzt zu hören.

Die Musik füllte den Raum und machte ihn ein wenig heiterer.

Ohne die Musik abzuschalten, wählte sie Viktors Nummer auf dem Handy; sie wollte ihm ihre Theorie darlegen. Er antwortete nicht. Das tat Ingeborg, ihre beste Freundin, auch nicht, doch sie schickte ihr gleich darauf eine Nachricht, dass sie verschlafen hatte und auf dem Weg zur Arbeit war. Zum Schluss rief Agnes ihren Vater an.

»Bist du unterwegs?«, fragte er.

»Dir auch einen guten Morgen«, antwortete sie und dachte, wie gut es doch war, die Stimme eines lebendigen Menschen zu hören. »Ich glaube, ich muss in Anbetracht dessen, was gestern Abend passiert ist, das Sonntagsfrühstück bei euch heute absagen.«

»Ja, eine traurige Sache ist das. Weißt du, dass wir mal

ein Paar waren?«, sagte der Vater. »Ich und Marta Tverberg, meine ich.«

»Hä? Ich sitze seit drei Monaten an einem Buch über die Frau, und du kommst erst jetzt, wo sie tot ist, mit dieser Information rüber?«

»Ich habe das nicht für so wichtig gehalten. Das ist schon ewig her, das war auf der Mittelschule, dass Marta und ich zusammen waren, und es ist auch viele, viele Jahre her, seit ich das letzte Mal mit ihr gesprochen habe. Sie hat aufgehört, mit uns gewöhnlichen Sterblichen zu reden, als sie eine Diva geworden ist.«

»Tverberg?«, fragte Agnes' Mutter im Hintergrund. »Die wurde doch schon als Diva geboren, oder nicht?«

»Und sie war in höchstem Maße sterblich«, sagte eine andere Stimme, die eindeutig Tante Eline gehörte, der Ärztin, die eine einzige Sache mit Agnes gemeinsam hatte: Auch sie hatte weder Mann noch Familie, mit der sie sonntags frühstücken konnte.

»Warte kurz, dann stelle ich dich auf Lautsprecher«, sagte ihr Vater.

Während er daran arbeitete, dachte Agnes darüber nach, dass auch ihre Eltern den Ausdruck *Diva* gebrauchten, als wäre er ein ganz gewöhnliches Wort in ihrem Sprachgebrauch. Doch sie war sich ziemlich sicher, dass Tverberg die einzige Vosserin war, die so genannt wurde.

»Was willst du damit sagen?«, fragte Agnes.

Die Mutter glaubte, die Frage ginge an sie.

»Also, ich erinnere mich vor allem aus der Zeit an sie, als sie zwei Klassen über mir in der Grundschule war. Da hatte sie schon mit der Musik angefangen und schien sich zu gut dafür zu sein, sich mit uns anderen abzugeben. Wenn sie ein seltenes Mal auf einem Tanzfest erschien, dann in der Regel, um mit der Korpskapelle oder allein auf der Bühne aufzutreten. Sie musste immer im Rampenlicht stehen, sonst kam sie nicht.«

Die drei am Frühstückstisch fielen einander noch eine Weile ins Wort, bis Agnes' Ohren müde waren und sie sagte, dass sie losmüsse.

Sie legte auf und schaltete die Kamera in ihrem Handy ein, blieb sitzen und sah sich selbst an. Die Haut im Gesicht schien straffer, die Wangen waren schmaler als früher.

War das die Trauer um Marta?

Der Liebeskummer wegen Fredrik?

Je länger sie so dasaß und sich betrachtete, desto klarer wurde es ihr. Äußerlich ähnelte sie immer mehr ihrer Mutter. Zumindest, bevor sie im Herbst dem Zellengift ausgesetzt worden war. Was Agnes an einen Ausdruck erinnerte, den Marta Tverberg mehrmals gebraucht hatte.

Memento mater.

Agnes hatte ihn zuvor noch nie gehört, aber erkannt, dass es ein Wortspiel mit »Memento mori« war – erinnere dich, dass du sterblich bist.

Sieh deine Mutter an und erinnere dich, dass du – auch – sterblich bist.

Agnes fuhr hoch, als das Telefon klingelte.

Sie holte tief Luft und straffte sich.

»Hei du!«, sagte der unpassend muntere Redakteur in Oslo. »Ich habe deine Mail bekommen. Und gerade mit Clas aus der Marketingabteilung gesprochen. Er ist sich nicht sicher, ob dieser Todesfall an sich verkaufsfördernd ist. Was wir jetzt also machen, kommt ganz auf dich an und darauf, wie weit das Projekt gediehen ist. Hast du etwas Brauchbares aus Marta herausbekommen? Ist sie an Herzversagen gestorben?«

Agnes konnte den Redakteur vor sich sehen, wie er in Kjelsås in Oslo am Küchentisch saß. Er war wie jeden Sonntag in aller Herrgottsfrühe aufgestanden, vielleicht schon in Kniebundhose und Anorak, bereit für eine Wanderung durch die Wälder Oslos; er musste nur noch seinen grünen Saft austrinken und seinen Reiseproviant aus Sauerteigbroten schmieren. Die Stereotypen in der Verlagsbranche waren vielleicht nicht mehr das, was sie einmal waren, aber Naturfreunde waren die Ostländer immer noch.

»Bisher steht die Todesursache wohl noch nicht fest«, sagte Agnes und fragte sich, ob sie ihm ihre Theorie unterbreiten sollte. Sie entschied sich zu warten, da die Nachricht von dem Tod des Arztes anscheinend noch nicht öffentlich bekannt gemacht worden war.

»Aber ich habe einiges an gutem Material.«

»Prima«, sagte der Redakteur. »Doch nette Anekdoten aus dem Leben einer Jazzmusikerin reichen nicht aus. Wenn nichts dabei ist, was für Schlagzeilen sorgt, bin ich mir nicht sicher, ob sich die Fertigstellung dieses Projekts rechtfertigen lässt.«

Agnes überraschte die defensive Haltung, selbst wenn es ihr noch nicht gelungen war, die explosiven Enthüllungen aus Marta herauszuholen, die sie dem Verlag offensichtlich versprochen hatte. Natürlich lebte dieser Verlag von Skandalen und Tratsch, aber man sollte doch meinen, dass es attraktiv war, als Erster ein Buch über eine norwegische Jazzdiva herauszubringen, kurz nachdem sie verstorben war? Und Mord oder nicht: War es nicht ein einzigartiger und dramatischer Ausgangspunkt für eine Biographie – von einem Rahmen ganz zu schweigen –, auf der Bühne tot umzufallen?

»Außerdem«, sagte der Redakteur, »ist es ethisch problematisch, dass Marta Tverberg das Projekt nicht mehr absegnen kann. Formal gesehen wäre das eine nicht autorisierte Biographie. Wenn wir das Buch herausbringen, muss das zumindest in Zusammenarbeit mit den engsten Familienangehörigen geschehen.«

Agnes dachte an die gestrige Begegnung mit Hauki Thorsson. Er war, soweit Agnes wusste, die einzige Familie, die Marta hatte, zusätzlich zu der Stieftochter. Was sprach dagegen, dass er das Buch mit ihr zusammen fertigstellte?

»Ich schlage vor, dass du deine Notizen gründlich durchgehst und mir eine kurze Zusammenfassung von dem schickst, was du hast«, sagte der Redakteur. »Dann besprechen wir uns und sehen, ob das Ganze Potenzial hat, okay? Und mein herzliches Beileid, sollte ich vielleicht sagen. Habt ihr gute Schneeverhältnisse in Voss?«

Der Gedanke kam ihr erst, als sie aufgelegt hatte. Sollte sich das Ganze als Mordfall erweisen, saß sie womöglich auf Informationen, die für den Fall relevant sein könnten.

Doch was sollte das sein?

Konnte sich etwas Wichtiges in den »netten Anekdoten« verbergen, wie der Redakteur es so herablassend ausgedrückt hatte?

Agnes holte ihren Mac ins Bett und brauchte ein wenig,

um in dem Ordner *Ausland* eine Aufnahme von einem der frühen Gespräche zu finden, als das Biographieprojekt noch neu und spannend gewesen war.

»Habe ich dir eigentlich erzählt, wie ich einmal ein Privatkonzert im Weißen Haus gegeben habe?«

»Hä? Nein! Ich kann mich auch nicht erinnern, das bei meiner Recherche gelesen zu haben.«

»Nein, hast du nicht. Ich habe damals ein NDA, ein *non-disclosure agreement*, unterschrieben, so dass ich bisher noch nie öffentlich darüber gesprochen habe.«

»Kannst du denn jetzt darüber sprechen?«

»Ja, jetzt scheiß ich auf die Schweigepflicht.«

»Wunderbar. Okay, erzähl. Du hast also ein Konzert gegeben … für den Präsidenten höchstpersönlich?«

»Für Nixon. Er hat mich gebeten, ihn Richard zu nennen.«

»Du machst Witze. Du hast mit ihm gesprochen?«

»Gesprochen und gesprochen, wir haben ein paar höfliche Floskeln ausgetauscht, ja. Er hat die Musik geliebt. Hat meistens Klassik gehört, wie ich das verstanden habe; er hat selbst Violine und Klavier gespielt, als er klein war, aber Jazz hat er auch gemocht. Schließlich hat er Duke Ellington an dessen siebzigstem Geburtstag die Freiheitsmedaille verliehen und war damit faktisch der erste amerikanische Präsident, der den Jazz als Kunstform anerkannt hat. Das war nur ein paar Jahre, bevor man mich eingeladen hat.«

»In welchem Jahr warst du dort?«

»Zweiundsiebzig.«

»Im selben Jahr wie Watergate?«

»Ja, und zwar im Mai, also nur einen Monat, bevor die Hölle losbrach.«

»Mein Gott. Wie war Nixon?«

»Er war ein großer Charmeur.«

»Ist das wahr? Soll heißen, er hat dich angebaggert?«

»Kein Kommentar.«

»Marta.«

»*A lady never tells.* Aber lass es mich einmal so sagen: Er fand es sehr exotisch mit einer Jazzsaxophonistin aus dem kalten Land im Norden.«

»Was ist danach passiert, bist du oft in den USA auf Tournee gewesen?«

»Viele Jahre nicht, nein.«

»Warum nicht?«

»Darüber reden wir ein anderes Mal.«

In der Kindheit war es das Beste an Ostern gewesen, von der Hütte nach Hause zu kommen, die engen Skistiefel auszuziehen und in Laufschuhe zu schlüpfen. Agnes war immer sofort wieder nach draußen gegangen, um den nackten Asphalt unter den Sohlen zu spüren und mit den anderen Kindern auf der Straße zu spielen. Nach dem ganzen Weiß im Fjell war die Freude über den Frühling besonders groß.

Möglicherweise waren nicht alle Ostern so gewesen, aber sie konnte sich zumindest nicht erinnern, dass das ganze Zentrum Anfang April noch unter einer Schneedecke begraben gewesen war.

Jetzt arbeitete sich das Räumfahrzeug langsam weiter die Utträgata entlang, während Agnes auf den Parkplatz des

Park Hotels einbog. Als sie zum Haupteingang hochging, trat eine Clique in Sportkleidung, Slalomskiern über der Schulter und einem Hauch von altem Alkohol um sich aus der Tür. Sie erkannte sie von gestern – und von vorgestern. Sie hatten nicht den Eindruck gemacht, als würden sie ablehnen, wenn es etwas zu trinken gab, doch nach einem durchzechten Wochenende waren sie offenbar bereit fürs Fjell. Das Festival war vorbei, und die Jazzleute waren da bedauerlicherweise nicht anders als der Rest der norwegischen Bevölkerung und liefen in T-Shirts mit der Aufschrift *Draußen ist das Leben am besten* herum, statt wie früher, den Hut ins Gesicht gezogen, im Zug zu sitzen. Die dramatischen Ereignisse gestern hatten der Stimmung dieser Leute keinen Dämpfer versetzen können. Während die Natursportfreunde die Straße zu der Seilbahn Voss Gondol überquerten, ging Agnes zum Hoteleingang. Weiter kam sie nicht, denn direkt vor der Tür standen ein TV-Reporter und eine Frau mit einer Kamera auf der Schulter. Sie bedeutete Agnes zu warten.

»Aber es ist doch gerade jemand herausgekommen?«, meinte Agnes.

Die Kamerafrau schüttelte den Kopf und gab ihr mit ihrer Mimik zu verstehen: *sofort*, während sie weiter filmte. Der Reporter fasste sich ans Ohr und nickte ernst in die Kamera.

»Ja, hier im *Park Hotel Vossevangen,* im Zentrum des Ortes, ist die Saxophonistin Marta Tverberg gestern Abend bei der Aufführung der Auftragskomposition im Rahmen des Vossa Jazz-Festivals auf der Bühne umgekippt. Wir warten noch auf weitere Informationen der Polizei, doch bis jetzt haben wir so viel erfahren, dass noch eine Person außer Tverberg tot ist. Sie soll versucht haben, der Musikerin auf dem gestrigen Konzert zu helfen. Die Todesursache ist bisher noch unklar. In der nächsten Nachrichtensendung melden wir uns hoffentlich mit mehr zurück sowie mit den Reaktionen des Bürgermeisters und anderer, wie diese unfassbare Tragödie die Jazzstadt getroffen hat.«

»Entschuldigung. Steigen Sie drüber«, sagte die Kamerafrau gleich darauf, und Agnes lächelte sie an, während sie über die Leitungen stieg.

Sie entdeckte Viktor, der in Uniform am Eingang der Pianobar stand.

»Danke, dass du mich immer zurückrufst«, sagte Agnes, ohne den Sarkasmus in ihrer Stimme zu verbergen.

»Danke, dass du immer Verständnis für meine Arbeitssituation aufbringst«, antwortete er im gleichen Ton. »Wie du siehst, bin ich im Dienst, übrigens seit gestern. Für uns, die wir keine *Verfasser* sind, bedeutet im Dienst sein nicht, auf Festivals herumzuhängen und Wein zu trinken.«

Er sagte *Verfasser* immer mit dieser schleppenden Stimme, als hielte er das für die affektierteste Berufsbezeichnung, die er sich vorstellen konnte. Als wäre das, was sie machte, kein ordentlicher Job, obwohl sie ihm mehrmals erklärt hatte, dass es genau das Gleiche war, wie Journalistin zu sein, nur etwas mehr in die Tiefe gehend.

»Okay, Miesepeter, wann willst du eigentlich kondolieren?«

»Wem?«

»Mir!«

Jetzt lächelte Viktor sie an, den Kopf schräg gelegt.

»Was gestern passiert ist, ist schrecklich, und es ist blöd, wenn du dieses Buch nicht weiter *verfassen* kannst, aber seien wir mal ehrlich: Für dich persönlich ist dieser Todesfall wohl kein großes Trauma? Ich kann mich nicht erinnern, dass du etwas anderes getan hast, als dich bei mir über diese Frau zu beklagen, seit du mit dem Buchprojekt angefangen hast. Ich vermisse die Zeit, wo du dich jedes Mal über etwas anderes aufgeregt hast, das war deutlich abwechslungsreicher. Aber wie dem auch sei, es tut mir leid für dich.«

Agnes hatte plötzlich ein schlechtes Gewissen. Nicht wegen Viktor, der auch heute so sauer wie eine Zitrone war, sondern wegen Marta, wegen der Art und Weise, wie sie über und mit Marta geredet hatte. Sie war oft unfreundlich zu ihr gewesen, aber so hatten sie nun einmal miteinander kommuniziert. Agnes hatte genug Respekt vor Marta gehabt, dass sie sich diese Freiheit herausnahm. Vielleicht mochte Marta es sogar, wenn jemand es wagte, ihr auf gleiche Weise Paroli zu bieten.

Agnes begriff, dass sie sie wirklich vermissen würde.

Es fühlte sich seltsam an, sie nicht jeden Tag zu treffen und sich einen Schlagabtausch mit ihr zu liefern. Sie hatten tatsächlich etwas von einem alten Ehepaar gehabt.

»Okay, du hattest so viel zu tun, dass du keine Zeit hattest, mir eine SMS zu schreiben. Also, was ist los?«

Er seufzte tief, auch er war eindeutig mit dem falschen Fuß aufgestanden.

»Polizeiarbeit«, sagte er. »Dass eine ältere Frau umfällt und stirbt, ist nicht so ungewöhnlich. Dass der junge Medizinstudent stirbt, der versucht, sie wiederzubeleben, schon.«

»Tobias Løken war immer noch Student?«

»Ja, war er. Er hat ein medizinisches Praktikum im Haukeland gemacht, wohnte aber hier in Voss. Er war ja mit jemandem aus Voss verheiratet.«

»Ja, mit der Schwester von Didrik Rogne?«

»Mit dem Bruder«, sagte Viktor.

»Ah, er war mit Alfred zusammen?«

»Jepp«, sagte Viktor. »Alfred hat gleich zwei ihm nahestehende Menschen auf derselben Bühne verloren, am selben Abend.«

Agnes war warm und kalt zugleich in ihrem dicken Wollpullover. Sie konnte sich nicht mal ansatzweise vorstellen, wie es Alfred jetzt ging. Sie hoffte, dass er noch jemanden mit etwas mehr Empathie kannte, als sein großer Bruder sie besaß, der sich um ihn kümmerte.

»Hat jemand inzwischen herausgefunden, woran sie gestorben sind?«

Viktor schüttelte den Kopf.

»Ginge es nur um Marta, hätten die Sanitäter Schlaganfall oder Herzinfarkt gesagt. Aber dass die beiden kurz nacheinander gestorben sind, das ist schon verdächtig, deshalb würde es mich nicht überraschen, wenn sich herausstellt, dass die Todesursache die gleiche ist.«

»Dann war es Mord? Jemand muss das Instrument mit etwas präpariert haben, mit dem beide in Berührung gekommen sind?«

»Keine Spekulationen«, sagte Viktor. »Der vorläufige Obduktionsbericht liegt hoffentlich morgen vor, bis dahin müssen wir alle Möglichkeiten in Betracht ziehen, Geduld haben und auf eine Antwort aus der Rechtsmedizin warten. Geduld ist das, worin manche Leute sich üben, falls du es nicht weißt.«

Sie lächelte und tat so, als würde sie sich nicht ärgern. Ihr bester Freund hatte zurzeit wirklich einen seltsamen Humor. Sie musste herausfinden, warum. Aber nicht heute, so viel war klar. Viktor sagte nichts mehr, er stand da und beobachtete eine weitgehend aus Männern bestehende Gruppe, die Verstärker und Gitarrenkästen aus dem Vossasaal schleppten.

»Hast du Alexander gesehen?«, fragte Agnes bemüht beiläufig.

»Ich habe vor einer halben Stunde mit ihm gesprochen, er wirkte ein bisschen gestresst. Er wollte zum Gamle Kino, um sich um das Mitarbeiterfest heute Abend zu kümmern. Denn das wird auf jeden Fall stattfinden, trotz der zwei Todesfälle. Kulturleute eben.«

Strategisch wäre es am klügsten gewesen, den Mund zu halten, aber das schaffte sie nicht. Sie legte ihm eine Hand auf die Schulter und fragte: »Wie lange ist es eigentlich her, dass du das letzte Mal Sex hattest?«

Viktor sah sie wütend an und ging.

Sie selbst hatte große Lust, zum alten Kino zu laufen und mit Alexander zu reden. Er tat ihr leid, und sie fragte sich, wie es dem neuen Leiter von Vossa Jazz ging. Er war perfekt für den Job. Alexander Kosanovic war – genau wie Marta – einer der fähigsten Saxophonisten des Landes, doch wie Agnes in seinem Porträtinterview gelesen hatte, war es ihm sympathischerweise nie wichtig gewesen, vorn auf der Bühne zu stehen. Stattdessen war er viele Jahre sowohl live als auch im Studio einer der solidesten und gefragtesten

Musiker gewesen und hatte zusätzlich noch Organisationsmanagement studiert.

Aber hatte er auch Krisenmanagement studiert?

Sie entschied sich, ihn nicht zu stören.

Sie schaffte es nicht, sich möglicherweise von einem weiteren Mann sagen zu lassen, dass sie im Weg war.

Da traf sie sich lieber mit ihrer Lieblingsfrau.

Ingeborg war tatsächlich anders als andere Hoteldirektorinnen, dachte Agnes, als sie die Freundin entdeckte. Zum einen arbeitete das Management von *Fleischer's Hotel* wirklich selten an Sonntagen, und zum anderen nahm sie an, dass man nullkommanull Prozent der anderen Chefs mit dem Arm voller schmutziger Bettwäsche antreffen würde.

»Eine Krankmeldung beim Zimmerpersonal«, sagte Ingeborg. »Wir müssen, verdammt nochmal, alle hin und wieder ein bisschen Drecksarbeit machen.«

Agnes hatte wieder mal einen der regelmäßig auftauchenden Flashbacks von ihrer Nacht in diesem Hotel letzten Sommer. Die kräftigen, sonnengebräunten Beine von Åkervold ... Sie schob das Bild weg, bevor es sich festsetzen konnte.

»Du solltest dir den Preis für die Angestellte des Monats, nein, für die des Jahres verleihen«, sagte Agnes. »Soll ich dir helfen? Ich bin ein Profi im Bettenmachen. Wenn ich danach einen Kaffee bekomme.«

»Abgemacht«, sagte Ingeborg und warf Laken, Bett- und Kissenbezug in den Plastikkorb, der an einem Transportwagen befestigt war, bevor sie einen kleinen Stapel weißen Bettzeugs aus einem anderen holte. »Ich habe überlegt, ob ich dich anrufen soll, aber ich habe bis spätabends gearbeitet, und um sechs bin ich von Vera geweckt worden.«

»Steht deine Mutter nicht mit ihr auf?«

»Doch, ja, aber ich war auf dem Sofa eingeschlafen, und sie hat mich unhöflicherweise nicht in Frieden liegen lassen.«

Agnes war beeindruckt davon, wie ihre Freundin es schaffte, ihr Leben als alleinerziehende Mutter einer Einjährigen mit ihrem Job als Hoteldirektorin zu vereinbaren. Und jammern tat sie, verdammt nochmal, auch nicht. »Ein bisschen Extraarbeit muss ich als alleinerziehende Mutter schon abkönnen«, pflegte sie zu sagen. Bei ein paar Gelegenheiten hatte sie geäußert, dass das vielleicht auch etwas für Agnes wäre. Ob sie die Alternative nicht in Erwägung ziehen wolle, bevor es zu spät war. Sie könnten als Hippiemütter in einem Kollektiv wohnen und ihre Kinder gemeinsam großziehen.

Obwohl sie Ingeborg liebte, fand Agnes das Hippieleben nicht sehr verlockend. Der Gedanke, allein die vollen Windeln wechseln zu müssen, war an sich schon unerträglich.

»Ich hatte keine Zeit, in die Zeitung zu sehen oder mit jemandem zu reden, du musst mir alles erzählen, was du weißt«, sagte Ingeborg. »Haben sie noch mehr herausgefunden?«

»Bisher noch nicht«, sagte Agnes und spannte das Laken, zusammen mit ihrer Freundin glatt über das Doppelbett. »Doch ich bezweifle, dass irgendjemand glaubt, dass die beiden zufällig gestorben sind.«

»Das heißt, die Polizei ermittelt?«

»Klar. Warum fragst du?«

»Ich finde es seltsam, dass uns noch niemand befragt hat.«

»Euch befragt? Im Hotel, meinst du? Warum sollten sie das tun?«

»Weil Marta Tverberg die Nacht auf Samstag hier übernachtet hat.«

Agnes hielt inne, ihre Hand klemmte zwischen Matratze und Bettkante. Sie erinnerte sich an ein Gespräch, das sie an einem späten Abend im Februar mit Tverberg geführt hatte.

»Wie bereitest du dich auf ein großes Konzert vor?«

»Ich halte mich weit von dummen Journalisten fern.«

»Ist das alles?«

»Ja, und außerdem ist es wichtig, gut zu schlafen. Letzteres ist wirklich entscheidend. Wenn ich schlecht geschlafen habe, sage ich das Konzert ab.«

»Dann hoffe ich, dass Hauki nicht schnarcht.«

»Ich kann dir versichern, dass er das tut. Deshalb werde ich vor der Aufführung der Auftragskomposition auch nicht zu Hause schlafen. Das wäre Wahnsinn.«

»Wo willst du dann schlafen?«

»Das weiß ich noch nicht. Eigentlich gibt es hier im Ort keine Übernachtungsmöglichkeiten, die meinem Standard gerecht werden.«

»Auch kein Hotel? Was für kranke Ansprüche hast du eigentlich?«

»Völlige Schalldämpfung und Verdunklungsgardinen, die kein Licht durchlassen. Selbst bei diesen einfachen Wünschen versagen die meisten norwegischen Hotels. Und am allerwichtigsten ist, dass ich das Gefühl habe, dass noch nie jemand vor mir in dem Zimmer gewohnt hat. Ist auch nur ein Hauch von früheren Gästen zu spüren, eine Serviette im Abfalleimer, eine Falte im Laken, wechsele ich das Zimmer.«

»Du wechselst nicht ernsthaft wegen einer Falte im Laken das Zimmer?«

»Auf jeden Fall. Aber oft ist es schlimmer als das. Ich erinnere mich, wie ich in Deutschland einmal ein langes schwarzes Haar im Waschbecken entdeckt habe. Ich bin sofort zur Rezeption marschiert. Der junge Mann dort hatte keinen guten Tag, um es einmal so auszudrücken.«

»Und vielleicht war es nicht mal sein Fehler?«

»Stimmt, durchaus möglich, aber als Angestellter des Hotels war er für den Skandal verantwortlich. Ich habe noch am selben Abend die Hochzeitssuite bekommen.«

Agnes sah sich in dem Hotelzimmer um, in dem sie gerade standen. Es wurde in keiner Weise der prächtigen und ehrwürdigen Fassade des *Fleischer's* gerecht. Es war eng und klein, die Tapete abgenutzt. Man hatte versucht, dem historischen Ambiente gerecht zu werden, indem man ein paar alte Stühle hineingestellt hatte, was jedoch eher den Eindruck vermittelte, als wäre das Zimmer seit den Siebzigern nicht mehr renoviert worden. Außerdem sah man vom Fenster aus nicht auf den See Vangsvatnet, sondern auf Eisenbahnschienen.

»Hat Marta Tverberg in einem Zimmer wie diesem gewohnt?«, fragte Agnes skeptisch.

Ingeborg lachte verhalten.

»Bist du verrückt? Ich bringe doch keine internationalen

Stars in einem Einzelzimmer mit *train station view* unter, nein. Alle anderen Künstler von Vossa Jazz wohnen im *Park Hotel.* Als Marta Tverberg sich entschlossen hat, hier zu übernachten, hat sie natürlich die Königssuite bekommen.«

»Und die Polizei war noch nicht da drin?«

»Nee.«

Agnes fiel plötzlich auf, dass Ingeborg wieder diesen Blick hatte wie damals, als sie bei den Ermittlungen zum Fallschirmmord geholfen und Privatermittlerin gespielt hatte. Sie hatte alte Bilder gefunden, die ihr neue Informationen zu den in den Fall Involvierten geliefert hatten.

»Aber in dem Zimmer ist natürlich aufgeräumt und sauber gemacht worden, seit Marta es gestern verlassen hat?«

Jetzt lächelte Ingeborg listig, und Agnes zog plötzlich ihre Motivation, »die Drecksarbeit zu machen«, in Zweifel.

»Nee. Sie hatte das Zimmer bis morgen gebucht. Und jetzt, wo du ohnehin hier bist, könnte ja vielleicht das Reinigungspersonal alias Batman und Robin das Zimmer einmal kurz inspizieren?«

Als Ingeborg die Tür zur Königssuite öffnete, bot sich Agnes direkt aus zwei Fenstern ein Blick auf den See Vangsvatnet und die Berge, das Fjell. Es musste ein Eckzimmer sein. Die schweren dunkelroten Gardinen, die bis zum Boden reichten, waren zur Seite gezogen und ließen die Sonne herein.

Das Zimmer war aufgeräumt und wirkte nicht so, als hätte jemand hier gewohnt. Vielleicht war es Marta wichtig, dass ein Hotelzimmer unbenutzt aussah, während sie darin wohnte? Bei ihr und Hauki zu Hause war es immer sauber und ordentlich. Agnes hatte nie auch nur eine Staubmaus entdeckt.

Ein Rollkoffer lag zugeklappt auf einer Bank, auf dem ein kleiner Stapel mit etwas Schwarzem, das nach einer Hose aussah, etwas Grauem und einem alten, kaputten Nachthemd abgelegt war. Und daneben ein Set farbenfroher Wollunterwäsche und eine Skihose. Ernsthaft, hatte sie für das Wochenende auch noch eine Fjell-Wanderung geplant?

Agnes erinnerte sich mit Grauen, wie Marta sie zu einer Tour zum Lønahorgi überredet hatte, bevor der Schnee gekommen war und man noch zu Fuß ins Fjell gehen konnte. Es hatte sich angefühlt, als wäre sie nicht so weit von den siebzig entfernt und Marta diejenige, die sich den vierzig näherte. Geradezu demütigend war es gewesen.

Auf dem Nachttisch lagen ein Stapel Papiere von dem Hotel und von Vossa Jazz, ein Taschenbuch und darauf ein kleines digitales Aufnahmegerät, wie es schien. Marta hatte ihr irgendwann einmal erzählt, dass sie begonnen hatte, Gedanken, die ihr durch den Kopf gingen und für sie selbst oder das Buch interessant sein könnten, auf Band zu sprechen. Doch obwohl Agnes mehrmals nach den Aufnahmen gesucht hatte, hatte sie nie mehr etwas davon gehört oder gesehen.

»Sie hat Chanel No. 5 benutzt«, sagte Ingeborg, die aus irgendeinem Grund direkt ins Bad gegangen war. »Ist die Info interessant für dein Buch? Du weißt, dass ein Duft viel über einen Menschen aussagt?«

Agnes dachte an Alexander.

»Ach ja? Was sagt es dann über mich aus, dass ich seit

dem Gymnasium kein Parfum mehr benutzt habe?«, sagte sie und fragte sich, ob sie dem Aufnahmegerät einen kleinen Schubs geben sollte, damit es in ihrer Handtasche landete.

Sie streckte die Hand aus, bis sie es fast berührte.

Dann hielt sie mitten in der Bewegung inne.

Zögerte.

Zog die Hand wieder zurück.

Als Hoteldirektorin würde Ingeborg Schwierigkeiten bekommen, wenn herauskam, dass jemand Gegenstände im Zimmer entfernt hatte.

Sie legte das Aufnahmegerät brav zur Seite und griff stattdessen nach dem ramponierten Taschenbuch darunter. *Der Schatten des Windes* von Carlos Ruiz Zafón. Okay, besser spät als nie, dachte Agnes. Sie hatten nie über Martas Lesegewohnheiten gesprochen, aber sie war eindeutig nicht auf dem neuesten Stand. Das Buch hatte keine Eselsohren, die zeigten, wie weit sie gekommen war, doch zwischen zwei Seiten im hinteren Teil lag so etwas wie ein Lesezeichen. Agnes schlug die Seite auf und war überrascht zu sehen, dass es sich um ein Foto handelte. Eine kleine, quadratische Schwarz-Weiß-Fotografie, die nach einem alten Klassenfoto aussah. Schnell scannte sie die Gesichter der jungen, ordentlich aufgestellten Menschen, aber alles war so klein, dass sie nicht unmittelbar jemanden wiedererkannte. Ohne zu überlegen, zog sie ihr Handy heraus und fotografierte das Bild. Dann steckte sie es zurück in das Buch und legte alles wieder so hin, wie sie es vorgefunden hatte.

Sie fühlte sich wie ein guter und ehrlicher Mensch, als ihre beste Freundin kurz darauf zurück ins Zimmer kam.

»Dass du kein Parfum benutzt, sagt wohl, dass es dir egal ist, ob du stinkst«, meinte sie und zwinkerte ihr zu. »Quatsch, ich habe das mit dem Duft nur in irgendeiner Frauenzeitschrift gelesen. Siehst du irgendetwas Interessantes? Liegen irgendwo Diamanten oder anderer teurer Schmuck herum?«

»Das ist nichts, wonach Robin Batman gefragt hätte.«

»Stimmt«, sagte Ingeborg. »Ich werde Selbstkritik üben.«

»Aber komm mal her und sieht dir das an«, sagte Agnes und zeigte auf das Aufnahmegerät. »Ich glaube, dass das für mich sein könnte.«

»Für dich?«

»Marta hat mir erzählt, dass sie mehrere Aufnahmegeräte herumliegen hat, auf denen sie alles aufnimmt, was ihr zwischendurch einfällt. Ich habe ihr gesagt, dass sie die Aufnahmen auf ihren PC überspielen und dort speichern soll, wie ich das nach jedem Interview mache, oder dass sie die Tondateien direkt an mich schicken soll, aber das hat sie nie getan. Sie war nicht gerade ein Technikgenie.«

»Im Gegensatz zum Rest ihrer Generation, meinst du?«, erwiderte Ingeborg trocken. »Worauf warten wir dann, wir müssen uns anhören, was auf dem Aufnahmegerät ist.«

»Hantieren wir da nicht an Beweisen herum? Ich bin nicht wild darauf, dass die Polizei meine Fingerabdrücke im ganzen Zimmer findet. Das kann dich auch in Schwierigkeiten bringen.«

Ingeborg seufzte und zog ein paar gelbe Plastikhandschuhe aus der Tasche.

»An der Ausrüstung deines Robins ist nichts auszusetzen«, sagte sie und zog einen Handschuh über die rechte Hand.

Auf dem kleinen Display war nichts zu sehen, doch als Ingeborg mit ihrem gelben Plastikfinger das Aufnahmegerät einschaltete, wurden mehrere Aufnahmen angezeigt. Sie klickte auf die erste, als gehörte der Umgang mit digitalen Aufnahmegeräten für die Hotelchefin zum Alltag.

Dann drückte sie auf Play, und Martas Stimme erfüllte das Zimmer, in dem sie gewohnt hatte.

In der letzten Zeit habe ich oft über Freundschaft nachgedacht, und mir ist etwas eingefallen, das ich einmal gelesen habe. Aristoteles hat gesagt, dass zwischen Freundschaft, die auf Nutzen, und Freundschaft, die auf Aufrichtigkeit basiert, ein großer Unterschied besteht. Nur Letztere verdiene wirklich den Namen Freundschaft, hat er gemeint. Darin bin ich völlig einig mit ihm. Aber ich weiß nicht, ob ich schon einmal Freundschaft erlebt habe, die auf Aufrichtigkeit basiert hat. Ich hatte immer das Gefühl, dass die Leute etwas von mir wollten. Außer Hauki gibt es wohl niemanden, der mich ohne Vorbehalt geliebt hat. Aber vielleicht habe auch ich niemand anderen geliebt. Ich habe viele Jahre keine guten Freunde gehabt, nicht seit …

Der Plastikfinger drückte auf die Stopptaste. Als Agnes Ingeborg fragend ansah, nickte die Freundin zum Fenster hin. Zwei Dienstwagen der Vosser Polizei standen auf der Straße vor dem *Fleischer's* und blinkten nach rechts. Kurz darauf fuhren sie auf den Hotelparkplatz.

Ingeborg wirkte leicht gestresst.

»Glaubst du, sie wollen …«

»Hierher?«, sagte Ingeborg. »Jepp, ich glaube, es besteht

eine große Chance, dass sie das wollen. Und ich glaube, wir beide sollten sehen, dass wir blitzschnell aus diesem Zimmer verschwinden.«

Agnes bereute bereits, dass sie das Aufnahmegerät nicht mitgenommen hatte.

Die Dämmerung hatte eingesetzt, als sie nach Hause kam, und sie fühlte sich deprimiert und mutlos. Sie sah ihr Spiegelbild im Fenster neben der Außentür und dachte wie so oft: Was machst du hier noch?

Am liebsten würde sie wieder gen Osten abhauen, aber das war unmöglich, jetzt, wo ihre Mutter krank war. Sie musste sich um sie kümmern. Ihre Mutter ging natürlich zu den regelmäßigen Kontrollen, doch Agnes verließ sich nicht darauf, dass sie ihr von Rezidiven erzählen würde, sollten diese auftreten. Menschen ihrer Generation, jedenfalls ihrer Generation von Vestländern, wollten vor allem »nicht zur Last fallen«. Als ärgerten die Ärzte sich über Krebspatienten, die ihnen ständig die Türen einrannten. Falls der Lungenkrebs zurückkam, konnte Agnes, ihre einzige Tochter, nicht auf der anderen Seite des Fjells wohnen. Ihr Vater, der noch nie seine eigene Unterwäsche gewaschen hatte, würde mit der alleinigen Verantwortung für eine schwer kranke Ehefrau nicht zurechtkommen.

Agnes ließ den Mantel in der Diele auf den Boden fallen – weil sich niemand darum kümmerte, ob sie ihn an den Haken hängte oder nicht – und ging zielstrebig in die Küche. Während sie die Reste betrachtete, die noch da waren, begannen ihre Augen zu brennen.

Zunächst verstand sie nicht, was passierte.

Doch als sie bemerkte, dass beide Wangen nass waren, begriff sie, dass sie tatsächlich weinte. Sie hatte keine Ahnung, warum jetzt, nach so vielen Wochen. Vielleicht, weil sie es vermisste, im obersten Fach neben der Marmelade eine Plastikbox mit selbst gemachter Lasagne zu finden oder zu dem Duft eines fertigen Abendessens nach Hause zu kommen.

Armer Fredrik.

Sie hatte ihm wohl nie gezeigt, wie sehr sie seine Kochkünste geschätzt hatte. Was war sie für eine undankbare Freundin gewesen.

Sie hatte ihn nicht verdient.

Sie verdiente niemanden.

Aber sie brauchte jemanden.

Oder zumindest etwas.

Sie trocknete sich die Augen und öffnete den Gefrierschrank, holte eine Pizza mit Schinken und Peperoni heraus, riss die Plastikfolie ab und schob sie in den Ofen. Dann marschierte sie entschlossen ins Schlafzimmer, zog die große Nachttischschublade auf und wühlte zwischen den halb gelesenen Büchern, den leeren Batterien und der Geburtstagkarte von Fredrik aus dem Vorjahr herum.

Das Ding begann sofort kräftig zu vibrieren, als sie daran stieß.

Das Geräusch ließ ihre Wangen vor Scham rot werden. Sie hatte das Gerät nur ein Mal ausprobiert, nachdem sie es mit einer Karte mit den Worten *Fröhliche Weihnachten, jetzt brauchst du auch keinen Mann mehr im Bett* von Ingeborg zu Weihnachten geschenkt bekommen hatte. Agnes hatte gelacht und gedacht, dass es lange her sein musste, dass Ingeborg Sex gehabt hatte, wenn sie meinte, dass das kleine Gerät einen Mann ersetzen konnte.

Sie zog ihren Slip aus und kroch unter die Decke. Sie hielt die Augen die ganze Zeit geschlossen und sah das gleiche Bild vor sich: Wie sie mit Alexander Kosanovic auf einem Stuhl im Vossasaal Sex hatte, während das Blaulicht um sie herum heftig blinkte.

Als sie spürte, wie sich das Zittern aufbaute, sah sie Tor Erik Åkervold vor sich.

Sie saß vor ihrem Mac und aß die Pizza. Ärgerte sich, dass die *VG*-Fritzen zum schlechtestmöglichen Zeitpunkt aufgetaucht waren. Ärgerte sich, dass sie den Rest auf dem Aufnahmegerät nicht gehört hatte, das auf dem Nachttisch im *Fleischer's* lag. Letzteres motivierte sie zumindest, sich mehrere der Aufnahmen, die sie selbst gemacht hatte, noch einmal anzuhören.

Sie klickte den Ordner an, den sie mit *Privatleben* betitelt hatte, und wählte eine zufällige Aufnahme, auf der Marta vor allem über das Wetter redete und über den Mokkamaster wütete, der nicht richtig funktionierte. Die nächste Aufnahme begann ganz ähnlich, so dass Agnes beide in den Papierkorb verschob. Das war zumindest ein Anfang.

Bei der dritten Aufnahme, die sie anklickte, war wenigstens der Kaffee endlich auf dem Tisch, und es wurde geredet.

Als Agnes sie zu Ende gehört hatte, spürte sie wieder diesen Druck hinter den Lidern.

Sie war überrascht über ihre Reaktion.

Sie war sich nicht sicher, ob die Tränen wegen Marta, Hauki oder ihr selbst fließen wollten.

»Sollen wir heute über die Liebe reden?«

»Uff, muss das sein? Ich kann so ein gefühlsduseliges, zuckersüßes Gerede nur schwer ertragen.«

»Ich werde nicht zuckersüß darüber schreiben, das verspreche ich dir. Aber wir müssen ja mal über den Mann in deinem Leben reden.«

»Ja, das müssen wir vielleicht. Aber kann ich nicht lieber eine Geschichte erzählen?«

»Tu das.«

»Hauki und ich haben im Gerichtsgebäude geheiratet, an einem eiskalten Samstag im November. Ich sollte das Brautkleid meiner Mutter tragen, eine kurze weiße Angelegenheit mit langen Ärmeln, nicht so ein prinzessinnenhafter Tüllalbtraum, den die Bräute heute tragen. Sie zeigen auch viel zu viel Haut. Aber darum geht es nicht. Am Abend vor der Hochzeit habe ich entdeckt, dass eine Naht aufgegangen war. Ich war total verzweifelt, weil ich noch nie in meinem Leben Nadel und Faden in der Hand gehabt hatte, und meine Mutter lebte ja nicht mehr, sie konnte mir also nicht helfen. Es war auch keine Zeit, um zu einer Schneiderin zu gehen. Und bei der Trauung würden Fotografen und Presse zugegen sein. Ich stand kurz vor dem Zusammenbruch.«

»Das verstehe ich gut.«

»Aber Hauki war die Ruhe selbst, als er mich angelächelt und gesagt hat: ›Ganz ruhig, es findet sich immer eine Lösung‹. Und weißt du, wer schließlich in der Nacht viele Stunden damit verbracht hat, mein Kleid zu flicken? Ja, der Bräutigam höchstpersönlich.«

»Ist das wahr?«

»Dieser Mann ist ein Unikum, das wollte ich nur gesagt haben. Es gibt nichts, das Hauki nicht in den Griff bekommt. Aber weißt du was, jetzt muss ich mich ausruhen. Das Unikum hat heute Nacht wie ein Traktor geschnarcht, und dieser Kaffee schmeckt beschissen. Sollen wir morgen weitermachen?«

MONTAG

Großartig, schrieb die *Bergens Tidende.*

Die Zeitung gab der Auftragskomposition die volle Punktzahl, sechs von sechs Herzen. Es war das erste Mal, an das Agnes sich erinnern konnte, einen Artikel über ein Konzert zu lesen, dessen Künstler in der Zwischenzeit verstorben war. Ob das Einfluss auf die Bewertung gehabt hatte, war möglicherweise eine kritische Nachfrage wert, aber der Kulturjournalist, der am Samstag im Vossasaal gesessen hatte, klang zumindest ehrlich überzeugt. Und in Martas Namen ein bisschen gekränkt. Die Diva hätte bestimmt zu schätzen gewusst, was er geschrieben hatte.

Wissen wir unsere internationale Bedeutung im Jazzgenre hier in Norwegen eigentlich richtig zu schätzen? Eine rhetorische Frage. *Bevor die Saxophonistin und Komponistin Marta Tverberg am Samstagabend auf dem Vossa-Jazz-Festival auf der Bühne umgekippt ist, hat sie dem hiesigen Publikum vorgeführt, was ihm all die Jahre entgangen ist. Die Aufführung war schlichtweg außerordentlich, ein feuriger Mix aus spannenden Rhythmen und ruhigeren Zwischenspielen, der den großen und sterilen Vossasaal aufgeheizt hat. Und die lokale Jazzkönigin, die zwischen den*

Klängen in einer Standpauke Klartext geredet hat, was sie von der norwegischen Jazzszene hält, hat nicht allein Vossa-Jazz-Geschichte geschrieben.

Bei ihrem letzten Konzert stand eine höchst kompetente Band mit Tverberg auf der Bühne, die hoffentlich das musikalische Erbe ihrer Legende weiterführen wird. Der stille, aber charismatische Pianist und Komponist Alfred Rogne, der sicher auch das Zeug zu einer zukünftigen Auftragskomposition hat; sein Bruder, der Bassist Didrik Rogne, bekannt als rhythmisches Genie und auf viele Arten das Rückgrat der Aufführung; und die Perkussionistin, die in New York eine glänzende Karriere gemacht hat und für diese Gelegenheit nach Hause geholt worden ist, Marta Tverbergs Stieftochter Ragna Haukursdottir. Zusammen waren die vier ein eingespieltes Team der Spitzenklasse, das sich zurückgehalten hat, wenn es erforderlich war, und aus dem Vollen geschöpft hat, wenn es angemessen erschien. Große Teile der Komposition wurden zwar nach Noten gespielt, doch mit solchen Musikern wird das nie steril oder vorhersehbar. Nein, unter der kundigen Regie einer der größten Stars, die es je am Jazzhimmel gegeben hat, wird etwas Magisches daraus. Bravo, Marta Tverberg, und danke für die Musik.

Agnes faltete die Zeitung zusammen und sah noch einmal auf die Titelseite. Auch dort war Marta Tverberg der Aufmacher, was jedoch nichts mit ihren musikalischen Qualitäten zu tun hatte.

Tod auf dem Vossa-Jazz-Festival stand über dem Bild von Tverberg und Tobias Løken.

Agnes blickte auf. Der Raum war noch fast leer. Ausnahmsweise einmal war sie rechtzeitig vor Beginn der Pressekonferenz auf der Polizeiwache. Ironischerweise jetzt, wo sie zum ersten Mal nicht als Journalistin arbeitete.

Die Polizei hatte angekündigt, um acht Uhr am Morgen zum Stand der Dinge in dem Fall Stellung zu nehmen. Aus lauter Angst zu verschlafen hatte sie die Nacht über viele Stunden wach gelegen. Die anderen Journalisten, die nach und nach eintrafen, schienen noch unausgeschlafener zu sein als sie. Agnes drehte sich zu dem kleinen Tisch mit den Mikrophonen hin, um niemanden zu sehen, den sie kannte, und vor allem Tor Erik Åkervold nicht.

Sie vermutete, dass der frühere Polizeidienststellenleiter Sigmund Stordahl, der jetzt den geschlechtsneutralen und viel diskutierten Titel *Polizeivorstand* trug, diese Pressekonferenz allein leiten würde. Doch als er zur Tür hereinkam, sah Agnes eine andere Bekannte, die ihm in kurzem Abstand folgte. Kristina Bachmann von der Kripo hatte die Ermittlungen im Fallschirmmord geleitet. Das letzte Mal hatte sie sie am letzten Abend der Extremsportwoche gesehen, nachdem Fredrik ihr einen Antrag gemacht und bevor sie Sex mit Åkervold gehabt hatte.

Die Kripo-Chefin setzte sich nicht mit Storedahl an den Tisch mit den Mikrophonen, sondern stellte sich stattdessen ganz hinten im Raum an die Wand. Was sollte das? Viele der Anwesenden waren schließlich erfahrene Nachrichtenjournalisten und würden sie wiedererkennen.

Dass die Polizei bereits gestern die Kripo um Hilfe gebeten hatte, konnte nur eines bedeuten:

Sie waren sicher, dass es sich um Mord handelte.

»Ja, guten Morgen. Bevor heute Abend oder morgen der

Obduktionsbericht vorliegt, können wir nichts mit Sicherheit sagen«, begann Storedahl und machte eine Kunstpause. Er war jemand, der es liebte, den Raum unter Kontrolle zu haben. »Doch so viel kann ich verraten. Dass wir die Todesfälle während des Vossa Jazzkonzerts am Samstag als verdächtig einstufen.«

Diese Worte laut ausgesprochen zu hören, das schien das Klima im Raum zu verändern.

»Daher ist die Polizei an jeder Art Hinweis aus der Bevölkerung interessiert. Sollte jemand im Besitz von Informationen sein, die für die Polizei nützlich sein könnten, bitten wir dringend, zu uns Kontakt aufzunehmen.«

Storedahl eröffnete die Fragerunde, und plötzlich wurde es Agnes bewusst, dass sie in der ersten Reihe saß und noch immer nicht mitbekommen hatte, wer sonst noch im Saal war. Jetzt wagte sie jedenfalls nicht, sich umzudrehen.

Die erste Frage kam von einem Reporter der *Bergens Tidende*, der wissen wollte, ob die Polizei noch andere relevante Spuren am Ort des Geschehens gesichert hatte. Das konnte Storedahl bestätigen, doch »mit Rücksicht auf die Ermittlung« nicht weiter konkretisieren.

Er wollte auch die Frage des *TV-2*-Reporters, ob die Polizei schon einen Verdächtigen habe, nicht beantworten. Was machte es also für einen Sinn, mit der Information an die Öffentlichkeit zu gehen, dass die Todesfälle verdächtig waren? Agnes begann, sich zu fragen, wie viele Feinde Marta Tverberg wohl gehabt haben könnte. Wenn all diejenigen, die sie beleidigt hatte, die gleichen Gefühle für sie hegten, waren das mindestens zehn bis zwanzig Personen. Und wenn sie sich so verhalten hatte wie anfangs Agnes gegenüber, waren sowohl der Ort als auch die Jazzszene zum Bersten voll mit Leuten, die Marta nicht ausstehen konnten. Aber das war anscheinend ihre Art. War sie wirklich so gemein zu jemandem gewesen, dass er ihr den Tod gewünscht hatte?

»Tor Erik Åkervold, *VG*«, sagte der Nächste, dem das Wort erteilt wurde, und Agnes sank in sich zusammen wie ein missglückter Brotteig. »Wie beurteilt die Polizei die Sicherheitsmaßnahmen während des Festivals im Licht dessen, dass jetzt nicht auszuschließen ist, dass es während des Konzerts zu einer kriminellen Handlung gekommen ist?«

Storedahl setzte seine Brille wieder auf, als wollte er Åkervold besser sehen.

»Da wir noch nicht wissen, was passiert ist, werden wir uns zum gegenwärtigen Zeitpunkt dazu nicht äußern«, sagte er. »Alle Fragen in Verbindung mit Vossa Jazz können dem Festivalleiter Alexander Kosanovic gestellt werden, der heute auch hier ist und für ein Interview zur Verfügung steht.«

Agnes drehte sich reflexartig um, doch statt Alexander zu entdecken, blickte sie Åkervold direkt ins Gesicht. Er zwinkerte ihr zu. Sie antwortete mit einer Grimasse. Jetzt musste sie sich ernsthaft zusammennehmen. Wenn sie so dumm gewesen war, nicht nur einmal, sondern gleich zweimal mit dem Typen Sex zu haben, musste sie auch frau genug sein, dazu zu stehen.

Als die Pressekonferenz vorbei war, holte sie tief Luft und ging zu dem Stuhl, auf dem er breitbeinig, einen kleinen Stöpsel im Ohr, saß. Erst als sie etwas sagen wollte, sah sie, dass er telefonierte. Er lächelte und hielt einen Finger hoch, als wollte er ihr bedeuten zu warten. Sie blieb stehen, starrte in die Luft und kam sich wie eine Idiotin vor.

Verdammter Åkervold.

»Tveit höchstpersönlich!«

Das irritierende, charmante Lächeln, die breiten Schultern. Er hielt die rechte Hand hoch. Sie tauschten einen High-Five aus, als wäre sie ein Kind, zu dem er freundlich sein wollte, und nicht eine Ex-Kollegin, in die er seinen Penis gesteckt hatte.

»Danke für letztens. Du warst am Freitag so schnell weg, dass ich gar nicht mit dir reden und mich auf den neuesten Stand bringen lassen konnte. Wie läuft es in der Provinz?«

»Gut läuft es«, sagte sie. »Hier passiert ja so einiges, wie du siehst.«

»Da hast du, verdammt nochmal, recht. Dieser Ort muss voller Verbrecher sein. Nicht verwunderlich, dass es dir hier gefällt. Wie ich sehe, bist du unter die Autoren gegangen? Bist du jetzt wieder bei der Lokalzeitung oder was?«

»Nee, ich schreibe an einem neuen Buch.«

Åkervold schien überrascht zu sein.

»Aha. Und über was?«

Sie wollte antworten, überlegte es sich aber anders. Sie mochte ihn nicht im Nacken haben, während sie an dem Buch arbeitete. Er würde keine Informationen aus ihr herausbekommen.

»Lokales«, sagte sie. »Nichts, was dich interessiert.«

»Ich interessiere mich für alles, was Agnes Tveit angeht.«

Er lächelte.

Wie hatte dieser Typ sie nur ins Bett bekommen können? Wie hatte sie ihre Beziehung für dieses wandelnde Klischee aufs Spiel setzen können?

»Dann empfehle ich dir, dass du dir *Der Fall* kaufst«, sagte sie. »Ein gutes Buch, es ist inzwischen erschienen.«

»Ja, klar, steht schon auf meiner Leseliste. Das wird so eine Art Erinnerungsbuch. Obwohl du letzten Sommer frühmorgens ein bisschen mitgenommen warst, war es eine Freude, mit dir … zu arbeiten.«

Das war der definitive Schluss dieser Zusammenarbeit, dachte Agnes und sah Viktor draußen im Gang.

»Warum bist du eigentlich auf dieser Pressekonferenz, wenn du über Lokales schreibst?«, fragte Åkervold.

»Berufskrankheit. Wahrscheinlich brauche ich ein bisschen Action. Einmal ein Spürhund, immer ein Spürhund«, sagte sie und bereute den dummen Spruch bereits, noch bevor er heraus war.

»Einmal doggy, immer doggy«, sagte er und zwinkerte ihr zu.

Ihr war warm, und sie hatte rote Wangen, als sie sich auf Viktor stürzte, der draußen im Gang stand. Eine Kaffeetasse in der Hand, sah er aus, als würde er ungeduldig warten, dass die Journalisten verschwanden.

»Hast du gesehen, wer hier ist?«, fragte sie.

»Wenn du Don Juan aus der Hauptstadt meinst, dann ja, ich habe ihn im Ort getroffen. Er hat nach dir gefragt. Hat die *VG* nicht auch andere Kriminaljournalisten?«

»Ich rede eigentlich von der Kripo-Dame«, sagte Agnes.

»Und ja, aber Åkervold war schon hier, als es passiert ist. Auf dem Jazz-Festival, meine ich. Ich habe ihn Freitag gesehen.«

»Und das hast du mir nicht gesagt?«

»Nein, du warst ja so damit beschäftigt, mir zu erzählen, wie viel du zu tun hast.«

»Es ist hektisch, ja, an allen Fronten.«

Viktor sah erschöpft aus.

»Dann ist sich die Polizei also ziemlich sicher, dass es Mord ist, schätze ich?«, sagte Agnes.

»Jepp«, erwiderte Viktor trocken.

Sie wartete, doch ihr bester Freund schwieg und sah sich nervös um.

»Und?«, fragte sie. »Hast du nicht vor, mich auf den neuesten Stand zu bringen?«

»Dich auf den neuesten Stand bringen?«, wiederholte er. »Dir ist schon klar, dass du in diesem Fall total befangen bist? Du wirst bald als Zeugin vorgeladen.«

»Als Zeugin? Wieso?«

»Weil du zu denen gehörst, die in der letzten Zeit den meisten Kontakt zu Marta Tverberg hatten. Die Gespräche, die du mit ihr geführt hast, könnten viele wertvolle Informationen enthalten. Tut mir leid«, erklärte Viktor und fuhr fort: »Jetzt, wo du nicht mehr als Journalistin arbeitest, kann ich ja nicht einmal mehr als Schattenreporter mitkommen, wenn du über ein Fußballspiel berichtest. Was bleibt dann noch von unserer Freundschaft?«

Sie umarmte ihn und versprach, dass ihr etwas Neues einfallen würde, womit sie ihn nerven konnte.

Statt sich ins Auto zu setzen, lief Agnes über die Straße zu der Tankstelle. Die Schlagzeile *In Trauer über den Tod der Diva* hatte es bis auf die Titelseite der *VG* geschafft, war aber nicht der Aufmacher.

Das würde sie bestimmt morgen sein, jetzt, wo die Polizei quasi bestätigt hatte, dass man wegen Mordes ermittelte.

Sie überflog den Artikel, während sie am Kiosk stand. Der Journalist – Tor Erik Åkervold weigerte sich, diese Art Drecksarbeit zu machen – hatte getan, was Journalisten immer taten, wenn Berühmtheiten starben: Er hatte Leute angerufen und sie gebeten, ein paar nette Worte über die Verstorbene zu sagen. Agnes kaufte die Zeitung. Der Bericht konnte ihr für das Buch nützlich sein. Sie kannte sich in der norwegischen Jazzszene so gut wie nicht aus und in der internationalen schon gar nicht.

In dem *VG*-Artikel hatten sie einen Briten zu Wort kommen lassen, der faktisch als »Legende« galt. Er meinte, dass Marta Tverberg zu den Besten gehört hatte, die jemals aus Norwegen gekommen waren. Die Leiterin des Norwegischen Jazzforums war ebenfalls interviewt worden, und die Vorsitzende Lucy Fagnastøl sagte im Namen von Vossa Jazz, dass Marta Tverberg ein großes Vakuum in der nationalen wie in der internationalen Musikszene hinterlassen werde, nicht zuletzt hier vor Ort in Voss.

Es las sich hölzern. Vor allem für all diejenigen, die Martas Standpauke unmittelbar vor ihrem Tod mitbekommen hatten.

»Verdammt, hast du das gesehen?«, sagte jemand.

Agnes drehte sich um und sah, dass der Mann nicht mit

ihr sprach, sondern mit dem Angestellten der Tankstelle. Er hielt sein Handy hoch.

»Was ich mir gedacht habe«, erwiderte der Typ hinter der Verkaufstheke, während er eine Grillwurst herausfischte und in ein Brötchen legte. »Es konnte ja nur Mord sein, nicht? Da steckt bestimmt der Ehemann dahinter, wie üblich.«

Die Nachrichten von der Pressekonferenz hatten es bereits in die Online-Zeitungen geschafft. Damit war der Startschuss für den Stadtklatsch gegeben.

»Hauki?«, sagte der Mann. »Nee, der ist doch, verdammt nochmal, ein anständiger Kerl. Das kann niemand von hier gewesen sein. Während des Jazz-Festivals kommen ja alle möglichen Leute hierher. Und der andere, der gestorben ist, der war wohl schwul.«

»Was hat das mit dem Fall zu tun?«, fragte der Tankstellenangestellte.

»Sicher nichts. Aber in dem Milieu gibt es viel Seltsames«, meinte der Mann, während er die Grillwurst im Brötchen entgegennahm und großzügig Ketchup daraufkippte. »Jaja, da kann der Polizeidienststellenleiter Ostern dieses Jahr wohl vergessen.«

»Herrgott«, sagte eine Frau, die hereingekommen war, um ihr Benzin zu bezahlen. »Das muss man sich einmal vorstellen, dass ein Doppelmörder im Ort herumläuft! Und das jetzt, direkt vor dem Beginn der Touristensaison!«

Der Redakteur rief in dem Moment an, als Agnes zu Hause zur Tür hereinkam.

»Ich gebe dir zwei Wörter«, sagte er. »*True Crime.*«

Jetzt hatten die Geier Lunte gerochen. Der Redakteur ließ

die Wörter kurz in der Luft hängen, und Agnes sah vor sich, wie er sich auf seinem Bürostuhl zurücklehnte. Sie nutzte seine Kunstpause, um sich die Schuhe von den Füßen zu kicken und in die Küche zu gehen.

»Solche Bücher verkaufen sich wie verrückt, sowohl in Norwegen als auch international. Alle hier sind sich einig: Wenn sich wirklich herausstellt, dass das Mord war und du das, was du bereits über Marta hast, gebrauchen und die nächsten Tage nutzen kannst, noch weiter in dem Fall zu graben, ist das ein verdammt guter Ausgangspunkt. Mit all den Kontakten, die du in Voss hast, bist du die perfekte Besetzung für diese Aufgabe. Im Grunde genommen geht das ungefähr in die gleiche Richtung wie das Fallschirmbuch«, sagte er eifrig. »Der Unterschied ist nur, dass dieser Fall noch nicht aufgeklärt ist. Stell dir mal vor, das Buch kann dazu beitragen!«

Die alte Agnes hätte sich bei dem Telefongespräch gekrümmt und gewunden, gedacht, dass sich das mühsam und schwierig und zeitintensiv anhörte.

Die alte Agnes hätte versucht, so schnell wie möglich aus der Situation herauszukommen.

Die neue Agnes, die im Flur ihres eigenen Hauses stand, in dem es kein Büro gab, in das sie gehen, und keine Kollegen, mit denen sie reden konnte, fühlte, wie ihr Journalistenblut in Wallung geriet.

»Okay«, sagte sie zu dem Redakteur.

Sie legte auf und setzte sich mit ihrem Mac an den Küchentisch. Der Ordner mit den Tonaufnahmen war bereits offen. Wieder bereute sie, die Aufnahmen nicht fortlaufend transkribiert zu haben. Sie ging zu dem *Musik*-Ordner und scrollte sich schnell durch ein paar Aufnahmen mit jazzfachlichem Gerede und anderen, weniger interessanten Sachen, die Marta von sich gegeben hatte.

Dann hatte sie gefunden, wonach sie suchte.

»Wie läuft es mit der Auftragskomposition?«

»Mit der Musik läuft es ausgezeichnet. Die Musiker sind das Problem.«

»Denkst du an deine eigene Band?«

»Ja. Die jungen Leute haben wirklich vor nichts Respekt.«

»Wie meinst du das?«

»Ich meine das so, wie ich es sage, dass die Jungen die Menschen nicht respektieren, die älter sind, erfahrener oder klüger als sie selbst. Und dass sie zu gierig sind.«

»Alle?«

»Vor allem Didrik. Er macht ein riesiges Theater wegen der Aufteilung der Tantiemen.«

»Wie äußert sich das?«

»Das äußert sich so, dass er darauf besteht, für meine Arbeit Geld zu bekommen. Ich war mir die ganze Zeit sicher, dass ich das Geld erhalte, weil ich diejenige bin, die das Stück geschrieben hat. Sie wären nie mit dabei, wenn ich sie nicht gefragt hätte. Sie sollten, ehrlich gesagt, dankbar sein für diese Möglichkeit, besonders Didrik.«

»Warum das?«

»Darüber können wir ein anderes Mal reden. Tatsache ist, dass es mein Werk ist, selbst wenn sie mit Vorschlägen für Änderungen und die Entwicklung der Musik gekommen sind. Mein Name steht auf dem Spielplan. Nicht dass das mit dem Geld wichtig wäre. Es geht ums Prinzip.«

»Streitet ihr oft darüber?«

»Und ob wir das tun, ja. Heute hat Didrik mir richtiggehend gedroht. Er hat gesagt, dass ich nachdenken sollte, bevor ich irgendetwas Dummes mache. Ich habe geantwortet: ›Das solltest du jeden Tag.‹«

Hatte Martas Bassist seine Drohung ernst gemeint?

Zumindest sollte Agnes die Polizei davon unterrichten.

Oder sollte sie sich das vielleicht eher für ihr Buch aufsparen?

Es ärgerte sie, dass sie Marta nicht noch einmal danach gefragt hatte, als sie die Gelegenheit gehabt hatte.

Jetzt machte die Aufnahme sie nur noch neugieriger auf Didrik Rogne. Sie erinnerte sich gut an ihn vom Gymnasium her, obwohl sie Alfred besser gekannt hatte. Beide Brüder hatten den Musikzweig des Vosser Gymnasiums besucht. Alfred ging in die erste Klasse, als Didrik in die letzte ging. Sie war neidisch auf die beiden Brüder gewesen, hatte sich gewünscht, auch einen Bruder oder eine Schwester zu haben, mit der sie zusammen musizieren konnte, obwohl sie so gut wie kein musikalisches Gehör besaß und kein Instrument mehr angefasst hatte, seit der Klavierlehrer in der Musikschule ihre Mutter gebeten hatte, dass Agnes aufhörte. Alfred war absolut phantastisch am Klavier. Er war bei jeder Abschlussfeier und jeder anderen Veranstaltung des Gymnasiums aufgetreten und beherrschte sowohl Klassik als auch Unterhaltungsmusik. Zusammen mit Didrik am Bass und ein paar anderen Typen aus Vaksdal hatten sie ihre eigene Band gehabt, zu der Zeit eine Ausnahme im Ort. Sie nannten sich *The Invaders*, da eigentlich keiner von ihnen aus Voss kam, sondern alle zugezogen waren, um aufs Gymnasium zu gehen. Alfred und Didrik hatten zwar Familie im Ort, waren aber in Bergen aufgewachsen. Agnes erinnerte sich, wie seltsam sie es gefunden hatte, dass jemand aus der *Stadt* hierherzog. Sie wohnten in einer Studentenbude, und Agnes hatte sie aus der Ferne bewundert und davon geträumt, zu einer ihrer Feten eingeladen zu werden. Den Rogne-Brüdern gehörte damals die Welt.

Zwanzig Jahre später war Alfred noch genauso verwegen, Didrik sah dagegen aus, als könnte er auch einen Nine-to-five-Job haben. Sowohl Bauch als auch Geheimratsecken hatten an Größe zugenommen. Der Verfall von Männern in ihrem Alter überraschte sie immer wieder. Und es wunderte sie, wie unterschiedlich sich das bei den beiden Brüdern auswirkte, da sie sich früher so ähnlich gewesen waren.

Agnes fragte sich, wann Alfred sein Coming-out gehabt hatte. Auf dem Gymnasium war er bei den Mädchen sehr beliebt gewesen. Erstaunlich, dass sie so gar keine Ahnung gehabt hatte, dass er mit einem Mann verheiratet war, bevor er Witwer wurde.

Ihr Handy klingelte. Das Display zeigte eine unbekannte Nummer an.

»Hier spricht Kristina Bachmann von der Kripo.« Die Stimme klang herrisch. »Wir verschaffen uns gerade einen Überblick über den Bekanntenkreis von Marta Tverberg, bis uns der Obduktionsbericht vorliegt, jetzt mit Ostern und all dem. Habe ich das richtig verstanden, dass Sie an einem Buch über die Tverberg arbeiten?«

»Äh, ja, das stimmt.«

Agnes fiel auf, wie zurückhaltend sie klang.

»Haben Sie die Möglichkeit, sich heute mit uns zu unterhalten?«, fragte Bachmann.

Der Ernst der Situation wurde ihr erneut bewusst. Marta war umgebracht worden.

Getötet worden.

Ermordet.

»Natürlich«, sagte Agnes. »Ich kann sofort vorbeikommen.«

»Agnes! Hei!«

Ihr Herz machte einen Satz, wie es das bei dem Anblick von Alexander Kosanovic immer tat und wahrscheinlich auch immer tun würde. Der attraktivste Mann des Ortes, der Gemeinde, vielleicht des ganzen Vestlands stand direkt neben dem Eingang zur Polizeiwache.

Sie errötete bei dem Gedanken, dass sie beim Onanieren an ihren Jugendfreund gedacht hatte.

»Hei du!«, sagte sie so unbefangen wie möglich.

»Bist du dienstlich unterwegs?«, fragte er.

»In gewisser Weise. Ich soll mit der Polizei reden … über Marta.«

»Ach, dann hast du sie auch gekannt?«

»Ja, ich sitze an dieser Biographie …«

Sie sah ihn fragend an, doch es schien kein Groschen zu fallen. Enttäuscht stellte Agnes fest, dass Alexander ihren Aktivitäten wohl nicht so interessiert gefolgt war wie sie den seinen.

»… ja, über Marta Tverberg und die Musik … und ihr Leben.«

Sein perfektes Gesicht verfinsterte sich kurz. Vielleicht

machte es ihn nervös, dass sein allererstes Krisenmanagement zwischen zwei Buchdeckeln landen könnte. Oder vielleicht war es ihm auch einfach nur peinlich, denn jetzt schlug er sich rasch gegen die Stirn.

»Natürlich. Mein Gott, das wusste ich doch. Ich stehe im Moment total neben mir.«

Sie lächelte ihn an.

»Im Grunde genommen ist mir nicht klar, was ich für Informationen haben sollte, die für die Polizei von Belang sein könnten. Alte Räuberpistolen und *fun facts* über Jazz werden das Rätsel um ihren Mord wohl kaum lösen, aber ich möchte natürlich helfen, so gut ich kann.«

»Hast du vor, das Buch fertig zu schreiben? In dem Fall stehe ich gern für ein Gespräch zur Verfügung, falls die Perspektive eines frischgebackenen Festivalleiters für dich interessant ist. Ich kann zumindest ein paar nette Worte über Marta sagen. Sie war eine hervorragende Musikerin und ein ganz spezieller Mensch.«

»Absolut«, sagte Agnes. »Super, wenn du etwas beitragen magst.«

Es freute sie aufrichtig zu hören, dass jemand Marta Tverberg gemocht hatte. Außerdem sprach sie gern mit Alexander Kosanovic, egal, über was. Sie wollte gerade vorschlagen, sich zu einem Kaffee zu treffen, als ihr Handy klingelte. Er winkte ihr zu und ging, und sie spürte, wie ihr das Herz schwer wurde.

»Wir sind uns schon einmal vorgestellt worden?«

Kristina Bachmann stellte einen Pappbecher mit schwarzem Kaffee vor sie auf den Tisch. Ihr Blick war genauso scharf, wie Agnes ihn in Erinnerung hatte, ihr Gesicht genauso stark geschminkt.

»Ja, während der Extremsportwoche«, sagte Agnes.

»Genau«, bestätigte Bachmann und nahm ihre Brille ab. »Viktor hat es erwähnt.«

Agnes machte sich mental eine Notiz, dass sie Viktor beim Vornamen nannte. Aus irgendeinem Grund gefiel ihr das nicht. Es hörte sich ein bisschen … unprofessionell an.

»Ich habe Sie heute Morgen bei der Pressekonferenz gesehen. Sie arbeiten noch immer für die Lokalzeitung?«

»Nein, ich habe letzten Sommer gekündigt«, sagte Agnes. »Ich arbeite jetzt freischaffend.«

Bachmann runzelte die Stirn, und Agnes fühlte sich wegen der etwas herablassenden Art der Ermittlungsleiterin unwohl.

»Wie läuft es mit Ihrem Buch?«

»Nach den letzten Tagen ist das nicht so leicht zu beantworten, doch bisher ist es gut gelaufen.«

»Tatsächlich? Wie ich gehört habe, haben Sie sich dem Polizeibeamten Vormedal gegenüber recht offen über die Herausforderungen des Projekts geäußert?«

Es fühlte sich an wie ein Tritt gegen das Bein. Was, in aller Welt, trieb ihr bester Freund? Erzählte er der Scheiß-Kripo-Tante von ihren Gesprächen? In welcher Beziehung stand der Polizeibeamte Vormedal, wie sie ihn nun formell nannte, eigentlich zu Kristina Bachmann? Tratschten sie im Hinterzimmer über andere Leute?

Agnes hatte plötzlich Verständnis für all die unschuldigen Menschen, die zur Befragung bei der Polizei saßen und sich ohne Grund verdächtigt fühlten.

»Stimmt, aber so ist das nun einmal, wenn man an einem langwierigen Buchprojekt arbeitet«, sagte sie. »Das ist nicht nur lustig. Zwischendurch hat man auch mal das Bedürfnis, *Freunden* gegenüber Dampf abzulassen.«

»Stimmt es, dass Sie Marta Tverberg bei mehreren Gelegenheiten als ›Hexe‹ bezeichnet haben?«

Jetzt hatte Agnes das Gefühl, einen Schlag in den Magen verpasst zu bekommen.

»Entschuldigen Sie, stehe ich wegen irgendetwas unter Verdacht, oder was soll das hier?« Agnes verschränkte demonstrativ die Arme. »Denn wenn das hier Ihre Methode ist, mich dazu zu bringen, Ihnen mit Informationen zu helfen, kann ich Ihnen verraten, dass sie nicht funktioniert.«

»Niemand wird wegen irgendetwas verdächtigt«, sagte Bachmann verärgert. »Aber wir müssen in alle Richtungen ermitteln, das verstehen Sie als Journalistin bestimmt. Oder als ehemalige Journalistin.«

Scheiße, die Frau war dreist. Das mochte bei vielen effektiv sein, aber bei Agnes nicht. Wenn die Kripo-Tante Informationen von ihr wollte, musste sie sich um eine anderen Vorgehensweise bemühen. Der Rollladen war schnell und effektiv heruntergegangen.

»Ich möchte Sie vor allem fragen, ob Sie mir das Manuskript schicken können?«, sagte Bachmann. »Es kann gut sein, dass sich Ihre Unterlagen als wichtig für uns erweisen, wenn das hier formell eine Mordermittlung wird.«

»Das würde ich gern«, sagte Agnes zuckersüß. »Doch leider habe ich noch nichts geschrieben.«

Viktor rannte ihr in kleinen Sprüngen nach. Agnes blieb erst stehen, als sie an ihrem Auto war.

»Sorry«, sagte er. »Bachmann hat gesagt, dass du sauer geworden bist. Ich wollte ihr nichts von unseren Gesprächen erzählen, wir sind zufällig darauf gekommen.«

Sie schnaubte verärgert, während sie in der Tasche nach ihren Schlüsseln suchte.

»Hallo? Agnes, sei nicht kindisch.«

»*Sei nicht kindisch?«,* fuhr sie ihn an. »Entschuldige mal: Bin ich ein dummes Gör oder eine kaltblütige Mörderin, die herumläuft und alte Damen umbringt? Habe ich dir in letzter Zeit irgendetwas besonders Böses getan, oder was? Denn das Gefühl hatte ich da drinnen, dass mein ältester Freund mich verraten hat.«

Sie schnaubte noch einmal und setzte sich ins Auto. »*Wir sind zufällig darauf gekommen*«, ahmte Agnes ihn nach und schlug die Tür mit einem Knall zu.

Als sie den Schlüssel ins Schloss steckte, schlüpfte Viktor auf den Beifahrersitz.

»Entschuldigung. Ich meine das ernst. Entschuldigung, Agnes. Ich war ein Idiot.«

»Ein wie großer?«, fragte sie.

»Ein sehr großer.«

Sie sagte nichts.

»Okay, ein gigantischer und ungewöhnlich idiotischer Idiot.«

»Jepp«, sagte Agnes. »Und jetzt lädst du mich zum Essen ein und erzählst mir, wie das *zufällig* gelaufen ist.«

Ihr Magen machte laut und klar deutlich, dass er etwas zu essen brauchte.

Sobald Viktor am Tisch saß, strömten seine Sorgen aus ihm heraus, als hätte man eine Münze in eine Musikbox gesteckt. Er hatte seine Speisekarte nicht einmal geöffnet, als Agnes bereits ungeduldig auf den Kellner wartete.

»Ich verstehe ja, dass alles, was letzten Sommer passiert ist, für Gro hart war, mein Gott, sie hat schließlich mehrere Freundinnen verloren«, sagte Viktor. »Ich finde es nur nicht richtig, dass ich und Malin darunter leiden sollen.«

Er sprach jetzt von seiner Tochter und nicht von dem Sushi-Restaurant, in dem sie saßen, das den gleichen Namen hatte.

»Gro steht morgens fast nie auf. Bestenfalls schlurft sie im Morgenmantel eine Weile herum, macht sich eine Tasse Kaffee, schmiert an einem guten Tag Brote für unsere Tochter und legt sich wieder ins Bett, wo sie liegen bleibt und sich den ganzen Tag blöde Fernsehserien reinzieht. Sie antwortet genervt auf alles, was ich sie frage. Lächelt fast nie. Ich verstehe einfach nicht, dass sie sich nicht ein bisschen ... zusammennehmen kann! Du hast doch auch ein höllisches halbes Jahr hinter dir und arbeitest zumindest irgendwas!«

Irgendwas.

Sie ließ es ihm durchgehen.

»Zwei große Menüs«, flüsterte Agnes dem Kellner zu, als sie seinen Blick eingefangen hatte. Dann richtete sie ihre Aufmerksamkeit wieder auf ihren besten Freund. »Ja, aber das ist vielleicht nicht *ganz* das Gleiche. Ich verstehe gut, dass es Zeit braucht, all das, was passiert ist, abzuschütteln. Und die Menschen reagieren nun einmal unterschiedlich auf extreme Ereignisse. Wenn ich im Bett gelegen und Netflix geguckt hätte, ginge es mir zehnmal schlechter.«

»Genau das ist es ja! Ich bin mir ganz sicher, dass es ihr auch besser ginge, wenn sie etwas machen würde«, sagte Viktor.

Agnes ertappte sich bei dem Gedanken, ob Viktor in Wirklichkeit die fleißige Hausfrau vermisste, die Gro immer gewesen war, die die Wäsche machte und das Essen kochte und auch fast alles andere in dem großen Haus in Skjerpe erledigte.

»Sprecht ihr überhaupt darüber? Spricht sie darüber, dass es ihr schlecht geht? Und erzählst du ihr, wie es dir geht?«

Sie lachte in sich hinein bei dem Rat, den sie ihm gab, selbst aber nie befolgte. Wer war sie zu glauben, dass sie Ahnung von Beziehungen hatte?

Sie spielte an der Plastikspeisekarte herum.

»Nee, denn jedes Mal, wenn ich sie frage, wie es ihr geht, sagt sie ›gut‹, und das war's. Obwohl wir immer so viel miteinander geredet haben. Jetzt ist sie ganz anders. Schweigsam und genervt. Und sie will so gut wie nie ... na, du weißt schon.«

»Ich will nicht verständnislos klingen, aber das hört sich für mich nach klassischen Beziehungsproblemen an. Vielleicht braucht ihr eine gute, altmodische Paartherapie?«, sagte Agnes. »Gibt es so etwas eigentlich hier in Voss?«

Sie dachte an Marta und Hauki, die vierzig Jahre verheiratet gewesen waren. An ihre eigenen Eltern, die es sogar noch länger miteinander ausgehalten hatten. Wie bekamen die Leute das hin? Erreichten sie irgendwann einen Punkt, an dem sie es nicht mehr schafften, sich über die schlechten Angewohnheiten des anderen zu ärgern, und sie schweigend akzeptierten? Oder war es möglich, seinen Partner mit der Zeit immer mehr zu mögen?

Traurig stellte Agnes fest, dass sie das wohl nie herausfinden würde.

Vielleicht war Ingeborgs Hippiekollektiv doch keine so dumme Idee, mit oder ohne Kind.

»Nie im Leben werde ich mich vor jemanden hinsetzen und ihm erzählen, dass meine Frau nicht mit mir schlafen will, der sich dann später als Malins neuer Handballtrainer erweist«, sagte Viktor.

»Möchtest du, dass ich einmal mit Gro rede?«, fragte Agnes. »Ich könnte sie einladen, ein Glas Wein trinken zu gehen oder so.«

»Danke, aber ich glaube nicht, dass das helfen wird«, meinte Viktor. »Sie ist immer noch ziemlich sauer auf dich wegen des Buchs.«

Agnes sagte nichts, spürte jedoch, wie der Ärger in ihr brodelte. Gro war schließlich einverstanden gewesen, sich für *Der Fall* interviewen zu lassen, und hatte alle Zitate genehmigt. Weshalb war sie jetzt sauer?

Bald bekam jeder einen großen Teller mit Nigri und Maki, und beide stürzten sich auf das Sushi. Agnes mischte ihr Wasabi unter die Sojasauce. Viktor platzierte einen kleinen Berg auf jedes Sushistückchen. Sie hatte keine Ahnung, wie viele Male sie darüber diskutiert hatten, welche Methode die beste war. Es endete ohnehin jedes Mal damit, dass sie mehr Wasabi brauchte und den Rest von Viktors bekam.

Eine Weile aßen sie, ohne ein Wort zu sagen. Agnes war dankbar, in Ruhe essen zu können. Vielleicht war Viktor bald auch so weit, darüber zu reden, was in den letzten Tagen im Ort passiert war.

»Kristina Bachmann glaubt nicht wirklich, dass ich etwas mit dem Mord an Marta zu tun habe?«, fragte Agnes.

»Nein«, sagte Viktor und trank einen Schluck aus seiner Colaflasche. »Die Ermittlungen haben formell ja noch nicht einmal begonnen. Sie ist nur ein wenig ungeduldig wegen der bevorstehenden Feiertage und leicht gestresst, weil am Samstag über sechshundert Menschen im Vossasaal waren. Wir haben natürlich nicht alle befragen können, so dass ein professioneller Mörder den Ort schon lange wieder verlassen haben kann. Sie hat uns ziemlich fertiggemacht, dass wir die Leute nicht registrierten, bevor sie gegangen sind. Wir wissen zwar, wer ein Ticket hatte, weil die Tickets nur übers Internet verkauft wurden. Aber wir haben keine Ahnung, wer sonst noch da war. Es gab schließlich auch andere Möglichkeiten, sich in den Saal hineinzuschleichen. So wenig Spuren, wie wir haben, müssen wir alles und jeden überprüfen.«

Er schob sich ein Lachsmaki in den Mund.

»Und es wäre ja eine gute Geschichte gewesen, wenn die Biographin die Mörderin wäre«, sagte er und kaute.

»Ich glaube, ich habe das Buch gelesen«, erwiderte Agnes. »Oder den Film gesehen.«

Sie biss auf der Spitze eines Stäbchens herum.

»Ist das Instrument auf Fingerabdrücke untersucht worden?«

Viktor sah sie an, während er sich einen weiteren Bissen

mit Lachs und Reis in den Mund schob. Er antwortete nicht, bis er fertig gekaut hatte.

»Das ist ein Teil des Jobs, ja«, sagte er.

Sie lächelte ermutigend. Er seufzte.

»Das mit den Fingerabdrücken ist sozusagen alles andere als hilfreich, offensichtlich waren recht viele auf dem Saxophon«, sagte er. »Beziehungsweise auf den *Saxophonen.*«

»Häh, hatte sie mehrere?«

»Ja, sie hat zwei verschiedene benutzt. Aber beide standen während des ganzen Konzerts auf der Bühne, so, wie ich das verstanden habe«, sagte Viktor. »Ungeachtet dessen ist es wohl am wahrscheinlichsten, dass der Täter Handschuhe getragen hat.«

»Und dass dieser Täter mit der behandschuhten Hand das eine Saxophon mit etwas präpariert hat, das Marta und später der Arzt in den Mund bekommen haben, und woran sie gestorben sind?«

»Das wird die Obduktion zeigen. Aber ganz unter uns: Das ist auch meine Theorie, ja.«

Als sie bezahlt hatten und Viktor zurück zu seiner Arbeit musste, wäre Agnes am liebsten nach Hause gefahren und hätte sich aufs Sofa gelegt.

Sie setzte sich ins Auto und blieb, den Kopf gegen die Nackenstütze gelehnt, eine Weile sitzen, bevor sie das Handy herausholte und sich zwang, Hauki Thorsson anzurufen. Sie hatte das Gefühl, mit Martas Ehemann reden zu müssen, war sich jedoch nicht sicher, ob er Lust dazu hatte.

Überraschenderweise hörte Hauki sich alles andere als

genervt an, dass sie anrief. Er schien sich sogar zu freuen, ihre Stimme zu hören. Vielleicht hatte er seit dem Wochenende nicht mit so vielen Leuten gesprochen?

Die Einladung zum Kaffee kam jedenfalls schnell.

Sie war nervös, als sie gen Norden Richtung Een fuhr, aber sie spürte auch eine neue Energie, eine Art Stärke, die aus dem Gedanken erwuchs, den Rücken frei zu haben. Nicht daran gebunden zu sein, was ein Chefredakteur für richtig oder falsch für die Internet- oder Morgenzeitung hielt.

Sie verfolgte de facto ein größeres Projekt.

Die ganze Geschichte zu erzählen.

Das große Haus von Marta und Hauki lag direkt neben dem Eenstunet, dem Gästehof, in dem im Sommer die Touristen von *Norway in a nutshell* und im Winter die Skifahrer, die zum *Bavallen Ski-Resort* wollten, willkommen geheißen wurden. Es lag oberhalb der E16, doch sobald man bei dem *Voss Auto- und Servicecenter* abbog und zu dem Haus auf dem riesengroßen Grundstück hochfuhr, war die Schnellstraße vergessen. Die Aussicht auf den See Melsvatnet war von hier aus unverbaut. Direkt hinter dem Haus ragten die schroffen Berge auf, auf dessen Hängen der Schnee glitzerte.

Als Agnes bei der Garage parkte, trat jemand aus dem Haus. Eine Frau ihres Alters, wie es schien, wahrscheinlich Ragna, Haukis Tochter. Genau konnte sie es nicht sagen, denn sie war gut eingepackt in eine lange, wattierte Steppjacke und eine ins Gesicht gezogene Mütze. Sie setzte sich in ein Auto und fuhr vom Hof, ohne etwas zu Hauki zu sagen, der draußen auf dem Vorhof Schnee schippte.

Hauki grüßte Agnes per Handgeste. Wie immer bei seinem Anblick bekam sie Lust, den großen Teddybär in den Arm zu nehmen, sich vielleicht auf seinen Schoß zu setzen und ihm zu erzählen, was sie sich zu Weihnachten wünschte. Wieder einmal fiel ihr auf, wie extrem verschieden er und die Frau waren, mit der er vierzig Jahre verheiratet gewesen war. Hauki trug einen Overall, aber keine Mütze, seine Ohrläppchen waren rot von der Kälte. Marta Tverberg hatte mit Sicherheit ihr ganzes Leben lang keine Schneeschaufel in die Hand genommen.

»Hei, Agnes«, sagte er und umarmte sie.

»Hei«, sagte sie. Es gefiel ihr, wie klein sie in seiner Umarmung wurde. »Wie geht es dir?«

Er seufzte tief.

»Ich weiß nicht so genau. In gewisser Weise bin ich es ja gewohnt, hier allein zu sein. Aber ich warte noch immer, dass sie anruft. Komm, gehen wir rein ins Warme.«

Hauki öffnete die Eingangstür und ließ Agnes vorangehen.

Sie zuckte zusammen, als sie plötzlich Marta gegenüberstand.

Das passierte jedes Mal, wenn sie hierherkam.

Das große Gemälde an der Wand im Wohnzimmer hing so, dass man es als Erstes sah. Ein amerikanischer Künstler hatte das Bild gemalt. Das Saxophon hatte er weggelassen, so dass Marta eher wie ein Mitglied des Königshauses aussah als wie eine Musikerin. Es fehlte nur noch die Krone oder das Diadem. Es war so kitschig, dass es fast schon Kult war.

Fast.

Sie wagte auch heute keinen Kommentar.

Vor allem heute nicht.

Das Haus musste in den Siebzigern gebaut worden sein wie ihr Elternhaus, doch es war vor nicht allzu langer Zeit innen renoviert worden, wie es schien. Und dieses Einfamilienhaus war mindestens doppelt so groß wie das Haus, in dem sie aufgewachsen war.

Hauki kam mit zwei Tassen ins Wohnzimmer.

»Schön, dass du da bist, Agnes. Ich hatte auch schon überlegt, dich zu kontaktieren. Denn ich hoffe doch, dass du das Buch über Marta zu Ende schreibst. Ich finde, das hat sie verdient. Und ich dachte, ich sollte dir sagen, dass ich dir gern dabei behilflich bin, so gut ich kann, falls du meine Hilfe brauchst.«

Agnes hatte plötzlich ein schlechtes Gewissen, dass sie aus dieser Biographie eine True-Crime-Story machen sollte. Sie beschloss, noch nichts davon zu sagen. Er musste das nicht wissen. Und wenn sie Verlag und Redakteur richtig einschätzte, war es durchaus möglich, dass die Dinge sich noch einmal änderten. Vielleicht wurde es trotzdem eine Huldigung seiner Frau. Was es ohnehin werden konnte. Sie dachte daran, was Alexander gesagt hatte.

»Es freut mich, dass du das willst«, sagte Agnes ehrlich. »Letztendlich liegt es bei dem Verlag, was mit dem Projekt passiert, aber ich habe zumindest große Lust, es zu beenden.«

Hauki lehnte sich auf dem Sofa zurück. Er sah zufrieden aus. Erst jetzt fiel Agnes auf, dass überall in dem großen Wohnzimmer Blumen standen. Auf dem Esstisch, auf dem Sofatisch, in den Regalen, überall Rosen in den unterschiedlichsten Farben. Hauki folgte ihrem Blick.

»Es sind immer wieder welche abgegeben worden. Du kannst dir gern ein paar Sträuße mitnehmen, wenn du möchtest. Ich habe nie einen grünen Daumen gehabt, so dass sie hier kein langes Leben haben werden.«

»Wie es aussieht, haben viele Menschen Marta sehr gemocht.«

Er zuckte mit den Schultern.

»Ich weiß nicht, ob sie sie gemocht haben, aber sie hat unglaublich viele Leute gekannt; bei einigen Absendern auf den Karten weiß ich nicht einmal, wer das ist. Aber ich war ja auch meistens hier zu Hause, während sie die Welt bereist hat.«

»Hat es dich nie gereizt, sie zu begleiten?«

»Nie. Ich fahre ein Mal im Jahr nach Reykjavik und Akureyri, wo ich geboren bin. Das reicht mir völlig. Für mich war es das Beste auf der Welt, zu Hause herumzupusseln. Für Marta wäre es der Tod gewesen, an einem Ort bleiben zu müssen.«

Agnes stutzte. Zeugte sein seltsames Verhalten im Vossasaal am Samstag von tiefer Trauer oder davon, dass ihn das alles nicht so sehr berührte? Oder sprach es für die dritte Alternative, dass er der Mörder war? Letzteres glaubte sie nicht, aber gleichzeitig hatte sie, nach dem letzten Sommer zu urteilen, ja anscheinend jeglichen Instinkt für so etwas verloren. Sicher war, dass es nicht gerade in den Sternen gestanden hatte, dass Hauki Thorsson und Marta Tverberg ein Paar wurden.

Agnes steckte die Nase in einen Rosenstrauß und atmete den Duft ein.

»Wie habt ihr euch eigentlich kennengelernt?«

Etwas regte sich in Haukis Augen, als brächten die alten Erinnerungen sie zum Funkeln.

»Hat Marta dir das nicht erzählt?«

Agnes schüttelte den Kopf.

»So weit sind wir leider nicht gekommen.«

Sie hatten nach der Geschichte, wie Hauki das Brautkleid gerettet hatte, nicht mehr über die Liebe gesprochen. Marta schien sich bei dem Gespräch wohlgefühlt zu haben, hatte Rotwein getrunken und war offener und aufgekratzter gewesen als sonst, und Agnes hatte gedacht, dass sie öfter etwas zusammen trinken sollten, und sich darauf gefreut, von Marta mehr über den Mann in ihrem Leben zu hören.

»Ich habe sie 1976 kennengelernt, als sie an einem Maiabend in Reykjavik aufgetreten war«, sagte Hauki. »Ich bin damals viel auf Konzerte gegangen, aber ich hatte noch nie eine Jazzsaxophonistin gehört. Wahrscheinlich hatte ich überhaupt noch so gut wie keine Instrumentalmusikerin gesehen. Sie trug ein kurzes Kleid, das ihre langen Beine zeigte. Es ist wohl nicht übertrieben zu sagen, dass ich vom ersten Ton an verloren war.«

Agnes lächelte. Sie liebte solche Geschichten.

»Wer hat mit wem angebändelt?«

Hauki trank einen Schluck von seinem Kaffee und starrte ins Zimmer, offenbar tief in Gedanken.

»Ich habe einen Typen verprügelt, der versucht hat, sie zu betatschen.«

»Ist das wahr?«

»Jepp. Die Isländer waren Frauen wie Marta nicht gewohnt, Frauen, die keine Angst hatten, sich zu zeigen. Es kümmerte Marta nicht, was sie dachten. Das hat es nie getan. Ich war beeindruckt und eingeschüchtert zugleich von der Frau. Sie war so wild. Sie hatte sogar im Gefängnis gesessen.«

»Hä, hat sie das?« Agnes spürte einen leichten Ärger, dass Marta ihr das nicht erzählt hatte. »Weswegen?«

»Wegen einer verhältnismäßig unschuldigen Rauschgiftgeschichte. Sie ist mit ein wenig Cannabis erwischt worden, aber es hatte gereicht, dass sie drei Monate einsitzen musste. Dir ist bestimmt klar, dass sie cooler war als die meisten anderen Frauen, die ich damals kannte. Trotzdem war es mein Verdienst, dass der Idiot, der seine Hand zwischen ihre Oberschenkel gesteckt hatte, blutend das Feld räumen musste.«

»Mein Gott, ich bin beeindruckt. Und seit diesem Abend wart ihr zusammen?«

»O nein, Marta bekam man nicht so leicht an die Angel, das kannst du mir glauben. Ich durfte ein Glas Wein mit ihr trinken, aber dann ist sie weitergereist. Drei Jahre später haben wir uns bei einem anderen Konzert wiedergetroffen.«

»Drei Jahre! Hat sie sich an dich erinnert?«

»Nein. Aber auch dafür gab es eine Lösung. Ich habe wieder einen Typen verprügelt, der sich an sie rangemacht hat.«

Jetzt brach Hauki in ein Gelächter aus, bei dem sich sein massiger Körper auf dem Sofa schüttelte. Agnes sah ein paar Tränen in den Augenwinkeln. Es war schwer, zu sagen, ob es Freuden- oder Trauertränen waren. Doch bald war sie sich sicher, dass Schluchzer seinen Körper erschütterten.

»Ich habe für sie alles hinter mir gelassen. Meine Tochter

und … alles. Und wir hatten ein gutes Leben, wirklich. Aber dass es so schnell zu Ende gehen sollte …«

Er schwieg erneut.

Agnes ließ ihn eine Weile in Ruhe. Blieb sitzen und sah sich um. Außer dem Gemälde von Marta hingen viele andere Bilder an der Wand, die nach wertvoller Kunst aussahen. Sie fragte sich, ob dieser Teddybär seine Frau auch all die weiteren Jahre verteidigt hatte.

»Das ist schon seltsam«, sagte er, als er sich wieder gefangen hatte. »Man wird nostalgisch, wenn jemand geht. Das Haus ist plötzlich so groß und leer, obwohl ich es gewohnt bin, allein hier zu sein.«

»Habt ihr nie überlegt, Kinder zu bekommen?«

»Nein«, sagte er. »Da war sich Marta ganz sicher, dass sie das nicht wollte. Sie wollte die Freiheit, zu reisen und zu arbeiten, nicht aufgeben. Die Musik war alles, was sie im Leben erschaffen musste, hat sie immer gesagt.«

»Was ist mit dir?«

Er zuckte mit den Schultern.

»Glücklicherweise hatte ich schon eine Tochter.«

»Hatte sie ein gutes Verhältnis zu Marta?«

Hauki schien einen Moment überrascht, bevor er antwortete.

»Marta war eine gute Stiefmutter. Und ich bin heilfroh, dass Ragna jetzt hier ist.«

Dann war sie es wohl, die gegangen ist, als Agnes gekommen war.

»Ich hoffe, dass du das jetzt nicht falsch verstehst, aber was, glaubst du, ist am Samstag passiert?« Agnes wollte nicht gehen, ohne danach gefragt zu haben. »In Anbetracht der Tatsache, dass die Polizei den Todesfall für verdächtig hält. Kannst du dir jemanden vorstellen, der den Wunsch gehabt haben könnte ... Marta umzubringen?«

Hauki stieß ein seltsames kleines Lachen aus.

»Um die Wahrheit zu sagen, habe ich selbst hin und wieder den Wunsch verspürt, sie umzubringen. Meine Frau war in vielen Dingen Weltklasse, unter anderem darin, andere zu provozieren. Ich glaube nicht, dass es schwer ist, Leute zu finden, die ihr Böses wollten.«

Er schüttelte den Kopf.

»Aber nein, ich habe keine Antwort auf deine Frage, außer: Wenn ich gewusst hätte, dass jemand ihr schaden wollte, hätte ich ihm zuerst geschadet.«

Sie blieb zwei Stunden. Sah sich Hochzeitsbilder an, Konfirmationsbilder, Kinderbilder und Jugendbilder. Hauki erzählte und kommentierte wie ein professioneller und routinierter Führer im Marta-Tverberg-Museum. Vieles, was er erzählte, hatte Agnes natürlich schon von Marta gehört oder sich im Laufe der Zeit angelesen. Aber sie hatte nicht das Herz, ihn zu unterbrechen. Vielleicht war das seine Art, seine Trauer zu verarbeiten. Vielleicht waren – trotz des Blumenmeers im Wohnzimmer – nicht so viele Leute bereit, sich Geschichten über die Diva anzuhören.

Ihr fiel auf, dass es hier keine anderen Kinderbilder gab, weder von Hauki, als er klein war, noch von seiner Tochter. Agnes konnte sich lebhaft vorstellen, dass diese Präsentation der Fotos sorgfältig zusammengestellt war. Erinnerungen an das frühere Leben ihres Mannes hatten es möglicherweise nicht durch das Nadelöhr geschafft.

Hauki erzählte, dass Marta, wie Agnes bereits wusste, als Nachkömmling von vier älteren Brüdern auf dem Nachbarhof hier in Een aufgewachsen war. Die Mutter war bei ihrer Geburt außer sich gewesen vor Glück, sie hatte sich immer ein Mädchen gewünscht. Niemand in der Familie machte Musik, in der ganzen Verwandtschaft fand sich nicht ein musikalischer Mensch, soweit sie sich zurückerinnern konnten, so dass alle es seltsam fanden, als die Jüngste darauf bestand, ein Instrument zu lernen.

Noch verwunderter waren sie, als sie sich für das Saxophon entschied.

Marta hatte die Saxophonlegende John Coltrane im Radio gehört und beschlossen, mit diesem Instrument anzufangen. 1962 bekamen Mädchen endlich Zugang zu der Schulmusikgruppe von Voss, und Marta war eines von acht Mädchen, die zusammen mit sechzehn Jungen im Notenkurs anfingen. Es dauerte ein paar Jahre, bis sie Gehör fand und Saxophon spielen durfte, weil der Korpsleiter die Meinung vertrat, dass Mädchen sich an die Querflöte halten sollten. Doch Marta bestand auf ihrem Wunsch, und am 17. Mai 1964 marschierte die elf Jahre alte Marta Tverberg zum ersten Mal beim Umzug mit dem Saxophon mit. Hauki zeigte ihr ein kleines, verblasstes Schwarz-Weiß-Bild der stolzen Musikerin zusammen mit ein paar anderen, gleichaltrigen Kindern.

Agnes fragte, ob sie das Foto haben dürfe. Das dürfe sie, sagte Hauki, das sei ein wichtiger Moment für Martas Karriere gewesen.

Den sie unbedingt in das Buch aufnehmen müsse, unterstrich er.

Und der Rest ist Geschichte, sagte er.

Er erzählte trotzdem weiter, als käme sie allein nicht an die Informationen.

Nach der Realschule war Marta nach Trondheim gezogen, um das Trøndelag Musikkonservatorium zu besuchen. Dort war sie zum ersten Mal mit der Jazzszene in Berührung gekommen. Bis dahin hatte sie nur ihre Lieblingsmusik im Radio gehört, doch sie fiel schnell in der männerdominierten Szene auf. In den siebziger, achtziger Jahren musste man selbstbewusst sein, um sich als Jazzinstrumentalistin zu behaupten, erzählte Hauki, und Agnes erinnerte sich, dass sie mit Marta darüber gesprochen hatte.

Ich musste mich verhalten, als hätte ich einen Penis, hatte sie gesagt.

Dieses witzige Zitat erwähnte der Museumsführer Hauki Thorsson nicht, doch Agnes freute sich darauf, es in ihrem Manuskript zu verwenden. Vielleicht als Überschrift für eines der Kapitel? Selbst wenn es eine True-Crime-Story werden sollte, brauchte sie ein bisschen Würze.

Hauki erzählte eine andere Geschichte, von der sie schon Teile kannte: Wie ein amerikanischer Musikproduzent die neunzehn Jahre alte Marta bei einem Konzert in Bergen gehört hatte und wie sie kurz darauf nach New York geflogen war, um ihre erste Platte aufzunehmen. Der gleiche Typ hatte Kontakte bis in die Politik gehabt und ihr Zutritt ins Weiße Haus verschafft.

»Das ist das Material, aus dem Märchen gemacht sind«, sagte Hauki.

Kurz darauf klingelte sein Handy, und er verließ das Wohnzimmer. Agnes sah sich noch eine weitere Wand mit

Fotos an. Marta vor der Chinesischen Mauer, Marta vor dem Eiffelturm, Marta bei einem Jazz-Festival in Brasilien, Marta überall auf der Welt. Ihr fiel auf, dass das Foto aus den USA eines der ältesten Bilder war, und jetzt verstand Agnes auch, warum. Nicht lange nach dem Konzert vor dem Präsidenten hatte Tverberg dort nicht mehr auftreten dürfen. Nach dem Rauschgifturteil war sie vermutlich mit einem Einreiseverbot in die USA belegt worden.

Nach einer Weile kam Hauki zurück und entschuldigte sich, dass er zur Arbeit müsse. Plötzlich schien er keine Zeit mehr zu haben. Agnes hatte fast vergessen, dass ihm eine Baufirma gehörte.

»Aber wir sprechen uns wohl bald wieder?«, sagte er.

»Das machen wir«, antwortete Agnes. »Danke für den Kaffee und das Gespräch.«

Wieder wurde ihr eine wohltuende Umarmung zuteil. Sie hätte diesen Mann so gern noch länger festgehalten. Auf dem Weg nach draußen kreuzte sie die Finger, dass Hauki Thorsson nicht ernst gemacht hatte mit dieser Lust, seine Frau zu ermorden, die er hin und wieder verspürt hatte.

In dem Moment, in dem sie sich ins Auto setzte, fiel ihr das Foto ein, das im *Fleischer's* in Martas Buch gesteckt hatte, das Gruppenbild in Schwarz-Weiß. Sie hätte Hauki gern danach gefragt, doch das wäre schwierig gewesen, ohne zuzugeben, dass sie in den Sachen seiner Frau herumgeschnüffelt hatte. Sie rief es auf dem Handy auf. Jetzt, wo sie die vielen Kindheitsbilder von Marta Tverberg gesehen hatte, war sie auf dem Foto leicht zu erkennen. Sie saß, eine Schleife im Haar und die Hände im Schoß, mitten in der Versammlung, als wäre sie damals schon der Mittelpunkt gewesen. Es musste in der Grundschule aufgenommen worden sein. Warum benutzte Marta ein altes Klassenfoto als Lesezeichen? Auf der Rückseite des Bildes hatte nichts gestanden, obwohl es früher nicht unüblich gewesen war, etwas zu dem Motiv, die Jahreszahl und so etwas zu notieren.

Sie griff nach dem Bild von dem Musikkorps, das Hauki ihr überlassen hatte. Auch das war ein Schwarz-Weiß-Foto, und außer der elfjährigen Marta lächelten noch zwei weitere Jugendliche in Uniform in die Kamera. Sie drehte es um, und richtig, auf der Rückseite stand etwas in einer ordentlichen Schrift. Wahrscheinlich hatte Martas Mutter es geschrieben, da es einer der üblichen Kommentare war: Frohe Musikanten, 17. Mai 1964: Marta, Lucy und Lauritz.

Wie viele Männer in Voss mochten Lauritz heißen? Konnte der junge Typ Lauritz Fadnes sein, der frühere Leiter von Vossa Jazz, der vor einem halben Jahr gestorben war? Wenn ja, war er kaum wiederzuerkennen, aber das war auch viele Jahre und viele, viele Kilos weniger her.

Jemand klopfte fest gegen die Scheibe, so dass Agnes zusammenzuckte.

Ein bärtiges Gesicht tauchte auf.

»Sorry, ich wollte dich nicht erschrecken!«, sagte Hauki, als sie die Tür aufmachte. »Ich hatte gesehen, dass du noch nicht gefahren bist, und da ist mir eingefallen, dass ich etwas vergessen habe. Ich habe mich gefragt, ob du daran interessiert bist?«

Er hielt zwei identische Aufnahmegeräte vom gleichen

Typ hoch wie das, das in dem Hotelzimmer im *Fleischer's* gelegen hatte.

»Ich habe eines in ihrem Bad und eines in ihrem Büro gefunden. Sie hat sie periodenweise wie ein Tagebuch benutzt. Und um Notizen für das Buch aufzunehmen. Sie hat es wohl nur nicht geschafft, dir alle zu geben.«

Agnes stutzte, nahm sie jedoch entgegen.

»Ehrlich gesagt ein etwas merkwürdiges – und auch nicht gerade billiges – Konzept, all die Diktaphone zu benutzen, statt die Aufnahmen nach und nach auf den PC zu überspielen«, sagte Hauki. »Aber du weißt ja, dass meine Frau ihre eigene Art hatte, die Dinge anzugehen. Wenn sie ein Smartphone gehabt hätte, hätte sie die vielen Aufnahmen dort sammeln können.«

»Aber dagegen hat sie sich entschieden gewehrt«, sagte Agnes und lächelte. »Ich erinnere mich, dass sie von dem iPhone als von dem *Untergang der Zivilisation* gesprochen hat.«

Hauki lachte leise in sich hinein.

»Ich weiß jedenfalls, dass sie gewollt hätte, dass du die Aufnahmen bekommst«, fügte er hinzu.

Als Agnes ihm zum Abschied gewunken hatte und vom Hof gefahren war, dachte sie, dass Hauki die Aufnahmen streng genommen der Polizei hätte übergeben müssen. Aber vielleicht war das ja eine isländische Sache, die Dinge auf eigene Faust zu machen, selbst alles zu regeln? Und jetzt, da sie sie hatte, konnte sie ja schnell mal hineinhören, bevor sie sie an Viktor weitergab.

Während sie mit sich übereinkam, dass das eine Win-win-Situation war, rief Ingeborg an.

»Möglicherweise verstoße ich jetzt gegen irgendeine Hotelschweigepflicht«, sagte sie. »Doch ich dachte, es könnte dich interessieren, dass die Rogne-Brüder dabei sind, die Bar im *Fleischer's* leer zu trinken.«

»Alfred auch?«, fragte Agnes.

Er war immer vorsichtig gewesen, was Alkohol anging, Agnes konnte sich nicht erinnern, den Typen jemals betrunken erlebt zu haben. Didrik dagegen hatte sie oft über Alfreds Schulter hängen sehen.

»Und wie«, sagte Ingeborg.

Agnes hatte beinahe vergessen, dass nicht nur Hauki Thorsson am Samstag Witwer geworden war. Irgendetwas sagte ihr, dass Alfred Rogne mehr litt als Hauki. Während der Isländer ein besonnener Teddybär war, war ihr Alfred immer mehr wie ein zerbrechlicher Vogel vorgekommen. Auf dem Gymnasium war er jedenfalls introvertiert und schweigsam gewesen, wenn er nicht auf der Bühne gestanden und den Saal mit seiner Musik zum Brodeln gebracht hatte.

Es bestand Grund genug zu glauben, dass seine Trauer herzzerreißender war.

Sie ertrug den Gedanken kaum, mit ihm zu reden, wusste aber, dass sie das tun sollte. Falls aus dieser Katastrophe ein True Crime werden sollte, war es wichtig, am Ball zu bleiben. Früh dran zu sein. In den ersten Tagen mit so vielen Involvierten wie möglich zu sprechen – auch mit denen, denen es zurzeit vielleicht am schlechtesten ging.

Außerdem sagten Kinder und Betrunkene die Wahrheit.

Die düstere Beleuchtung sorgte in der Regel dafür, dass Agnes Lust auf einen Whisky bekam.

Heute war das nicht der Fall.

Sobald sie die beiden Kerle entdeckte, die, jeder über sein Glas gebeugt, dasaßen und aussahen, als hätten sie seit dem Aufstehen nichts anderes getan, als Branntwein zu trinken, fühlte sie sich unbehaglich. Seit sie ein Kind war, waren ihr betrunkene Männer zuwider. Alfreds Kopf näherte sich gefährlich der Theke. Natürlich war es in Ordnung, seine Trauer zu ertränken, doch Agnes ärgerte sich über Didrik, der es zuließ, dass sein Bruder, der elegante Jazzpianist, sich an einem öffentlichen Ort betrank. Der Barkeeper in Hemd und Schlips wusste offensichtlich, was Alfred passiert war. Vielleicht hatte Ingeborg es ihm erzählt. Glücklicherweise waren an diesem Montagnachmittag keine anderen Leute in der Bar, so dass Alfred ungestört am Tresen sitzen und vor sich hindämmern konnte.

»Mein herzliches Beileid zum Tod deines Mannes«, sagte Agnes, ohne zu wissen, ob Alfred sie hörte. Dann wandte sie sich an Didrik. »Und deines Schwagers.«

Agnes bedauerte, Viktor nicht gefragt zu haben, ob die beiden schon befragt worden waren. Nicht, dass es etwas zu bedeuten hatte, doch vielleicht wäre es ein bisschen weniger unangenehm gewesen, Fragen zu dem, was passiert war, zu stellen, wenn die Polizei das bereits vor ihr getan hatte.

»Willst du einen Drink?«, erkundigte sich Didrik.

»Nein, danke.«

»Was willst du dann?«

Agnes sah von ihm zu Alfred, der sich noch immer nicht rührte. Er schien so sturzbetrunken, dass sein Bruder im

Vergleich zu ihm nüchtern wirkte. Sie beschloss, ehrlich zu sein.

»Ich will herausfinden, was am Samstag passiert ist.«

»Du warst doch selbst da, oder?«, sagte Didrik. »Dann weißt du genauso viel oder genauso wenig wie wir alle.«

Agnes wusste nicht, wie lange er und sein Bruder mit Tverberg zusammen gespielt hatten, doch nichts deutete darauf hin, dass die Mitglieder der Band eine enge Beziehung zueinander hatten, unabhängig davon, was Marta ihr über die Streitereien ums Geld erzählt hatte. Als Agnes im Olavsaal in der Volkshochschule gewesen war, dem ständigen Probenraum von Vossa Jazz, an dem in der Woche vor dem Festival die Auftragskomposition immer den letzten Schliff bekam, war ihr aufgefallen, dass zwischen den Proben nicht viel miteinander geredet wurde. Und auch nicht viel gelacht. Zu Mittag aß jeder allein. Agnes hatte das so aufgefasst, dass alle sehr konzentriert und sehr professionell waren, doch im Licht dessen, was seither passiert war, war es bemerkenswert, wie relativ kühl die Stimmung gewesen war.

»Ich scheiß auf Marta«, sagte Didrik. »Sorry, aber ich schaffe es nicht, so zu tun, als wäre das anders. Sie war ein Miststück.«

Agnes bemerkte, wie sie sich wieder einmal in Martas Namen ärgerte. Ja, die Frau konnte schwierig sein, doch wo blieb der Respekt vor dem Alter? Wer war dieser Idiot, dass er meinte, über eine international anerkannte Jazzdiva zu Gericht sitzen zu können?

»Darf ich dich fragen, warum du mit Tverberg gespielt hast, wenn du sie so wenig gemocht hast?«

Er antwortete nicht, sah sie nicht an, nahm nur einen weiteren Schluck aus seinem Glas.

»Man nimmt die Aufträge, die man kriegt«, murmelte er nach einer Weile.

»Und was war so falsch an ihr?«

Ihre Frage löste ein freudloses Lachen aus.

»Wie viel Zeit hast du? Sie war gierig. Dominierend. Manipulativ. Nicht mehr angesagt.«

»Nicht mehr angesagt? Ist das nicht ein bisschen ungerecht gegenüber einer Frau, der weltweit wie einer Legende gehuldigt wird und die man bittet, die Auftragskomposition für eines der wichtigsten Jazz-Festivals des Landes zu komponieren?«

Didrik sah sie insistierend an.

»Sie war nicht mehr angesagt«, sagte er. »Sie hat es nur gut getarnt. Also, Marta hat eine grandiose Karriere gemacht, daran besteht kein Zweifel. Sie hat in einer Zeit als Musikerin angefangen, in der man mit dem Verkauf von Platten richtig Geld verdienen konnte. Aber das ist lange her. Dass man ihr dieses Jahr die Auftragskomposition anvertraut hat, ist, vorsichtig ausgedrückt, in der Szene viel diskutiert worden.«

»Was glaubst du, warum man sie dann gefragt hat?«

»Weil derjenige, der ursprünglich den Auftrag bekommen und schon fast ein Jahr daran gearbeitet hatte, abgesagt hat. Und die schamlose Tverberg bereit war einzuspringen. Sie konnte in kurzer Zeit liefern. Bestimmt, weil sie nicht so viel anderes zu tun hatte.«

Agnes schauderte bei dem Gedanken, dass Didrik recht haben könnte. Dass Marta Tverberg wirklich nicht mehr angesagt war. Dass die Herausgabe eines Marta-Tverberg-Buchs nichts anderes als ein Schulterzucken in der Szene auslösen würde. Was war Agnes eigentlich über Martas Image bekannt?

»Alle wussten, dass ihre Karriere mehr oder weniger vorbei war«, fuhr Didrik fort. »Kosanovic hat ihr lediglich eine lebensverlängernde Behandlung zuteilwerden lassen.«

»Alexander?«, sagte Agnes. Sie bemerkte, dass sie seinen Namen zu laut ausgesprochen hatte und wie ein Teenager errötete.

»Ja, er hat die Absage kurz nach seinem Amtsantritt als Festivalleiter bekommen. Er war es, der Marta gebeten hat, die Auftragskomposition zu übernehmen. Das hat ihm viel Stress eingebracht.«

Bei dem Gedanken, dass ihr das einen weiteren Grund lieferte, mit Alexander zu reden, kribbelte ihr Körper.

Sie nickte zu Alfred hin. Sein Kopf ruhte inzwischen auf der Theke.

»Wie geht es ihm?«

Didrik sah seinen Bruder an, als würde ihm erst jetzt klar, dass er dort saß und schlief. Er stieß ihn hart an, und Alfred zuckte wie ein verschrecktes Tier zusammen.

»Wie geht es dir?«, fragte er.

Was für ein feinfühliger Typ, dachte Agnes und bereute ihre Frage. Jetzt sah Alfred sie an. Das Weiße in seinen Augen war gerötet.

»Total beschissen«, sagte er und starrte sie weiter an.

Sollte sie raten, würde sie sagen, dass in seinem Blick sowohl Trauer als auch Angst und Wut lagen. Normalerweise hätte sie den Hinweis verstanden und wäre sofort verschwunden. Doch sie musste zumindest die Frage stellen, wegen der sie hier war: »Was, glaubst du, ist mit Tobias passiert? Hast du eine Theorie, woran dein Mann gestorben ist?«

Alfred schüttelte den Kopf und blickte ins Glas, das leer war.

»Unbesonnenheit«, murmelte er.

Tobias Løken war nahezu unsichtbar in den sozialen Medien. Jedenfalls in denen, die sie frequentierte. Agnes fand nicht mehr über ihn, als sie bereits wusste, zum Beispiel, dass er Arzt werden wollte und gern im Fjell wanderte. Sie überlegte einen Moment, bevor sie Grindr herunterlud. Sie brauchte zwei Minuten, um ein Profil auf die größte Schwulen-Aufreiß-App der Welt zu stellen, und hoffte für Alfred, dass sie Tobias hier auch nicht fand. Ein scheinbarer Spießer wie er war wohl nicht der Typ, der sich alle Möglichkeiten offenhielt, obwohl er mit jemandem zusammenlebte?

Doch, natürlich war er das.

Mamasöhnchen und Medizinstudent, der gern mit dir Doktor spielen möchte, stand da in der Biographie von Tobias Løken.

Es gab auch ein paar Bilder von Fjell-Wanderungen, doch der Fokus lag auf Løken, wie er mit nacktem Oberkörper in die Kamera grinste.

Er war ein attraktiver Mann, genau wie Alfred. Sie waren ein weit überdurchschnittlich schönes Paar. In der kurzen Biographie war zu lesen, dass Tobias aus Knarvik außerhalb von Bergen kam, aber in Voss wohnte. Agnes suchte nach Løken + Knarvik und landete einen einzigen Treffer. Josefine Løken. Konnte das seine Mutter sein?

Während Agnes darüber nachdachte, ob es vertretbar war, eine trauernde Mutter anzurufen, ging eine Nachricht von Viktor ein. Kristina Bachmann wollte gern noch einmal mit ihr reden, schrieb er, am liebsten sofort.

»Wie ich gehört habe, haben Sie heute Hans Haukur Thorsson besucht?«, sagte Kristina Bachmann, und Agnes fragte sich, woher sie das wusste.

Die Ermittlungsleiterin trug einen Pullover, der ihre Brüste betonte, und sie erinnerte Agnes an eine der Kindergärtnerinnen, die sie als kleines Mädchen gehabt und die, ohne sich darüber im Klaren zu sein, immer die Gesichter der Kinder an ihre Brust gedrückt hatte, wenn sie sie umarmte.

»Das ist richtig, dass ich bei Hauki war und mit ihm geredet habe«, sagte Agnes zögernd. »Woher wissen Sie das?«

Bachmann lächelte lediglich, als müsste es Agnes klar sein, dass sie überall in diesem Ort Augen und Ohren hatte.

»Hat er etwas gesagt, das Ihnen verdächtig vorgekommen ist?«

Agnes stutzte. Was für eine seltsame Frage.

»Warum fragen Sie, steht er unter Verdacht, Marta umgebracht zu haben?«

»Dass der Ehemann der Täter ist, ist eine der Hypothesen, die wir immer überprüfen müssen. Und Sie scheinen mir eine gute Menschenkennerin und eine kluge Zuhörerin zu sein. Hat Thorsson etwas gesagt, das Sie sich gemerkt haben?«

Agnes räusperte sich. Auf Lob sprang sie irritierend gut

an, und sie bereute die Worte in dem Moment, in dem sie ihren Mund verließen.

»Er hat gesagt, dass er hin und wieder Lust gehabt hat, seine Frau umzubringen.«

Als sie den überraschten Gesichtsausdruck der Ermittlerin sah, hielt sie beide Hände wie zur Verteidigung hoch.

»Das war natürlich ein Witz«, fügte sie schnell hinzu. »Wie man eben von jemandem spricht, mit dem man viele Jahre eng zusammengelebt und über den man sich schon mal geärgert hat.«

Bachmann lehnte sich zurück.

»Dann laufen Sie also auch herum und erklären, dass Sie jemanden umbringen wollen?«

»Nein! Nein. Aber ...«

»Und Sie halten es für normal, mit so etwas Witze zu machen, zwei Tage, nachdem die eigene Frau ermordet worden ist?«

Agnes presste die Lippen zusammen. Sie sollte den Mund nie mehr aufmachen.

Kristina Bachmann beugte sich wieder nach vorn über den Schreibtisch.

»Ich hätte Sie gern in meinem Team, Agnes. Wenn Sie dieses Buchprojekt weiterverfolgen, haben Sie eine einzigartige Möglichkeit, mit Leuten zu reden, die auf die eine oder andere Art in den Fall involviert sein könnten.«

Agnes war verwirrt. Ging Kristina Bachmann davon aus, dass sie sich einverstanden erklärte, für die Polizei so eine Art Spitzel zu sein? Falls dem so war, war das ganz schön unverfroren. Sie sagte nichts, blieb ruhig sitzen und wartete, dass die Kripo-Frau weiterredete.

»Die vielen Gespräche, die Sie mit Tverberg geführt haben«, sagte Bachmann, und Agnes begriff, dass es um genau dasselbe wie bei ihrem letzten Treffen ging. »Ich habe verstanden, dass noch kein fertiges Manuskript vorliegt, aber ich möchte betonen, dass Notizen genauso wichtig sind. Ich bitte Sie inständig, das, was Sie haben, mit uns zu teilen …«

Das Telefon klingelte, und als die Kripo-Chefin die Brille abnahm und auf das Display blickte, war ihr das Teamgefühl offensichtlich nicht mehr so wichtig. Agnes kam sich wie eine lästige Mücke vor, als Kristina Bachmann sie buchstäblich aus dem Raum scheuchte.

Sie sah absolut keinen Grund, dieser Frau mit irgendetwas zu helfen.

Agnes blieb direkt vor dem Büro stehen. Holte ihr Handy heraus und tat so, als würde sie etwas Wichtiges lesen.

In Wirklichkeit hörte sie durch den kleinen Türspalt zu, was Bachmann sagte.

»Nein, Sie stören nicht«, sagte die Kripo-Frau, die jetzt beträchtlich leiser sprach. »Wie gesagt, hinterlässt Tverberg ein beträchtliches Vermögen. Wir sprechen hier von zweistelligen Millionenbeträgen.«

Scheiße. Agnes war klar gewesen, dass früher in der Musikbranche andere Zeiten geherrscht hatten, aber hatte Marta wirklich so viel mit ihrem Jazz verdient? Oder hatte sie es verstanden, ihr Geld gut zu verwalten?

»Sie hat unter anderem in die Erschließung eines neuen Hüttengebiets hier in der Nähe investiert«, sagte Bachmann. »Die Investition war rentabel, sie hat ihre Aktien vor knapp einem Jahr verkauft. Da Tverberg weder Kinder noch Geschwister hat und die Eltern seit langem tot sind, gibt es nur sehr entfernte blutsverwandte Erben. Der Ehemann … Thorsson, ja … er ist der Alleinerbe.«

Deshalb also interessierte sich Kristina Bachmann für ihren Besuch in Een. Die Polizei nahm Hauki offensichtlich unter die Lupe. Was ja eigentlich nicht verwunderlich war.

Sie lauschte weiter. Bachmann schwieg eine Weile, bevor sie fortfuhr: »Eigentlich nicht, selbst wenn die Möglichkeit, über so viel Geld zu verfügen, allein schon ein Motiv sein kann. Aber uns liegen Informationen vor, nach denen Marta Tverberg große Teile ihres Vermögens einer anderen Person oder einem anderen Zweck zukommen lassen wollte.«

Ein Polizeibeamter, den Agnes nicht kannte, sah sie verwundert an, als er vorbeiging. Es war Zeit zu verschwinden, bevor jemand fragte, was sie hier tat.

»Nein, das weiß ich nicht«, sagte Bachmann leicht verärgert, bevor Agnes ging. »Genau das müssen wir herausfinden.«

Ihre Neugier war geweckt.

Auf dem Heimweg dachte Agnes darüber nach, was sie tun sollte, falls sie herausfand, wem oder was Marta ihr Geld hatte vererben wollen. Als sie zu Hause eintraf, war sie zu dem Schluss gekommen, dass Kristina Bachmann die Letzte war, die sie informieren würde.

Sie ging direkt in die Küche, öffnete den Kühlschrank und starrte in die spärlich bestückten Fächer. Es war mehrere Tage her, seit sie eingekauft hatte. Sie musste daran denken, sich für die Feiertage zu versorgen. Es wäre ein

Albtraum, am Gründonnerstag aufzuwachen und nichts zu essen zu haben.

Was würde das Osterwochenende für die Ermittlung bedeuten? Die erste Zeit nach einem Mord war für die Arbeit der Kripo superwichtig, das hatte sie gelernt. Es mussten ungeheuer viele Personen sein, die zu verhören waren. Durften die Leute in ihre Hütten fahren, während die Befragungen liefen?

Agnes fischte die letzten zwei Käsewürstchen aus der Verpackung und sah nach, ob noch genauso viele Lefsen, das beliebte Fladenbrot, da waren. Dann gab sie die Würstchen in die Pfanne und nahm den Pfannenwender in die eine und das Handy in die andere Hand. Sie wollte Hauki anrufen und nach dem Erbe fragen, entschied sich jedoch für einen Umweg über Twitter.

Jemand, der sich Jazz Hands nannte, hatte geschrieben: *Marta Tverberg macht die Auftragskomposition? Ich dachte, Vossa Jazz wollte zukunftsweisend sein und junge Musiker fördern, die das Potenzial haben, neue Wege einzuschlagen. Stattdessen beauftragen sie jemanden, der den Zenit überschritten hat, und das eindeutig. Herzlichen Glückwunsch! #festivalaufabwegen.*

Der Post hatte fast hundert Kommentare bekommen. Viele von ihnen benutzten den gleichen Hashtag, wie sie beim Scrollen sah.

Das wird zumindest ein Fest im Altenheim, wenn die Tverberg in diesem Alter die Auftragskomposition komponiert, schrieb einer.

Ernsthaft? Ist das der Anfang vom Ende von Vossa Jazz?, kommentierte ein anderer.

Agnes wurde zusehends fassungsloser, während sie die Reaktionen las. Wenn das repräsentativ für die Jazzszene war, war Martas Kommentar auf der Bühne nicht verwunderlich.

Sie hätte noch härter sein sollen! Das war, verdammt nochmal, diskriminierend! Das war Ageism! Oder Alterismus, wenn man es nicht englisch ausdrücken wollte.

Agnes hatte vor nicht allzu langer Zeit einen Artikel darüber gelesen. Der Psychiater, der den Ausdruck Ende der Sechziger geprägt hatte, meinte, dass die Angst, zu sterben oder ausgeschlossen zu werden, eine wichtige Ursache für Vorurteile war. Die Segregation und Zurückweisung alter Menschen war für einige eine Methode, den Gedanken an die eigene Sterblichkeit zu verdrängen.

Agnes hätte alles, was sie besaß, darauf gewettet, dass weder dieser Jazz Hands noch jemand von den anderen musikinteressierten Twitter-Trollen – ungeachtet dessen, wie groß ihre Angst vor dem Tod war – so etwas über einen Mann Ende sechzig geschrieben hätte, hätte er die Auftragskomposition komponiert.

Das war, verdammt nochmal, auch Diskriminierung von Frauen!

Wie hatte ihr das entgehen können?

Agnes empfand plötzlich einen neuen und größeren Respekt vor Marta Tverberg. Alternität hatte sie vielleicht nicht so viele Jahre am eigenen Leib zu spüren bekommen, doch mit der Diskriminierung von Frauen kannte sie sich aus.

Und der arme Alexander, er hatte es im letzten Jahr auch nicht leicht gehabt.

Schnell suchte sie seine Nummer heraus und schickte ihm eine Nachricht.

Sie hatte gerade die Würstchen auf den Teller gelegt, als die Antwort kam.

Ich nehme den Faden mit deinem Buch gern auf, schrieb er. *Passt es dir morgen früh auf einen Kaffee?*

Und so passierte das, was so gut wie noch nie passiert war. Agnes Tveit, neununddreißigeinhalb Jahre alt, verlor den Appetit.

Sie setzte sich an den Küchentisch und aß trotzdem. Mit leerem Magen würde sie nicht einschlafen. Dank all der neuen Informationen und dem neuen Ärger dürfte dies ohnehin schwierig genug werden.

Als sie das erste Käsewürstchen zur Hälfte gegessen hatte, fielen ihr die Aufnahmegeräte ein, die sie aus Een mitgebracht hatte. Sie holte sie aus der Tasche und ließ sie vor sich auf dem Tisch liegen, während sie Hauki anrief.

»Danke für den netten Besuch«, sagte er. »Hast du dir die Aufnahmen angehört?«

»Das wollte ich gerade tun, doch mir ist etwas eingefallen, worüber wir nicht gesprochen haben. Du weißt nicht, ob Marta vorhatte, Teile ihres Vermögens an jemand anderen zu vererben, oder?«

Sie hörte Hauki resigniert seufzen.

»Dazu bin ich gestern bei dem Verhör stundenlang befragt worden. Die Polizei wollte mir nicht verraten, woher sie die Information haben, und ich muss sagen, dass mich das beunruhigt. Nicht, weil es Marta nicht freistand, ihr Geld wem auch immer zu vererben – sie hatte schließlich genug, um zu teilen –, sondern weil sie mir, wenn dem so ist, nichts davon gesagt hat. Ich hatte gedacht, dass Marta mir alles erzählt«, sagte er. »Und jetzt frage ich mich, was sie mir sonst noch verschwiegen hat. Außerdem begreift sogar ein einfacher Bursche wie ich, dass es kein gutes Licht auf mich wirft, wenn ich der Polizei auf diese Frage keine Antwort geben kann.«

Hauki bat Agnes inständig, Bescheid zu geben, falls sie etwas höre. Auch ihm gegenüber antwortete Agnes weder zustimmend noch ablehnend. Langsam hatte sie die Nase voll von Leuten, die glaubten, dass sie ihr Laufbursche war, als hätte sie nichts Besseres zu tun, als deren Informationszentrale zu sein.

Sie legte das Telefon zur Seite und griff nach einem der Aufnahmegeräte. Es war nur eine Aufnahme darauf und fast unheimlich, als die bekannte Stimme erklang. Marta Tverberg schien das zu kommentieren, worüber sie sich gerade aufgeregt hatte. Sie sprach davon, dass sie ihre Falten im Spiegel studiert und darüber nachgedacht hatte, dass jede Einzelne von ihnen für das Leben stand, das sie gelebt hatte, für all die Erfahrungen, die zu Kummerfalten und Lachfalten geführt hatten. Dass sie sich in diesem Augenblick gegen die plastische Chirurgie entschieden hatte.

Ich nehme meine Faltenfratze mit ins Grab!, rief Marta in das Aufnahmegerät.

Agnes empfand plötzlich sehr viel mehr Sympathie für Tverberg als in den Monaten, die sie zusammengearbeitet hatten.

Sie griff nach dem zweiten Gerät, auf dem drei Aufnahmen waren. Bei der ersten handelte es sich um eine vollkommen uninteressante Erklärung, warum sie so selten ihr Instrument putzte. Die zweite bestand lediglich aus einem Knistern. Und die letzte hatte Hauki sich wohl nicht angehört, wenn er meinte, dass nichts hiervon Licht auf den potenziellen Mordfall werfen könnte.

Agnes blieb stehen und hörte sich die Aufnahme immer wieder an.

Von wem sprach Marta da?

Alle halten mich für ein egoistisches Weibsbild, doch wenn die Leute wüssten, wie loyal ich gewesen bin. Wie oft meine Handlungen davon bestimmt waren, was das Beste für andere war und nicht von meinen eigenen Werten. Wie oft ich Leute gedeckt habe. Doch jetzt bin ich so alt, dass damit Schluss sein muss. Ich schaffe es nicht mehr, mich in solche Situationen zu begeben. Ich habe keine Lust, noch mehr Geheimnisse zu bewahren. Ich habe genug geopfert. Jetzt müssen sie allein klarkommen, selbst wenn das bedeutet, dass sicher für den einen oder anderen einiges kaputtgeht.

DIENSTAG

Agnes stand vor dem Ganzkörperspiegel an der Schlafzimmertür und kam sich wie eine Idiotin vor.

Die Leute konnten viel Seltsames über sie sagen, aber eitel war sie nicht. Gewöhnlich zog sie sich an, ohne viel darüber nachzudenken, benutzte bis auf Mascara kein Make-up und wusch sich mehrmals in der Woche die Haare. Sie war mit ihrem Aussehen zufrieden, und mit eventuellen überflüssigen Pfunden oder Hautunreinheiten konnte sie gut leben. Das verlieh ihr lediglich *Charakter*, hatte sie immer gedacht.

Warum also lagen jetzt fünf Pullover, drei Hosen und zwei Röcke auf dem Bett? Warum zerrte sie missvergnügt an der Spitzenbluse, die sie ausgewählt hatte, und stellte fest, dass ihre Oberschenkel in der Jeans dick aussahen?

Es ärgerte sie, dass ein Mann diese Wirkung auf sie hatte. Das war nicht gut, und allein schon aus Prinzip zog sie das schwarze Wollkleid wieder an, das sie angehabt hatte. Das war schließlich kein Date, und es bestand absolut kein Grund, einen verheirateten Mann und Vater von drei Kindern beeindrucken zu wollen, selbst wenn dieser verheiratete Mann und Vater dreier Kinder einmal ihr Freund gewesen und ihr seitdem nie mehr ganz aus dem Kopf gegangen war.

Sie fragte sich, ob Alexander Kosanovic immer noch diese Wirkung auf sie hätte, wenn sie in dem halben Jahr, das sie auf dem Gymnasium zusammen gewesen waren, wirklich miteinander geschlafen hätten. Wahrscheinlich nicht. Da wäre die Magie wohl längst dahin. Und wahrscheinlich würde sie sich dann an die ungeschickten Hände eines Teenagers erinnern, an die unbeholfene Fummelei mit einem Kondom und an höchstens mittelmäßigen Sex. Dass sie dank ihres Vaters, der es ihr verboten hatte, Alexander allein auf seiner Bude zu besuchen, nicht so weit gekommen waren, beflügelte auch zwanzig Jahre später noch immer ihre Phantasie.

Keine dieser Phantasien schloss allerdings ein, Seite an Seite mit Rentnern im *Vangen Café* Kaffee zu trinken, doch das war Alexanders Vorschlag gewesen. Agnes trank schon mal eine Tasse Kaffee, bevor sie losging, überlegte, ob sie noch ein Brot mit Schokobelag essen sollte, hatte aber noch weniger Appetit als am Vortag. Auch das war äußerst beunruhigend. Da sie gut in der Zeit lag, zog sie ihre wattierte Steppjacke an und spazierte nach Vangen hinunter.

Der Schnee bedeckte den Hügel noch immer wie ein widerspenstiges Kind, das sich weigerte zu gehen. Die Joggingschuhe, die sie jetzt, wo sie im Vestland lebte, stur das ganze Jahr über trug, waren vorn bereits nass, als sie durch Prestegardsmoen ging. Als sie sich der Uttrågata näherte, wurden ihre Zehen langsam kalt. Sie schloss kurz die Augen und stellte sich vor, sie in warmen Sand zu stecken.

Im nächsten Moment spürte sie im Nacken etwas Eiskaltes.

Einen Schneeball.

»Verdammt!«, rief sie und drehte sich um, um zu sehen, wer für den Angriff verantwortlich war.

Tor Erik Åkervold grinste wie ein frecher Fünfjähriger.

»Sorry, aber ich konnte einfach nicht widerstehen«, sagte er, während er auf sie zukam.

Sie war so sauer, dass sie nicht einmal so tat, als fände sie das lustig. Zum Glück konnte er die heftige Röte in ihrem Gesicht als Ärger deuten und nicht als Scham darüber, dass er in ihren Sexphantasien aufgetaucht war.

»Bist du schon auf dem Weg zur Pressekonferenz?«, fragte er. »Die fängt doch wohl nicht vor zwölf an? Vielleicht könnten wir …«

»Nein.«

»Einen Kaffee trinken?«

»Nein, danke«, sagte sie. »Keinen Kaffee. Kein Bier. Keine gemeinsamen Aktivitäten.«

Sie hielt seinen Blick fest.

Er war sprachlos.

»Bist du *so* sauer wegen des Schneeballs?«

Sie hatte keine Lust zu antworten.

Fühlte sich wieder stark.

Als sie weiterging, schickte sie Viktor eine SMS, in der sie sich beschwerte, dass er ihr nichts von der bevorstehenden Pressekonferenz gesagt hatte.

So, es war noch nicht mal zehn Uhr, und sie hatte bereits zwei Männer auf ihren Platz verwiesen.

Jetzt war sie gespannt auf das Treffen mit dem dritten.

Das neue *Vangen Café* war hundertmal besser als das alte, daran bestand kein Zweifel. Sie hatte es als tristes Lokal in Erinnerung, in dem die Leute rauchten und rund um die Uhr Frikadellen aßen, doch es war viele Jahre her, dass sie das letzte Mal hier gewesen war. Jetzt, nach dem Umzug in den riesigen Ladenbereich, einem ehemaligen Spar-Laden, hatte es eine hohe Decke, zwischen den Tischen war reichlich Platz, und von den Fenstertischen aus konnte man beobachten, wer draußen auf der Vangsgata vorbeiging – was eindeutig das Beste daran war. Es war schlichtweg der aufschlussreichste *people-watching*-Platz im ganzen Ort.

Agnes war früh dran. Sie holte sich eine Tasse Kaffee und setzte sich ans Fenster mit Blick nach Westen; so konnte sie Alexander sehen, wenn er aus Richtung Evanger kam. Zu dieser frühen Stunde war die Straße fast leer, nur ein paar vereinzelte Autos fuhren vorbei. Sie sah zu dem Damenbekleidungsgeschäft hinüber, in dem sie noch nie gewesen war, zu dem Fitnessstudio, das sie noch nie ausprobiert hatte, und versuchte, dem Gespräch von ein paar älteren Damen am Nebentisch zu folgen.

Sie sprachen über die verdächtigen Todesfälle. Auch die Rentner hatten mitbekommen, dass es Mord war.

»Ich fühle mich einfach nicht mehr sicher«, sagte die mit den weißen Haaren und dem Käsebrötchen. »Was ist das für ein Mensch, der herumläuft und alte Damen umbringt?«

Marta wäre wahrscheinlich aufgestanden und hätte sie zurechtgewiesen, hätte sie gehört, dass man sie als alte Dame bezeichnete.

»Das ist einfach unheimlich«, sagte ihre Freundin, die ungefähr im gleichen Alter war; sie hatte ihre Tasche auf dem Schoß, als wollte sie vorbereitet sein, sollte jemand auch sie angreifen. »Jetzt haben wir hier in Voss langsam Zustände wie in Oslo. Die Leute sind nicht richtig gescheit.«

»Hei!«

Agnes war sicher, dass sie vom Stuhl abhob, so zuckte sie zusammen, als Alexander plötzlich hinter ihr stand. Er trat zu ihr, umarmte sie, und ihr wurde ganz schwindelig von seinem Kosanovic-Duft.

Die beiden Damen am Nachbartisch verstummten und sahen Alexander bewundernd an.

»Wartest du schon lange?«, fragte er und nickte zu ihrer halb leeren Tasse hin.

Sie schüttelte den Kopf. »Nein, ich bin gerade erst gekommen.« Sie lachte. »Ich hatte nur großen Kaffeedurst.«

»Ich kann dir nachfüllen lassen. Wir bleiben wohl einen Augenblick sitzen?«

Er zog den langen weinroten Schal und den grauen Mantel aus, nahm Agnes' Tasse und ging zur Theke. Sie folgte ihm heimlich mit dem Blick. Betrachtete den geraden Rücken, wie gut und locker die Jeans saß. Im Gegensatz zu vielen Natursportfreunden in diesem Ort hatte Alexander nicht so einen breiten, übertrainierten Langläuferhintern. Der etwas zu schlanke Musikerkörper war unendlich mehr sexy.

Er kam mit einem Tablett zurück. Darauf standen ihre Tasse mit dem Lippenstiftabdruck neben einer neuen Tasse für ihn und zwei kleinen Tellern mit je einem Croissant und je einer kleinen Schale mit Marmelade.

»Vielleicht hast du ja schon gefrühstückt. Dann ist das das Dessert«, sagte Alexander.

Ein Seelenverwandter, dachte Agnes.

»Wie geht es dir?«, fragte sie. »Du dürftest in den letzten Tagen viel zu tun gehabt haben.«

Der Duft der Croissants vermischte sich mit dem Alexanderduft. Doch Appetit hatte sie immer noch keinen.

»Genau genommen in den letzten Monaten. Vossa Jazz organisiert sich nicht von allein. Das war eine steile Lernkurve. Und ich habe mit dem Fußball pausieren müssen, was schlecht ist. Aber, verdammt, es war auch super. Bis ... ja. Bis das passiert ist.«

»Ich kann mir kaum vorstellen, wie das am Wochenende gewesen sein muss, mit der ganzen Verantwortung dazusitzen. Wie haben die Festival-Leute das eigentlich aufgenommen? Unter den Freiwilligen sind viele noch sehr jung?«, erkundigte sich Agnes.

»Ja, aber die meisten bewältigen den Vorfall beeindruckend gut, finde ich. Ich bin froh, dass das Mitarbeiterfest am Sonntagabend stattgefunden hat, da waren alle an einem Ort versammelt, und wir konnten gemeinsam Bier trinken und über alles reden. Der Zusammenhalt ist super.«

»Aber es war vermutlich nicht leicht für dich, in die Vosser Jazzszene hineinzukommen, oder? Ich habe gelesen, dass du einiges an Kritik dafür geerntet hast, Marta engagiert zu haben?«

Er sah sie leicht skeptisch an. Das war vielleicht eine etwas abrupte Wendung des Gesprächs.

»Ich bin nur neugierig. Warum hat die Jazzszene so stark darauf reagiert, dass Marta die Auftragskomposition komponieren sollte? Ich dachte, sie sei anerkannt und respektiert, aber einige behaupten, dass sie nicht mehr angesagt war?«

Jetzt seufzte Alexander und lächelte, als wäre ihm genau diese Frage schon Hunderte von Malen gestellt worden.

»Marta Tverberg gehörte immer noch zu den internationalen Topkünstlern«, sagte er. »Nur unser engstirniges, kleines Biotop hier wollte das nicht begreifen. Lag es daran, dass sie eine Frau war? Oder dass sie auf die siebzig zuging?«

Er trank einen Schluck aus der Kaffeetasse, hatte sein Croissant aber immer noch nicht angerührt. Vielleicht war er höflich und wartete auf sie.

»Ich denke, beides trifft in gewisser Weise zu. Von außen betrachtet, wirkt die norwegische Jazzszene vielleicht offen und experimentell, doch eigentlich gibt eine relativ konservative Clique den Ton an. Um auf deine erste Frage zu antworten: Es war nicht leicht, als neuer Chef akzeptiert zu werden, nach jemandem, der den Job schon ewig innehatte. Aber wenn ich einen Moment mal etwas arrogant und böse sein darf, dann war es vielleicht an der Zeit.«

»Ja, denn Marta hatte durchaus recht mit dem, was sie auf der Bühne gesagt hat, nicht?«

»Absolut. Die Leute während eines Konzerts anzugreifen, das ist leider nicht die beste Art, Kritik rüberzubringen und Brücken zu bauen. Und das war vielleicht Martas größtes Problem. Sie hat es nicht immer geschafft, die Dinge auf eine diplomatische Art zu kommunizieren, was dazu geführt hat, dass die Kritiker sie noch weniger gemocht haben. Ich hatte das erste Mal persönlich mit ihr zu tun, als ich nach vielen Jahren in Brüssel hierher zurückgekommen bin, aber ich war schon immer ein großer Fan von ihr – auch weil sie keine Angst hatte, ihre Meinung zu sagen.«

»Aber wenn du gewusst hast, wie umstritten sie in der Szene war, hattest du dann keine Bedenken, sie für das erste Festival zu engagieren, das unter deiner Leitung stattfinden sollte?«

Er stieß ein kleines Lachen aus, vielleicht war es auch ein Schnauben.

»Ich weiß nicht, ob ›Bedenken‹ es trifft, aber ich war definitiv gespannt. Ich hatte nicht damit gerechnet, dieses Jahr überhaupt jemanden für das Festival engagieren zu müssen, da die meisten Bands bereits gebucht waren, als ich letzten August übernommen habe. Doch dann haben wir kurz darauf die Absage erhalten, und es entstand eine kleine Krise. Die meisten Musiker brauchen ja mindestens ein Jahr für die Auftragskomposition. Ich war gelinde gesagt froh, als Marta eingewilligt hat zu übernehmen.«

»Weil sie in so kurzer Zeit liefern konnte?«

»Ja, aber nicht nur deshalb. Ich habe auch gedacht, dass diese Zusage Glück im Unglück ist und dass ich dem Festival meinen individuellen Stempel aufdrücken kann, indem ich sie engagiere. Das hätte schließlich schon vor langer Zeit passieren sollen. Marta hatte als Musikerin außer Frage stehende Qualitäten und passte auf das Vossa Jazz wie der Deckel auf den Topf. Und wenn man sich aus keinem anderen Grund an mich als Festivalleiter erinnert, bleibe ich zumindest als der in Erinnerung, der dafür gesorgt hat, dass Marta Tverberg den prestigeträchtigen Auftrag bekommen hat, der ihr in ihrem Lebenslauf noch fehlte. So ungefähr das Einzige, was ihr noch fehlte. Dir ist das ja klar. Und im Rest des Landes und in großen Teilen der Welt war sie die Nummer eins. Sie hat Kulturpreise bekommen. War auf den Titelseiten großer internationaler Jazzzeitschriften. Ist mit dem Spellemann-Preis ausgezeichnet worden. Marta Tverberg die Möglichkeit zu geben, das Auftragswerk für das Festival in ihrer Heimatstadt zu komponieren, das war mir weiß Gott wichtiger als mich bei der Jazz-Elite einzuschmeicheln.«

Sie studierte seinen enthusiastischen Gesichtsausdruck, während er redete. Er war einfach sehr attraktiv.

»Du hast nichts davon gehört, dass sie vorhatte, ihr Vermögen für irgendeinen musikalischen Zweck zu spenden?«

Alexander zog die Augenbrauen hoch und schüttelte den Kopf.

»Nein, aber stell dir mal vor, sie hätte ihr Geld Vossa Jazz vermacht ... Eigentlich wäre das die perfekte Rache gewesen.«

Agnes nickte.

»Jedenfalls, wenn sie die Forderung damit verbunden hätte, dass das Festival in Marta Tverberg Jazz umbenannt wird.«

Beide kicherten bei dem Gedanken.

»Glaubst du, dass die Leute sich vor allem deshalb an sie erinnern werden, weil sie eine große Musikerin war?«, fragte Agnes nach einer kleinen Weile. »Oder weil sie gestorben ist, wie sie gestorben ist?«

»Diejenigen, die ihre Musik gekannt haben, werden sich definitiv wegen der Musik an sie erinnern.« Alexander sah auf seinen Teller, auf das noch immer unberührte Croissant. Als er aufblickte, traf sein nussbrauner Blick Agnes.

»Und die anderen … ich weiß nicht. Nichtsdestotrotz ist es vielleicht besser, als vergessen zu werden? Zum Glück hat all das Schlechte und Tragische, das geschehen ist, auch *ein* Gutes mit sich gebracht.«

»Und was?«

»Dass ich hier sitze und mit dir rede.«

Agnes war fast vierzig Jahre alt und wurde rot wie eine Tomate. Er flirtete mit ihr. Sie spürte es in ihrem Unterleib, der wollte, dass Alexander Teller und Tassen vom Tisch fegte und sie hier und jetzt nahm, auf diesem Tisch, mitten im *Vangen Café*.

Schluss. Sie musste *aufhören*, so etwas zu denken.

Sie konnte nicht so eine sein, die von Männern phantasierte, die Frau und Kinder hatten. Und sie konnte auf keinen Fall so eine sein, die mit diesen Männern schlief.

»Das ist erfreulich!«, sagte sie und stopfte sich das halbe Croissant in den Mund.

»Vergiftet«, sagte Kristina Bachmann und nahm ihre schmale Brille ab. »Infolge des vorläufigen Obduktionsberichts ist das in beiden Fällen die Todesursache. Zusammen mit technischen Spuren am Tatort zeichnet sich nun ein Bild ab, das uns von einem Doppelmord ausgehen lässt. Zwei Ermittler der Kripo sind eingetroffen, um die örtliche Polizei bei ihrer weiteren Arbeit zu unterstützen.«

Die Pressekonferenz hatte gerade erst angefangen. Agnes war in dem Moment hereingekommen, als die Kripo-Chefin zu reden begann. Bachmann war direkt zur Sache gekommen, und es dauerte nur wenige Sekunden, bis man eine Stecknadel in der Versammlung zu Boden hätte fallen hören können. Jetzt stand der örtliche Polizeidienststellenleiter Storedal auch formal im Abseits. Bachmann hatte das alleinige Kommando.

»Zum jetzigen Zeitpunkt möchten wir nicht damit an die Öffentlichkeit gehen, welches Gift zur Anwendung kam«, fuhr sie fort, während in den Mikrophonen mit den Logos von NRK, TV 2, VG, Dagbladet und Bergens Tidende, die auf dem Tisch standen, zu hören war, dass die Ermittlungsleiterin an ihrer Brille herumspielte.

»Aber so viel kann ich sagen, dass es sich um eine hochgefährliche Substanz handelt.«

Agnes saß da und starrte die Kripo-Chefin an, während sie den Klumpen in ihrem Hals hinunterzuschlucken versuchte.

Es war nicht weiter überraschend, dass die Polizei zu dem Schluss gekommen war, dass es sich um Mord handelte. Auch nicht, dass Gift im Spiel war. Trotzdem war es überraschend brutal, es ausgesprochen zu hören.

Dass irgendjemand Marta Tverberg den Tod gewünscht hatte.

»Falls jemand etwas weiß, bitte ich inständig, dass er sich mit der Polizei in Verbindung setzt«, sagte Kristina Bachmann.

Im selben Moment gab Agnes' Handy einen lauten Piepton von sich. Sie hatte vergessen, es auf lautlos zu stellen. Warum schickte Viktor ihr mitten in der Pressekonferenz eine SMS?

»Die Situation ist, wie alle wohl verstehen, sehr ernst«, ergänzte die Kripo-Chefin und sah sie streng an. »Die Substanz, um die es sich handelt, ist äußerst gefährlich. Sie sollte sich nicht in den Händen der falschen Person befinden.«

Die Pressekonferenz wurde direkt übertragen. Nun war es an der Zeit, dass die Journalisten von *NRK* und *TV 2* ihre Fragen an die Polizei richteten, auf die diese jedoch aus ermittlungstechnischen Gründen nicht antworten konnte, wie es so schön hieß. Endlich hatte Agnes die Gelegenheit, einen Blick auf ihr Handy zu werfen.

Es ist nicht mein Job, auf dich aufzupassen, stand in der SMS. *Aber wir können uns nach der Pressekonferenz für fünf Minuten am Brückenkiosk treffen, wenn du sofort kommen kannst.*

Endlich! Als sie noch Journalistin war, hatten Viktor und sie sich immer auf dem Parkplatz getroffen, auf dem früher die kleine Würstchenbude gestanden hatte. Es war ihr heimlicher Treffpunkt gewesen, und sie hatte jedes Mal das Gefühl gehabt, ihre eigene direkte Quelle im innersten Kreis zu haben und etwas wirklich Wichtiges in ihrem Job zu leisten. Es kam nicht mehr so oft vor, dass sie für den Job Nutzen aus ihrer Freundschaft zogen. Doch allein das Wissen, dass es möglich war, hatte bereits einen gewissen Wert.

Agnes lief über die Brücke. Sie sah Viktors Auto sofort. Der Faulpelz war tatsächlich die fünfzig Meter von der Polizeiwache hierhergefahren.

»Jetzt hoffe ich aber wirklich, dass du vorhast, mir zu erzählen, von welchem Gift die Rede ist«, sagte sie, als sie sich auf den Beifahrersitz fallen ließ und die Tür zuzog.

»Diese Information verdankst du unserer lebenslangen Freundschaft. Und du behältst sie für dich«, sagte Viktor, und Agnes nickte gehorsam. »Das Gift heißt Karfentanyl. Es wirkt extrem stark und ist gefährlich, ein morphinähnliches Opioid.«

»Oii.«

»Es ist fast zehntausendmal stärker als Morphium. Der Stoff ist natürlich nicht für die Anwendung bei Menschen zugelassen, aber in den letzten Jahren auf den illegalen Rauschgiftmärkten aufgetaucht und für viele Todesfälle durch eine Überdosis in Osteuropa und den USA verantwortlich, auch für ein paar hier im Land.«

»Scheiße, ja, ich glaube, davon habe ich schon mal gehört. Ist das nicht durch die Medien gegangen?«

»Vor ein paar Jahren hat es einige Artikel gegeben, als ein Fünfzehnjähriger eine Überdosis genommen hat.«

»Und das Gift wurde auf beiden Saxophonen von Marta gefunden?«

Viktor schüttelte den Kopf.

»Nur auf einem, und zwar auf dem, mit dem sie zum Schluss gespielt hat, nach ihrer kleinen Rede. Man hat Spuren am Mundstück sichergestellt.«

Agnes nickte. Das wusste sie.

Das Mundstück des Saxophons konnte man abnehmen und austauschen. Es war unterschiedlich, wann Musiker welches Mundstück aufsetzten, doch Marta hatte eine feste Routine gehabt.

»Sie hat das Mundstück immer direkt vor dem Konzert aufgesetzt«, sagte Agnes.

»Ja, das wussten offenbar viele«, sagte Viktor. »Und es hat wohl kaum jemand das Gift auf dem Mundstück versehentlich verkleckert, um es einmal so auszudrücken. Tobias

Løken hat es vermutlich bei der Mund-zu-Mund-Beatmung abbekommen. So, danke für die geheime Information, die ich dir nicht hätte geben dürfen. Sind wir jetzt quitt?«

Sie nickte, noch immer leicht schockiert, aber auch zufrieden, schon am Tag nach der Tat an diese Möglichkeit gedacht zu haben.

»Gut«, sagte er. »Und jetzt steig aus, ich muss zurück zur Arbeit.«

Agnes blieb mitten auf der Brücke stehen, lehnte sich gegen das Geländer und atmete die kalte Luft ein, die vom Fluss her aufstieg. Dann holte sie ihr Handy heraus und googelte Karfentanyl. Sie vertiefte sich sofort in einen fünf Jahre alten *Aftenposten*-Artikel, in dem es darum ging, dass die Polizei den Verdacht hegte, dass der Stoff im Drogenmilieu im Umlauf war. *Karfentanyl wird gern als Pulver oder als Löschpapier verkauft, doch Tabletten, Sprays und anderes sind ebenfalls im Umlauf. Die Verbraucher unterschätzen die Gefährlichkeit des Stoffs. Er ist extrem potent, und bereits ein einzelnes Pulverkorn reicht für eine tödliche Vergiftung. Ein Gramm Karfentanyl-Pulver entspricht 50 000 tödlichen Dosen.*

Agnes schluckte und las weiter.

Kurze Zeit nach der Einnahme (die Zeit kann variieren) treten lebensbedrohende Symptome auf, die ohne ein Gegengift tödlich sind. Man wird desorientiert und schnell teilnahmslos und hört auf zu atmen. Die Pupillen werden klein, und die Haut wird klamm. Bei Verdacht auf eine Karfentanyl-Vergiftung muss zwecks einer raschen und lebensrettenden Behandlung sofort eine Ambulanz / ein Krankenhaus kontaktiert werden.

Diese Behandlung hatte Marta nicht bekommen, dachte Agnes.

Und für Tobias Løken kam die Hilfe wohl zu spät.

Nicht auszudenken, sein Leben zu verlieren, weil man jemandem helfen wollte.

Konnte der Täter das von Anfang an geplant haben? Marta Tverberg zu vergiften, um den Medizinstudenten Løken auf die Bühne zu locken? Sie zu opfern, um ihn zu ermorden?

Der Gedanke machte Agnes wütend.

Sie klickte einen neuen Artikel an, in dem ein Gerichtstoxikologe und ein Spezialist für klinische Pharmakologie vor Karfentanyl warnten.

Selbst winzig kleine Mengen des Pulvers, zum Beispiel auf der Kleidung, können lebensgefährlich sein. Der Stoff kann eine puderzuckerartige Konsistenz haben, was bedeutet, dass er sich schnell in der Luft verteilt, was wiederum eine Gefahr für Polizisten oder Gesundheitspersonal darstellen kann, die damit in Kontakt kommen. Es lohnt, zu wissen, dass dieser Stoff in kleinen Dosen eingesetzt werden kann, um Elefanten in Vollnarkose zu versetzen – weshalb er auch als Elefantendope bekannt ist.

Der letzte Satz ließ Agnes stutzen.

Marta Tverberg war nicht nur vergiftet worden, sie war mit einer Substanz vergiftet worden, die gewöhnlich bei Elefanten zum Einsatz kam.

Wenn wirklich sie das Ziel gewesen war, was immer noch am wahrscheinlichsten war, stellte sich die Frage, ob sie jemandem so großes Unrecht angetan hatte, dass dieser ihrem Leben öffentlich und auf eine so spektakuläre Weise ein Ende bereiten wollte? Ging es um das Erbe? Oder hatten sie es mit einem Verrückten zu tun, der einfach des Spaßes halber mehrere Menschen hatte umbringen wollen?

Nein, Agnes würde nicht anfangen, Serienmördertheorien aufzustellen.

Verrückte ohne Motiv operierten nicht in kleinen Gemeinden im Vestland.

Sie musste denken wie die Polizei: Wer hatte Backstage im Vossasaal am Samstagabend Zugang zu Martas Instrument gehabt?

Der Produzent, ein Typ aus dem Ort, der, nach seinem dominanten Auftreten bei den Proben zu urteilen, seit einer Reihe von Jahren bei Vossa Jazz dabei war.

Die beiden Typen von Voss Lyd.

Die freiwilligen Festivalhelfer. Wenn man die gelben Trikots mitzählte, waren das richtig viele, die Zugang zu dem Instrument gehabt hatten. Wie alle anderen Musiker auch hatten Marta und die Band jemanden gehabt, der für sie persönlich zuständig war; ein junges Mädchen, das sich besonders gut um sie kümmern sollte.

Alexander.

Und die Musiker natürlich. Didrik und Alfred. Und Ragna, die Schlagzeugerin. Martas Stieftochter.

Agnes loggte sich auf der Homepage von Vossa Jazz ein und klickte sich bis zu der Aufführung des Auftragswerks vor. Marta wurde natürlich als Erste erwähnt, dann die Rogne-Brüder und danach Ragna Haukursdottir.

Agnes hatte in vielen Gesprächen mit Marta versucht, die Rede auf Ragna zu bringen, doch Marta hatte jedes Mal das Thema gewechselt. Was seltsam war. Sie konnten wohl kaum ein enges Verhältnis gehabt haben, obwohl Hauki diplomatisch gesagt hatte, dass sie eine »gute Stiefmutter« gewesen war.

Von der Perkussionistin gab es keinen Eintrag im Online-Telefonbuch, was nicht weiter verwunderlich war, da sie eine Adresse in den USA hatte. In den sozialen Medien war Ragna dagegen zu finden, ihr Profil auf Facebook war noch dazu offen, als Wohnort war *Brooklyn, New York* angegeben.

Agnes schrieb ihr eine kurze Nachricht auf Messenger, in der sie ihr Beileid zu Martas Tod ausdrückte. Sie erklärte, wer sie war, da sie einander nie vorgestellt worden waren, und fragte, ob Ragna noch in Voss sei und die Möglichkeit hatte, sie zu einem kurzen Gespräch zu treffen. Agnes wusste, dass solche Nachrichten oft übersehen wurden, wenn man mit dem Adressaten nicht befreundet war, deshalb kreuzte sie die Finger, als sie auf senden drückte.

Zwei Minuten später kam die Antwort.

Ich glaube nicht, dass ich viel zu einer Huldigung beizutragen habe, schrieb Ragna Haukursdottir.

Agnes wartete, ob noch mehr kam, zum Beispiel, dass sie sich natürlich trotzdem gern zu einem Gespräch treffen konnten. Aber es kam nichts.

Okay, zumindest hatte sie die Bestätigung bekommen, dass die Stimmung zwischen Stiefmutter und Stieftochter nicht die beste gewesen war. Mit anderen Worten, es war einen Versuch wert, eine andere Strategie auszuprobieren.

Es muss nicht unbedingt eine Huldigung werden, schrieb Agnes. *Ich will eher die Wahrheit über Marta schreiben. Wie auch dein Vater das möchte.*

Sie sah die Punkte, die anzeigten, dass Ragna zu schreiben begonnen hatte. Dann verschwanden sie wieder. Verdammt. Agnes wollte Messenger gerade schließen, als die Antwort kam.

Okay, schrieb Ragna lediglich.

Okay, wie dass wir kurz reden können?, antwortete Agnes.

Ein hochgereckter Daumen.

Ich bin in Een, schrieb Ragna.

Agnes verfluchte sich dafür, dass sie heute Morgen das Auto zu Hause gelassen lassen. Jetzt musste sie durch den Schnee nach Hause laufen und es holen. Sie wünschte, sie könnte ein Taxi rufen, doch in Voss ein Taxi zu bekommen war nicht so einfach. Man musste anrufen oder in der einzigen Taxizentrale persönlich vorbeigehen. Agnes vermisste es, einfach auf der Straße einen Wagen anhalten und einsteigen zu können.

Während sie in Schuhen, die sofort nass wurden, und mit zunehmendem Ärger über sich selbst nach Hause lief, dachte sie an die Proben zurück, an denen sie an den Tagen vor der Aufführung der Auftragskomposition teilgenommen hatte. Plötzlich fiel ihr eine Episode vom ersten Tag im Olavsaal ein. Alle hatten ungeduldig darauf gewartet, anfangen zu können, als wären sie in Eile und nicht gut genug vorbereitet. Die drei Musiker waren startklar, aber Marta, die bereits zu spät zu der vereinbarten Probezeit erschienen war, trödelte herum und machte einen verwirrten Eindruck.

»Heute noch, ja?«, hatte Ragna gefragt, und Agnes war überrascht gewesen, dass jemand in der Gruppe es wagte, in einem solchen Ton mit der Diva zu sprechen.

Jetzt begriff sie, dass Ragna Haukursdottir wahrscheinlich die eigensinnige Stieftochter war, die genau das sagte, was sie wollte.

»Du bist das also, die die Biographie über Marta schreibt?«

Den forschenden Blick erkannte Agnes von Hauki wieder, doch Ragna fehlte die Herzlichkeit, die ihr Vater ausstrahlte.

»Richtig. Mein Beileid noch mal zum Tod deiner Stiefmutter.«

»Ja, danke. Sie hat bestimmt *richtig* viel über mich gesprochen.«

»Ihr habt euch nicht sehr nahe gestanden?«

Sie konnte genauso gut direkt fragen, Ragna lud schließlich auf jede erdenkliche Weise selbst dazu ein. Die Frau, die Agnes' Schätzung nach in ihrem Alter war, saß im Schneidersitz auf dem Sofa, und Agnes spürte die Minderwertigkeitskomplexe, die automatisch auftauchten, wenn sie mit Leuten zu tun hatte, die an cooleren Plätzen wohnten und spannendere Sachen machten als sie. Auf eine Musikerin in Brooklyn traf das in allen Punkten zu, und zudem war Ragna Haukursdottir provozierend schön. Sie war groß wie ihr Vater. Ihre Beine waren lang und schlank, und selbst die enge Jeans, die sie trug, passte perfekt. Oben herum trug sie ein weißes Hemd, oversized. Sie sah wie eine Künstlerin aus, cool und entspannt. Agnes bereute, dass sie zu Hause nicht die Socken gewechselt hatte, ihre Füße waren noch immer nass, nachdem sie in den Joggingschuhen durch den Schnee gelaufen war, und sie fühlte sich wie ein Kind, das trockene Sachen brauchte.

Ragna wollte gerade etwas sagen, als ihr Handy klingelte. Sie sah schnell auf das Display und drückte das Gespräch weg. Als es kurz darauf wieder klingelte, meldete sie sich doch.

»Ich kann jetzt nicht reden, Didrik. Ich habe Besuch. Ich rufe dich später an, okay?«

Seufzend legte sie auf.

»Männer, die das Bedürfnis haben, über ihre Gefühle zu sprechen«, sagte sie. »Das ist so anstrengend.«

Agnes war überrascht, dass Didrik Rogne zu den Typen gehörte, die das Bedürfnis hatten, jemandem ihr Herz auszuschütten. Sie musste über Ragnas Reaktion lächeln.

»Wo waren wir? Ob Marta und ich uns nahegestanden haben? Nein, das hast du wohl schon bemerkt, dass das nicht so war. Meine Stiefmutter … Was für ein Buch willst du eigentlich schreiben, wenn es keine Huldigung werden soll?«

Agnes fragte sich kurz, ob sie ehrlich sein und sagen sollte, dass es wahrscheinlich eine True-Crime-Story werden würde, entschied sich jedoch dagegen.

»Ich möchte gern ein ganzheitliches Bild von ihr zeichnen – als Künstlerin und als Mensch.«

Das war ungewöhnlich gut formuliert. Sie musste daran denken, sich den Satz nachher aufzuschreiben.

»Okay. Dann bekommst du ein Teilchen für dein Bild von mir: Meine Stiefmutter war vor allem eine dominante, herrschsüchtige Frau.«

Ragna Haukursdottir sah fast überrascht aus, wie wenig überrascht Agnes war.

»Du hast das schon mal gehört, schätze ich. Ich weiß,

dass das nicht das Netteste ist, was man von seiner Stiefmutter sagen kann, aber Marta würde nichts dagegen einzuwenden haben. Ich glaube, sie würde sogar zustimmen.«

Sie zog die nackten Füße unter sich auf das Sofa und spielte an einem der Kissenreißverschlüsse herum.

»Die Sache ist die, dass Marta viele Seiten hatte. Einerseits hat sie vielleicht mehr als jede andere für Frauen im norwegischen und skandinavischen Jazz getan, vielleicht für Musikerinnen generell. Andererseits war sie, rein praktisch gesehen, nicht so gut darin, Frauen in ihrem Umkreis zu fördern. Solche wie mich. Du kennst vielleicht Margaret Thatchers alten Spruch: *Es gibt einen ganz besonderen Platz in der Hölle für Frauen, die Frauen nicht helfen*? Okay, ich rechne damit, dass Marta jetzt dort ist. Nein, das war hässlich von mir, das zu sagen. Streich das bitte.«

Agnes war verwirrt. Wenn Ragna so große Probleme mit ihrer Stiefmutter hatte, warum spielte sie dann – genau wie Alfred und Didrik – mit ihr in der Band?

Die schöne Schlagzeugerin beantwortete die Frage, die Agnes nicht laut gestellt hatte.

»Aber ich kann mich nicht beklagen. Marta hat mich ja wirklich zu einer Menge Konzerte auf der ganzen Welt mitgenommen, hat mich etlichen Leuten in der Szene vorgestellt. In vielerlei Hinsicht ist es wohl ihr Verdienst, dass ich in New York wohnen und dort von meiner Musik auch leben kann, schließlich hat sie mir zahlreiche Türen geöffnet.«

»Ich dachte, sie wäre seit den Siebzigern nicht mehr in den USA auf Tournee gewesen?«

»Doch, doch, irgendwann durfte sie wieder einreisen,

aber das hat fast zwanzig Jahre gedauert. Die Sache ist die: Sie hat mir nie geholfen, weil sie das wollte.«

»Warum hat sie es dann getan?«

»Weil Papa darauf bestanden hat. Am Anfang war er skeptisch, als ich mich für die gleiche Karriere entschieden hatte wie sie, vermutlich wegen der vielen Reisen und dem ständigen Anspruch, sich mit Körper und Seele einzubringen. Doch als ich insistiert habe, war er plötzlich der Meinung, ich solle den Namen Tverberg annehmen, um Nutzen aus der Verwandtschaft mit dem Star zu ziehen. Ha! Das hätte noch gefehlt.«

»Weißt du, wen Marta als Erben einsetzen wollte?«

Ragna zog die perfekten Brauen hoch.

»Wollte sie ihr Geld jemand anderem vermachen? Das hört sich nicht nach der Marta an, die ich gekannt habe. Ich kann dir jedenfalls versichern, dass kein Geld für die Stieftochter vorgesehen war, die sie nie hatte haben wollen.«

»Wurdest du geboren, nachdem Marta und Hauki ein Paar geworden waren?«

Agnes stellte vielleicht zu direkte Fragen, doch für Ragna schien das okay zu sein.

»Du meinst, ob ich das Resultat von Papas Untreue bin?«, sagte sie. »Nein, ich war ein Kind der Liebe. Oder ich habe zumindest geglaubt, dass ich das war. Mama, Papa und ich hatten bereits ein paar Jahre glücklich in einer kleinen Wohnung in Reykjavik gelebt, bevor Marta Tverberg in die Stadt kam und ihn in den Süden gelockt hat. Das habe ich natürlich alles von meiner Mutter. Sie ist über den Verlust nie weggekommen, so dass ich die meiste Zeit meiner Kindheit und Jugend damit verbracht habe, sie zu trösten.«

Ihre Stimme klang härter, als sie das sagte. Es war vielleicht nicht so seltsam, dass Ragna Haukursdottir nicht gut auf ihre Stiefmutter zu sprechen war. Dass ihr Vater sich zu der norwegischen Jazzmusikerin hingezogen gefühlt hatte, hatte sicherlich viel kaputt gemacht.

»Lebt sie noch? Deine Mutter?«

»Tja, leben und leben. Sie existiert zumindest. Sie wohnt in Reykjavik.«

Und grollt Marta Tverberg bestimmt noch immer, dachte Agnes.

»Warst du oft hier in Een?«, fragte Agnes. »Während du aufgewachsen bist, meine ich?«

»Nie. Mama hat mich nicht fahren lassen. Papa ist ab und zu hochgekommen und hat uns besucht, aber ich habe Marta erst kennengelernt, als ich achtzehn war und allein reisen konnte. Ich habe es geliebt. Du weißt, für Isländer ist hierherzukommen, wie in den Süden zu kommen. Ich war ganz besessen von Norwegen, ich habe Norwegischunterricht genommen und in Bergen studiert.«

»Hat Marta dich dazu inspiriert, auch Musikerin zu werden?«

»Absolut. Ich habe sie vergöttert.« Zuerst schien es so, als hätte Ragna nicht vor zu erklären, wann und warum sie damit aufgehört hatte, denn sie saß da und starrte eine Weile blicklos in die Luft. Dann kam sie wieder zu sich. »Bis sie mich rausgeworfen hat.«

»Hä? Das hat sie getan? Warum?«

»Weil Marta Tverberg, obwohl sie diejenige war, die um die Welt gereist ist und fast nie zu Hause war – oder vielleicht gerade deswegen –, krank vor Eifersucht werden konnte. Nicht nur auf andere Frauen, obwohl Papa immer bei den Frauen beliebt war, sondern auch auf seine eigene Tochter. Kannst du dir etwas Kleinlicheres vorstellen? Am liebsten wollte sie mich auch nicht in Papas Nähe haben, wenn sie nicht da war. Sie hat gemeint, dass ich ihm ›Flausen in den Kopf setze‹, ihn dazu bringe fortzugehen, sie zu verlassen. Es gab nur zwei Dinge im Leben, vor denen Marta Angst hatte. Das eine war, Schwäche zu zeigen. Das andere, allein zu sein.«

Das waren gute Zitate, dachte Agnes, endlich etwas, das Substanz hatte.

Danach redeten sie kurz über New York. Wie es war, in der aufregendsten Stadt der Welt zu wohnen, wie Ragna sie nannte. Agnes kam sich klein und dumm und wie ein Bauerntrampel vor, da sie nie im Ausland gelebt hatte.

»Wirst du bald zurückgehen?«, fragte sie.

»*I wish*. Ich muss aber wohl bleiben, bis das hier ausgestanden ist. Wenn aus keinem anderen Grund, dann wegen Papa.«

»Hast du eine Theorie, wer hinter dem Mord stecken könnte?«

Die Tür ging auf. Beide Frauen drehten sich gleichzeitig um und sahen Haukis zerzausten Kopf.

»Theorien haben wohl alle«, sagte Ragna und stand abrupt vom Sofa auf. »Hei, Papa!«

Hauki sah erschöpft aus. Er kam direkt von weiteren Befragungen bei der Polizei. Er hatte mehrere Stunden dort gesessen, erzählte er, nachdem er seinen massigen Körper schwer auf das Sofa hatte fallen lassen. Agnes sorgte sich sofort, dass man ihn damit konfrontiert haben könnte, was sie ausgeplaudert hatte, doch es sah nicht so aus. Sie stellten immer wieder die gleichen Fragen, sagte er, ob Marta und er Eheprobleme gehabt hätten, ob Dritte in ihre Beziehung involviert gewesen wären, ob sie sich um Geld gestritten hätten.

»Ich verstehe, dass die Polizei die nächsten Angehörigen als Erste befragen muss, aber glauben sie wirklich, dass ich die Frau auf der Bühne vergiften würde, mit der ich vierzig Jahre verheiratet war?«

Agnes hatte ein schlechtes Gewissen, weil sie Kristina Bachmann etwas gesagt hatte. Aber falls noch andere am Samstag im Vossasaal Hauki Thorssons Reaktion gesehen hatten, als er erfahren hatte, dass Marta tot war, war es nicht verwunderlich, dass die Polizei ihn im Visier hatte.

Vielleicht hätte sie das der Kripo ebenfalls erzählen sollen.

Ragna wusste offensichtlich auch etwas, das sie nicht erzählte. Oder sie machte sich zumindest Gedanken, die sie nicht mit ihr hatte teilen können, bevor ihr Vater zur Tür hereingekommen war.

»Benimm dich. Gro ist auch heute kein Sonnenschein. Aber sie ist zumindest aufgestanden und angezogen.«

Viktor verschränkte die Arme und lehnte sich an den Türrahmen in der funktionalistischen Wohnung in Skjerpe. Agnes hatte nach dem Besuch in Een Redebedarf gehabt, und als sie erfahren hatte, dass Viktor zu Hause war, hatte sie sich selbst eingeladen.

»Ich werde nett sein«, sagte sie.

Sobald Agnes die großzügige Diele betreten hatte, war ihr

der Gedanke gekommen, dass sie seit dem letzten Abend der Extremsportwoche im vergangenen Sommer nicht mehr hier oben gewesen war. Ihr lief es kalt den Rücken hinunter, wenn sie daran dachte. Es war möglicherweise der intensivste Abend sowohl in ihrem als auch in Gros Leben gewesen. Schade, dass sie es nicht geschafft hatten, anschließend darüber zu reden. Keine von ihnen war wohl seitdem mehr dieselbe, wenn auch aus unterschiedlichen Gründen.

Malin saß auf dem Sofa und guckte sich etwas auf ihrem iPad an. Agnes sah die Sechsjährige so selten, dass sie immer wieder überrascht war, wie sehr sie Viktor ähnelte.

»Guck mal, wer zu Besuch ist!«, sagte er. »Tante Agnes!«

Malin hob kurz den Blick unter dem dunklen Pony, bevor sie wieder auf den Bildschirm starrte.

Agnes liebte den Freund für den Versuch, den Tantentitel auch hier im Haus einzuführen, aber sie wussten beide, dass sie kein so enges Verhältnis zu seiner Tochter hatte wie zu Ingeborgs Tochter Vera. Das lag größtenteils an Gro. Vielleicht war es ein bisschen wie bei Ragna Haukursdottir und Marta Tverberg, dachte Agnes. Andererseits hatte Gro nie zum Ausdruck gebracht, dass sie auf Viktors und ihre Freundschaft eifersüchtig war, doch Agnes hatte immer das Gefühl, dass sie ihr gegenüber eine gewisse Skepsis hegte. Vielleicht würde sie das auch tun, würde ihren Mann seit dem Gymnasium eine so enge Freundschaft mit einer anderen Frau verbinden. Sie und Viktor hatten zusammen gewohnt, das meiste geteilt, über alles geredet.

Das Einzige, was sie nie getan hatten, war, miteinander zu schlafen.

Gott sei Dank.

Wahrscheinlich war das der Grund, dass sie nach zwanzig Jahren noch immer so gute Freunde waren.

»Agnes?«, sagte Gro, als sie wie eine Hausfrau aus einem Fünfzigerjahre-Film mit einer rotkarierten Schürze um die Taille aus der Küche kam. »Was machst du hier?«

Diese direkte Art war typisch für sie. Mit ihrem kurzen, akkuraten Haarschnitt sah sie nicht nur wie eine Politikerin aus, sie sprach auch wie eine.

»Ich war in der Gegend und habe mir gedacht, ich könnte einmal kurz vorbeischauen und hallo sagen«, sagte Agnes. »Und gleichzeitig habe ich gehofft, Onkel Polizei hier nach ein paar arbeitsrelevanten Infos fragen zu können.«

Sie sah, wie Gro demonstrativ ihren kleinen Mund zusammenzog, obwohl sie nickte.

»Ja, das geht wohl nicht während der Arbeitszeit«, murmelte sie leise, während sie zurück in die Küche ging, bevor sie rief: »Du möchtest mitessen, schätze ich?«

Agnes nahm dankend an, obwohl Gros Reaktion sie ärgerte. Sie war offensichtlich sauer, aber warum? Agnes hatte nichts in dem Buch über den Absturz geschrieben, das nicht stimmte. Okay, sie hatte vielleicht einen Teil der Ereignisse um den Fallschirmmord ein wenig mehr dramatisiert, als sie das belegen konnte, aber der Stoff musste schließlich literarisch etwas hermachen, wenn das kein langweiliger Fallbericht werden sollte, denn wer mochte so etwas schon als Buch lesen? Die *Bergens Tidende* hatte geschrieben, dass das Buch »kein Blatt vor den Mund nahm, ohne spekulativ zu sein«. So viel dazu.

Als der Duft von Gebratenem aus der Küche herüberwehte, setzten Agnes und Viktor sich an den Tisch im Esszimmer.

»Elefantendope«, sagte sie leise.

»Was ist damit?«

»Hast du gewusst, dass Karfentanyl so genannt wird?«

VG und die anderen Boulevardzeitungen hatten sich natürlich auf die Information bezüglich der Todesursache gestürzt. Es war bei allen Netzzeitungen noch immer *das* Thema. Allerdings lediglich das, was auf der Pressekonferenz gesagt worden war. Niemand außer Agnes wusste, um welches Gift es sich handelte, sofern nicht auch andere *off the record* Informationen hatten.

»Ja, ich weiß, dass man das bei großen Tieren als Narkosemittel benutzt, unter anderem bei Elefanten«, sagte Viktor ungeduldig. »Und das ist so wichtig, dass du hier herkommen musstest, um mit mir darüber zu reden, weil …?«

Agnes stutzte. Ob das wichtig war, war sie sich nicht sicher, doch sie musste loswerden, was ihr durch den Kopf ging.

»In ihrer Standpauke am Samstag hat Marta doch davon gesprochen, wie das Festival geleitet worden ist. Ich gehe davon aus, dass sie die Zeit gemeint hat, bevor Alexander übernommen hat, denn sie hat von dem *Elefanten* gesprochen. Und das war doch der Spitzname von Lauritz Fadnes?«

»Die bösen Zungen! Und Fadnes ist letztes Jahr gestorben, wie du bestimmt weißt.«

»Ja. Aber ist es nicht seltsam, dass sie von dem Elefanten gesprochen hat und selbst mit Elefantendope vergiftet wurde?«

Viktor drehte sich zu Agnes um und riss die Augen auf.

»Glaubst du, der Elefant ist von den Toten auferstanden und hat Marta Tverberg mit dem Gift umgebracht, das wie sein Spitzname heißt?«

Agnes sah ihren Freund genervt an.

»Das ist nicht komisch.«

Er zwinkerte ihr zu.

»Das ist ein merkwürdiger Zufall, stimmt. Ich weiß nur nicht, wozu diese etwas weit hergeholte Verbindung gut sein soll. Denn du musst zugeben, dass sie weit hergeholt ist. Aber ich werde den Elefanten im Hinterkopf behalten, okay?«

»Gut.«

»Aber weißt du was«, sagte Viktor. »Ich hoffe, dass dieser Eifer, Privatermittlungen anzustellen, nicht dadurch getriggert wird, dass du Alexander Kosanovic oder Tor Erik Åkervold imponieren willst, oder vielleicht beiden?«

Sie beschloss, den dummen und sehr bösen Kommentar zu ignorieren. Genau wie sie ignorierte, dass Gro sie von der Küche aus beobachtete.

»Habt ihr eigentlich etwas in dem Hotelzimmer gefunden?«, fragte sie stattdessen. »In Martas, meine ich?«

»Nichts, was den Fall in ein neues Licht rückt, nein.«

»Mittagessen«, sagte Gro.

»Was ist mit ihrem Handy?«, fragte Agnes. »Habt ihr das Handy überprüft?«

Viktor nickte.

»Da gab es auch nichts Aufsehenerregendes. Tverberg war, wie du sicher weißt, auch eine der wenigen älteren Frauen, die vernünftig genug sind, sich sowohl von einem

Smartphone als auch von den sozialen Medien fernzuhalten.«

»Bezeichne sie nicht als ältere Frau. Das ist Altersdiskriminierung.«

»Ja? Seit wann bist du bei der Moralpolizei?«

»Seit ich gesehen habe, wie viel Hetze und Diskriminierung Marta Tverberg während ihrer gesamten Karriere ausgesetzt war, erst ganz generell als Frau und später als ältere Frau. Es ist, verdammt nochmal, eine Schande, wie wir in diesem Land die Leute über sechzig behandeln.«

Viktor schien fast beeindruckt zu sein.

»Agnes Tveit *for president*«, sagte er. »Du musst nur daran denken, sie nicht als ›die alte Hexe‹ zu bezeichnen, wie du das gern getan hast.«

»Mittagessen«, ertönte es etwas lauter und etwas ungeduldiger aus der Küche.

Malin kleckerte nicht einen Tropfen von der Woksauce auf die beigefarbene Tischdecke. Sie kaute das Hähnchen mit geschlossenem Mund, trank erst von ihrem Wasser, wenn sie das Essen hinuntergeschluckt hatte, und machte nach jedem Mal, das sie sich von dem Teller bedient hatte, von der Serviette Gebrauch. Gro sah aus dem Fenster, während sie die Gabel zum Mund führte. Viktor sagte auch nichts. Es war seltsam, ihn in einem so … humorlosen Setting zu erleben. Er, der immer voller Witz und Übermut und sarkastischer Kommentare gesteckt hatte. In dieser Familie welkte er nur so dahin.

Agnes hatte das Schweigen nichts ausgemacht, solange sie mit dem ungewöhnlich gut schmeckendem Essen beschäftigt gewesen war, doch jetzt war sie satt und konnte es nicht abwarten, etwas zu sagen.

»Hast du Marta Tverberg eigentlich gekannt?«, fragte sie Gro.

Gro schüttelte diskret den Kopf.

»Not in front of the child.«

»It's just a simple question«, sagte Agnes.

»I said: Not in front of the child.«

Agnes verdrehte die Augen. Kindern tat es durchaus gut, zu wissen, dass nicht alles auf der Welt Friede, Freude, Eierkuchen war. Doch Gro sah aus, als würde sie sie mit ihrem Messer niederstechen, wenn sie noch etwas sagte, so dass die Stille, während sie weiteraßen, immer drückender wurde. Schließlich legte Agnes die Serviette zur Seite und stand auf.

»Danke für das gute Essen. Ich muss leider los.«

Sie ging.

Niemand folgte ihr.

Während sie konzentriert die glatte, kurvige Straße von Skjerpe hinunterfuhr, klingelte ihr Handy.

Es überraschte sie, als sie sah, dass es Gro war.

»Tut mir leid, dass ich so abrupt aufgebrochen bin«, begann Agnes. »Ich wollte nicht …«

»Ich habe Marta Tverberg nicht gekannt«, sagte Gro mit einer Stimme, die nicht merklich sanfter klang als vorhin. »Aber ich kenne Alexander Kosanovic. Das heißt, ich weiß einiges über ihn. Ich habe gehört, wie Viktor ihn vorhin erwähnt hat, und gedacht, ich sollte dich warnen. Bevor du … wieder etwas Dummes machst.«

Hä? Was war das denn? Was hatte Alexander mit dem Fall zu tun? Warum glaubte Gro, dass Agnes etwas *Dummes* mit ihm machen könnte, und warum mischte sie sich überhaupt ein? Gro hatte sich früher auch nicht sonderlich für sie interessiert.

Agnes musste tief durchatmen, um keine pampige Antwort zu geben.

»Warum erzählst du mir das?«, fragte sie stattdessen.

»Ich versuche nur zu helfen. Viktor hat gesagt, dass du immer noch eine Schwäche für den Kerl hast, und jetzt, wo er unten in Evanger wohnt, habe ich Angst, dass er dich … zu etwas überredet.«

Agnes konnte kaum glauben, was sie da hörte.

»Davor hast du Angst, ja? Aha. Zum einen: So gut kannst du ihn nicht kennen, denn dann wüsstest du, dass er eine Frau und drei Kinder hat«, sagte sie. »Und zum anderen: Was hast du eigentlich gegen Alexander?«

Gro seufzte ins Telefon.

»Seine Frau hat unmittelbar vor Weihnachten die Kinder mit zurück nach Brüssel genommen«, sagte sie tonlos. »Olivia und ich sind zusammen ins *Cross fit* gegangen. Wenn du nicht auf mich hören willst, kannst du sie anrufen und dir anhören, was für eine hohe Meinung sie von dem … geilen Bock hat.«

Agnes blieb am Straßenrand im Auto sitzen, nachdem sie aufgelegt hatten. Es kribbelte unter der Haut, doch sie konnte nicht festmachen, ob das Gefühl eher unangenehm oder eher gut war. War seine Frau ausgezogen, weil er ihr untreu gewesen war? Warum hatte Gro es für notwendig erachtet, anzurufen und sie darüber zu informieren? Und, was sich immer mehr in ihrem Bewusstsein festsetzte und nach kurzer Zeit alles andere verdrängte:

Alexander war Single.

Sie beide waren Single.

Sie waren zur selben Zeit Single und wohnten im selben Ort, zum ersten Mal seit dem Gymnasium.

Agnes atmete tief durch. Sie musste sich beruhigen. Das war nicht das, worauf sie sich konzentrieren sollte. Außerdem hatte Alexander wohl an andere Dinge zu denken als an eine sehnsüchtige Ex-Freundin aus seiner Jugend. Auch wenn er im Café mit ihr geflirtet hatte.

Sie startete das Auto und fuhr den Hügel hinunter. Plötzlich konnte sie sich nicht mehr erinnern, was sie als Nächstes hatte tun wollen, und da sie auch noch nicht endgültig entschieden hatte, wohin sie fahren wollte, steuerte sie die Hydro Texaco Tankstelle in Skulestadmoen an, um ein paar Süßigkeiten zu kaufen.

Mit Zucker und Lebensmittelzusatzstoffen konnte sie einfach besser denken.

Sobald sie geparkt hatte, holte sie ihr Handy heraus. Es dauerte nur ein paar Minuten, Olivia Kosanovic auf Facebook zu finden. Sie suchte einfach in der Freundesliste von Alexander, nachdem sie festgestellt hatte, dass sie nicht länger bei *married to* aufgeführt war.

Ihr Profil war geschlossen, doch der Lebenslauf war für alle zugänglich.

Wohnort: Brüssel, las sie und spürte einen Schauer.

Ein dicker Pick-up parkte direkt neben Agnes. Erst sah es aus, als käme Eisnebel aus dem Beifahrerfenster, das sich einen halben Meter über ihrem eigenen Auto befand, aber so kalt war es nicht. Es musste Zigarettenrauch sein. Als sie die Tür aufmachte, zog der verführerische Duft zu ihr herein. Vielleicht sollte sie sich auch eine Packung kaufen. Sie blieb erst einmal im Auto sitzen, neugierig geworden, als sie hörte, dass die Person in dem anderen Auto wütend mit jemandem telefonierte.

»Aber wir waren uns, verdammt nochmal, einig, dass du den Mund hältst«, sagte ein Mann. Sie konnte ihn nicht sehen, zuckte jedoch zusammen, als er weitersprach. »Du weißt auch nur das, was alle anderen wissen. Okay?«

Agnes spitzte die Ohren und bewegte sich nicht.

»Sorg bloß dafür, dass du nicht aufs Radar der Polizei gerätst«, sagte der Mann zum Schluss. »Gut. Okay. Wir reden später.«

Er legte auf.

Wahrscheinlich hatte das nichts mit dem Tverberg-Fall zu tun, aber nur einmal angenommen, wenn doch? Agnes hatte plötzlich Angst, gesehen zu werden. Sie zog vorsichtig die Tür zu und ließ den Motor an. Fuhr ein Stück Richtung Ausfahrt, bevor sie anhielt und in den Rückspiegel sah. Sie musste sich konzentrieren, denn es war eine Herausforderung, ein Nummernschild spiegelverkehrt zu entziffern, aber schließlich gab sie TF11981 in ihr Handy ein. Dann fuhr sie auf die Straße.

Schon nach ein paar hundert Metern bog sie ab und parkte vor Clas Ohlson. Sie war zu neugierig, um warten zu können.

Als Kind hatte es zu ihren Lieblingsbeschäftigungen gehört, Autokennzeichen aufzuschreiben. Irgendwo in ihrem

Elternhaus lagen bestimmt noch mindestens zwei dicke Notizbücher mit sauberen Aufzeichnungen der Kennzeichen der Wagen, die vorbeigefahren waren. Doch in den Achtzigern hatte es noch nicht dieses phantastische Internet gegeben, in dem man mit einem Tastendruck herausfinden konnte, wem das entsprechende Auto gehörte.

Das Auto mit dem Kennzeichen TF11981, ein Mitsubishi L200, war auf eine Lucy Fagnastøl registriert.

Die Vorsitzende von Vossa Jazz.

Agnes tat, was sie immer als Erstes tat, wenn sie Ermittlungen über jemanden anstellte und etwas über den Bekanntenkreis desjenigen erfahren wollte: Sie öffnete die Facebook-App auf ihrem Handy.

Lucys Profil war geschlossen, doch Agnes konnte sehen, dass sie zehn gemeinsame Freunde hatten, unter anderem Alexander Kosanovic, was nicht so seltsam war, und Vemund Tveit, ihren eigenen Vater! Es war kein Alter von Lucy angegeben, und das lächelnde Halbbild verriet nichts. Von fünfzig bis siebzig konnte die Frau alles sein. Doch wahrscheinlich war sie in Martas Alter. Vielleicht war ihr Vater auch einmal mit ihr zusammen gewesen.

Lucy, ja. Natürlich. Sie musste eine der Jugendlichen auf dem Gruppenbild sein, das Hauki ihr gezeigt hatte. Hatte Marta sie nicht auch in einem ihrer Gespräche erwähnt?

Es klopfte fest ans Fenster. Agnes erstarrte.

Draußen stand ein ungeduldig aussehender Mann. Und neben ihm der Pick-up von eben.

Sie ließ das Fenster herunter. Es roch stark nach Zigaretten, als er den Mund aufmachte.

»Gehört die Ihnen?«, fragte der Mann und hielt Agnes' Brieftasche hoch.

Sie nickte verwirrt.

»Die haben Sie auf dem Parkplatz der Texaco Tankstelle verloren. Sie müssen besser auf Ihre Sachen aufpassen, Mädchen.«

Agnes war immer noch nervös, als sie nach Hause kam. Der Mann, der den schwarzen Pick-up gefahren hatte, musste der Mitbewohner oder Ehemann von Lucy Fagnastøl sein.

Konnte er mit ihr telefoniert haben?

Sie war neugierig, was Marta über Lucy erzählt hatte, doch es dauerte Ewigkeiten, die richtige Aufnahme zu finden. Wieder ärgerte sie sich über die miserable Arbeitsmethode, für die sie sich entschieden hatte; das hier war sehr viel zeitraubender, als es gewesen wäre, die Gespräche zu transkribieren.

Sie musste sich wirklich die Zeit nehmen, das bald zu tun.

Vielleicht am Osterwochenende.

Endlich, gut versteckt im Privatleben-Ordner, fand sie die Aufnahmen von dem Tag, an dem Marta über Kindheitserinnerungen gesprochen hatte.

»Wie warst du als Kind?«

»Glücklich, glaube ich. Ich hatte vier ältere Brüder und habe zu allen aufgeblickt. Es ging uns gut in Een, ich kann mich nicht erinnern, dass wir viele Sorgen hatten. Nicht, bevor Mama krank wurde und kurz darauf starb. Danach schien die gesamte Familie auseinanderzubrechen, jedenfalls waren alle mehr mit sich selbst beschäftigt, und an den Nachmittagen war ich in der Regel zu Hause bei Lucy.«

»War das deine beste Freundin?«

»Ja, sie wohnte ganz oben auf dem Berg, und seit der ersten Klasse hingen wir wie die Kletten aneinander. Wir haben die ganze Zeit Unsinn gemacht.«

»Was für Unsinn?«

»Wir haben Äpfel geklaut und ein bisschen die Schule geschwänzt und so was, unschuldige Sachen, aber es war eben üblicher, dass Jungen so etwas machten. Wir waren nicht Gottes liebste Kinder, keine von uns. Einmal haben wir massiv die Stunde gestört, und der Lehrer ist – zu Recht, meine ich mich zu erinnern – ziemlich sauer geworden. Er hat gebrüllt, dass Mädchen sich nicht so aufführen sollen. Ich war es nicht gewohnt, ausgeschimpft zu werden, und bin nach Hause gegangen und habe mich geschämt. Lucy hat ein bisschen anders reagiert, könnte man sagen.«

»Und wie?«

»Als sie am nächsten Tag in die Schule gekommen ist, hatte sie sich die langen Haare abgeschnitten und hat erklärt, dass der Lehrer sie von jetzt an Lucifer nennen könne. Ha-ha, ich werde nie seinen erschrockenen Gesichtsausdruck vergessen. Ein Talent zur Dreistigkeit hatte sie damals schon.«

Heute arbeitete Lucy Fagnastøl als Richterin am Gericht in Bergen, wie Agnes durch eine schnelle Google-Suche herausfand. Ihr Name war nicht oft in ihren Gesprächen gefallen, es war nur diese eine Kindheitserinnerung, die Marta mit ihr geteilt hatte. Hieß das, dass die beiden nicht mehr befreundet waren?

Sie musste mit Lucy reden.

Morgen.

Heute Abend war sie zu erschöpft, ihr Kopf zu voll.

Agnes beschloss, die Stunden, bis sie ins Bett ging, mit Fernsehen und Käse-Flips zu verbringen.

Sie legte sich mit der Fernbedienung auf das Sofa, stellte allerdings schnell fest, dass sie in schlechter Netflix-Form war. Sie war zu unruhig, um sich auf irgendetwas konzentrieren zu können. Nach fünfzehn Minuten schaltete sie den Fernseher ab. Stattdessen streckte sie die Hand nach der Samstagsausgabe von *Hordaland* aus, die auf dem Wohnzimmertisch lag. Sie überblätterte die Titelseite mit einem großen Farbfoto von dem Eröffnungsabend von Vossa Jazz. Es war ein seltsamer Gedanke, dass an dem Tag, an dem die Zeitung erschienen war, sowohl das Festival als auch der Ort sich vielleicht für immer dramatisch verändert hatten.

Auf Seite zwei fand sie die ersten Kurzmeldungen.

Brandgeruch im Pflegeheim, stand da. *Am Montag rückte die Feuerwehr ins Pflegeheim in Voss aus, nachdem eine Meldung eingegangen war, dass Rauch gesichtet und Brandgeruch wahrgenommen worden war. Es handelte sich jedoch nicht um einen Brand, ein Angestellter hatte den Kamin mit dem Staubsauger gesaugt.*

Agnes kicherte in sich hinein.

Von *Partylärm in Skulestadmo* wusste die nächste Meldung zu berichten. *Am Samstag um 00.57 wurde die Polizei wegen lauter Musik und Partylärm in einer Wohnung in Skulestadmo gerufen. Die Streife rückte aus und bat die Feiern-*

den, die Lautstärke so weit herunterzudrehen, dass die Nachbarn sich nicht gestört fühlten. Danach kehrte Ruhe ein.

Und das war es. Dramatischer wurde es nicht. Diese kleinen Null-Nachrichten gaben ihr das Gefühl, am sichersten Ort der Welt zu wohnen, auch wenn es ihrer Meinung nach der verschlafenste war. Viktor mit bemüht autoritärer Stimme die Vorkommnisse von seinem Notizblock ablesen zu hören, wenn sie ihre Runde bei der Polizei gemacht hatte, hatte zu den Dingen gehört, die sie an ihrem alten Job bei der Regionalzeitung vermisste.

Agnes blätterte um, auf der Jagd nach weiteren Goldkörnern aus dem Mund der Polizei. Plötzlich war sie auf der letzten Seite bei der Spalte *Geburten* angelangt, wo neugeborene Kinder vorgestellt wurden, gern auf dem Schoß einer »stolzen großen Schwester« oder eines »stolzen großen Bruders«. Es gab eine kleine Gunnlaug – wer nannte sein Baby Gunnlaug? –, einen Daniel und ein Zwillingspaar mit den Namen Stein und Børre. Daneben war die Geburtstagsspalte, wo »die Besten der Welt« vier, sechs und acht Jahre alt wurden und Umarmungen von den Großeltern und dem Rest der Familie bekamen.

Agnes musste an Alexanders Kinder in Belgien denken und an die Kinder, die sie und Fredrik nie bekommen würden. Mehr brauchte es nicht, dass es plötzlich und ohne Vorwarnung wieder da war, dieses vage Unbehagen, dieses Gefühl, total versagt und zentrale Teile in dem Puzzlespiel, das man Leben nannte, versäumt zu haben.

Was machte Fredrik jetzt? Quälten ihn auch solche Gedanken, oder war seine Rückkehr in sein Leben im Ostland schmerzfrei verlaufen?

Er hätte ja nicht so schnell abreisen müssen. Seit er gefahren war, hatten sie nicht ein einziges Mal miteinander geredet. Er hatte ihr ein paar kühle SMS geschickt. Sie hatte ihn kurz informiert, dass sie doch nicht schwanger war.

Fragte er sich manchmal, ob er zu schnell aufgegeben hatte? Ob er es hätte schaffen können, ihr zu vergeben, ob sie es hätten schaffen können, Agnes' Lügen hinter sich zu lassen und zusammenzubleiben?

Sie hätten in acht Wochen heiraten sollen.

Sie hätte nervös sein sollen, ob das Brautkleid passte, ob es am Hochzeitstag auf die typische Vestland-Art in Strömen regnete.

Sie öffnete ihren Mac und ging auf Facebook, suchte nach Fredriks Namen. Nicht einmal hier waren sie noch Freunde. Als sein Profil auftauchte, wurde ihr Herz schwer.

Fredrik Johannes Dahl is in a relationship with Rikke Jarlsberg.

Sie blieb sitzen und starrte den Namen auf dem Bildschirm an. Jetzt brauchte Fredriks Mutter sich wenigstens keine Sorgen mehr zu machen, ihren Sohn an »ein Odalsmädchen aus dem Vestland« zu verlieren, wie sie sie fehlerhaft immer bezeichnet hatte. Diese Tussi hier war zweifellos aus dem Ostland.

Agnes griff wieder nach der Zeitung und betrachtete die süßen Babys und die frohen Geschwister und fröhlichen Geburtstagskinder.

Dann begann sie, langsam die Seiten in kleine Stücke zu zerreißen.

Sie riss sie immer wieder durch, bis sie immer kleiner

wurden und zum Schluss nur noch ein Berg aus Schnipseln auf dem Küchentisch lag.

Danach fühlte sie sich etwas besser. Sie machte sich einen Toast mit Butter, doppelt Salami und riesigen Mengen an Mayonnaise, dann sah sie sich in den Online-Zeitungen um. Die Morde, die mittlerweile als solche bestätigt worden waren, waren natürlich überall die Titelgeschichte.

DIE DIVA WURDE ERMORDET

GIFTMORD IN VOSS

Wieder einmal wurde es ihr bewusst: Ihre Heimatstadt war jetzt zum zweiten Mal in weniger als einem Jahr zum Schauplatz eines Mordes geworden.

Voss war wirklich nicht so sicher und verschlafen, wie die Meldungen in der Zeitung einen glauben ließen.

Die heutige Ausgabe hatte sie noch nicht gesehen. Sie hatte die Post noch nicht hereingeholt. Die Chance, dass irgendetwas Neues über den Todesfall auf dem Vossa Jazz- Festival darin stand, lag ungefähr bei null. Für eine Zeitung, die nur dreimal in der Woche erschien, war es nicht so einfach, tagesaktuell zu sein, doch Agnes war trotzdem neugierig, was darin stand. Sie zog ein paar alte Gummistiefel an und stapfte durch den Schnee zum Briefkasten.

Sie nahm die Zeitung heraus, die Überschrift auf der Titelseite war – wenig überraschend – eine phantasielose Wiedergabe der gestrigen Neuigkeit: *Polizei geht von Doppelmord aus.*

Als sie den Briefkasten wieder abschließen wollte, bemerkte sie, dass noch etwas darin lag.

Ein gepolsterter weißer Umschlag.

Sie nahm ihn heraus und sah ihre Adresse, die in Blockschrift darauf stand. Auf dem Umschlag war keine Briefmarke.

Also war jemand hier gewesen und hatte den Umschlag in ihren Briefkasten gesteckt.

Sie begann zu frieren und lief zurück zum Haus. Normalerweise war sie gespannt, wenn sie ein Päckchen in der Post hatte. Doch jetzt war sie vor allem skeptisch. Sie ging in die Küche und setzte sich an den Tisch, riss den Umschlag auf und schaute hinein.

Dann holte sie vorsichtig ein kleines graues Olympus-Aufnahmegerät heraus.

Genau vom gleichen Typ wie in Martas Hotelzimmer im *Fleischer's.*

Dem gleichen Typ, von dem Hauki ihr zwei gegeben hatte.

Agnes kippte den Umschlag um, aber es war nichts mehr darin. Kein Zettel, keine Erklärung, kein Absender.

Hierzu brauchte sie Kaffee. Sie nahm Filter und Kaffeepulver und zwang sich zu warten, während der Mokkamaster arbeitete. Fünf Minuten später setzte sie sich wieder an den Küchentisch.

Und drückte bei der ersten Aufnahme auf »Play«.

Das Aufnahmegerät mochte das Gleiche sein, doch der Inhalt war von ganz anderer Art als bei den Aufnahmen, die Agnes hatte. Hier erzählte nicht Marta etwas ins Mikrophon. Es hörte sich vielmehr so an, als hielte jemand das Mikrophon in der Hand, während die Aufnahme gemacht wurde. Das Geräusch ließ darauf schließen, dass dieser Jemand sich mit dem Aufnahmegerät bewegte. Doch niemand sagte etwas. Es war still, wie Agnes enttäuscht feststellte. Sie versuchte, langsam vorzuspulen, da die Aufnahme länger als achtzehn Minuten dauerte. Sie wollte es nicht riskieren, etwas zu verpassen.

Es kam nichts.

Die andere Aufnahme begann genauso.

Agnes seufzte. War das ein Scherz?

Sie hatte das Ganze mehr oder weniger aufgegeben, als sie fünf Minuten vor Schluss endlich eine Stimme hörte, nicht vor dem Mikrophon, sondern von irgendwo aus dem Raum, in dem die Aufnahme gemacht worden war.

Agnes spürte, wie ihr ein Schauer den Rücken hinunterlief.

Das war Marta, die da redete, oder?

Erst war es schwierig, zu verstehen, was sie sagte. Agnes verstand nur, dass sie wegen irgendetwas verärgert war, aber das war Marta ja fast immer.

Agnes hielt den kleinen Lautsprecher ans Ohr und konzentrierte sich.

Sie meinte, das Wort »Fadnes« zu hören und die Worte »ich fand«.

War das der Vossa Jazz-Fadnes, von dem sie da sprach?

Und mit wem redete Marta? Mit der Person, die die Aufnahme machte?

Nein, da war noch eine andere Stimme. Sie kam von noch weiter weg und schien von einem Mann zu stammen. Es fielen jedoch nur einzelne Wörter, so dass es unmöglich zu sagen war, wer die Person war.

Aber hörte sie nicht etwas Bekanntes an der Stimme?

Agnes spulte die Aufnahme immer wieder ab.

Was hatte der Betreffende »gefunden«?

Sie brauchte Hilfe. Sie rief Ingeborg an, doch die meldete sich nicht. Viktor ging ebenfalls nicht ans Telefon. Hallo, was war da los, was trieben die beiden?

Erst da warf sie einen Blick auf die Uhr.

Es war kurz nach zwei in der Nacht.

MITTWOCH

Ihr Schlaf war unruhig und leicht gewesen. Als das Telefon sie weckte, fühlte sie sich alles andere als ausgeruht.

Es war ihre Mutter.

»Ist etwas nicht in Ordnung?«, erkundigte sich Agnes.

»Nein, ich habe mich nur gefragt, ob du inzwischen weißt, ob du am Wochenende mit auf die Hütte kommst?«

»Mama, du kannst die Leute nicht wegen so etwas in der Früh um acht anrufen.«

»Die meisten Leute sind um acht Uhr morgens auf der Arbeit«, sagte ihre Mutter und ging nicht darauf ein. »Ich muss bald wissen, ob du mitkommst, morgen ist schließlich Gründonnerstag, und die Frist, um einen Scootertransport zu buchen, läuft heute ab. Papa schafft es nicht, den ganzen Weg auf Skiern aufzusteigen, weißt du. He, he, nein, natürlich ist deine alte, kranke Mutter das Problem. Wir müssen ja einiges an Essen mitnehmen und so, und einen Karton Wein oder auch zwei und Tante Eline, so dass wir fast schon zwei Scooter brauchen, wenn du mitkommst, weißt du.«

Sie musste schon viele Tassen Kaffee getrunken haben. Dafür, dass sie Lungenkrebs hatte, war es beeindruckend, wie sie ohne Punkt und Komma reden konnte.

»Kann der Scooter nicht vielleicht zweimal fahren?«, antwortete Agnes müde und bereute es, gefragt zu haben.

Zweieinhalb Sekunden war es still am Telefon.

»Da hast du vollkommen recht. Du kommst also mit? Wunderbar«, sagte Agnes' Mutter.

Agnes antwortete nicht. Der Gedanke, mit der ziemlich anstrengenden, alleinstehenden Tante in derselben Hütte eingesperrt zu sein, war wenig verlockend.

»Ich denke darüber nach, okay?«, erwiderte sie, ungeduldig, dass Gespräch zu beenden, so dass sie Ingeborg oder Viktor anrufen konnte.

»Okay«, sagte ihre Mutter und klang enttäuscht. »Aber es eilt doch wohl nicht so mit dem Buch, oder? Ich meine ... Marta ist schließlich tot. Wann wird sie eigentlich beerdigt? Ich habe in der Zeitung noch nichts gesehen.«

Solange in *Hordaland* keine Todesanzeige gestanden hatte, galten die Leute noch nicht als tot. Genau wie jemand nicht richtig geboren war, bis nicht das verdammte Babybild gedruckt war.

»Gute Frage«, sagte Agnes. »Ich weiß es nicht. Bestimmt direkt nach Ostern. Ich gebe dir Bescheid.«

Sie wählte Ingeborgs Nummer, während sie Wasser aufsetzte und sich eine Tasse Pulverkaffee zubereitete. Ihre beste Freundin ging nach dem zweiten Klingeln dran.

»Guten Morgen!«, zwitscherte Ingeborg.

»Geht so«, sagte Agnes. »Hast du nicht gesehen, dass ich angerufen habe?«

»Doch, ich habe mich gefragt, warum du versucht hast,

die Leute mitten in der Nacht zu wecken. Ich wollte dich gerade zurückrufen. Was ist los?«

»Du erinnerst dich an das Aufnahmegerät, das wir in Martas Hotelzimmer gesehen haben?

»Ja?«

»Ich habe gestern Abend ein ganz ähnliches in einem Umschlag in meinem Briefkasten gefunden.«

»Häh? Mit dem gleichen Inhalt?«

»Nein, es ist eine Aufnahme von einem Gespräch, das ziemlich schwer zu verstehen ist. Kann ich dir das mal vorspielen?«

»Ja, klar! Aber kannst du herkommen? Ich bin mit einem kranken Kind zu Hause. Du bekommst ein Frühstück und einen Espresso im Tausch dafür, dass du meinen Tag etwas spannender machst.«

»Abgemacht. Wir reden in zehn Minuten.«

Agnes legte auf und drückte Viktors Nummer.

»Ja, danke für gestern, das Mittagessen war richtig nett«, sagte er mit einer dicken Prise Sarkasmus, auf den einzugehen sie jetzt weder die Nerven noch die Zeit hatte.

»Ich habe einen Tipp in dem Mordfall bekommen«, sagte Agnes. »Ich schätze, es interessiert dich, das zu hören.«

»Aha? Hast du mich deshalb heute Nacht geweckt?«

Er hörte sich enttäuschend wenig begeistert an. Agnes ärgerte es zusätzlich, dass er nicht ans Telefon gegangen war, obwohl er wach gewesen war, doch sie erzählte kurz, was sie auf dem Aufnahmegerät gehört hatte.

Viktor schwieg einen Moment.

»Kannst du mit dem Aufnahmegerät zu mir auf die Polizeiwache kommen?«, fragte er nach einer Weile.

»Ja, wenn du mir verrätst, um was es dabei deiner Meinung nach geht.«

»Das kann ich leider nicht«, erwiderte er. »Aus …«

»… Rücksicht auf die Ermittlungen? Schade, denn dann kann ich dir das Aufnahmegerät leider auch nicht geben. Aus Rücksicht auf … meine Quellen.«

Sie hörte Viktor tief ausatmen.

»Okay«, sagte er, »am Brückenkiosk.«

»Ich bin in einer Stunde da«, antwortete sie.

Die grünen Pflanzen in Ingeborgs Garten, die sich im Sommerhalbjahr so schön breitmachten, duckten sich unter all dem Schnee und der Nässe. Der dritte Frühlingsmonat war bereits zu Ende, doch es fühlte sich immer noch wie tiefster Winter an.

Agnes parkte vor der Haustür und öffnete eine SMS von ihrem Vater.

Du kommst mit auf die Hütte?, hatte er geschrieben, bevor er ein Schaf und eine Saugflasche angehängt hatte, die er mit seiner Kombination aus Kurzsichtigkeit und einer noch schlechteren Kenntnis der Emojis vielleicht für Ostereier gehalten hatte? Das war unmöglich zu sagen.

Sie antwortete nicht, sondern stapfte zur Eingangstür, trat sich den Schnee von den Schuhen und ging hinein.

Vera kam sofort angewatschelt. Sie war noch nicht angezogen, und der dicke Windelpopo wackelte von einer Seite zur anderen

»Hei, Süße«, sagte Agnes, hockte sich hin und breitete die Arme aus. Die Einjährige stürzte sich mit einem Aufschrei hinein. »Du siehst nicht so wirklich krank aus?«

»Sie hatte heute Nacht Fieber«, erklärte Ingeborg, die hinter ihr herkam und sich gegen den Türrahmen des Wohnzimmers lehnte. »Ich muss vierundzwanzig Stunden warten, bevor ich sie wieder in den Kindergarten schicken kann, auch wenn sie munter ist wie ein Fisch im Wasser. Ist dir klar, wie viel an Produktivität Norwegen durch diese dumme Regelung verloren geht?«

»Es geht vielleicht viel mehr verloren, wenn die Kinder zu früh herumlaufen und sich immer wieder gegenseitig anstecken. Konnte deine Mutter nicht auf sie aufpassen?«

»Sie ist auf Teneriffa, also über Ostern kein Babysitter für mich«, sagte Ingeborg und ging in die Küche; Agnes und Vera folgten ihr. »Sie hat uns eingeladen mitzukommen, aber ich schaffe es nicht, mit ihrem neuen Typen abzuhängen. Am Swimmingpool liegen und mir die beiden Turteltäubchen ansehen? Nein, danke.«

»Ha, du bist eifersüchtig, dass deine Mutter neu verliebt ist.«

»Ich bin eifersüchtig auf alle, die neu verliebt sind. Oder überhaupt verliebt. Gott sei Dank, bist du wieder Single.«

»Danke, dass du so großzügig bist und nur mein Bestes willst.«

Ingeborg lächelte und machte einen Espresso. Agnes schob Vera auf die Küchenbank, klappte den Brotkasten auf und schnitt zwei Scheiben von dem frischen Brot ab. Sie holte die Tube mit Krabbenkäse aus dem Kühlschrank, drückte eine Acht auf jede Scheibe und verstrich sie, so dass beide Scheiben von einer dicken Schicht bedeckt waren. Dann hielt sie die Tube Ingeborg hin, die den Kopf schüttelte und so tat, als müsse sie sich übergeben. Sie nahmen den Teller mit dem Brot und den Kaffee mit und setzten sich alle drei auf das Sofa.

»Okay, ich bin bereit«, sagte Ingeborg.

Agnes holte das Olympus-Aufnahmegerät heraus.

»Hör genau hin«, sage sie. »Batman braucht jetzt Robins Hilfe.«

»Fang an. Ich habe ein Gehör wie ein Elch.«

»Hören Elche besonders gut? Warum werden sie dann so oft von Autos überfahren?«, fragte Agnes, bevor sie den Kopf schüttelte. »Ist nicht wichtig.«

Sie schaltete die Aufnahme ein, die sie sich bereits einige Male angehört hatte. Vera kletterte auf ihren Schoß und wollte Hoppereiter spielen. Agnes schaukelte sie auf den Oberschenkeln, während Ingeborg sich die Aufnahme anhörte.

»Noch einmal«, sagte Ingeborg. »Diesmal, ohne dass meine Tochter kichert.«

Agnes holte ihr Handy heraus und suchte für Vera eine lautlose Baby-App mit tanzenden Kartoffeln. Sie selbst machte sich noch einen Kaffee. Als sie zurückkam, war die Einjährige auf dem Sofa eingeschlafen.

»Sie erwähnt definitiv einen Fadnes, ja«, sagte Ingeborg. »Aber ich höre nicht, dass sie etwas ›gefunden‹ hat, wie du sagst. Ich höre ›Elefant‹. Das muss Lauritz Fadnes sein, von dem sie da spricht? Er hatte wohl mehrere Herzinfarkte, bevor er gestorben ist.«

Agnes war dem ehemaligen Festivalleiter nur ein einziges Mal begegnet. Und zwar, als sie Lauritz Fadnes im letzten Jahr anlässlich von Vossa Jazz interviewt hatte. Er war ein krasser Typ, das hatte sie sofort festgestellt. Einer, der die meisten Manipulationstechniken nur so aus dem Ärmel schüttelte und der dem Ausdruck *mansplaining* ein Gesicht gab. Natürlich wusste Agnes nicht viel über Jazz, doch er hatte mit ihr über das Festival gesprochen, als hätte sie noch nie etwas von dieser Musikpräsentation gehört. Er war extrem provozierend gewesen und insgesamt auch wenig charmant.

Seinen Tod hatte sie nur vage in Erinnerung, denn er fiel in die Zeit, als Fredrik ausgezogen und sie knapp zwei Wochen kaum aus dem Bett gekommen war.

»Also«, begann Ingeborg, »wenn du meine – entschuldige, Robins – Meinung dazu hören willst, hört sich das so an, als wäre Marta Tverberg entweder wegen irgendetwas auf Lauritz Fadnes sauer gewesen oder sie war in seinem Namen wegen irgendetwas sauer. Wenn das überhaupt sie ist, die da spricht. Ich würde nicht unbedingt davon ausgehen, aber du bist besser qualifiziert als ich, etwas dazu zu sagen.«

»Die große Frage ist, warum jemand das für wichtig genug befunden hat, es in meinen Briefkasten zu werfen?«

Ingeborg lächelte sie warmherzig an.

»Schön, zu sehen, dass du wieder da bist, Batman«, sagte sie. »Du bist weit gekommen, seit ich im vorigen Herbst nur deinen Kopf unter der Bettdecke habe hervorgucken sehen. Aber weißt du was! Ich habe fast vergessen, dass ich dich etwas fragen wollte. Es ist nämlich so, dass ich es nicht geschafft habe, nein zu sagen, als eine Kollegin mich gebeten hat, ob ich heute Abend bei einer … Sache … die Gastgeberin machen kann, also habe ich ja gesagt, und … dich auch angemeldet.«

Agnes sah sie neugierig an.

»Du wolltest mich also fragen, ob ich bei etwas dabei sein mag, wozu du mich schon angemeldet hast?«

»Korrekt.«

»Und bei was?«

»Bei so etwas wie einer kleinen Tupperware-Party«, sagte Ingeborg. »Nur mit … anderen Produkten.«

Agnes beschloss, die dubiose Andeutung ihrer Freundin zu ignorieren. Sie spürte, wie ihr Herz schneller schlug. Sie musste mit Viktor noch einmal über Lauritz Fadnes reden. Wie sicher war die Polizei eigentlich, dass der frühere Festivalleiter, der auch zu Marta Tverbergs Kindheitsfreunden gehört hatte, eines natürlichen Todes gestorben war?

Schließlich musste es einen Grund dafür geben, dass jemand gewollt hatte, dass Agnes diese Information bekam.

Sie war aufrichtig überrascht, als sie sah, dass Viktors Auto bereits auf dem Parkplatz stand. Ausnahmsweise einmal war sie es, die sich auf den Beifahrersitz setzte. Im Auto roch es nach Kaugummi mit Fruchtgeschmack. Ihr bester Freund kaute nervös, während er vor sich hinstarrte.

»Alles okay? Du bist nicht sauer, dass ich zu spät bin, hoffe ich, denn in dem Fall habe ich ein Hühnchen mit dir zu rupf …«

»Hast du die Aufnahme?«, unterbrach Viktor sie.

War er tatsächlich gekränkt wegen ihres Verhaltens gestern Mittag? Sie war sich nicht sicher, ob es eine gute Idee war nachzufragen.

Also holte sie das Olympus-Aufnahmegerät heraus und legte es ihm in den Schoß.

»Wir hatten eine Abmachung: dass du mir erzählst, was du weißt«, sagte sie.

»Ja, aber ich muss mir doch erst anhören, was da gesagt wird«, meinte Viktor ungeduldig. »Woher soll ich wissen, dass nicht nur du auf der Aufnahme ›ätschbätsch‹ sagst?«

»Wow, so viel Vertrauen hast du nach über zwanzig Jahren Freundschaft? Notiert.«

Viktor starrte ausdruckslos in die Luft, während er sich die Aufnahme anhörte. Sein Gesichtsausdruck gab absolut nichts preis.

Als die Aufnahme zu Ende war, sagte er noch immer nichts.

»Also? Bist du jetzt klüger?«

»Nein. Da ist ja nichts zu hören«, erwiderte er, verärgert in Richtung des Aufnahmegeräts weisend, als wäre es dessen Fehler. »Aber es ist interessant, dass Fadnes erwähnt wird.«

»Weil nicht länger sicher ist, ob er an einem Herzinfarkt gestorben ist?«, fragte Agnes.

Viktor sah sie an; es war das erste Mal, dass er ihr in die Augen schaute, seit sie ins Auto gestiegen war.

»Woher weißt du das?«

»Ich weiß es nicht, aber ich glaube es. Ich glaube auch, dass die Polizei angefangen hat, sich zu fragen, ob ein Zusammenhang zwischen seinem und Martas Tod bestehen kann, da sie mit Elefantendope umgebracht und er ›der Elefant‹ genannt wurde.«

»Letzteres ist immer noch weit hergeholt.«

»Aber?«

Ihr bester Freund sah sie an, als wäre er sich nicht sicher, ob er sie in ein Geheimnis einweihen sollte oder nicht. Dann legte er los.

»Aber du hast recht, wir prüfen, ob da ein Zusammenhang besteht«, erklärte er. »Denn die Polizei hat vor einer Weile einen anonymen Tipp bekommen, dass jemand in der Nacht, in der Lauritz Fadnes starb, aus seinem Haus gekommen ist.«

Agnes überließ Viktor das Aufnahmegerät, nachdem er versprochen hatte, Kristina Bachmann gegenüber zu unterstreichen, von wem er das Material bekommen hatte.

Zuerst erwog sie, nach Hause zu fahren, doch dann fiel ihr ein, dass sie den Mac mitgenommen hatte. Also fuhr sie zurück nach Vangen und parkte hinter der Vekselbank. Sie ging die Vangsgata entlang zu *Kringlo,* wo sie sich ein süßes Teilchen und eine Tasse schwarzen Kaffee von einer Frau mit einer Schürze kaufte, die sie seit der Grundschule nicht mehr gesehen hatte und die noch immer so aussah wie früher, nur ein bisschen dünner. Was unglaublich war, wenn man den ganzen Tag mit Backwaren arbeitete.

Lauritz Fadnes ähnelte dagegen einem ganzen Berg süßer Teilchen.

Über ihn zu lesen, das war, wie über die Geschichte von Vossa Jazz zu lesen. Er hatte das Festival über dreißig Jahre lang geleitet. Warum, das war schwer zu verstehen. Er war sicherlich tüchtig in seinem Job, doch als Frontfigur des Festivals musste er eine Katastrophe gewesen sein. Er war außer Atem, wenn er nur eine kleine Treppe hinaufsteigen musste, und sah nicht aus wie der Leiter eines der größten

Jazz-Festivals des Landes, sondern so, als hätte er sich die letzten dreißig Jahre nicht vom Fleck gerührt.

Aus Neugier schaute sie nach, in welchem Jahr Fadnes geboren war: 1953 – im selben Jahr wie Marta.

Sie dachte an das alte Gruppenbild. *Die fröhlichen Musikanten* Marta, Lauritz und Lucy. Vielleicht waren alle drei im selben Jahr geboren? Sie suchte das Bild auf dem Handy, studierte es, während sie einen Schluck Kaffee trank, der nur noch lauwarm war. Das süße Teilchen schmeckte dagegen himmlisch.

Agnes hatte Lucy Fagnastøl noch nicht getroffen, aber Marta Tverberg und Lauritz Fadnes waren sich jetzt, wo sie darüber nachdachte, nicht ganz unähnlich. Beide waren gut in dem, was sie taten, aber jeder auf seine Weise auch ziemlich unsympathisch. Im Gegensatz zu Marta hatte Fadnes offensichtlich niemanden kennengelernt, der es mit ihm ausgehalten hatte. *Junggeselle und Musikant* war die Überschrift eines der vielen Porträtinterviews, die mit ihm in *Hordaland* erschienen waren. Er war selbst Saxophonist gewesen, hatte aus gesundheitlichen Gründen jedoch aufgehört zu spielen, konnte man lesen.

Falls er Marta Knüppel zwischen die Beine geworfen hatte, was Vossa Jazz anging, war nicht auszuschließen, dass er auf den Erfolg seiner alten Kollegin neidisch gewesen war.

Aber könnte jemand sowohl mit Marta als auch mit Lauritz eine Rechnung offen gehabt haben?

Was war mit der dritten Musikerin?

Vielleicht ging es um etwas, das so lange zurücklag, dass Lucy Fagnastøl auf jeden Fall davon wissen musste.

Agnes machte sich eine Notiz, mit der Vorsitzenden zu reden. Die Polizei hatte das bestimmt schon getan.

In dem kleinen Fakten-Kästchen neben dem Porträtinterview stand, dass Fadnes ledig war und keine Kinder hatte. Ob er darunter gelitten hatte, teilte er den Leserinnen und Lesern von *Hordaland* nicht mit. Es gehörte auch nicht zu den Dingen, die die Lokaljournalisten gewöhnlich fragten. Als sie noch bei *Hordaland* gearbeitet hatte, hatte sie versucht, die Porträtinterviews ein wenig persönlicher zu gestalten, so dass sie mehr davon erzählten, was der zu Interviewende dachte, als nur von dem, was in seinem Lebenslauf stand.

Das Interview mit Fadnes arbeitete sich zu achtzig Prozent an seinem Lebenslauf ab und befasste sich zu zwanzig Prozent damit, wie viel er zu tun hatte.

Agnes fragte sich, ob er gelogen und sich eigentlich eine Partnerin gewünscht hatte. Es musste zweifellos traurig sein, sein ganzes Leben lang allein zu schlafen und allein aufzuwachen.

Oder war es vielleicht doch ganz schön, wenn man sich erst einmal daran gewöhnt hatte? War Lauritz Fadnes tatsächlich allein glücklich gewesen?

Agnes schlang den Rest des süßen Teilchens hinunter und überflog das Interview, das irgendwann Ende der Neunziger erschienen war. Als sie zum Schluss kam, verschluckte sie sich und hustete so heftig, dass die Leute sich zu ihr umdrehten.

Nachdem sie sich wieder gefasst hatte, las sie die letzten drei Zeilen noch einmal.

Auch wenn er nicht verheiratet ist und selbst keine Kin-

der hat, folgt er interessiert der jungen Generation. Er schätzt die Zeit mit seinen Neffen, die sein leidenschaftliches Interesse für die Musik teilen. Didrik und Alfred, die beide den Musikzweig des Gymnasiums in Voss besuchen, sind froh, einen so »jazzigen« Onkel zu haben.

Eigentlich wusste sie recht wenig über die Rogne-Brüder, nachdem sie eine halbe Stunde damit verbracht hatte, sowohl Alfred als auch Didrik zu googeln. Dass sie die Neffen von Lauritz Fadnes waren, war nur eine der Neuigkeiten.

Sie hatten es nicht immer leicht gehabt, wie es schien. Obwohl beide in dem, was sie taten, zu den Tüchtigsten des Landes gehörten, lief es mit den Aufträgen offenbar nicht so gut. Und Onkel Lauritz, der sowohl der administrative wie der künstlerische Leiter von Vossa Jazz gewesen war und »der jungen Generation interessiert folgte«, hatte ihnen nicht immer geholfen, eher im Gegenteil.

Ohne Musikverständnis, war die Überschrift eines Interviews in *Hordaland* vom Winter 2018. *Die freischaffenden Musiker Didrik und Alfred Rogne monieren, wie wenig lokale Künstler für das Vossa Jazz gebucht worden sind. Bei dem diesjährigen Festival steht praktisch nicht ein Musiker aus Voss auf dem Spielplan, obwohl der Ort mehrere Jazzmusiker der Weltklasse hervorgebracht hat. Wir sprechen hier nicht nur für uns, denn wir haben nie um eine Spezialbehandlung gebeten, nur weil wir mit dem Festivalleiter verwandt sind. Wir sprechen für all die guten Künstler in der Jazzszene von Voss, die nicht die Möglichkeit bekommen, dem Heimatpublikum zu zeigen, was sie draufhaben, sagt Alfred Rogne.*

Agnes blieb abrupt in der Tür zu Ingeborgs Wohnzimmer stehen.

Dass es die dem Tupperware-Alter angehörenden *home parties* immer noch hier im Ort gab, war an sich schon nicht zu fassen. Doch jetzt saß Ingeborg – umringt von farbenfrohen Dildos und Vibratoren in verschiedenen Größen und Varianten – auf dem Sofa.

Das Ganze hatte etwas fundamental *Unwürdiges.*

Agnes bewegte sich langsam rückwärts, vielleicht schaffte sie es wieder hinaus, ohne dass jemand sie bemerkte.

»Willkommen!«

Die Stimme gehörte zu einer Frau, die Agnes nicht kannte, jedoch im Verdacht hatte, die Veranstalterin zu sein. Ingeborg sah auf und winkte Agnes zu, bevor sie mit ihrem enthusiastischen Vortrag über Klitorisorgasmen fortfuhr.

»Komm und setz dich! Agnes, nicht wahr? Stimmt es, dass du ein Buch über Marta Tverberg schreibst?«

»Ja«, sagte Agnes, nahm das angebotene Glas Wein an und bereitete sich auf die Insiderinformationen vor, die sie nicht hören wollte, dass zum Beispiel sogar Jazzdiven diese Vibratoren liebten.

»Furchtbar, was da passiert ist. Wie ging es ihr eigentlich?«, fragte die Frau.

Agnes stutzte.

»Wie meinst du das?«

»Na, gesundheitlich?« Die Frau sprach jetzt leiser und sah sie verschwörerisch an, als wüssten sie beide etwas, das sonst niemand wusste. »Ich arbeite im Krankenhaus, deshalb habe ich sie mehrmals getroffen.«

Agnes machte ein Gesicht wie ein Fragezeichen. Die

Krankenschwester begriff plötzlich, dass Agnes wirklich nicht wusste, wovon sie sprach, und dass sie eindeutig die Schweigepflicht verletzt hatte. Obwohl sie eigentlich nichts ausgeplaudert hatte.

»Was hat sie denn im Krankenhaus gemacht?«, fragte Agnes, doch jetzt flackerte der Blick der Frau.

»Also, keine Ahnung. Ich dachte, du weißt das vielleicht. Nein, guck mal, das ist ja ein *rabbit*!«, sagte sie und stürzte sich auf den Vibrator mit den Kaninchenohren. Agnes trank ihr Weinglas in einem Schluck aus, stand auf und ging zu Ingeborg.

»Sorry, ich kann doch nicht bleiben.«

»Hä, lässt du mich hier allein?«

»Es sieht so aus, als kämst du ganz gut zurecht.«

Agnes trat – noch mehr Fragen auf ihrer immer länger werdenden Liste – hinaus in den kühlen Abend.

Falls Marta krank gewesen war, warum hatte sie ihr das nicht erzählt?

Sie trottete zum Bahnhof hinunter, ihr Herz klopfte schneller als gewöhnlich. Das konnte nicht an dem einen Glas Wein liegen, doch vielleicht hatten die dummen Sexspielzeuge sie angetörnt. Sie musste unbedingt herausfinden, ob es wirklich stimmte, dass Alexander Single war.

Agnes blieb stehen und griff nach ihrem Handy. Rief auf Facebook Olivia Kosanovic auf und schrieb ihr eine private Nachricht.

Hei, Olivia! Du kennst mich nicht, aber ich bin eine alte Freundin von Alexander.

Sie löschte sie wieder und begann noch einmal.

Hei, Olivia! Ich arbeite als Journalistin und möchte für Hordaland *gern einen Artikel über deine Sauerteigbäckerei schreiben. Hast du Zeit und Lust für ein Gespräch?*

Sie hatte keine Ahnung, was sie damit beabsichtigte, drückte aber trotzdem auf »Senden«.

Vielen Dank für das Interesse. Ich bin mit den Kindern zurück nach Brüssel gezogen, so dass bis auf weiteres jemand anderer die Bäckerei betreibt, schrieb Olivia und fügte die Kontaktdaten der Frau bei.

Agnes war bei der Bahnhofsunterführung angelangt. Sie blieb stehen und tippte mit kalten Fingern eine Antwort. Schrieb, dass es schade sei, das zu hören, vor allem, da sie Alexander flüchtig kenne und sie und ihr Mann wie ein hübsches Paar gewirkt hätten.

Wieder kam die Antwort nach nur wenigen Minuten.

Danke, aber es war wohl am besten so. He made his own bed, *wie man so sagt. Frohe Ostern!*

Sie sollte nicht hier stehen und wie eine Idiotin vor sich hin grinsen.

Alexander war untreu gewesen. Sie war untreu gewesen.

Das hier war *meant to be.*

Und plötzlich ritt der Teufel sie.

In einer Viertelstunde ging ein Regionalzug nach Westen. Aber sie konnte nicht einfach vor seiner Tür aufkreuzen. Und sie konnte nicht sagen, weshalb sie gekommen war. Schnell schickte sie ihm eine SMS, dass sie unterwegs sei und in Evanger vorbeikäme, ob er zu Hause sei und Zeit für ein Gespräch habe.

Und dann wartete sie.

Und wartete.

Und wartete noch etwas länger, bis der Zug nach Bergen in den Bahnhof einfuhr und sie zu einem Eiszapfen gefroren war.

Sie würde es darauf ankommen lassen. Sie stieg ein und setzte sich.

Unmittelbar, bevor der Zug aus dem Bahnhof von Voss rollte, stürzte sie wieder hinaus.

Hei, Agnes! Ich bin auf einem Treffen in Voss. Können wir das Gespräch hier führen, wenn du zurück bist?, stand in der Antwort von Alexander.

Sie waren in einer Stunde bei *Skrot* verabredet.

Trotzdem beschloss Agnes, sofort hinzugehen. Sie musste sich erst mit einem Drink beruhigen. Durfte sich nichts vormachen. Selbst wenn Alexander Single war, war keineswegs sicher, dass er sich für sie interessierte.

Sie entdeckte Didrik Rogne, bevor er sie sah. Er stand, eine Zigarette rauchend, vor der Tür. Es war faszinierend, wie viel Zeit zwischen einem Zug und dem Ausstoßen des Rauchs verging.

Agnes trat zu ihm.

»Kann ich eine schnorren?«, fragte sie.

Sie bereute es, sobald sie seinen Blick sah. Er war deutlich betrunkener als neulich im *Fleischer's*. Die Augen tränten und flackerten, der Mund war zu einem hässlichen Grinsen verzogen.

»Tveit, Tveit, Tveit«, nuschelte er. »Allzeit bereit.«

Es fühlte sich an, als bekäme sie mit voller Wucht einen Schneeball in den Magen.

Er reichte ihr die Packung. Sie nahm eine Zigarette und beugte sich zu Didriks Feuerzeug hin; sie würde versuchen, ihn einige Minuten auszuhalten. Er war in einem Zustand, in dem es einfach sein dürfte, ihm Informationen zu entlocken.

»Das war die andere Fotze damals auch«, fuhr Didrik fort.

Agnes antwortete nicht, murmelte lediglich danke und sah durch die großen Fenster in den Gastraum. Sie entdeckte niemanden, den sie kannte und der herauskommen und sie retten konnte – außer den Barkeeper, doch der war damit beschäftigt, ein paar Gästen die Speisekarte zu zeigen, die aus alten Vinylplatten gemacht war.

Sie erstarrte, als sie plötzlich seine Stimme an ihrem Ohr hörte.

»Soll ich dir etwas über die vertrocknete Fotze erzählen, über die du ein Buch schreibst?«, sagte Didrik. »So wenige haben es ihr besorgt, dass sie schwarz war vor Eifersucht auf alle, bei denen das anders aussah. Niemand wollte die runzlige alte Hexe, nicht einmal Hauki.«

Sie drehte sich um und sah ihn streng an.

»Bitte.«

Didrik schnaubte.

»Das hat meine Frau auch gesagt. ›Bitte nimm mich hart ran‹, hat sie jeden Tag gesagt. Und was ist passiert? Mit der Schlampe als Zeugin vor Gericht? Verdammt, wenn sie nicht gestorben wäre, hätte ich sie gern selbst umgebracht.«

Agnes hatte keine Ahnung, wovon er redete oder von wem, aber sie wagte auch nicht zu fragen. Sie rührte sich nicht und sah zu Boden.

»Soll ich dich vielleicht auch hart rannehmen?«, sagte er. »Ist es das, was du willst?«

Er kam ihr ganz nah. Sein Alkoholatem verursachte ihr Übelkeit, und sie drehte sich weg.

»Wohl nicht. Dann eben ein anderes Mal«, sagte Didrik und wankte die Straße hinunter.

Agnes spürte den Puls im Hals hämmern, ihre Hände zitterten, es war ein Flashback des Treffens in der Gondel im letzten Sommer.

Mein Gott, was für ein Typ.

Jedes Mal, wenn sie ihn traf, war es schlimmer mit ihm.

Aber was hatte er eigentlich gesagt? Dass die »vertrocknete Fotze«, von der sie annahm, dass er Marta damit meinte, gegen ihn ausgesagt hatte? In einem Prozess?

»Didrik ist es im letzten Jahr nicht gut gegangen«, erklärte Alexander. »Er ist ein phantastischer Musiker, in allen anderen Bereichen aber leider völlig hoffnungslos. Ich rede hin und wieder ein wenig mit ihm. Er hat einmal gesagt, dass er das Gefühl hat, seinen Bruder verloren zu haben, deshalb habe ich zumindest versucht, ihm ein Kamerad zu sein.«

Der Unterschied zwischen den beiden Männern, die Agnes in der letzten Stunde getroffen hatte, hätte nicht größer sein können. Es machte sie schwindelig, so nahe neben diesem stilvollen Mann zu sitzen, von seinem wohltuenden Duft eingehüllt zu werden. Das *Skrot* war in den letzten Jahren eine der angesagtesten Bars in Voss geworden. Alexander hatte ihnen beiden einen Whisky sour bestellt. Agnes schämte sich noch immer für ihren Plan, nach Evanger zu fahren und ihm sexuelle Avancen zu machen, aber der Alkohol half. Er hätte ihr keinen besseren Drink bestellen können, auch wenn der Barkeeper für ihren Geschmack sowohl das Eiweiß als auch die sauren Bestandsteile hätte weglassen können. Brauner Branntwein hätte völlig genügt.

Sie war noch immer ein wenig zittrig nach dem Zusammentreffen mit Didrik und heilfroh, jetzt hier mit Alexander zu sitzen und ihm davon erzählen zu können.

»Weißt du, wie das Verhältnis zwischen Didrik und Marta war?«, fragte sie.

»Ziemlich schräg, glaube ich.« Alexander nahm einen großen Schluck von seinem Drink. »Es ist ja nicht gerade normal, jemanden erst ins Gefängnis zu bringen und ihn dann, wenn er die Strafe abgesessen hat, anzuheuern, um in der eigenen Band zu spielen.«

»Hat Marta Tverberg ihn ins Gefängnis gebracht?«, fragte Agnes, als ihr klarwurde, dass er das eben gemeint haben musste. »Weil er seine Ehefrau misshandelt hat?«

Alexander sah sie überrascht an.

»Hat er dir das erzählt? Wow, dann muss er wirklich betrunken gewesen sein.«

Das Verhältnis von Didrik Rogne zu seiner Frau war viele Jahre recht turbulent gewesen. Doch erst, als Marta sie mit zur Polizei genommen und dazu gebracht hatte, ihren Ehemann anzuzeigen, passierte etwas. Marta war eine von mehreren Zeugen in dem Fall, da sie einmal gesehen hatte, wie Didrik seine Frau schlug. Er wurde zu anderthalb Jahren Haft verurteilt. Als er wieder herauskam, hatte seine Frau den Ort verlassen. Didrik war zutiefst deprimiert – und arbeitslos.

»Er ist ein großartiger Bassist, aber niemand wollte einen gewalttätiger Musiker in seiner Band haben. Niemand außer Marta.«

»Aber wusste er, dass *sie* seine Frau veranlasst hatte, zur Polizei zu gehen?«

»Ja. Er war so verzweifelt, dass er seinen Stolz hinuntergeschluckt hat. Außerdem spielte Alfred auch in ihrer Band. Die beiden Brüder stehen sich sehr nahe. Didriks Ruf hatte auch Auswirkungen auf ihn.«

Sie schwiegen eine Weile und rührten mit den Strohhalmen in ihren Drinks.

Als Agnes aufblickte, begegnete sie Alexanders Blick.

»Glaubst du, dass Didrik einen Plan geschmiedet haben kann, um sich an Marta zu rächen?«, fragte sie.

Alexander stützte das Kinn in die Hand.

»Das ist nicht unmöglich«, sagte er. »Er hatte ja, was das angeht, sowohl die Möglichkeit als auch ein Motiv. Doch wenn dem so ist, hat der Plan einen tragischen Ausgang mit shakespearianischen Dimensionen angenommen, als sein Schwager mit in den Strudel hineingerissen wurde.«

»Es sei denn, das war einkalkuliert, und er – oder er und Alfred – wollten auch Tobias loswerden?«

»*Das* bezweifle ich allerdings«, sagte Alexander. »Alfred und Tobias waren das beste Paar der Welt. In der Jazzszene hat man sie *Alias* genannt. Alfred ist ja einige Jahre älter, über zehn, glaube ich, doch das dürfte sich vor allem finanziell bemerkbar gemacht haben. Tobias war schließlich noch Student und hat nichts verdient. Und wie gesagt, in den letzten Jahren hat es für Alfred auf dem Arbeitsmarkt auch nicht so rosig ausgesehen. Er hat sich jedoch geweigert, sich neben seiner Musik eine andere Arbeit zu suchen, so dass sie oft wohl nicht besonders viel Geld zur Verfügung hatten. Ich hatte immer den Eindruck, dass Luft und Liebe ihnen reichten. Wenn sich jetzt zeigt, dass es auch in dieser Beziehung große Probleme gab, verliere ich langsam den Glauben an die Liebe.«

Agnes betrachtete den Mann auf der anderen Seite des kleinen Tischs und wartete darauf, dass er etwas zu seiner eigenen, neuen Lebenssituation sagte. Es kam nichts.

»Ich habe diesen Glauben schon vor langer Zeit verloren«, sagte sie, um ihm auf die Sprünge zu helfen.

Alexander blickte auf.

»Lebst du nicht mit jemandem …«

»Er ist letzten Herbst wieder gen Osten gezogen.«

Das kam etwas zu schnell.

»Ah«, sagte er, »tut mir leid, das zu hören.«

Sie begegnete seinem Blick.

»Aber ist es erlaubt zu denken, dass das auch nicht ganz so schlecht ist?«

»Nicht ganz so schlecht? Wieso?«

Sie sollte nichts sagen, nicht verraten, dass sie es wusste.

Plötzlich lächelte er schüchtern und zog unbeholfen die Schultern hoch.

»Weil … nun ja, also … ich bin auch verlassen worden.«

Sie sahen sich einige Sekunden schweigend an, hörten das gedämpfte Summen der Stimmen im Lokal um sie herum. Agnes war es wieder warm geworden. Sie war ganz ruhig und hob ihr Glas.

»Skål«, sagte sie. »Auf den Kampf gegen die Abwanderung aus den norwegischen Dörfern.«

»Weißt du, was für eine Beziehung Alfred und Didrik zu ihrem Onkel hatten?«, erkundigte sich Agnes nach ein paar Schlucken von einem frischen Drink.

»Wer ist ihr Onkel?«, fragte Alexander. »Vergiss nicht, dass ich nicht aus Voss bin und mir die Stammbäume nicht ganz so vertraut sind.«

»Lauritz Fadnes.«

Sein Gesichtsausdruck veränderte sich, er sah überrascht aus.

»He, waren die beiden seine Neffen? *Das* hätte ich streng genommen wissen müssen.« Alexander runzelte die Stirn, als ginge ihm plötzlich ein Licht auf. »Das bedeutet, dass Lucy Fagnastøl die Mutter von Alfred und Didrik ist?«

»Hä!?«

Jetzt war es an Agnes, überrascht zu sein.

»Ja, so muss es sein«, sagte Alexander. »Denn Lucy ist mit Svein Rogne verheiratet, dem Bruder von Lauritz.«

»Waren sie Brüder? Aber warum haben sie dann unterschiedliche Familiennamen?«, fragte Agnes einigermaßen verwirrt.

Alexander schüttelte den Kopf.

»Weil sie unterschiedliche Väter haben? Ich habe keine Peilung«, sagte er. »Alles, was ich weiß, ist, dass es in diesem Ort mehr als genug Seltsames gibt.«

»Absolut. Wie gut kennst du Lucy Fagnastøl?«

»Offenbar nicht gut genug. Sie ist die Vorsitzende von Vossa Jazz, so dass wir uns hin und wieder bei Besprechungen sehen, doch ansonsten ist sie, so wie ich das verstanden habe, kaum in die praktische Arbeit des Festivals involviert. Und sie wohnt in Bergen.«

»Was für einen Eindruck hast du von ihr?«

Alexander schien kurz nachzudenken.

»Dass sie sich vielleicht ein bisschen … für etwas Besseres hält? So, wie sie mit den Leuten spricht oder zumindest mit mir, kommt das schon ziemlich von oben herab. Vielleicht ist das normal, wenn man Richterin ist, das weiß ich nicht. Mir ist es jedenfalls ganz recht, dass sie sich nicht so oft hier sehen lässt, unverbindlich ausgedrückt.«

»Was ist mit Lauritz Fadnes, hast du ihn gekannt?«

»Flüchtig. Er gehörte ja zum … konservativen Teil der norwegischen Jazzszene, könnte man sagen. Es kann durchaus sein, dass er sich im Grab umgedreht hätte, hätte er gewusst, dass Marta Tverberg die Auftragskomposition komponiert hat. Er hätte bestimmt gesagt, dass sie nicht mehr angesagt war, was geheißen hätte, den größten Stein ins Glashaus zu werfen. Dass der Mann Vossa Jazz so viele Jahre geleitet hat, *das* war nicht mehr angesagt. Aber er hat sich an den Job geklammert. Er war schließlich sein ganzes Leben.«

»Er muss ein wenig ansprechender Mann gewesen sein?«

»Nicht physisch«, sagte Alexander. »Aber du hast recht, man kommt wohl nicht darum herum, dass Lauritz Fadnes ein recht rachsüchtiger und insgesamt wenig sympathischer Typ war.«

»Aber warum hat er sich dann so lange gehalten?«, fragte Agnes. »Weil er ein Mann war?«

Alexander sah ihr in die Augen, so dass es Agnes im Bauch kribbelte.

»Es besteht wohl die Gefahr, dass ihm das zum Vorteil gereicht hat, ja. Er hat sich mit den anderen Männern in der

Szene gut verstanden. Er hatte mehrere Ehrenämter im Norwegischen Jazzforum und eine eigene Kolumne in *Jazznytt*. Es war nicht leicht, ihn aus der Chefposition zu kicken.«

»Tja, so ist das wohl«, sagte Agnes.

Selbst wenn die Vorsitzende von Vossa Jazz über viele Jahre eine Frau war.

GRÜNDONNERSTAG

Sie hörte ihn barfuß über den Boden gehen.

Sie drehte sich nicht um, spürte aber, wie er näher kam, so nah, bis er dicht hinter ihr stand. Seine Brust drängte sich gegen ihren Rücken, kurz darauf berührten seine Lippen sie im Nacken. Ihr ganzer Körper zitterte. Sie ließ den Kopf nach hinten sinken, er griff vorsichtig in ihr Haar und drehte ihr Gesicht zu sich herum. Seine Lippen waren voll und süß, sie umarmten sich, während sie spürte, wie seine Hand langsam, aber sicher abwärtswanderte und weiter und …

Agnes schlug die Augen auf.

Sie sah sich im Bett um, das warm und leer war.

Alexander hatte sich kurz nach Mitternacht für den Abend bedankt. Sie wie ein Gentleman auf die Wange geküsst und den Nachtzug nach Hause nach Evanger genommen – ohne sie einzuladen mitzukommen. Aber er hatte vollständig von ihren Gedanken Besitz ergriffen.

Dieser Traum …

Sie blieb noch eine Weile liegen, und ein Gefühl von Besorgnis breitete sich immer weiter in ihr aus.

Warum war er nach Hause gefahren?

Hatte sie irgendetwas Falsches gesagt? Oder hatte er einfach nicht die gleiche Lust auf sie wie sie auf ihn?

Sie schaute zum Fenster und sah, dass die Sonne schien. Heute hatten auch die Leute Osterferien, die einem festen Job nachgingen. Sie selbst ertrug den Gedanken an Yatzy und Kamellen noch nicht ganz. Soweit es möglich war, heute etwas herauszufinden, wollte sie das tun, bevor sie zur Hütte fuhr.

Sie rief Viktor an.

»Der Ostermorgen tilgt alle Sorgen«, sagte er, als er sich meldete.

»Ist das so?«, erwiderte sie und richtete sich im Bett auf. »Hast du über Ostern frei, dass du plötzlich so fröhlich bist?«

»I wish«, sagte Viktor. »Die anderen sind zur Hütte gefahren, so dass ich allein bin, was nicht schlecht ist. Aber ich bin im Revier.«

»Gut. Weißt du, ob Marta Tverberg krank war?«

»Nein, wieso?«

Agnes entschied sich spontan, erst mehr herauszufinden, bevor sie es ihm erzählte.

»Nur so ein Gedanke. Allerdings habe ich etwas mehr über die Familienverhältnisse von ein paar Leuten erfahren, die vielleicht in den Fall involviert sein könnten. Hast du gewusst, dass Lauritz Fadnes der Onkel von Alfred und Didrik Rogne war?«

»Habe ich nicht, nein, aber das ist wohl auch kein Geheimnis, so dass wir das schnell herausgefunden hätten, würden wir zu Fadnes' Tod ermitteln«, erwiderte Viktor trocken.

»Hä, arbeitet ihr nicht mit der Theorie, dass er ermordet wurde?«

Ihr bester Freund seufzte ins Telefon.

»Bachmann ist der Meinung, *dass das zum gegenwärtigen Zeitpunkt nicht der richtige Einsatz der verfügbaren Ressourcen ist.*«

»Du machst Witze. Bei dem Tipp, den die Polizei bekommen hat …?«, sagte Agnes. »Mein Gott, macht die Kripo Osterferien oder was? Die müssen sich doch die ganzen Verbindungen genauer ansehen! Wissen sie, dass die Vorsitzende von Vossa Jazz und Marta Tverbergs Kindheitsfreundin Lucy Fagnastøl die Mutter von Alfred und Didrik Rogne ist?«

»Nein«, sagte Viktor, der sich fast so anhörte, als würde er sich ein bisschen für die Polizei schämen. »Aber gibt es über Familie und Verwandtschaft hinaus noch andere Gründe, warum du dich für die Rogne-Brüder interessierst?«

»Ja. Nämlich den, dass Didrik Rogne ein widerlicher Säufer ist, der Frauen schikaniert. Ich hoffe, dass euch *das* wenigstens klar ist.«

Ein paar Sekunden war es still am Telefon.

»Ich weiß, dass er wegen der Misshandlung seiner Frau eingesessen hat, falls du das meinst.«

»Ist sie tot?«, fragte Agnes.

»Seine Frau? Nein, Gott sei Dank nicht, so schlimm war es nicht. Aber sie hatte glücklicherweise genug Verstand, ihn zu verlassen. Sie haben wohl in Bergen gewohnt, als sie verheiratet waren, aber jetzt ist sie in den Norden gezogen, glaube ich.«

»Weißt du, wer die Frau dazu gebracht hat, zur Polizei zu gehen?«

»Nein, aber du bestimmt.«

»Marta Tverberg.«

»Aha. Und im Gegenzug für all diese Informationen, an die ich sicher auch selbst gekommen wäre, willst du gern …?«

»Ein Osterei«, sagte sie. »Mit einem Schokoriegel und dem Obduktionsbericht von Marta Tverberg.«

Vielleicht hatte die Dildo-Frau das einfach falsch verstanden. Vielleicht war Marta Tverberg nur zu einem ganz gewöhnlichen Check im Krankenhaus gewesen. Jedenfalls stand nichts von irgendeiner Krankheit in dem vorläufigen Obduktionsbericht, den Viktor ihr per Mail geschickt hatte, aber viele Begriffe, die Agnes nicht verstand, und auch, dass Marta an einer Vergiftung gestorben war, was sie ja bereits wusste. Womöglich hatte Viktor sich deshalb darauf eingelassen, ihr den Bericht zu schicken. Sie hatte versprochen, die Mail anschließend zu löschen.

Falls die Polizei Didrik Rogne bisher noch nicht im Visier gehabt hatte, hatte sie das hoffentlich jetzt. Er hatte Zugang zu dem Instrument. Er hatte Beziehungen zu mehreren Personen in Martas und Tobias' Umfeld. Er hatte im höchsten Grad ein Motiv. Mehr als eines, genau genommen. Er und Marta hatten sich um Geld gestritten. Sie hatte ihn wegen der Misshandlung seiner Frau ins Gefängnis gebracht.

War es denkbar, dass Marta Tverberg vorgehabt hatte, ihr Vermögen irgendeinem Krisencenter zu vermachen oder einer Organisation, die sich mit Gewalt gegen Frauen beschäftigte?

Es würde Agnes nicht wundern, wenn Didrik auch seinen Onkel hatte loswerden wollen.

Sie ertrug den Gedanken nicht, ihm noch einmal zu begegnen, doch sie würde sich gern allein mit seinem Bruder Alfred unterhalten. Wahrscheinlich schlief Didrik noch seinen Rausch von gestern aus.

Sie ging in die Küche, um sich zum Frühstück ein überbackenes Käsebrot zu machen, blieb jedoch wie gelähmt vor dem Brotkasten stehen.

Alles, was darin lag, waren Krümel und ein trockener Anschnitt.

Ein Schauer durchfuhr sie: Es war passiert. Sie hatte vergessen einzukaufen. Und jetzt hatten die Geschäfte zwei Tage geschlossen.

Mein Gott, vielleicht sollte sie sich auf den Weg ins Fjell machen. Tat sie das nicht, würde es das traurigste Ostern aller Zeiten. Schnell schickte sie ihrem Vater eine SMS und fragte, wie weit sie inzwischen waren. Die Antwort kam sofort, zusammen mit einem Croissant-Emoji und einer Katze, die so lachte, dass ihr die Tränen übers Gesicht liefen.

Wir sind bereits hier! Der Scooter-Transport für heute war ausgebucht, du musst zu Fuß aufsteigen.

Sie hätten schließlich auch etwas sagen können, dachte Agnes beleidigt, während sie einen Wollpullover, eine Jogginghose, zwei Unterhosen und eine Strumpfhose in den Rucksack packte. Sie aß den Anschnitt mit Frühstücksschokolade und war fest entschlossen, vor der nächsten Mahlzeit zu einem gefüllten Kühlschrank zu kommen.

Dann hielt sie inne. Sie dachte an die Arbeit, die auf sie wartete: Sie musste das immer größer werdende Durcheinander aus Verwandtschaftsverhältnissen und Leuten entwirren, die auf die eine oder andere Weise in den Mordfall verwickelt sein könnten.

Eigentlich hatte sie keine Zeit, Osterferien zu machen. Sie musste hier unten bleiben und nach alternativen Essensquellen suchen. Sich vielleicht mehr auf den Job und weniger auf das Essen konzentrieren.

Sie suchte im Online-Telefonbuch nach der Nummer von Lucy Fagnastøl, doch in Anbetracht des Feiertags beschloss sie, ihr lieber eine SMS zu schreiben. Sie blieb sitzen und starrte ihr Handy an. Wie sollte sie ihr Anliegen vorbringen?

Hei, Lucy, wir kennen uns nicht. Mein Name ist Agnes Tveit, und ich arbeite an einer Biographie über Marta Tverberg. Soweit ich das verstanden habe, waren Sie beide Kindheitsfreundinnen, und ich frage mich, ob Sie Zeit für ein Gespräch haben?

Erst als sie auf »Senden« gedrückt hatte, fiel ihr ein, dass Lucy Fagnastøl schließlich ihren Schwiegersohn verloren hatte.

Es war vielleicht nicht so seltsam, dass sie nicht antwortete.

Nachdem sie fünf Minuten ihr Telefon angestarrt hatte, war Agnes so ungeduldig, dass sie trotzdem anrief. Das Gespräch wurde weggedrückt.

Lucy Fanastøl wollte eindeutig nicht mit ihr reden.

Die Chancen standen nicht schlecht, dass Alfred das auch nicht wollte.

Sie beschloss, es trotzdem zu versuchen.

»Agnes?«, sagte ein groggy klingender Mann durch die Gegensprechanlage, die offensichtlich mit einer Kamera ausgestattet war. »Was machst du hier?«

Es überraschte sie noch immer, was sie im Online-Telefonbuch entdeckt hatte: Alfred Rogne wohnte in der Vangsgata 40, im sogenannten Solvangbygget, einem Objekt mitten im angesagtesten Viertel von Vangen, das vor sieben, acht Jahren total renoviert worden war. Was einmal ein heruntergekommenes Gebäude gewesen war, in dem das noch mehr heruntergekommene *Solvang Kafé* residiert hatte, gehörte jetzt mit der Wohnung in der vierten Etage – der Penthouse-Wohnung – zu den teuersten Adressen von Voss. Agnes war noch überraschter, als sie feststellte, dass Alfred Rogne in genau dieser Wohnung residierte. In der Bude, die für fast neun Millionen zum Verkauf gestanden hatte. Sie hatte damals in Oslo gewohnt, aber trotzdem davon gehört. In der Hauptstadt reichten neun Millionen in vielen Stadtteilen gerade einmal für ein durchschnittliches Reihenhaus. In Voss bekam man eine riesige Villa für den Preis.

Oder eine herrschaftliche Wohnung. So schlecht konnte es um die Musikerkarriere von Alfred also nicht bestellt sein, falls es stimmte, dass sein Medizinstudentenmann kein eigenes Geld verdient hatte. Der Studienkredit dürfte nicht mal gereicht haben, um die Raten für das Darlehen für diese Wohnung zu zahlen.

»Ich wollte nur mal sehen, wie es dir geht«, log sie in die Gegensprechanlage. »Kann ich kurz raufkommen?«

Es war einige Sekunden still.

»Es ist ziemlich unordentlich ...«, sagte Alfred und klang

fast genauso teilnahmslos wie das letzte Mal, als sie ihn getroffen hatte, aber auf eine andere Art.

Wäre Agnes der höfliche Typ gewesen, hätte sie natürlich gesagt, dass sie sich nicht aufdrängen wolle und dass sie ein andermal reden konnten.

»Ich liebe unordentliche Wohnungen«, sagte sie stattdessen.

Wieder war es kurz still.

Dann ertönte das Summen, das anzeigte, dass die Tür geöffnet wurde.

Agnes hielt sich selbst für offen und unvoreingenommen, doch die Wohnung von Alfred und Tobias war genauso geschmackvoll eingerichtet, wie sie das bei einem schwulen Paar erwartet hatte. In dem langen Flur mit den geschlossenen Türen hing an beiden Wänden Kunst. Weiter hinten öffnete er sich auf der einen Seite zur Küche hin und auf der anderen in ein gigantisches, lichtdurchflutetes Wohnzimmer mit weiteren Bildern an den Wänden und einem schweren Leuchter an einer Stuckdecke. Auf einem Teakholztisch lagen Stapel von Musikbiographien. Nichts wirkte zufällig – und es war alles andere als unordentlich hier. Agnes hatte noch nie eine auch nur annähernd vergleichbare Wohnung in Voss gesehen und hatte plötzlich das Gefühl, in Frogner in Oslo zu sein.

Sie hatte Lust zu bleiben.

Bis sie Alfred sah.

Auf den ersten Blick wirkte er frisch und elegant, wie er da am Flügel saß, barfuß, in einer dunkelblauen Jeans und einem olivfarbenen Wollpullover. Doch seine Augen blickten noch matter als vor ein paar Tagen, als sein Kopf auf der Theke geruht hatte.

»Wie geht es dir?«, fragte Agnes und sah sich in dem makellosen Wohnzimmer um.

Alfred sagte nichts, schüttelte nur leicht den Kopf.

Ihr Blick fiel auf das Hochzeitsbild, das eingerahmt auf dem Fensterbrett stand. Zwei Männer in strahlend weißen Anzügen, zwei Männer mit einem strahlenden Lächeln.

»Es ist Jahre her, seit wir miteinander geredet haben«, sagte sie. »Unvorstellbar, dass ich nicht einmal gewusst habe, dass du verheiratet warst. Wart ihr lange verheiratet?«

Alfred sah auf das Bild und schüttelte den Kopf.

»Seit letztem Frühjahr.«

»Hattet ihr eine große Hochzeitsfeier?«

Er sah aus, als wollte er sich nicht an die guten Zeiten erinnern, und als hätte er auch nicht die Kraft dazu.

»Ich halte das für keine gute Idee, dass du hier bist. Ich … fand nur, dass ich mich bei dir entschuldigen sollte, da ich letztes Mal so unverschämt zu dir war«, sagte Alfred.

Agnes ging zum Flügel, trat neben ihn und legte ihre Hand auf seine. Sie roch den Whisky.

»Du hast gerade deinen Mann verloren«, sagte sie. »Du hast jedes Recht der Welt, so unverschämt und betrunken zu sein, wie du willst.«

Sie sah, wie eine Träne langsam Alfreds Wange hinunterlief. Er schien etwas sagen zu wollen, ließ es dann aber.

Jetzt konnte Agnes nur ihre übliche Taktik anwenden.

Sie schwieg.

Nach einer Weile begann Alfred Rogne zu schluchzen. Die Trauer schien ihn zu überwältigen.

»Ich bin so müde«, sagte Alfred zwischen den Schluchzern. »Ich habe nicht geschlafen seit … Ich vermisse Tobias so sehr!«

Sie strich ihm über den Rücken, ließ den Blick durch den Raum schweifen und sah eine halb volle Flasche und einen Blister Tabletten auf einem kleinen Glastisch in der Ecke. Er schloss die Augen und sackte unter ihrer Berührung langsam in sich zusammen, als hätte ihn bisher niemand umarmt, niemand getröstet.

»Hast du heute Schlaftabletten genommen?«

Er nickte leicht. Hielt zwei Finger hoch.

»Vielleicht willst du dich hinlegen«, sagte sie.

Er antwortete nicht, stand aber gehorsam auf und ging mit schweren Schritten zu dem grünen und sicher sehr teuren Sofa.

»Kümmert sich denn keiner um dich?«, fragte Agnes, als er mit geschlossenen Augen dalag. »Deine Eltern? Oder … dein Bruder?«

»Doch, die kümmern sich sehr«, murmelte er.

Wie es aussah, würde er gleich einschlafen.

Agnes setzte sich auf die Sofakante und strich ihm über das Haar. Wieder schien die Berührung etwas in ihm auszulösen. Er schluchzte unterdrückt.

»Ich habe Angst.«

»Wovor?«

»Vor Didrik.«

»Was hat er getan?«, fragte sie ruhig.

Agnes bemerkte plötzlich, wie zugig es im Zimmer war. Sie wartete, dass Alfred noch etwas sagte, doch er lag ganz ruhig da.

Es fühlte sich nicht wirklich gut an, das musste sie zugeben. Wäre sie als Journalistin hier gewesen, hätte sie mit eventuellen Informationen von einem sedierten, halb schlafenden Typen, der gerade Witwer geworden war, kaum etwas anfangen können. Aber als freie Autorin …

Sie musste ihre Chance nutzen.

»Denkst du an den … Mord?«, fragte sie vorsichtig.

Alfred zuckte zusammen, hielt die Augen aber geschlossen.

»Ich habe ein schlechtes Gefühl.«

»Dann solltest du vielleicht zur Polizei gehen?«

Er schüttelte den Kopf.

»Warum nicht?«

»Er ist mein Bruder!«

»Ja«, sagte sie und fragte sich, ob sie hinzufügen sollte, dass sie ein Einzelkind war und nicht verstehen konnte, wovon er redete.

Sie ließ es.

»Warum glaubst du, dass er etwas damit zu tun hat?«

Es vergingen viele lange Sekunden. Agnes begann sich zu fragen, ob Alfred eingeschlafen war.

»Er hat sowohl Marta als auch Tobias gehasst.«

»Hä, er hat deinen Mann gehasst? Warum?«

So seltsam war es vielleicht nicht. Sie wäre streng genommen nicht überrascht, wenn sich herausstellen sollte, dass Didrik nicht nur Frauen misshandelte, sondern auch schwul war.

Als Alfred zu erzählen begann, war es, als würde er im Schlaf reden. Merkwürdigerweise sprach er plötzlich mit klarer Stimme, obwohl seine Augen geschlossen waren.

»Er war so eifersüchtig … wir haben uns immer sehr nahegestanden, aber Tobias ist mir wichtiger geworden. Es hat ihm nicht gefallen, dass Didrik die ganze Zeit da war. Die Chemie hat nicht wirklich gestimmt. Tobias hat mich dazu gebracht, ein paar Seiten meines großen Bruders zu sehen, die ich bisher nicht wahrgenommen hatte. Ich war nicht mehr immer für Didrik da, und damit ist er schlecht zurechtgekommen. Vor allem, als seine eigene Ehe zu kriseln begann. Er wollte Tobias und mich nur selten zusammen treffen. Tobias war sein Verhalten irgendwann leid. Und einmal, vor ein paar Monaten, ist es zu Handgreiflichkeiten zwischen den beiden gekommen, was damit geendet hat, dass Tobias Didrik niedergeschlagen hat.«

Agnes versuchte, ihre Gedanken zu ordnen. Didrik Rogne gehörte zu den unsympathischsten Menschen, die ihr je begegnet waren, aber konnte er wirklich so ein Teufel sein, dass er das getan hatte, was Agnes dachte? Konnte er den Plan geschmiedet haben, erst Marta mit der tödlichen Substanz auf der Bühne zu töten und dann darauf zu setzen, dass Tobias, der Arzt im Saal, zu Hilfe eilte?

Konnte jemand *so* eiskalt und gerissen sein?

Doch woher hätte er wissen sollen, dass nicht noch andere Ärzte im Saal waren? Wenn nun ein anderer Arzt dem Schwager zuvorgekommen wäre? Oder eine Krankenschwester oder ein ganz gewöhnlicher Mensch, der einfach helfen wollte?

»Was hast du vor?«, fragte Agnes.

Alfred schüttelte erneut den Kopf.

»Ich kann nichts tun«, sagte er. »Aber du vielleicht.«

Als Agnes später die Treppe in der Vangsgata 40 hinunterstieg, brannte es in ihrer Tasche, in der der Zettel steckte, auf den Alfred Rogne ein Wort und zwei Zahlen geschrieben hatte.

Das Passwort zu den E-Mails seines Bruders, das Didrik ihm einmal gegeben hatte, als er Probleme mit seinem Computer gehabt und Hilfe gebraucht hatte. Der Bruder änderte das Passwort nie, doch Alfred traute sich nicht, in das Mailprogramm zu gehen und selbst herumzuschnüffeln. Er hatte Angst vor der Reaktion seines Bruders, falls er es herausfand. Alfred Rogne schien überhaupt Angst vor seinem großen Bruder zu haben. Das Verhältnis zwischen den beiden musste angespannter sein, als Alexander dachte.

Agnes hatte Lauritz Fadnes nicht erwähnt. Sie konnte nicht preisgeben, dass die Polizei auch dessen Tod als verdächtig einstufte.

Alfred Rogne war schließlich auf dem Sofa eingeschlafen.

Bevor sie gegangen war, hatte Agnes sich die gerahmten Fotos noch einmal angesehen. Ihr war noch ein weiteres Bild von dem weiß gekleideten Brautpaar aufgefallen – mit einer lächelnden Marta Tverberg in der Mitte.

Sich in die E-Mails einer anderen Person einzuloggen, das fühlte sich an, als würde sie sich in das Haus eines anderen Menschen Einlass verschaffen, während er nicht da war. Es war ebenso zweifelhaft wie spannend. Während sie an ihrem Küchentisch saß, war sie sich des kleinsten Lauts bewusst, als könnte jemand sie auf frischer Tat ertappen. Im Gegensatz zu einem Haus, in dem sie Schubladen aufziehen und Schränke öffnen konnte, war es schwieriger, einen Gmail-Posteingang zu durchsuchen. Sie bereute es, nicht an dem »digitalen Spürhund-Kurs« teilgenommen zu haben, der damals bei *VG* angeboten worden war.

Sie begann mit den neuesten E-Mails. Der Posteingang quoll nicht gerade vor Jobangeboten über. Es gab ein paar Rechnungen, eine Sammelmail von Alexander, in der er sich bei allen bedankte, die in das Festival involviert gewesen waren, und schrieb, dass er hoffte, dass es allen den Umständen entsprechend gut ging.

Wann hatte Didrik wieder einen Auftritt? Würde er ohne Marta Tverberg überhaupt Angebote bekommen?

Hatte er wirklich die Hand abgebissen, die ihn fütterte?

Sie gab »Karfentanyl« in das Suchfeld ein.

Kein Treffer.

Änderte K in C, wie sich das Gift auf Englisch schrieb.

Nichts.

Sie stützte den Kopf in die Hände. Was erwartete sie? Dass sie eine Quittung für Elefantendope fand und den Fall hier und jetzt löste?

Sie suchte nach Marta Tverberg und bekam eine Reihe E-Mails angezeigt, die praktische Informationen zu der Auftragskomposition und den Probedaten enthielten. Gestritten hatten sie sich offenbar nur mündlich. Alternativ waren die E-Mails gelöscht worden.

Sie klickte auf das Papierkorb-Icon, weil sie gesehen hatte, dass der Papierkorb nicht geleert worden war. Die meisten E-Mails, die dort abgelegt waren, waren Reklamemails.

Dann fand sie eine Nachricht von Lucy Fagnastøl, die gestern geschickt worden war.

Ich habe mit Svein gesprochen, schrieb sie. *Wir sind uns einig, dass es keinen Sinn macht, etwas zu sagen. Nicht jetzt.*

Erst jetzt fiel Agnes auf, dass sie noch ihre dicke Jacke anhatte, und zog sie aus.

Sie warf einen Blick auf ihr Handy.

Noch immer keine Nachricht von Lucy Fagnastøl.

Das war schon sehr merkwürdig, es sei denn, die Richterin gehörte zu den irritierenden Life-Work-Balance-bewussten Menschen, die in den Ferien ihr Handy ausschalteten. In dem Fall wäre sie dann auch für ihren Sohn nicht zu erreichen, der gerade Witwer geworden war. War es vorstellbar, dass die Todesfälle von Marta und ihrem Schwiegersohn sie so belasteten, dass sie es nicht schaffte zu antworten?

Agnes ging ins Bad und ließ Wasser in die Badewanne ein. Sie legte sich hinein, als das Wasser noch lief und sich Schaum bildete, während sie weiter über ihr Vorgehen nachdachte.

Dann wanderten ihre Gedanken zu Alexander.

Herrgott, was war im Moment nur mit ihr los?

Plötzlich tauchte auch noch das Gesicht von Tor Erik Åkervold vor ihren Augen auf.

Verärgert zog sie den Stöpsel in der Badewanne heraus und stand auf. Dass dieser anmaßende Affe von einem Journalisten, dieser Mann, mit dem sie wirklich nichts mehr zu tun haben wollte, sich zu den unpassendsten Zeiten in ihren Kopf schlich, war nicht nur peinlich, sondern auch verdammt ärgerlich.

Es ärgerte sie auch, dass Lucy Fagnastøl nicht antwortete.

Während sie tropfend mitten im Badezimmer stand, schrieb sie ihr schnell eine neue SMS.

Ich habe heute übrigens mit Ihrem Sohn gesprochen. Traurig zu sehen, wie schlecht es ihm geht.

Sie hatte sich noch nicht fertig abgetrocknet, als die Antwort kam.

Offensichtlich hatte es geholfen, ihren Mutterinstinkt anzusprechen.

Hei. Das Gespräch muss bis nach dem Wochenende warten – es sei denn, Sie sind zufällig in Mjølfjell. In dem Fall können Sie zu uns auf die Hütte kommen. Lucy F.

Agnes hatte es immer schon merkwürdig gefunden, dass so viele Vosser nur eine kurze Autofahrt von ihrem Wohnsitz entfernt eine Hütte hatten. Viele mussten nicht einmal die Gemeinde verlassen, wenn sie dorthin wollten. Das war natürlich praktisch, aber auch ein bisschen … klaustrophobisch. Wohnung in Voss, Hütte in Voss? Die Werbeagentur, die den Slogan *Die Welt ist groß, aber Voss ist größer* geprägt hatte, hatte jedenfalls gewusst, was sie tat.

Agnes hatte bisher noch nie jemanden an Ostern in seiner Hütte besucht. Es fühlte sich unnorwegisch und aufdringlich an, als würde sie sich am Weihnachtsabend bei jemandem zum Kaffee einladen. Doch bis Dienstag zu warten war keine Option. In einem verzweifelten Versuch, die Sache etwas netter zu gestalten, und weil Ostern war, hielt Agnes an der Esso-Tankstelle und kaufte eine Sechserpackung Rosinenbrötchen und einen Osterhasen aus Milchschokolade, bevor sie losfuhr. Sie tat das ebenso für sich wie für ihre Gastgeber. Wenn sie erst fünfundvierzig Kilometer fahren musste, um bei jemandem »vorbeizuschauen«, brauchte sie Proviant.

Es war, milde ausgedrückt, verwunderlich, dass Lucy und Svein in dieser Situation zur Hütte gefahren waren. Ihr Schwiegersohn war, verdammt nochmal, tot. Aber vielleicht waren die Familienbande nicht so eng. Sie hätte Alfred danach fragen sollen. Es konnte aber auch sein, dass seine Eltern – wie viele andere hierzulande – der typisch norwegischen Form von Flucht frönten, ins Fjell zu fahren. Doch auf jeden Fall hatten sie Alfred in einer riesigen, leeren Wohnung mit Alkohol und Schlaftabletten allein zurückgelassen.

Je weiter Agnes nach Osten kam, desto schlechter wurde das Wetter. Sie schickte ein stummes Gebet gen Himmel, dass es in Vangen nicht genauso heftig schneite wie im Fjell. Es könnte sich zu einer Herausforderung auswachsen, die Hütte von Lucy und Svein zu finden, jetzt, wo ein immer dicker werdender Schneeteppich alle Hüttengebiete bedeckte. Und bei ihrer Wegbeschreibung war Lucy Fagnastøl wohl davon ausgegangen, dass Agnes sich hier oben auskannte. Zum Glück sollte man bis zu der Hütte fahren können.

Sie sah kaum die Hand vor Augen und irrte fast eine ganze Stunde in der Gegend herum, bis sie einen eingeschneiten Pick-up entdeckte. Das Auto, in dem Svein Rogne vor der Hydro Texaco Tankstelle gesessen hatte.

Der Anblick ließ sie frösteln. Sie hatte noch immer ein ungutes Gefühl, was den Mann anging.

Agnes beschloss, Hase und Rosinenbrötchen im Auto zu lassen. Zwei Minuten später öffnete Svein Rogne mit einem freundlichen Lächeln die Tür.

»Willkommen auf der Hütte!«

Obwohl sie ihn wiedererkannte, war er ganz anders als letztes Mal. Heute sah er wie ein typischer, kräftiger, nicht mehr ganz junger Vosser aus. Und er roch auch nicht nach Zigaretten, und vor der Hütte gab es keinen Aschenbecher. Vielleicht gehörte Rogne ja zu den Typen, die sich nicht trauten, vor ihrer Frau zu rauchen. Oder so eine Hütte bewirkte wirklich Wunder bei den Leuten.

Agnes sprach ihm ihr Beileid aus. Svein Rogne reichte ihr nicht die Hand, sondern machte lediglich einen Schritt zur Seite, so dass sie in die vom Kamin warme Diele treten konnte.

»Dann feiern Sie auch Ostern im Fjell?«, fragte er.

Agnes lächelte nur und kam zum Glück um eine Antwort herum, weil in genau dem Moment Lucy Fagnastøl wie ein Wirbelwind in den Raum stürmte.

Wenn Svein Rogne vital war, dann war seine Frau ein Supermodel. Ihr Facebook-Bild wurde ihr nicht gerecht. Es war geradezu schockierend, dass jemand in ihrem Alter so aussehen konnte. Das rosa Skiunterhemd – bestimmt war sie in dem Scheißwetter Skifahren gewesen – saß eng und zeigte, dass ihr Körper sehr viel besser in Form war als der vieler Dreißigjähriger.

Was war mit den Alten von heute los? Also mit den *Älteren*, korrigierte Agnes sich in Gedanken.

Sollte man nicht schlaffer und faltiger sein, wenn man sich den siebzig näherte?

Lucy Fagnastøl musste mit Botox vollgepumpt sein und sah trotzdem wie das gesündeste Wesen aus, das auf zwei Beinen herumlief. Einen Moment fragte Agnes sich, wie sie selbst altern würde. Sie würde sich wohl kaum bei Essen und Trinken zurückhalten, wenn sie alt und die Abende lang wurden, dafür liebte sie beides viel zu sehr. Wenn sie sich jetzt schon nicht um ihre Speckröllchen kümmerte, würde sie es später wohl auch nicht tun.

»Möchten Sie eine Tasse Tee?«, fragte Fagnastøl, und Agnes traute sich nicht zu sagen, dass sie lieber Kaffee hätte, denn sie sah, dass bereits eine Kanne auf dem Ofen stand. Das war garantiert kein Earl Grey aus dem Beutel, sondern mit Sicherheit eine gesunde grüne, mit Wasser aufgesetzte Brühe.

»Ja, heute ist an Aussicht nicht viel zu bieten.« Lucy reichte ihr eine Tasse und nickte zu den großen Fenstern hin. Alles da draußen war wie mit einem schmutzigen grauen Radiergummi ausradiert. »Aber ich hoffe, ich kann Ihnen mit dem weiterhelfen, wobei Sie meine Hilfe brauchen. Sie wollten über Marta reden? Für uns ist das in mehrerlei Hinsicht eine etwas spezielle Woche, da auch unser Schwiegersohn am Samstag umgekommen ist.«

Lucy gehörte offensichtlich zu den Leuten, die Smalltalk auf ein Minimum begrenzten.

»Ja. Mein herzliches Beileid«, sagte Agnes. »Das ist absolut schrecklich.«

Sie schaute sich nach Svein um. Er war nirgendwo zu sehen.

»Danke. Wir haben versucht, Alfred zu überreden, mit hier hochzukommen, wir hatten gedacht, etwas frische Gebirgsluft würde ihm guttun, aber er wollte nicht. Er will überhaupt keine Hilfe von uns oder von Didrik. Aber wie dem auch sei, Sie sind hier, um über Marta zu reden.«

Sie sprach den Namen so schneidend aus, dass Agnes auf einen weiteren Kommentar darüber wartete, wie unsympathisch Marta Tverberg war.

Der Kommentar kam nicht.

Stattdessen veränderte sich Lucys Gesichtsausdruck.

»Sie war meine erste und beste Freundin«, sagte sie. »Ich habe ihr viel zu verdanken.«

Dann schwieg sie eine Weile, so dass Agnes das Gefühl hatte, eine Frage stellen zu müssen.

»Waren Sie ihr Leben lang befreundet?«

»Mehr oder weniger«, sagte Lucy.

Das war eine merkwürdige und sehr vage Antwort, dachte Agnes, hatte jedoch nicht das Gefühl, nachfragen zu können, wann sie nicht so gute Freundinnen gewesen waren. Oder zu erzählen, dass Marta in den Interviews Lucy nur ein einziges Mal erwähnt hatte.

»Ich selbst habe nicht ein musikalisches Gen im Körper. Marta und ich haben in unseren Kinder- und Jugendjahren zusammen musiziert, doch ich habe aufgehört, als ich eingesehen habe, wie unbegabt ich war. Habe mich stattdessen entschieden, Jura zu studieren. Aber ein starkes Interesse an Jazz entwickelt«, erklärte Lucy. »Und dieser Keim hat erst durch Marta zu sprießen begonnen. Deshalb war es schon lustig, als ich zur Vorsitzenden von Vossa Jazz gewählt wurde. Das ist jetzt das fünfte Jahr, dass ich dieses Amt innehabe, und ich muss sagen, es ist ein Privileg.«

Sie drückte sich recht juristenhaft aus. Falls Lucy und Marta so gute Freundinnen gewesen waren, was Agnes immer stärker bezweifelte, war es dann nicht ein bisschen seltsam, dass Lucy mit ihrer Person und ihrer Position als

Vorsitzende prahlte, statt über das, was passiert war, entsetzt zu sein?

»Was macht eigentlich Ihr Mann?«, fragte Agnes und rätselte, warum er nicht bei ihnen war.

»Er ist Ingenieur. Aber er liebt Jazz genauso wie ich. Er hat früher zur Entspannung manchmal Klavier gespielt. Dieses Interesse hat er auch an unsere Söhne weitergegeben.«

»Und darauf bin ich sehr stolz«, sagte Rogne, der plötzlich zurück ins Zimmer gekommen war.

Agnes spürte es, als würde alle Kaminwärme schwinden. Sie konnte nicht den Finger darauf legen, was mit diesem Mann los war, er wirkte nur nicht wie jemand mit guten Absichten.

Plötzlich dachte sie voller Wärme an ihre eigenen Eltern. Man konnte viel über diese beiden sich glänzend verstehenden Menschen sagen, doch beide hätten auf der Stelle alles stehen und liegen lassen, wäre ihr eine solche Tragödie widerfahren.

»Das kann ich gut verstehen«, sagte Agnes einschmeichelnd, bevor sie wieder ernst wurde. »Ich schätze, was passiert ist, ist für die ganze Familie schwer. Es ist einfach schrecklich, dass Tobias ein unschuldiges Opfer wurde.«

»Wie unschuldig der Typ war, weiß ich nicht«, sagte Rogne. »Wenn ich ganz ehrlich sein soll, glaube ich, dass es Alfred ohne ihn besser geht.«

»*Svein*«, sagte Lucy Fagnastøl mit einer strengen Richterinnenstimme, als müsste sie vor Gericht eine unpassende Wortwahl anmahnen. »Tobias war ein netter junger Mann. Svein ist nur nicht so … modern. Früher war Alfred mit

Mädchen zusammen. Tobias war Alfreds … Erster. Ich hatte das Glück, sie selbst zu trauen. Das war ein schönes Erlebnis.«

Gratuliere, jetzt hatte sie die Aufmerksamkeit wieder auf sich gelenkt, dachte Agnes, sah jedoch ein, dass sie keine andere Wahl hatte, als mitzuspielen.

»Marta hat Alfred auch nahegestanden, soweit ich das verstanden habe. Sie war auf seiner Hochzeit?«

»Das war sie, definitiv. Keiner der Gäste wird das wohl so schnell vergessen«, sagte Lucy.

»Aha, und wieso nicht?«

»Weil sie sich äußerst seltsam verhalten hat. Sie muss zu tief ins Glas geschaut haben. Zum späteren Abend hin hat sie so genuschelt, dass man sie nicht mehr verstehen konnte. Sie hat es wohl selbst bemerkt, denn sie ist bald darauf gegangen. Das war vermutlich peinlich für sie, schließlich war sie der Promi-Gast.«

Fagnastøl machte mit den Fingern Ausrufungszeichen in der Luft.

»Ich habe sie seit dem Abend nicht mehr gesehen. Es hatte den Anschein, als würde sie sich allgemein ein bisschen zurückziehen. Ich weiß nicht, vielleicht hat sie sich wegen der Hochzeit geschämt.«

»Dann haben Sie nicht mehr so viel miteinander geredet?«

»Nein, leider nicht. Was ich jetzt natürlich bereue. Aber so ist das mit uns Menschen, wir vergessen immer wieder, dass das Leben unerwartet vorbei sein kann.«

Agnes merkte plötzlich, dass Svein Rogne sie von der Seite her anstarrte. Sie starrte zurück, und ihr fiel auf, wie sehr er seinen Söhnen ähnelte. Vor allem Didrik. Sie hatten den gleichen kalten Blick.

»Das mit Lauritz war wohl auch ziemlich traurig«, sagte Agnes und beobachtete beide, ob sie reagierten.

Lucy zuckte leicht mit den Schultern und sah ihren Mann an, der absolut nicht den Eindruck machte, als wäre er besonders betroffen.

»Ich schätze, mein Bruder hat sich das selbst zuzuschreiben«, sagte er. »So, wie er gelebt hat … zwei Herzinfarkte, aber nicht die geringste Bereitschaft, die Ernährung umzustellen. Im Grunde genommen habe ich fast darauf gewartet, dass es wieder passiert.«

»Warum haben Sie eigentlich verschiedene Nachnamen?«, fragte Agnes.

»Wir waren Halbbrüder. Dieselbe Mutter«, sagte er und kniff sich in den Bauch. »Aber sehr unterschiedliche Gene.«

Gott, was für ein schmieriger Kerl.

Agnes versuchte, sich auf Lucy zu konzentrieren.

»Sie haben eben gesagt, dass Sie Marta viel zu verdanken haben«, sagte Agnes. »Darf ich fragen, was?«

Lucy sah Agnes forschend an, als wollte sie abwägen, wie viel sie erzählen sollte. Dann blickte sie kurz zu Svein.

»Nichts Spezielles, viele verdanken Marta viel«, erwiderte sie und sah auf ihre Armbanduhr. »Sollten wir für Ihr Buch nicht langsam ein paar nette Dinge über Marta erzählen?«

»Ja, nur noch eines«, sagte Agnes. »Wissen Sie, ob Marta vorhatte, eine größere Summe für einen wohltätigen Zweck zu spenden?«

Lucy Fagnastøl stieß ein kleines Schnauben aus, das sich fast wie ein Lachen anhörte.

»*Das* kann ich mir wirklich nicht vorstellen«, sagte sie.

Den Osterhasen auf dem Beifahrersitz liegen zu sehen, das war, wie einen guten Freund wiederzutreffen. Agnes war froh, dass sie die Schokolade und die Brötchen im Auto gelassen hatte, denn sie war sicher, dass Lucy und Svein die feindlichen Kalorien weggeräumt und später alles in den Müll geworfen hätten. Deren Ostersüßigkeiten bestanden vermutlich aus getrockneten Aprikosen, ungesalzenen Nüssen und Körnern.

Agnes' Magen protestierte lautstark. Sie brach dem Osterhasen beide Ohren ab und aß sie, griff rasch nach einem Brötchen und verschlang eine Hälfte mit zwei Bissen.

Bevor sie den Rest verspeiste, holte sie ihr Handy heraus und warf einen Blick auf *Hordaland online*, um sich über eventuelle neue Entwicklungen in den Mordfällen zu informieren. Nicht dass sie glaubte, die Regionalzeitung hätte selbst Neuigkeiten ausgegraben, doch sie waren gut darin, offizielle Informationen schnell weiterzuleiten. Die Überschrift des Leitartikels lautete unglaublicherweise: *Er zeigte der Polizei den Stinkefinger.* Gefolgt von der Einleitung: *Ein minderjähriger Junge zeigte am Mittwoch auf dem Parkplatz Hestavangen der Polizei den Stinkefinger.* Agnes wusste nicht, ob sie lachen oder weinen sollte. Sie guckte bei *VG*, ob der Osterfrieden sich auch auf die Hauptstadtpresse gesenkt hatte. Genauso war es. Hier konnte man lesen, wo *das schönste Osterwetter* war, und es gab einen Artikel über einen Koch, der seine besten Lammrezepte preisgab. Aber sie entdeckte auch einen neuen Artikel von Tor Erik Åkervold. Ihr Glück hatte sich nicht gewendet, es sah nicht so aus, als wäre er über Ostern zu seiner Familie nach Hause gefahren. Stattdessen hatte er einen Artikel mit der Überschrift *Millionendefizit bei dem Todesfestival* geschrieben.

Todesfestival? Ernsthaft? Das hörte sich nach einem Festival an, das die Leute besuchten, um zu sterben. Jetzt sollten Åkervold und das *VG*-Team sich aber mal zusammenreißen.

Der Artikel selbst war in Ordnung, aber kein Kioskfeger von Åkervolds üblichem Kaliber. Vossa Jazz hatte in diesem Jahr weniger Tickets verkauft als sonst, stand da. Alexander kam in dem Artikel zu Wort und erklärte den Rückgang mit der ständig zunehmenden Konkurrenz durch andere Festivals und Arrangements. Zu Agnes' Vermutung, dass das Festival durch Marta einem informellen Boykott ausgesetzt gewesen war, sagte er nichts.

Wird der Mordfall, der den Ort im Vestland und den Rest des Landes erschüttert hat, noch mehr Menschen davon abhalten, im nächsten Jahr zu kommen?, fragte Åkervold rhetorisch. *Vossa Jazz verkraftet keinen weiteren Rückgang an verkauften Eintrittskarten, will diese Institution von einem Jazz-Festival nicht Gefahr laufen, Konkurs zu machen. Doch Alexander Kosanovic nimmt die Situation mit beeindruckender Gelassenheit. »Ich vertraue darauf, dass die Polizei herausfindet, was hier am Samstagabend passiert ist, und die Verantwortlichen zur Rechenschaft zieht, und wenn der Fall erst gelöst ist, werden wir nach vorn auf das Festival im nächsten Jahr blicken. Ich glaube, dass viele Vossa Jazz und Voss so lieben, dass sie wiederkommen. Und Marta Tverberg hätte sich bestimmt genau das gewünscht.«*

Während Agnes gen Westen zurück nach Voss fuhr, begann es zu dämmern.

Es kam ihr so vor, als würden die Leute ihr oft das Gleiche über Marta erzählen, trotzdem aber vage bleiben. Als wüssten alle etwas über die Jazzdiva, jedoch nicht ein Einziger wollte mit der Sprache herausrücken, worum es sich handelte – vermutlich, um sich auf keinen Fall selbst zu belasten.

Was Lucy Fagnastøls anging, war es fast schon verdächtig, dass sie so *wenig* Negatives gesagt hatte. Das mit dem Nuscheln auf der Hochzeit dürfte das Einzige gewesen sein. Und es hatte sich ganz und gar nicht nach der Marta Tverberg angehört, die Agnes kannte. Die Frau, die sie kennengelernt hatte, hätte nie im Leben die Kontrolle verloren und sich vor so einer Versammlung betrunken.

Sie hatte ein unangenehmes Gefühl, diesen unterschiedlichen Menschen derselben Familie plötzlich so nahe zu sein. Und wenn die ganze Bande unter einer Decke steckte? Das hätte das Potenzial, in die Kriminalgeschichte einzugehen.

Sie rief über die Freisprechanlage die einzige Person an, die sie kannte, die noch etwas mehr über diese Familie wissen konnte.

»Bist du auf dem Weg?«, fragte Vemund.

Sofort meldete sich das schlechte Gewissen, dass sie nicht auf die SMS ihres Vaters geantwortet hatte.

»Nein, noch nicht, aber deshalb rufe ich nicht an«, sagte Agnes. »Ich habe mich gefragt, was du mir über Lucy Fagnastøl erzählen kannst?«

Ihr Vater seufzte. Bestimmt dachte er jetzt, was er so oft dachte, nämlich dass seine Tochter immer im Dienst war.

»Nicht viel. Früher wusste ich mehr über sie. Wir sind zusammen auf die Mittelschule gegangen. Das heißt, nicht in dieselbe Klasse, sie ist in dieselbe Klasse gegangen wie Marta. Sie hingen immer zusammen. Lucy war eine der wenigen, die der Diva gut genug waren. Sie waren unzertrennlich, die beiden und Lauritz Fadnes.«

»Die drei waren gute Freunde?«

»Viele Jahre, ja. Wir haben sie *Die drei Musketiere* genannt. Eigentlich ein bisschen wie du, Viktor und Ingeborg. Aber ich glaube, sie haben den Kontakt zueinander verloren. Vielleicht haben sie sich auch einfach auseinanderentwickelt. So etwas passiert«, sagte Vemund. »Ich kann mich jedenfalls nicht erinnern, sie in der letzten Zeit zusammen gesehen zu haben.«

Agnes schwieg. Sie hatte plötzlich das sichere Gefühl, dass das Foto, das sie in dem Hotelzimmer in Martas Buch entdeckt hatte, nicht zufällig dort steckte.

Hatte sie gewollt, dass jemand es fand?

Oder war es die reine Nostalgie? Was jedoch sehr untypisch für Marta gewesen wäre.

»Hast du noch mehr Fragen?«, erkundigte sich Vemund am Telefon. »Wir essen nämlich gerade zu Mittag, weißt du.«

Es versetzte ihr einen Stich. Was sollte sie heute Abend essen? Wer hatte am Gründonnerstag im Ort geöffnet? Sie war noch nie an einem Osterwochenende hier gewesen.

»Hast du seit der Schulzeit nicht mehr mit Lucy geredet?«

»Doch, das habe ich bestimmt, aber das ist jetzt viele Jahre her. Sie war ja genau wie Marta immer ein bisschen feiner als wir. Und sie wohnt nicht mehr in Voss, sondern ist in Bergen geblieben. Aber ich kenne ja auch ihren Mann.«

»Wirklich?«

»Ja, ich hatte beruflich mit Svein Rogne zu tun. Er war eine Zeitlang beim Straßenbauamt und ist zwischen Voss und Bergen gependelt, aber dann hat er dort aufgehört, um Projektingenieur für eine Firma zu werden, die die Ölbranche beliefert. Ich glaube, sie haben für irgendeinen anderen Industriezweig Chemikalien in die ganze Welt exportiert. Aber inzwischen müsste er pensioniert sein. Es ist auch schon lange her, dass ich ihn gesehen habe.«

Agnes verabschiedete sich von ihrem Vater, und ihr fiel ein, dass sie mit Hauki nicht über Lucy gesprochen hatte.

Er ging nicht ans Telefon, schickte ihr nur eine SMS, dass er jetzt nicht reden könne und ob sie etwas Spezielles wissen wolle?

Agnes fuhr an die Seite und hielt in einer Busbucht.

In was für einer Beziehung stand Marta eigentlich zu Lucy Fagnastøl?, schrieb sie.

Es dauerte einige Minuten, bis ihr Handy piepte.

In einer langen und komplizierten, antwortete Hauki, doch die Punkte zeigten an, dass er noch schrieb. *Du kannst Lucy ja fragen, ob sie glaubt, dass sie ohne Marta heute dort wäre, wo sie ist.*

»Machen Sie Osterferien, oder können Sie vorbeikommen«, fragte Kristina Bachmann.

Ihre Stimme klang nicht nach einer Frage.

Agnes stöhnte innerlich. Sie war inzwischen richtig hungrig. Hatte sie der Kripo wirklich etwas zu erzählen? Sollte sie der Kripo überhaupt etwas erzählen?

Sie kam jedoch direkt an der Polizeiwache vorbei. Es war wirklich ärgerlich, dass alles in diesem Ort so nahe beieinanderlag, man hatte nie die Möglichkeit, sich mit Zeitproblemen zu entschuldigen.

»Ich komme schnell vorbei«, sagte sie.

Kurz darauf bog sie ab und parkte vor der Polizeistation.

Sie würde Bachmann fünf Minuten gewähren.

Und ein ernstes Wort mit ihr reden.

Die Polizeidienststelle schien nicht besetzt zu sein. Viktor war nirgendwo zu sehen, doch Kristina Bachmann saß, die Brille auf der Nase und einen Stapel von Dokumenten auf dem Schoß, auf einem Sofa. Als sie Agnes bemerkte, nahm sie die Brille ab und lächelte.

»Zum einen«, sagte Agnes, ohne die Polizistin zu begrüßen, »kann ich nicht Ihre Informantin sein.«

»Setzen Sie sich kurz«, sagte Bachmann.

»Und zum anderen«, fuhr Agnes fort und ließ sich neben sie auf das Sofa fallen, »warum, zum Teufel, untersuchen Sie nicht die Verbindung zwischen dem Tod von Lauritz Fadnes und den Todesfällen auf dem Vossa Jazz-Festival?«

Vielleicht sollte sie nicht verraten, dass sie das von Viktor hatte, aber er hatte schließlich Agnes auch verpetzt.

»Das tun wir«, erwiderte die Kripo-Chefin.

»Aha? Aber Viktor …«

»Viktor weiß nicht alles«, fiel Bachmann ihr ins Wort.

Agnes war in seinem Namen verletzt, allerdings nicht sonderlich überrascht. Ihr etwas fauler bester Freund war wohl nie der Angestellte des Jahres, des Monats oder der Woche bei der Vosser Polizei gewesen.

»Genau danach wollte ich Sie auch fragen«, sagte Kristina Bachmann. »Danke für die Aufnahme. Hat Marta irgendwann einmal mit Ihnen über Fadnes gesprochen?«

»Nicht, soweit ich mich erinnern kann, nein. Warum?«

Die stark geschminkte Frau setzte ihre Brille wieder auf.

»Es ist bestimmt nicht wichtig«, sagte sie und warf einen Blick auf die vermutlich sehr teure Uhr an ihrem Handgelenk. »Das war alles.«

Das war alles? Ernsthaft? Hätte sie das nicht am Telefon fragen können?

»Ich möchte Sie nicht aufhalten«, sagte Bachmann. »Es ist schließlich Gründonnerstag und ... Sie müssen bestimmt irgendwohin.«

Agnes lächelte, nickte und nutzte die Gelegenheit zu gehen, bevor sie damit herausplatzte, dass sie nirgendwohin musste, und Kristina Bachmann vorschlug, zusammen zu Abend zu essen.

Abendessen an der Shell-Tankstelle – an einem gewöhnlichen Abend war das ganz okay.

Abendessen an der Tankstelle an einem Gründonnerstag dagegen war peinlich und etwas für Loser.

Eigentlich hatte sie den Cheeseburger an dem Fenstertisch verschlingen wollen, doch sie überlegte es sich anders und ging zurück zu dem Jungen an der Kasse, um ihn zu fragen, ob sie das Essen in einer Schachtel mitnehmen könne. Genau in dem Moment, als er ihr das Essen eingepackt zurückgab, klingelte die kleine Glocke, die mit der elektrischen Schiebetür verbunden war. Als einzige Person in dem Raum drehte Agnes sich um, um zu schauen, wer sonst noch kein Privatleben hatte.

Sie implodierte fast, als sie sah, wer da hereinkam.

Alexander trug keine Skikleidung. Er war nicht festlich angezogen. Er trug eine Jeans, einen Wollmantel und seinen Schal und sah ganz genauso aus wie das letzte Mal. Als er sie entdeckte, überzog ein breites Grinsen sein Gesicht.

»Oh, du nicht auch?«, sagte er.

Sie zuckte mit den Schultern und hielt die Warmhaltetüte hoch, die sie in der Hand hatte.

»Herzlichen Glückwunsch, du erlebst nicht als Einziger das traurigste Ostern der Welt«, sagte sie.

Er sah sie ein paar Sekunden mit seinen nussbraunen Augen an. Agnes spürte den Blick wie einen Stromschlag im Bauch.

»Ich hoffe, du hast Pommes frites mit Beilage bestellt. Das ist zumindest … gelb«, sagte Alexander.

Beide brachen in Gelächter aus.

»Wie läuft es?«, fragte er.

»Geht so«, antwortete sie. »Ich versuche herauszufinden, was ich kann, doch der Fall ist inzwischen nicht weniger verwirrend als das letzte Mal, als wir uns gesehen haben.«

»Musst du so viel herausfinden, um Martas Biographie fertig zu schreiben?«

Alexander wusste natürlich nichts von ihren neuen Plänen. Sie erzählte kurz von der True-Crime-Story, die der

Verlag haben wollte, und dass es schön war, sich wieder wie eine Journalistin zu fühlen, dass er das aber gern für sich behalten dürfe, da sie erst sehen müsse, was sie wirklich herausfand.

»Das hört sich doch spannend an«, sagte er. »Und vielleicht etwas anspruchsvoller?«

Agnes lächelte.

»Sehr viel anspruchsvoller.«

Plötzlich fiel ihnen auf, dass der Junge in der Shell-Uniform noch immer hinter der Kasse stand und wartete. Alexander bestellte sich einen Bacon Burger mit extra Käse. Dann drehte er sich wieder zu ihr um.

»Hast du noch etwas vor?«, fragte er. »Ansonsten könnte Fritz Freundelos vielleicht so dreist sein, sich bei Fritzi Freundelos einzuladen, dann könnten sie ihre traurigen Burger zusammen essen?«

»Hey, mach das Essen nicht schlecht, es ist wirklich sehr gut«, sagte Agnes und spürte, wie es heftig in ihr kribbelte. »Du kannst gern mit zu mir kommen.«

Sie bereute, um extra Dressing gebeten zu haben. Es war schwierig, mit extra Dressing potenziell sexy zu sein. Und sie bereute fast, sich überhaupt auf das Ganze eingelassen zu haben. Sie sollte besser vorbereitet sein, bevor sie mit Alexander allein war.

Sie blickte ein weiteres Mal in den Rückspiegel und stellte fest, dass sein Auto immer noch direkt hinter ihr war.

Er kam wirklich mit zu ihr nach Hause.

Das war total krass.

Sie holte tief Luft und stieß sie langsam wieder aus.

Fühlte sich wie fünfzehneinhalb.

Gott sei Dank hatte sie vorhin gebadet. Gott sei Dank, dass sie zu ihr nach Hause fuhren, da konnte sie sich ins Schlafzimmer stehlen und die Unterwäsche wechseln, falls es aktuell werden sollte. Die, die sie anhatte, war abgetragen und nicht dazu geeignet, das Tageslicht zu erblicken.

Würden sie beide nackt sein?

Würde er essen und wieder gehen?

Verdammt, sie hatte ihre Beine nicht rasiert.

Das Handy klingelte, und für den Bruchteil einer Sekunde hatte sie Angst, dass es Alexander sein könnte, dem eingefallen war, dass er doch noch etwas vorhatte.

Aber es war Viktor.

»Bist du im Auto?«, fragte er.

»Ja. Ich habe dich auf Lautsprecher.«

»Spielt das eine Rolle? Bist du nicht allein?«

»Doch«, sagte sie und dachte, dass ihr bester Freund hin und wieder der irritierendste Mensch auf der Welt sein konnte.

»Ich habe gerade Viktors Wilde Vegetarische Pizza in den Ofen geschoben«, sagte er. »Für einen allein ist das zu viel. Hast du Lust, mit mir zu essen?«

»Oh, danke für die Einladung, aber ich habe mir gerade selbst etwas zu essen gekauft. Ich bin auf dem Weg nach Hause.«

Nicht auszudenken, wenn Viktor eine halbe Stunde früher angerufen hätte, dann hätte sie Alexander verpasst. Das war wie in dem Film *Sliding Doors*.

»Okay, dann bring doch dein Junkfood mit hierher, was

meinst du? Wir können uns *Die Verschwörung* ansehen, und vielleicht stellst du ja fest, dass du trotzdem noch ein wenig von dem Gourmetessen möchtest?«

Das war einer von Viktors neuesten Einfällen. Jetzt, wo immer noch quasi Winter war und er sich nicht um seinen Garten kümmern konnte, hatte er sich über den Vegetarismus schlau gemacht und schwelgte in konspirativen Netflix-Dokumentationen über die große, hässliche Fleischindustrie.

»Das hört sich ziemlich verlockend an – *nope!* –, aber ich glaube, ich fahre lieber nach Hause. Ich bin ein bisschen erschöpft.«

Das war nicht gelogen. Trotzdem hatte sie das Gefühl, Viktor anzulügen. Es fühlte sich nicht gut an. Aber es war wohl am besten so, gerade jetzt.

Sie sah noch einmal in den Spiegel. Alexander winkte ihr zu.

»Wie du willst«, sagte Viktor. »Ich dachte nur, ich hätte ein bisschen was nachzuholen, da ich dir in der letzten Zeit ein eher schlechter Freund war. Du kannst dir stattdessen aber auch das Neueste von der Mordermittlung anhören.«

Mein Gott, war er plötzlich entgegenkommend. War das eine Art Machtspiel mit Kristina Bachmann oder was?

Agnes konnte an fast nichts anderes denken, als dass Alexander Kosanovic auf dem Weg zu ihr nach Hause war. Andererseits war sie zu neugierig, um zu Informationen nein zu sagen.

»Und was wäre das?«, fragte sie ungeduldig, als sie auf den Russarvegen abbog und weiter vorn schon ihre eigene Garage sah.

»Didrik Rogne ist heute lange befragt worden«, berichtete Viktor. »Du weißt ja, dass er wegen Misshandlung seiner Ex-Frau eingesessen hat. Aber du weißt vielleicht nicht, dass er vor ein paar Monaten Marta gedroht hat, sie umzubringen.«

Agnes konnte ihm nicht sagen, dass sie das schon wusste.

Dann würde Viktor ihr vorwerfen, der Polizei wichtige Informationen vorenthalten zu haben.

»*Mir* hat er neulich auch gedroht«, sagte sie stattdessen. »Zumindest war er ziemlich unangenehm und aufdringlich, als ich ihn getroffen habe. Wenn man bedenkt, wie creepy der Typ ist, würde es mich nicht wundern, wenn er dahintersteckt.«

Sie beschloss, Viktor noch schnell etwas mitzuteilen.

»Und ich habe mit Alfred gesprochen. Er hat gesagt, dass er Angst vor seinem Bruder hat. Davor, *was er sich einfallen lassen könnte*, wie er es ausgedrückt hat.«

»Genau«, sagte Viktor. »Das kann bedeuten, dass wir an etwas dran sind.«

»So, jetzt bin ich zu Hause und muss sehen, dass ich schnell reinkomme, damit mein Essen nicht kalt wird. Lass uns morgen reden, ja? Das wird bestimmt ein langer Tag.«

»Dann bis morgen. Viel Spaß mit deinem Fleisch.«

Das wünschte Agnes sich auch, als sie Alexanders Auto direkt hinter ihrem halten sah.

Er hatte die Sonos-Anlage angeschaltet und Jazz aufgelegt, den sie noch nie gehört hatte. Die Musik klang weich und angenehm, ohne an Fahrstuhlmusik zu erinnern. Wäre Agnes nicht so nervös gewesen, hätten die Kontraste der Szene sie bestimmt zum Kichern gebracht. Das Licht im Wohnzimmer war gedimmt, die Musik stimmungsvoll, die Kerzen brannten – und am Tisch beugten sich zwei erwachsene Menschen jeder über seine weiße Styroporbox.

Es war absolut perfekt.

»Wie ist dein Bacon-Burger?«, fragte er.

»*Bacon?* Ich nehme nie Burger mit Bacon«, sagte sie. »Es sei denn, der Bacon ist total knusprig gebraten, aber so kulinarisch versiert ist das Personal bei Shell nicht. Doch mein klassischer Cheeseburger ist ausgezeichnet, danke der Nachfrage.«

Sie fühlte sich überraschend gut, obwohl sie nervös war. Vielleicht half es, dass sie bei ihr zu Hause waren. Es half auf jeden Fall, dass sie sofort die Pappbecher mit Limonade zur Seite gestellt und eine Flasche Rotwein aufgemacht hatte.

»Wow, ich hatte keine Ahnung, dass du so eine Feinschmeckerin bist«, sagte Alexander und zwinkerte ihr zu. »Was für *exquisite* Gewürze du hast. Du kennst dich wirklich aus.«

Seine braunen Augen blitzten sie im Halbdunkel scherzhaft an.

»Lebenslange Erfahrung«, sagte sie. »Ich habe das meiste ausprobiert, das es auf dem Gebiet gibt. Auch die meisten Kombinationen.«

Sie nahm einen weiteren, großen Bissen, und es kümmerte sie nicht länger, ob das Dressing auf ihrer Wange landete. Sie war jetzt charmant und schlagfertig, das wusste sie. Das Schweigen, das mit dem Kauen einherging, war nicht unangenehm, sondern entspannt.

»Ich erinnere mich an das erste Mal, als ich bei McDonalds war«, sagte Alexander. »Und zwar kurz nachdem wir nach Norwegen gekommen waren. Wir haben im Flüchtlingsheim in Arna gewohnt und auf den Bescheid gewartet, wie es weitergehen sollte. An einem der Tage sind sie mit uns nach Bergen gefahren, und alle haben ein Happy Meal bei McDonalds bekommen. Von dem Tag an habe ich Norwegen geliebt, ich habe gedacht, dass das das Beste sein musste, was das Land zu bieten hatte.«

»Ha-ha, hast du geglaubt, McDonalds ist norwegisch?«

»Na klar! Ich hatte noch nie von dem Konzept gehört. Vor dem Krieg gab es so etwas in Sarajewo nicht.«

Agnes schüttelte den Kopf.

»Jetzt höre ich mich bestimmt wie eine Idiotin an, aber manchmal vergesse ich, dass du vor einem Krieg geflohen bist. Wir haben nie darüber geredet, was du erlebt hast. Warst du noch zu klein, um das mitzubekommen?«

»Ich war elf, als der Bürgerkrieg ausgebrochen ist. Da habe ich schon ganz schön viel mitbekommen.«

Er sah sie mit einem Blick an, den sie nicht ganz deuten konnte. Sie hatte plötzlich Angst, ihn gekränkt zu haben. Doch das warme Lächeln kam genauso schnell zurück, wie es verschwunden war.

»Das Gute daran, dass ich schon so groß war, ist, dass ich mich auch an das Jugoslawien von vor dem Krieg erinnere. An all das Schöne, das auch zu meiner Kindheit gehört hat. Aber die beiden Jahre, bevor wir nach Norwegen gekommen sind … die waren die Hölle, wirklich.«

Sie hätte ihn gern davon erzählen hören, wollte jedoch nicht drängen, so dass sie den Schweige-Trick anwandte.

»Meine Kameraden und ich sind immer auf dem Platz vor dem Block, in dem ich gewohnt habe, mit dem Fahrrad herumgefahren«, fuhr er fort. »Und ich erinnere mich, wie meine Mama einer Nachbarsfrau erzählt hat, dass sie sicherheitshalber hundert Kilo Weizenmehl gekauft hatte. Ich habe mich gefragt, was das sollte. Hundert Kilo? Was wollte man mit so viel Mehl?«

Alexander seufzte.

»Es sollte sich jedoch herausstellen, dass es schlau war, es zu haben. Schon bald hatten wir weder Lebensmittel noch Wasser oder Strom und konnten mehrere Wochen die Wohnung nicht verlassen. Nicht mehr seit dem Tag, an dem wir Fahrrad gefahren waren und es um uns herum plötzlich Schüsse gehagelt hatte. Das müssen unsere Heckenschützen gewesen sein, die geübt haben. Es ist niemand getroffen worden. Aber von diesem Tag an war die sorgenfreie Kindheit vorbei. Erst als ich nach Norwegen gekommen bin, habe ich mich wieder sicher gefühlt.«

»Shit«, sagte Agnes.

»Wir gehörten ja zu den Glücklichen. Und als mir mein erstes Happy Meal serviert wurde, habe ich gewusst, dass es möglich war, in diesem scheißkalten Land zu leben.«

Er lächelte und schob den Rest des Essens weg, trank noch einen Schluck Wein und stützte den Kopf auf die Hand.

»Erinnerst du dich an das erste Mal, als wir uns begegnet sind?«, fragte Agnes.

Er schüttelte den Kopf, und sie spürte, wie enttäuscht sie war.

Dann beugte er sich über den Tisch und stupste sie an.

»Ich mache nur Spaß, Agnes! Natürlich erinnere ich mich daran. Das Gymnasium von Voss war danach nicht mehr das Gleiche.«

Das war bestimmt auch nur Spaß. Sie dagegen konnte für sich behaupten, dass das Leben wirklich nicht mehr das Gleiche gewesen war, nachdem sie beide in einer Pause in der neunten Klasse miteinander geredet hatten und ihr zum ersten Mal im Leben die Knie so weich geworden waren, dass sie sich kaum hatte aufrecht halten können.

Jemanden wie ihn hatte sie noch nie getroffen. Er war zu ihr gekommen, um zu fragen, ob es bis zum Klingeln noch lange dauerte. Er hätte natürlich jeden fragen können. Aber er hatte sie gefragt. Und als er nur wenige Minuten später in seine Mathestunde verschwunden war, sah die Welt nicht mehr so aus wie vor dem Pausenklingeln. Sie hatte mitten auf dem Schulhof gestanden, an einem ganz normalen Mittwoch, und nichts war mehr normal gewesen, denn sie war total verliebt.

Den Rest des Schuljahrs hatten sie sich zugelächelt. Sie erinnerte sich, dass sie gedacht hatte, das würde reichen. In die Schule zu kommen und in den Pausen das schöne Beben in den Gliedern zu spüren, das war ein Grund geworden, morgens aufzustehen. Nachts träumte sie davon, ihm mit den Händen durch seine Locken zu fahren.

Den ersten Kuss auf dem Schulball in der Turnhalle hatten ihre Lippen nie ganz vergessen.

Konnte Alexander überhaupt ihren Phantasien der letzten zwanzig Jahre gerecht werden?

»Hast du seit damals mal an mich gedacht?« Es lag an dem Rotwein, dass sie die Frage stellte, aber das musste jetzt sein. Sie trank ihr Glas leer und füllte beiden nach. »Es war so abrupt vorbei damals, und ich … ich weiß nicht, es hat sich nicht so angefühlt, als hätten wir es richtig zu Ende gebracht. Vielleicht warst du deshalb immer … irgendwie … bei mir.«

Sie starrte auf den Tisch und spürte, dass ihre Wangen brannten. Sie waren mit Sicherheit rot, und sie bereute bereits, so ehrlich gewesen zu sein. Dann spürte sie, wie er sie ansah, und blickte vorsichtig auf.

»Ich habe oft an dich gedacht, Agnes.«

Alexander rutschte auf ihre Seite des Tisches herüber.

Jetzt.

Endlich.

Sein Duft umfing sie.

»Da ist viel, was wir damals nicht gemacht haben«, sagte er.

Sie wartete darauf, dass er sich vorbeugte und sie küsste.

Er tat es nicht.

Er griff nach dem ersten Knopf ihrer Bluse. Knöpfte ihn auf. Machte mit dem nächsten weiter, während er ihren Blick festhielt. Ihre Nasen und Lippen waren nur wenige Zentimeter voneinander entfernt. Alles andere war unwichtig. Als alle Knöpfe offen waren und sie dachte, mein Gott, das passiert wirklich, zog er ihr vorsichtig die Bluse aus. Dann griff er nach dem Unterhemd, das sie darunter trug, und zog es ihr über den Kopf, während sie die Arme hochhielt.

Zum Schluss öffnete er ihren BH.

Erst als sie mit nacktem Oberkörper vor ihm saß, beugte er sich vor und küsste sie.

Ihre Lippen waren warm und ihre Brüste kalt. Die Brustwarzen reckten sich ihm entgegen. Alexander schmeckte nach Zwiebeln und Dressing, und sie bediente sich gierig. Er hatte sie noch immer nicht angefasst, doch ihr Körper war so elektrisiert, dass sie sich fragte, ob sie allein dadurch kommen konnte.

Plötzlich lehnte er sich zurück und sah sie erneut forschend an.

»Bist du dir sicher, dass du das willst, Agnes?«

»Das hättest du abchecken sollen, bevor du angefangen hast, mich auszuziehen.«

Beide kicherten leicht, bevor sie ihn wieder ernst ansah. Sie durfte das nicht verpatzen.

»Entspann dich«, sagte sie und zog ungeduldig an seinem Pullover. »Ich war mir vielleicht noch nie mit etwas so sicher.«

Er zog sich nicht aus, sondern griff mit beiden Händen nach ihrem Nacken und küsste sie wieder, intensiver. Sie überließ sich ihm vollständig und begann, ihre Hose aufzuknöpfen. Dann lehnte sie sich auf dem Sofa zurück, so dass er ihr die Jeans ausziehen konnte. Jetzt lag sie vor ihm, völlig nackt, und er saß immer noch aufrecht da, bevor er sich langsam, ganz langsam hinunterbeugte und mit den Lippen eine Brustwarze umschloss. Sie wand sich auf dem Sofa, er wanderte zur nächsten Brust hinüber, nahm sich reichlich Zeit, bevor er sie leicht oberhalb des Nabels küsste und sich dann endlich immer weiter nach unten auf das Ziel zubewegte, so behutsam, dass sie es fast nicht aushielt. Sie war so feucht, so bereit, sie war seit über zwanzig Jahren hierfür bereit, sie konnte nicht länger warten.

Ihr Körper auch nicht.

Sie konnte nichts tun, um die Welle zu stoppen, die in den Zehenspitzen begann und schnell hoch in den Unterleib schoss. Sie stieß einen kleinen Schrei aus und spannte wohlig an.

Alexander sah lächelnd auf.

»Wow«, sagte er. »Wenn ich gewusst hätte, dass das so wenig Arbeit erfordert, hätte ich das schon vor vielen Jahren gemacht.«

Sie kicherte und hielt sich die Hand vor das Gesicht.

»Egal«, sagte sie, bevor sie nach seinem Pullover griff und ihn auf sich zog, »wir sind noch lange nicht fertig, falls es das ist, was du gedacht hast.«

KARFREITAG

Dieser Freitag konnte so lange werden, wie er wollte.

Agnes war gerade aufgewacht, Alexander schlief noch. Sie lag ihm zugewandt und beobachtete, wie sich sein Brustkorb mit dem Atem hob und senkte. Plötzlich zuckte er zusammen, als hätte er einen Albtraum. Sie strich ihm vorsichtig über die Stirn, und er beruhigte sich und sah wieder ganz friedlich aus. Agnes lächelte das schlafende Gesicht an, als das Telefon klingelte und sie sich darauf stürzte, damit Alexander nicht aufwachte. Sie drückte das Gespräch weg und stellte das Handy auf lautlos, als sie sah, dass der Anruf von Viktor kam. Doch er gab sich wie gewöhnlich nicht mit einem Anruf zufrieden, so dass sie schließlich das Telefon nahm und vorsichtig in die Küche schlich.

»Hast du geschlafen?«, fragte er.

»Ja«, log sie. »Was ist los?«

»Ich habe mich gefragt, ob du mit mir frühstücken magst?«

»Danke für das erneute großzügige Angebot, aber du musst nicht auf mich aufpassen, Viktor, mir geht es gut, und ich habe auch keine neue Post-Beziehungsende-Feiertagsdepression, falls du das befürchtest«, sagte sie und dachte daran, wie lieb ihre Freunde bei dem blöden Weihnachtsfest gewesen waren. »Außerdem bin ich immer noch etwas müde und denke nicht, dass ich jetzt nach Skjerpe fahren möchte.«

»Das brauchst du auch nicht«, sagte Viktor. »Der Osterhase steht in diesem Moment vor deiner Tür!«

Beim Klang der Türklingel sprang sie hoch.

Verdammt.

Sie lief ins Schlafzimmer, schaute, ob Alexander noch schlief, und schnappte sich ihren Morgenmantel. Dann eilte sie zur Tür.

»Guten Karfreitag!«, sagte ihr bester Freund lächelnd, während er auf der Treppe stand. »Ich habe Brötchen, Eier, Apfelsinensaft und Aufschnitt.«

Wow, ihr Kumpel musste wirklich ein schlechtes Gewissen haben, weil er in der letzten Zeit so oft schlechte Laune gehabt hatte.

Er nickte zu dem schwarzen Auto in der Einfahrt hin.

»Hast du Besuch? Hat Ingeborg endlich ihr Auto bekommen?«

Sie schüttelte den Kopf und sagte nichts.

Viktor zog die Augenbrauen hoch.

»Aha. Der Typ Besuch? Warum sagst du das nicht einfach?«

Er sah ihr über die Schulter.

»Wer ist es?«

»Ich erzähle dir später alles.«

»Okay.«

Er reichte ihr die Plastiktüte und zwinkerte ihr zu.

»Bis dahin kann ich zumindest dazu beitragen, dass der Typ etwas anderes zum Frühstück bekommt als geschmolzenen Käse.«

»Danke, das bringt dir viele Bestefreund-Punkte ein. Aber hast du jetzt auch selbst noch etwas zu essen?«

»Ich esse auf der Arbeit ein Knäckebrot. Mach es dir nett.«

Der gute Viktor. Agnes war ganz warm ums Herz, als sie die Tür hinter ihm schloss.

Sie ging ins Bad, blieb vor dem Spiegel stehen und lächelte sich zu. Sie würde am liebsten vor Freude schreien, zu lauter Musik durch das Haus tanzen und aus dem Fenster hinausrufen, dass sie mit Alexander Kosanovic Sex gehabt hatte. Doch sie blieb einfach mit einem dümmlichen, glücklichen Grinsen im Bad stehen.

Sie warf noch einen Blick auf ihr Handy und stellte fest, dass sie in der Nacht eine Nachricht bekommen hatte. Die Nummer war nicht gespeichert, aber sie erkannte sie wieder.

Sie gehörte Alfred.

Vergiss alles, worüber wir geredet haben, schrieb er. *Und tu nicht das, worum ich dich gebeten habe. Es ist alles okay.*

Alexander kam mit nacktem Oberkörper genau in dem Moment angeschlendert, in dem die Eier fertig waren. Als er sich an den Küchentisch setzte und sich eine Tasse Kaffee eingoss, hätte sie ihn am liebsten gleich wieder zurück ins Bett gezerrt.

»Mein Gott. Man sollte meinen, du hättest geplant, mich

ins Bett zu kriegen. Oder machst du immer so ein üppiges Osterfrühstück für dich allein?«

Sie setzte sich rittlings auf seinen Schoß und küsste ihn auf den Hals. Erst jetzt fiel ihr das Tattoo oben auf seinem Rücken auf. Es war irgendein Symbol, das für ihr untrainiertes Auge wie etwas aussah, das man sich am Strand in Thailand in einem kleinen Schuppen stechen ließ. Doch es hatte bestimmt eine wichtige und sinnvolle Bedeutung.

»Das hätte ich gut tun können. Aber das ist von Viktor; er ist vorbeigekommen, während du geschlafen hast.«

»Viktor Vormedal vom Gymnasium? Ihr seid auch nach all den Jahren immer noch Freunde?«, murmelte Alexander in ihr Haar. »Sollte ich eifersüchtig sein?«

»Das Einzige, das du sollst, ist, große Lust auf Eier haben. Falls du denkst, dass ich dich jetzt in Frieden lasse, meine ich.«

Er lächelte, zog langsam den Gürtel ihres Morgenmantels auf und umschloss mit seinen Lippen gierig eine Brustwarze.

Agnes und Alex.

Alex und Agnes. Ihre Namen passten so gut zusammen. Es war perfekt, ging so leicht von der Zunge.

»Nein, lass uns etwas essen, ich muss bald los«, sagte er plötzlich. »Ich kann es nicht riskieren, dass du meiner überdrüssig wirst. Und ich muss wirklich etwas arbeiten. Nach dem Festival ist noch immer viel zu regeln.«

Sie war überrascht, setzte sich jedoch gehorsam auf den Stuhl neben ihm und sah zu, wie Alexander sich ein Brötchen und Käse nahm.

»Ich habe den Artikel über den Rückgang der Kartenkäufe gelesen«, sagte sie. »Stresst dich so etwas?«

Er zuckte mit den Schultern.

»Klar tut es das. Aber im Moment bin ich entspannter, als ich es seit langem war.«

Sie lächelte ihm zu, er zwinkerte ihr zu und nahm einen großen Bissen von seinem Brötchen.

»Glaubst du, die Leute sind wegen Marta Tverberg weggeblieben? Dass das eine Art organisierter Boykott war?«

»Ich bezweifle, dass das Jazzpublikum *so* reaktionär ist. Außerdem haben sich die Karten auch nicht wie wahnsinnig verkauft, als Guneriussen noch nicht abgesagt hatte.«

»Guneriussen? Ist das der, der eigentlich die Auftragskomposition komponieren sollte?«

»Jepp. Kurt Guneriussen. Ein ziemlich tüchtiger Pianist und Komponist aus Bergen, der viele Jahre in Berlin gelebt hat. Ich denke, er hätte eine gute Auftragskomposition geliefert.«

»Warum hat er abgesagt?«

»Dafür habe ich nie eine überzeugende Begründung zu hören bekommen, aber ich schätze, seine Nerven haben ihm einen Streich gespielt.«

»Meinst du, er ist neurotischer als andere Musiker?«

»So unglaublich es klingt, ja«, sagte Alexander und zwinkerte ihr erneut zu. »Deshalb ist er auch nie so richtig bekannt geworden, heißt es. Ich habe ihn nicht persönlich getroffen, aber gehört, dass er eine Sozialphobie hat und dafür bekannt ist, ein großes Problem damit zu haben, mit anderen Musikern zusammenzuarbeiten.«

»Das hört sich nicht ganz so ideal an, wenn man ein Stück für mehrere Musiker komponieren soll.«

»Richtig. Ich muss zugeben, dass ich sogar ein wenig erleichtert war, als er zurückgetreten ist. Über die Zusammenarbeit mit Marta Tverberg lässt sich auch eine Menge sagen, aber sie ist zumindest ans Telefon gegangen.«

»Ich hatte den Eindruck, dass viele eine Rechnung mit ihr offen hatten. Habt ihr euch manchmal gestritten?«, fragte Agnes.

Alexander schien zunächst überrascht über die Frage. Dann lachte er leise in sich hinein.

»Gab es jemanden, der sich nicht mit Marta gestritten hat?«

»Gutes Argument.«

»Wir haben uns ein paarmal so gestritten, dass die Fetzen geflogen sind. Aber wir sind auch schnell wieder Freunde geworden, das war das Schöne. Marta Tverberg ist mir oft wie ein Tier vorgekommen, das Stärke zeigen muss, um die Oberhand zu gewinnen. Und danach war sie in der Regel zahm wie ein Lamm.«

Als Agnes die Tür hinter Alexander schloss, fühlte sie sich so allein wie selten. Als wäre sie bereits von etwas abhängig, von dem sie nicht wusste, ob sie darauf Zugriff hatte.

Sie hatten nicht darüber gesprochen, wann sie sich wiedersehen würden. *Ob* sie sich wiedersehen würden.

Agnes setzte sich an ihren Mac und versuchte, sich auf ihren Job zu konzentrieren.

Sie suchte nach der norwegischen Nummer von Kurt Guneriussen, dem Pianisten, der eigentlich die diesjährige Auftragskomposition hätte komponieren und aufführen sollen. Es konnte nicht schaden, mit ihm zu reden. Sie ließ es lange klingeln und versuchte es kurz darauf noch einmal.

Niemand nahm ab. Das bestätigte möglicherweise die Theorie, dass der Mann Angst vor Menschen hatte. Oder dass er einfach in Berlin war und sein norwegisches Telefon nicht benutzte. Sie schickte ihm trotzdem eine kurze Nachricht, dass sie ihm für die Biographie gern ein paar Fragen zu Marta Tverberg stellen würde. Es war vielleicht etwas unchristlich, solche Anfragen am Karfreitag zu stellen. Sie hoffte, dass der Typ nicht religiös war.

Was Alexander sonst noch erzählt hatte – dass Marta immer Stärke zeigen musste, um die Oberhand zu gewinnen –, war auch interessant. Es passte zu dem, was Ragna Haukursdottir gesagt hatte: dass es für ihre Stiefmutter das Schlimmste gewesen war, Schwäche zu zeigen.

Vielleicht hatte Marta Agnes deshalb nichts von einer Krankheit erzählt, weil sie Angst gehabt hatte, schwach zu erscheinen.

Aber irgendjemand musste doch etwas über Tverbergs Gesundheit wissen und darüber, ob sie ernsthaft krank gewesen war.

Agnes rief im Krankenhaus in Voss an und erklärte ihr Anliegen, bekam jedoch, wie erwartet, die Antwort, dass sie an die Schweigepflicht gebunden sind und keine Informationen über Patienten herausgeben konnten.

Scheiße, dass sie Fredrik nicht mehr hatte, um für sie in den Arztberichten herumzuschnüffeln.

Sie rief ihren Vater an.

»Hallo von der Hütte«, sagte Vemund eifrig. »Kommst du heute hoch?«

»Das weiß ich noch nicht.«

»Agnes …«

»Ja, ich mache bald Osterferien! Aber ich habe vergessen, dich zu fragen, ob du etwas darüber gehört hast, dass Marta Tverberg krank war?«

»Nein, nicht mehr als das, was Eli gesagt hat, als wir am Sonntag telefoniert haben. Dass sie ›nicht unsterblich‹ war – hat sie sich nicht so ausgedrückt? Das hat mich schon ein bisschen stutzig gemacht.«

Das hatte es Agnes auch.

Trotzdem hatte sie es vergessen.

Dass ihr Vater seine Schwester Eline bei ihrem Spitznamen nannte, erinnerte sie an etwas, das Marta einmal gesagt hatte, als sie in Eile war: Sie müsse »zu Eli«. Damals hatte Agnes nicht weiter darüber nachgedacht, wer das war, war vermutlich davon ausgegangen, dass es sich um eine Freundin oder eine Musikerin handelte, die sie treffen wollte. Aber Eli konnte natürlich auch Eline Tveit sein.

Vielleicht war ihre Tante ja Tverbergs Hausärztin gewesen.

Deshalb der saloppe Kommentar von Eline, dass Marta Tverberg nicht unsterblich war.

»Ist Tante Eline da?«, fragte Agnes.

»Ja, aber im Moment macht sie eine Skitour, und ihr Handy liegt hier. Es wird wohl noch ein paar Stunden dauern, bis sie zurück ist. Soll ich sie bitten, dich anzurufen?«

»Ja, danke.«

Agnes legte auf und blinzelte in die Sonne, die durch das Wohnzimmerfenster schien. Sie beschloss, umgehend nach einer weiteren Nummer im Internet zu suchen.

Fünf Minuten später hatte sie einen Scooter gebucht, der sie zur Hütte bringen sollte.

Es war ein Ostertag, wie er im Buche stand, ein Tag, den ihr Vater mit einem goldenen Bogen um das Datum im Hüttenbuch verewigen würde. Nur ein paar kleine Wolken zeigten sich an einem ansonsten klaren blauen Himmel, und der Kontrast zu dem sauberen weißen Schnee ließ das Ganze wie eine *Visit-Norway*-Reklame aussehen.

Fast wünschte sie sich, sie hätte sich mit Skiern auf den Weg gemacht.

Fast.

Doch wenn sie sich für die sportliche Variante entschieden hätte, hätte sie jetzt gekeucht und geschwitzt und den ersten steilen Berg gerade mal zur Hälfte geschafft. So konnte sie sich in dem weichen Sitz zurücklehnen und in die Nachmittagssonne blinzeln, während der breitschultrige Mann vor ihr aufrecht stehend den Schlitten sicher ins Fjell hochsteuerte. Auf dem Weg durch den dunkelgrünen Tannenwald mit genau der perfekten Menge an Weiß auf den Zweigen trafen sie viele Familien, die auf Skiern unterwegs waren. In der Regel liefen die Eltern voraus, und die Kinder folgten in einem gewissen Abstand. Agnes lächelte aufmunternd und rief einem fünf- bis sechsjährigen Mädchen »Heia!« zu, das aufgegeben hatte und im Schnee kniete. Als der Scooter vorbeifuhr, reckte das Mädchen den Mittelfinger hoch.

Ihre Hütte in Vossestrand machte keine Ausnahme von der lokalen Vorliebe, die Hütte nahe am Wohnsitz zu haben. Aber die Landschaft war schon auf dramatische Weise anders als zu Hause mit den vielen Reihenhäusern. Hier war die Natur offen und majestätisch, und Agnes kam der Gedanke, dass es gar nicht so dumm war, wenn man Ostern nicht so weit ins Fjell fahren musste. Vor allem, wenn man schnell dort sein wollte.

Nach einer knappen Viertelstunde sah sie die rote Hütte, und kurz darauf entdeckte sie ihre Eltern. Sie gehörten nicht dem erznorwegischen Typus an, der die Sonnentage an Ostern zu langen Skitouren nutzte. Auch nicht, bevor ihre Mutter krank geworden war. Nein, all die Jahre, seit ihnen diese Hütte gehörte, hatte ihr Vater immer direkt vor der Hütte einen kleinen Bereich vom Schnee freigeschaufelt, die Plastikstühle herausgeholt und die Rückenlehnen weit zurückgestellt. Ihre Mutter, die für Snacks und Unterhaltung zuständig war, hatte die große Thermoskanne mit Kaffee gefüllt und ihn mit dem kleinen rosa Radio und einer Schale mit Schokolade nach draußen zu den Stühlen gestellt. Dann hatten sie sich rausgesetzt und waren erst wieder aufgestanden, wenn irgendetwas nachgefüllt werden musste.

Agnes liebte das Konzept Schlaraffenostern.

Hätten ihre Eltern nicht diese entspannte Haltung zum Hüttenleben gehabt, wäre sie nicht mitgekommen.

Tante Eline dagegen war anders. Wenn sie dabei war, hatte der Rest von ihnen plötzlich ein schlechtes Gewissen, denn sie stand jeden Tag auf Skiern. Vielleicht meinte sie, sich in Form halten zu müssen, für den Fall, dass sie einen Mann traf. Auch wenn das bisher nie geschehen war.

Die Naturfreundin schien noch unterwegs zu sein. Agnes sah jedenfalls nur ihre Eltern an dem gewohnten Platz.

»Da haben wir ja unseren Osterhasen!«, rief Vemund seiner Frau zu, als er sich in dem Stuhl aufsetzte und sie entdeckte, wie sie, einen Rucksack auf dem Rücken und die Skier über der Schulter, den letzten steilen Hügel heraufkam, den der Scooter nicht schaffte. »Wie schön, dass du gekommen bist, Agnes!«

Er klopfte auf den leeren Stuhl neben sich. Ihre Mutter kam ihr entgegen und umarmte sie, bevor sie in die Hütte ging, um noch eine Tasse zu holen.

»Schön, hier zu sein!«, sagte Agnes und meinte es auch.

Es tat gut, eine Ruhepause einzulegen und eine Tasse Kaffee zu trinken – oder auch drei.

Das Gesicht ihrer Tante hatte eine rote Farbe, als sie zurückkam, obwohl sie zum Ende der Tour den Hügel hinuntergefahren sein musste. Wahrscheinlich, weil sie keine Sonnencreme benutzt hatte, was auch ihre Eltern gewöhnlich nicht taten, da sie die Meinung vertraten, dass ihre Haut *abgehärtet* und dadurch gegen UV-Einstrahlung so gut wie immun war. Agnes hatte Bilder von ihnen mit Alufolie um den Hals gesehen, die in den siebziger Jahren im Vikafjell aufgenommen worden waren, so dass *ruiniert* wohl die treffendere Bezeichnung war. Es hätte besser gepasst, wenn einer von ihnen Hautkrebs bekommen hätte. Sie war immer noch verbittert, dass der Lungenkrebs den Nichtraucherkörper ihrer Mutter attackierte. Es war einfach *Pech*, wie ihre Tante, die Ärztin, es ausgedrückt hatte.

»Du hattest auch niemand anderen, mit dem du Ostern feiern konntest, was?«, sagte Eline, während sie ihre Skier abstellte. »Es ist schön, dass wir einander haben. Und die Natur! Das Fjell ist im Grunde der einzige Partner, den man braucht, gibst du mir recht?«

Agnes hatte Lust, der Tante ganz genau zu erzählen, was sie in der Nacht gemacht hatte und mit was für einem Partner, aber das schickte sich nicht in Gegenwart der Eltern. Also lächelte sie nur und wechselte das Thema.

»Ich habe meinen Mac mitgebracht«, sagte sie entschuldigend. »Ich muss schon ein bisschen arbeiten, während ich hier bin.«

»Du arbeitest wieder? Wie schön!«

»Ich habe die ganze Zeit gearbeitet, Tante Eline.«

»Ah ja, an deinem Buch?«

Agnes wunderte sich wieder einmal, wie wenig Anerkennung ihre nächsten Angehörigen für ihre neue Tätigkeit aufbrachten. Die meisten Menschen hatten Respekt vor dem Beruf des Schriftstellers. Das war ein gediegenes Handwerk, das war Kunst!

»An meinem Buch, ja. Vielleicht wird es eine True-Crime-Story. Und da ist es wichtig, dass ich so viel schreibe wie möglich, während …«

»… die Leiche noch warm ist?«, kam es von einem der Sonnenstühle.

Sie sah ihren Vater streng an.

»Während die Informationen noch frisch und zugänglich sind. Was das angeht, würde ich mich auch gern mal mit dir unterhalten, Tante.«

»Mit mir?«

Eline sah skeptisch und stolz zugleich aus.

»Ja, du warst doch die Hausärztin von Marta Tverberg?«

»Das ist richtig.«

Yes.

»Ich habe ein paar Fragen zu ihrem Gesundheitszustand vor ihrem Tod. Um genau zu sein, habe ich diverse Hinweise bekommen, dass sie eine Krankheit oder irgendetwas hatte, das sie vor den Leuten geheim gehalten hat. Kannst du mir dazu etwas sagen? Natürlich *off the record*, falls das einfacher ist.«

»Ich helfe dir, womit immer du willst«, sagte Eline, und Agnes empfand plötzlich eine gewisse Zärtlichkeit für ihre Tante. »Aber wenn es um meine Patienten geht, weißt du, dass ich der Schweigepflicht unterliege, selbst wenn sie tot sind.«

»Okay, du musst nichts sagen, aber kannst du nicht einfach nicken, wenn es stimmt, dass sie krank war?«

Die Tante lächelte. Ihr Kopf bewegte sich nicht einen Millimeter.

Sie war im Handumdrehen wieder zu der irritierendsten Frau der Welt geworden.

Agnes wusste, dass sie nichts aus ihrer Tante herausbekommen würde. Die Fahrt hier herauf war völlig umsonst gewesen und ein gigantischer Reinfall. Sie hätte heute Abend vielleicht wieder mit Alexander zusammen sein können, stattdessen würde sie in der klaustrophobisch kleinen Hütte sitzen und ein Brettspiel aus den Achtzigern spielen.

In den nächsten Stunden gestattete Agnes es sich, die Osterstimmung und den Rotwein zu genießen. Bald stand auch das traditionelle Osterlamm auf dem Tisch, und der Duft erfüllte die ganze Hütte. Als sie sich satt und zufrieden auf ihrem Stuhl zurücklehnte, zog sie ihr Handy heraus und tat so, als hätte sie eine wichtige SMS erhalten. Es stimmte, dass sie eine Nachricht bekommen hatte, aber nur von Viktor, der fragte, ob sie mit ihm zu Abend essen wollte.

»In der Mordermittlung zeichnet sich eine neue Entwicklung ab«, entschuldigte sie sich bei ihren Eltern. »Ich muss sofort runter in den Ort.«

»Was, um alles in der Welt, passiert denn am Karfreitagabend?«, fragte ihre Mutter.

Sie zu enttäuschen und auch noch anzulügen, verursachte Agnes Magenschmerzen.

»Die Polizei will mit mir über irgendwas sprechen.«

Letzteres stimmte sogar. Immerhin würde sie mit Viktor reden.

»Aber es ist stockdunkel draußen, Agnes. Du kannst jetzt nicht abfahren, das ist lebensgefährlich!«, sagte Vemund. »Kannst du nicht zumindest bis morgen früh warten?«

Die Tante mischte sich ein wie üblich.

»Du musst wieder runter, sagst du? Könntest du bei mir vorbeigucken und meine Rosen wässern? Wenn ich weiß, dass sie ihr Essen bekommen, kann ich noch eine weitere Nacht hier oben bleiben.«

Agnes seufzte. Die verdammten Rosen.

»Kein Problem. Gib mir einfach deine Schlüssel. Und, Papa, hast du nicht so eine Kopfleuchte? Ich verspreche auch, vorsichtig zu fahren.«

Es raschelte im Wald, als Agnes ihre Skier anschnallte.

Sie leuchtete zu den Bäumen hin, konnte aber nichts entdecken, bekam jedoch am ganzen Körper Gänsehaut. Da war definitiv etwas. Sicher ein Tier?

Es war verblüffend, wie viel weniger idyllisch das österliche Fjell in der Dunkelheit wirkte.

Vielleicht hätte sie auf ihren Vater hören sollen. Doch es hatte sich unmöglich angefühlt zu bleiben.

Sie konnte jetzt kein Feigling sein.

Sie stapfte zum ersten Hang. Begann mit der Abfahrt und fuhr im Pflug, so dass ihre Oberschenkel schon bald zu zittern anfingen. Außerdem war es unheimlich, nur ein paar Meter weit sehen zu können. Hätte ihr Vater nicht die alte Kopfleuchte aus einer Schublade hervorgekramt, wäre sie in der Langlaufspur, die die Schneescooter streckenweise völlig ruiniert hatten, blind gefahren.

Sie hatte das Gefühl, mutterseelenallein im Fjell zu sein.

Und sie hatte das Gefühl, als wäre etwas – oder jemand – hinter ihr.

Sie hielt an.

Das, was hinter ihr gewesen war, hielt auch an.

Oder vielleicht bildete sie sich alles nur ein. Jedenfalls war es vollkommen still.

Sie fuhr wieder los, wurde immer ängstlicher.

»Beruhig dich, Agnes«, sagte sie wie eine Idiotin laut zu sich selbst.

Niemand konnte wissen, dass sie am Karfreitagabend auf Skiern unterwegs war.

Aber es gab Elche im Fjell. Und Rehe. Und Füchse. Und Wölfe? Und bestimmt viele andere Tiere, und wer wusste schon, was für Verrückte unterwegs waren und sich gerade an solchen Tagen im Dunkeln herumtrieben.

Sie war unter dem Wollpullover bereits total verschwitzt, als das Licht vor ihr zu blinken begann.

Nur wenige Sekunden später passierte es.

Die Welt wurde schwarz.

Sie hielt abrupt an. Hatte das Gefühl, in ein Loch gefallen zu sein oder dass der Wald sich um sie herum schloss.

Sie würde sterben.

Sie würde zu einer Osterschlagzeile werden: *Vermisst im Fjell.*

Plötzlich war ihr, als könnte sie Alexander riechen. Als tauchte er in ihrem Kopf auf, um ihr zu sagen, dass alles gut werden würde. Das machte sie ruhiger.

Trotzdem schrie sie laut auf, als ihr Handy klingelte.

Agnes brauchte eine Weile, bis sie das iPhone in der Tasche ihres Anoraks zu fassen bekam. Sie war erleichtert, als sie den Namen Viktor sah, ganz zu schweigen von dem leuchtenden Display.

Das Handy. Die Taschenlampenfunktion.

»Was ist das für ein schlechter Empfang, ich habe dich gar nicht antworten hören«, sagte Viktor. »Wo bist du?«

»Auf der Loipe.«

Er kicherte.

»Entschuldige, ich habe eine Sekunde lang gedacht, du hättest auf der Loipe gesagt.«

»Das habe ich auch!«, rief sie verärgert. »Ich bin auf dem Weg runter von der Hütte, und die Batterie in der Kopfleuchte hat gerade ihren Geist aufgegeben, es wäre also schön, wenn du dich kurz fassen könntest, denn es ist stockdunkel und scheißunheimlich hier.«

»Jetzt verstehe ich gar nichts mehr. Das letzte Mal, dass ich dich gesehen habe, kamst du frisch gevögelt aus dem Bett, und jetzt warst du schon auf Hüttentour?«

»Hör zu, ich stehe mitten im Wald, und das Risiko, dass ich lebendig von einem großen Tier verspeist werde und du mich nie wiedersiehst, ist ziemlich hoch. Also, was willst du?«

»Vor allem will ich, dass du aus dem Wald rauskommst – und das blitzschnell. Und dann dachte ich, dass es dich vielleicht interessiert, dass die Rogne-Brüder einen noch schlechteren Start ins Osterfest hatten als du. Der eine liegt im Krankenhaus, und der andere sitzt in Untersuchungshaft.«

Sie war nie glücklicher gewesen, ihr hässliches, altes Auto zu sehen.

Die letzten Hänge war sie – mit heftig klopfendem Herzen, den Stöcken in der einen und dem Handy in der anderen Hand – die lebensgefährliche Abfahrt hinuntergefahren. Sie hatte die Taschenlampenfunktion eingeschaltet und war mit heiler Haut am Parkplatz angekommen.

Und die ganze Zeit hatte sie das Gefühl gehabt, dass jemand ihr folgte.

Das lag auch daran, was Viktor ihr erzählt hatte.

Was hatte Didrik Rogne jetzt wieder angestellt?

Als sie zu der ruhigen Hauptstraße hinunterkam und gen Westen Richtung Voss fuhr, war sie sehr viel schneller unterwegs als erlaubt; die Tatsache, dass sie noch am Leben war, schien eine Art furchtloses Adrenalinmonster aus ihr gemacht zu haben.

In Wahrheit wusste sie nicht so genau, was so eilig war, hatte aber das Gefühl, dass es wirklich eilte.

Viktor hatte nichts über das Motiv gesagt oder darüber, was tatsächlich passiert war. Der Gewalttäter war offensichtlich noch nicht von der Polizei vernommen worden. Doch das Opfer war bestimmt wach.

Und seine SMS, dass er alles zurücknehme, was er ihr bei ihrem Gespräch bei sich zu Hause gesagt hatte, kümmerte sie nicht weiter.

Agnes würde ihm einen Besuch abstatten.

Sie war so neugierig auf die beiden Brüder wie noch nie, darauf, was eigentlich ihr Problem war. Nicht nur Didriks, auch Alfreds. Warum war er so beschützend seinem Bruder gegenüber, wenn er gleichzeitig – und das aus gutem Grund – Angst vor ihm hatte? Wie konnte er so eng mit Didrik zusammenarbeiten?

Es hatte fast etwas von dem Verharren in einer gewalttätigen Ehe.

Vielleicht war es noch schwieriger, sich von einem gewalttätigen Bruder zu trennen.

Auf dem Weg nach Saue konnte sie den Leuten, die einen friedlichen Karfreitagabend ohne gewagte Abfahrten und Berichte über Schlägereien genossen, direkt in die Fenster sehen. Das warme Licht aus den Wohnzimmern ließ sie ihr eigenes Wohnzimmer vermissen. Sie sehnte sich nach ihrem Sofa, Rotwein, Kartoffelchips und Alexander. In dieser Kombination, nur in umgekehrter Reihenfolge, was die Prioritäten anging. Sie fuhr weiter Richtung Skulestadmoen, kam an der Hydro Texaco Tankstelle und den großen, viereckigen, wie Blechbüchsen aussehenden Häusern vorbei, in denen sich in jedem ein riesiger Supermarkt befand. Fuhr durch den Tunnel, bog rechts ab am Hordaland-Haus vorbei und weiter Richtung Vangen, wo nur ein paar kreisende Autos mit Jugendlichen und dröhnender Musik unterwegs waren. Dann bog sie nach links ab, kam am *Tre Brør* vorbei, das heute anscheinend geschlossen hatte – erst morgen Abend war der große Osterausgehtag –, und fuhr hoch zum Krankenhaus.

Es war schwer, nicht an Fredrik, ihren Ex, zu denken, sobald sie das Gebäude betrat. Der Geruch nach Krankenhaus war auf vielerlei Arten mit ihrem Lebensgefährten verbunden. Aber sie vermisste ihn nicht mehr.

»Ich möchte zu Alfred Rogne«, sagte Agnes zu der Rezeptionistin, einer erschöpften Frau nahe dem Pensionsalter, die aussah, als hätte sie an zu vielen Wochenenden gearbeitet.

Die Frau antwortete nicht, drückte nur mit dem Finger auf die Tastatur und schaute blinzelnd auf den Bildschirm.

»Wir haben hier keinen Alfred Rogne«, sagte sie.

»Hä? Das denke ich doch. Vielleicht können Sie noch einmal nachsehen?«

Die Frau sah genauso gekränkt aus, als hätte Agnes verlangt, dass sie Überstunden machte, tat aber, worum sie gebeten worden war.

»Rogne, ja«, murmelte sie nach einem Moment, und Agnes lächelte zufrieden.

»Aber keinen Alfred«, sagte die Frau und nickte zum Bildschirm hin. »Der, der hier liegt, heißt Didrik.«

Er hatte kein Einzelzimmer, sondern teilte sich das Zimmer mit einem älteren Mann. Und es war äußerst unwahrscheinlich, dass er in Didrik Rogne einen angenehmen Gesprächspartner hatte. Didrik lag mit einem Verband auf der eine Gesichtshälfte im Bett und sah wütend aus, als Agnes hereinkam.

Auf der Treppe nach oben hatte sie mehrmals in Erwägung gezogen umzukehren. Sie hatte ihr Zusammentreffen draußen vor dem Skrot noch in lebhafter Erinnerung und schlicht und einfach selbst Angst vor dem Typen.

Aber was konnte er ihr in einem Krankenhausbett schon tun?

Die Neugier besiegte die Furcht.

Didrik machte nicht den Eindruck, als würde ihn Agnes' Besuch milder stimmen. Sie roch den Alkohol; der arme alte Mann, der mit geschlossenen Augen dalag, hatte doppeltes Pech. Was zwischen den Rogne-Brüdern am Abend passiert war, musste im Vollrausch passiert sein.

»Verdammt«, sagte Didrik, »kannst du mich nicht in Frieden lassen?«

Agnes atmete erleichtert durch. Wenigstens war er nicht so aufdringlich wie letztes Mal. Mit wütenden und verärgerten Männern konnte sie sehr viel besser umgehen als mit solchen, die Frauen belästigten. Sie ignorierte seinen Kommentar.

»Was ist passiert?«

Sie trat näher an das Bett heran. Didrik gab lediglich ein Schnauben von sich, dem schnell ein Stöhnen folgte. Sein Bruder musste ihn richtig verprügelt haben; wie es aussah, hatte er Schmerzen, sich zu bewegen.

»Nichts.«

»Das sieht nicht nach nichts aus. Aber okay, ich werde dir nicht zusetzen, du kannst stattdessen mit der Polizei reden. Gute Besserung – und frohe Ostern.«

Sie drehte sich um und ging langsam zur Tür, während sie die Augen zusammenkniff und hoffte, dass die Taktik funktionierte.

Das tat sie.

»Alfred ist nicht so unschuldig, wie er aussieht, weißt du«, sagte Didrik leise.

Agnes drehte sich um.

»Ich finde, er gleicht dir«, sagte sie. »Deshalb habe ich auch nicht gedacht, dass er besonders unschuldig aussieht.«

»In unserer Familie war mein Bruder immer der Gute. Der mit dem besseren Charakter und den meisten Freunden, der mit dem vorbildlichen Verhalten. Gott sei Dank war er schwul, so dass wenigstens etwas an ihm nicht okay war.«

»Dir hat das nicht gefallen, oder?«

»Hat jemand das gesagt? Alfred?« Didrik schüttelte den Kopf. »Herrgott, ich habe meinem kleinen Bruder durch dick und dünn beigestanden. Er kann sich, verdammt nochmal, nicht beklagen.«

»Okay, dann ist Alfred also nicht unschuldig.« Sie blieb an der Tür stehen, der alte Mann hatte ein Auge aufgemacht. »Was hat er getan, außer dass er dir eine ordentliche Tracht Prügel verpasst hat?«

Didrik machte den Mund auf, schloss ihn aber wieder. Drehte sich leicht im Bett herum und stöhnte.

»Das spielt keine Rolle«, sagte er nach einer kleinen Weile. »Ich bin ohnehin der, der alles regeln muss.«

Jemand klopfte, und wie durch Zauberhand sah Didrik plötzlich frischer und fröhlicher aus.

Agnes drehte sich um. Ragna Haukursdottir stand mit einem Strauß Tulpen und einem zögerlichen Lächeln in der Tür.

So eine Wirkung konnten Frauen also auf Männer haben. Der Schäferhund war auf magische Weise zu einem Pudel geworden.

Didrik Rogne katzbuckelte regelrecht vor Ragna.

Sie hatten zusammen in Martas Band gespielt, so dass es vielleicht nicht so seltsam war, dass sie ihn im Krankenhaus besuchte. Doch sobald sie den Raum getreten hatte, hatte Agnes das Gefühl gehabt, dass eine Person zu viel hier war.

Didrik sah sie fragend an, als würde er darauf warten, dass sie ging.

Sie wäre gern geblieben.

Doch nach ein paar unerträglich langen Sekunden eines stummen Kräftemessens musste sie kapitulieren.

»Nun, ich sollte wohl sehen, dass ich loskomme«, sagte Agnes.

Der alte Mann öffnete die Augen und lächelte ihr zu, als sie ging.

»Weißt du etwas über die Beziehung von Didrik Rogne zu Ragna Haukursdottir?«

Agnes lehnte sich gegen den Spültisch, noch immer in ihrer Skihose. Viktor stand vor dem Ofen, eine rot karierte Schürze umgebunden. Dem Mann tat es eindeutig gut, allein zu Hause zu sein.

»Nichts anderes, als dass sie Kollegen waren. Warum?«

Agnes guckte durch das kleine Ofenfenster auf die Lammkeule. Viktor hatte mit seinem vegetarischen Projekt offensichtlich eine Pause eingelegt. Sie hätte sich gewünscht, er hätte sich nicht an die Ostertradition gehalten und für ein Gericht mit geschmolzenem Käse entschieden. Sie würde es zwar schaffen, noch etwas zu essen, doch es gab Grenzen, wie viel Lamm sie an einem Tag verzehren konnte.

»Sie hat ihn im Krankenhaus besucht, als ich da war. Und er hat sie angerufen, als ich in Een mit ihr geredet habe.«

»Ist das so seltsam?«

»Nein, vielleicht nicht. Aber apropos seltsam. Was, zum Teufel, ist heute passiert? Ich habe fast einen Herzinfarkt bekommen, als ich gesehen habe, dass Didrik und nicht Alfred im Krankenhaus liegt.«

»Häh, das habe ich dir am Telefon doch gesagt?«

»Äh, nein.«

»Äh, doch. Ich weiß allerdings nicht, ob du alles mitbekommen hast, du klangst total verängstigt.«

»Egal. Aber weiß man inzwischen, was passiert ist?«

»Alfred hat erklärt, dass …«

Viktor hielt eine Flasche Rotwein hoch.

»Ja, danke«, sagte sie, bevor ihr einfiel, dass sie mit dem Auto da war. »Nein, verdammt. Hast du Pepsi Max? Ich bin heute schon Auto gefahren *und* habe auf Skiern gestanden, nachdem ich ein paar Gläser Wein getrunken hatte. Meine Nerven verkraften das nicht, wenn ich noch mehr trinke.«

»Pepsi Max zum Lamm. Ich verstehe, was Fredrik durchgemacht hat«, sagte Viktor und holte eine Halbliterflasche Pepsi aus einem der Küchenschränke.

»Raumtemperatur. *Classy*«, sagte sie. »Was hat Alfred erklärt?«

»Er hat gesagt, dass Didrik Tobias schlechtgemacht hat und er das nicht aushalten konnte. Schließlich war er so sauer, dass er zu seinem Bruder gefahren ist, der während der Auseinandersetzung gestürzt ist und sich den Kopf am Klavier gestoßen hat. Im Grunde genommen hatte er Glück, dass es nur eine Gehirnerschütterung ist, es hätte sehr viel schlimmer ausgehen können.«

»Und was sagt Didrik selbst?«

»Er hat die Geschichte, soweit ich weiß, bestätigt.«

Agnes trank einen großen Schluck von der Pepsi, die genau so lauwarm war, wie sie befürchtet hatte. Das musste von Gro kommen, dass keine Cola im Kühlschrank sein durfte.

»Irgendetwas verheimlicht die ganze Familie, da bin ich mir sicher. Die Frage ist nur, ob es etwas mit den Mordfällen zu tun hat.«

»Und was sollte das sein?«, fragte Viktor, während er einen Blick auf das Fleisch im Ofen warf.

»Das weiß ich nicht, aber ich bin fest entschlossen, es herauszufinden.«

Es klingelte, und zwei Sekunden später rief Ingeborg aus der Diele: »Hallo.«

»Frohe Ostern, Leute!«, sagte sie, als sie in die Küche trat.

»Hast du dein Kind vergessen?«, fragte Agnes.

Ingeborg seufzte.

»Ich habe einen Babysitter. Die Reise meiner Mutter in den Süden ist beendet, ihr Typ hat sich den Fuß gebrochen, der Idiot. Habe ich übrigens erzählt, dass er der Nachbar von Lauritz Fadnes ist? Er sagt, es gehen Gerüchte um, dass der auch umgebracht wurde?«

Agnes sah ihren Gastgeber an, der mit dem Essen beschäftigt zu sein schien. Es war keineswegs überraschend, dass viele Gerüchte im Ort herumschwirrten, doch dass es ausgerechnet dieses war, verblüffte sie.

»Was meinst du dazu, Viktor?«, fragte sie.

Er lehnte sich gegen die Küchenanrichte und seufzte tief.

»Was ich dazu meine? Ich denke, dass die Tatsache, dass die Leute herumlaufen und Gerüchte verbreiten, all das repräsentiert, was in unserer Welt heute krank ist«, erklärte Viktor. »In jedem Fall in unserem Ort. Die Konsequenz ist jedenfalls, dass wir von der Polizei unsere Arbeit nicht in Ruhe tun können, was zu einer Menge Verwirrung und Chaos führt. Wenn es wirklich so sein sollte, dass Lauritz Fadnes ermordet wurde, dann entwischt uns im schlimmsten Fall der Täter, weil er durch die verdammte Gerüchteküche gewarnt wurde. Und außerdem meine ich, dass ich hungrig bin. Und das passt gut, denn das Essen ist fertig.«

Agnes entschloss sich zu warten, bevor sie etwas erwiderte. Wenn Viktors Blutzucker zu niedrig war, war er noch schlechter zu ertragen als sie.

Er servierte Fleisch, Kartoffeln und Rosenkohl, und sie aßen eine Weile schweigend. Als ihr Teller leer war und sie sich geschworen hatte, zumindest für den Rest des Jahres Vegetarierin zu werden, nahm sie den Faden wieder auf.

»Ich bin mir fast sicher, dass Fadnes ermordet wurde«, sagte Agnes. »Und ich bin mir fast ebenso sicher, dass ein Zusammenhang mit dem Mord an Marta besteht.«

Viktor legte das Besteck ab und seufzte.

»Diese Theorie wird, so, wie ich das verstanden habe, jetzt zumindest gründlich überprüft.«

»Ist Fadnes nach seinem Tod obduziert worden?«

Viktor sah plötzlich Ingeborg an, die ganz gefesselt davon zu sein schien, was sie da hörte. Doch sie begriff schnell. Und tat so, als würde sie ihren Mund verschließen und den Schlüssel wegwerfen.

»Nein, ist er nicht. Das ist eines der Probleme«, sagte Viktor. »Alle sind damals von einer natürlichen Todesursache ausgegangen. Und er hatte keine Angehörigen, die auf einer Obduktion bestanden haben. Der Typ hat die letzten Monate allein in seinem großen Haus gewohnt und hatte, wie gesagt, bereits zwei Herzinfarkte gehabt.«

Agnes lehnte sich auf ihrem Stuhl zurück.

»Aber kann man ihn nicht … wieder ausgraben? Oder was macht man, wenn später der Verdacht aufkommt, dass ein Gewaltverbrechen vorliegen könnte?«

»Die Polizei kann verfügen, dass der Leichnam für eine Obduktion exhumiert wird, ja, aber das passiert extrem selten.«

»Aber das müssen sie«, sagte Agnes. »Und zwar sofort.«

»Das habe ich auch gesagt, weiß jedoch nicht, wie viel Gewicht meine Meinung bei dieser Entscheidung hat. Ich kann vermelden, dass Kristina Bachmann die These, dass es eine Verbindung zwischen dem Elefanten und dem Elefantendope geben könnte, nicht gerade umgehauen hat.«

»Was ist mit dem Klassenfoto?«

Agnes bemerkte, dass Ingeborg sie anstarrte.

»Mit was für einem Foto?« Viktor runzelte die Stirn, bevor ihm ein Licht aufzugehen schien. »Meinst du das Foto, das in dem Buch in dem Hotelzimmer lag?«

Er blickte von Agnes zu Ingeborg, die aussah, als würde sie am liebsten in einem Loch im Boden versinken.

»Ihr beiden könnt so verdammt froh sein, dass wir Freunde sind«, sagte Viktor.

Während Viktor den Tisch abräumte, streckten sich Agnes und Ingeborg auf dem Sofa aus. Agnes war so satt, dass es fast unangenehm war.

»Was wisst ihr über Lucy Fagnastøl?«, fragte sie, als Viktor sich mit einer offenen Packung Brownies und einer Kanne Kaffee zu ihnen gesellte. »Abgesehen davon, dass sie die Vorsitzende von Vossa Jazz ist, meine ich.«

»Ich weiß, dass sie eine Generation lang Richterin am Gericht in Bergen war«, sagte Ingeborg. »Und dass sich unter der schwarzen Robe eine ziemlich wilde Frau verborgen haben soll.«

»Hä?« Mit dieser Antwort hatte Agnes wirklich nicht gerechnet. »Woher hast du das?«

»Von meiner Mama, natürlich. Sie haben wohl zur selben Zeit Jura studiert. Sie hat das mal erwähnt, als Fagnastøl in der Zeitung war. Ein bisschen bitter, weil Fagnastøl der Stern am Gericht in Bergen geworden war und Mama Sachbearbeiterin bei einer Behörde in Voss, aber das hat sie gesagt.«

»Und was hat sie mit *wild* gemeint?«

»Keine Ahnung. Bestimmt geht es um irgendwas von früher, so wie ich sie kenne. Soll ich sie anrufen und fragen?«

»Ja, mach das.«

Ingeborg versorgte sich mit einem Brownie, und Agnes sah sie, die Stirn gerunzelt, an.

»Ach so, du meinst jetzt sofort.« Sie sprang vom Sofa auf. *»On it, Batman.«*

»Du lässt es mich wissen, wenn du etwas herausfindest, das wichtig sein könnte, ja?«, sagte Viktor skeptisch, als Ingeborg draußen in der Diele war.

»Immer.« Sie lachte.

»Unwichtige Dinge kannst du mir auch gern erzählen.«

»Was für unwichtige Dinge?«, fragte Ingeborg, die plötzlich wieder da war.

Agnes schüttelte heftig den Kopf in Viktors Richtung, doch es war zu spät. Er hob ihre Füße auf seinen Schoß und tat so, als wollte er sie massieren.

»Agnes hatte heute Nacht Besuch«, sagte er und lächelte.

»*WHAT?*«

Ingeborg setzte sich. Plötzlich war Agnes zwischen den beiden eingeklemmt. Konnte nirgendwohin ausweichen.

»VON WEM?«, johlte Ingeborg ihr direkt ins Ohr.

»Genau das versuche ich, aus ihr herauszubekommen«, sagte Viktor.

»Okay, okay.« Agnes lächelte listig. »Ich hatte Besuch von … Alexander.«

Ingeborg sprang auf und jubelte. Viktor sah überraschenderweise enttäuscht aus.

»Mein Gott, du musst mir alles erzählen«, sagte Ingeborg. »Doch bevor wir uns über Agnes' neueste Eskapaden festquatschen: Mama hat gesagt, dass Lucy Fagnastøl während der Studienzeit ›gern etwas zu tief ins Glas geschaut‹ hat, wie sie sich ausdrückte. Das hatte wohl Konsequenzen und hätte fast dazu geführt, dass sie ihren Abschluss nicht bekommen hätte. Denn laut Mama hat Lucy auch ein bisschen mit Rauschgift experimentiert. Was ziemlich dumm ist, wenn man vorhat, Rechtsanwältin oder Richterin zu werden.«

»Mein Gott, ja. Aber sie kann nicht mit Rauschgift erwischt worden sein, dann hätte sie wohl kaum diesen Job bekommen!«, erwiderte Agnes.

»Dazu hat Mama nichts gesagt. Sie musste gehen, weil ihr Typ gekommen ist.«

Agnes' Handy piepte. Eine SMS von Eline.

Danke für das Gelage! Short but sweet, *heißt es nicht so? Hoffe, meinen Lieblingen geht es gut*, schrieb sie.

Agnes hatte bereits vergessen, dass sie wegen der Rosen bei ihrer Tante vorbeischauen sollte.

»Ich muss los«, sagte sie und schwang die Füße auf den Boden. »Ich habe meiner Tante versprochen, ihre Rosen zu gießen.«

Ingeborg musste auch nach Hause, also bedankten sie sich bei Viktor für das Essen und brachen auf.

Bevor sich jede in ihr Auto setzte, zwinkerte die Freundin Agnes zu.

»Mach es dir mit den *Rosen* gemütlich«, sagte sie. »Nette Art, sich aus dem Staub zu machen.«

Es war fast elf. Vielleicht war es nicht so seltsam, dass Ingeborg dachte, sie hätte einen *booty call* bekommen. Doch sie hatte den ganzen Tag nichts von Alexander gehört.

»Ich muss wirklich die Rosen gießen«, sagte Agnes.

»Dann viel Vergnügen beim Gießen«, meinte Ingeborg anzüglich. »Gute Nacht.«

Eline wohnte in demselben Gebäude, in dem sich auch das *Weinmonopol* und der *Coop Extra* befanden. Sie pflegte zu sagen, dass sie alles, was sie brauchte, unter einem Dach hatte. Agnes schloss die Haustür auf, nahm mit ein paar Schritten die Treppe nach oben und öffnete die Wohnungstür. Man hätte die Wohnung als spartanisch bezeichnen können, hätte sie nicht etwas von einem Treibhaus gehabt.

All die Blumen sorgten bestimmt für frische und gute Luft, doch Agnes hatte immer das Gefühl, von diesen vielen lebenden Wesen, die auf sechzig Quadratmetern zusammengezwängt waren, erstickt zu werden. Wäre Viktor zwanzig Jahre älter, wären er und ihre Tante das perfekte Paar. Er hätte sich mit seinem grünen Daumen draußen kümmern können, sie drinnen.

Agnes holte die Gießkanne und drehte eine schnelle Runde in Wohnzimmer und Küche, bevor sie das tun konnte, weswegen sie eigentlich gekommen war.

Um die Eule mit den Zigaretten im Schnabel zu holen.

Sie erinnerte sich gut, wie die Schlüssel zur Praxis aussahen, weil das Motiv auf dem Schlüsselring so unglaublich unpassend für eine Ärztin war, und auch, weil sie sich als Teenager ein gutes Taschengeld damit verdient hatte, jeden Samstag dort zu putzen. Sie wusste ebenfalls, dass der Schlüsselbund an derselben Stelle lag, wo er immer gelegen hatte: in einem kleinen Korb auf der Kommode in der Diele.

Agnes hielt eine Sekunde inne. Konnte man das strafrechtlich betrachtet als Einbruch klassifizieren, oder fiel es in eine weniger schwerwiegende Kategorie von Straftat? Würde die Tante sie bei der Polizei anzeigen, wenn sie herausfand, was sie getan hatte?

Das könnte passieren.

Aber sie würde es nie erfahren. Der Schlüsselbund würde wieder im Korb liegen, bevor Tante Eline von ihrer Hüttentour zurückkam.

Agnes griff nach der rauchenden Eule und ließ sie in ihre Jackentasche gleiten.

Der Zeiger der Uhr näherte sich Mitternacht, als sie die wenigen hundert Meter die auto- und menschenleere Vangsgata hinunterfuhr und vor der Praxis ihrer Tante hielt. Agnes wollte gerade aussteigen, als ihr klarwurde, dass das eine richtig schlechte Idee war. Nicht, sich in die Praxis Einlass zu verschaffen, sondern es so spät am Abend an einem Feiertag zu tun. Vielleicht sollte sie lieber bis morgen warten. Es wäre zu verdächtig, wenn jemand sie sähe.

Sie blieb mit ausgeschaltetem Motor im Auto sitzen. Erst jetzt, wo sie nicht auf dem Weg irgendwohin war, bemerkte sie, wie erschöpft sie war. Der Freitag war extrem lang gewesen. Es kam ihr so vor, als wäre es Tage her, seit sie in Alexanders Armen gelegen hatte, dabei war es erst heute Morgen gewesen. Und wenn sie sich die Zeit nahm nachzuspüren, konnte sie das Gefühl von ihm immer noch heraufbeschwören, seinen Duft. Sie schloss die Augen.

Als sie sie wieder öffnete, sah sie ein Stück weiter vorn eine Gestalt auf dem Bürgersteig. Im Licht der Straßenlaternen war sie gut zu erkennen.

Der massige Körper von Hauki Thorsson ließ keinen Irrtum zu.

Er verschaffte sich Einlass in das Gebäude, in dem sie gestern zu Besuch gewesen war. Das Gebäude, in dem Alfred Rogne wohnte. Agnes sah zu den großen Fenstern hoch, von denen sie wusste, dass sie zu Alfreds Wohnung gehörten. Sie waren dunkel. Sie wartete eine Weile.

Dann ging dort oben das Licht an.

Sie saß ganz ruhig da und blickte hinauf, als wartete sie darauf, dass Hauki sich plötzlich am Fenster zeigte. Das tat er natürlich nicht. Doch was, in aller Welt, trieb er da?

Sie überlegte, auszusteigen und zu klingeln.

Dann fiel ihr ein, dass Hauki einen Schlüssel hatte.

Was hatte das zu bedeuten?

Dass er öfter hierherkam? Weil ... er und Alfred ein Verhältnis hatten?

Vielleicht waren sie auch Freunde. Vielleicht trösteten sie einander, jetzt, wo sie das gleiche Schicksal erlitten hatten.

Sie entschied sich, im Auto sitzen zu bleiben.

Warf noch einmal einen Blick auf ihr Handy. Noch immer keine Nachricht von Alexander, also schrieb sie *Danke für den schönen Abend. Was machst du gerade?* und schickte die Nachricht ab, bevor sie es sich anders überlegen konnte. Sie kreuzte die Finger, dass er sie nicht für aufdringlich hielt. Dieses Gefühl meldete sich immer wieder mal, wenn es nicht um den Job ging. Der Job hatte oft verlangt – und verlangte noch immer –, dass sie rücksichtlos und aufdringlich war, und in der Regel lief das ganz gut. Es machte ihr nichts aus, Leute zu allen möglichen und unmöglichen Zeiten anzurufen, bei jemandem zu Hause aufzukreuzen, wenn der Job das erforderte. Im professionellen Kontext hatte sie auch keine Sorge, dass jemand sich über ihr Verhalten ärgern könnte. Doch im Privaten war da immer eine latente Angst, zu forsch zu sein, wie der Vosser sagte, zu lange zu bleiben, eine Fessel um den Fuß zu sein. O Gott, wenn Alexander sie nur nicht als Fußfessel betrachtete!

Ich warte auf dich, antwortete er.

Sie hielt es nicht einmal die obligatorischen fünf Minuten aus, die sie üblicherweise wartete, bevor sie antwortete.

Soll ich kommen?

Immer wieder, schrieb er.

Plötzlich kam es ihr sinnlos vor, hier zu sitzen und das Haus zu beobachten. Agnes beschloss, sofort nach Evanger zu fahren, um keine Zeit zu verlieren.

Sie ließ den Motor an, fuhr auf die Straße und warf einen letzten Blick zu den Fenstern hinauf.

Das Licht in Alfreds Wohnung war ausgegangen.

Schnell setzte Agnes wieder zurück, stieg aus dem Auto und ging zu der Haustür, wo sie sich, ohne das geplant zu haben, gegen die Wand lehnte. Sie kam sich wie eine Kriminelle vor, wie eine *Stalkerin* oder eine Mörderin, die auf ihr nächstes unschuldiges Opfer wartete. Aber es war wohl eher Hauki Thorsson, der ihrem Leben ein Ende bereiten könnte, sollte sich herausstellen, dass er gefährlich war. Plötzlich kam ihr die leere Vangsgata unheimlich vor. So sehr, dass ihr ein kleiner Schrei entfuhr, als die Tür aufging.

Ihr Schrei ließ auch Hauki aufschreien.

Beide standen sie da und fassten sich an die Brust.

»Agnes, mein Gott, du hast mich zu Tode erschreckt.«

»Entschuldige! Entschuldige! Das war nicht meine Absicht. Was machst du hier?«

Sie sagte nicht, dass sie ihn hatte ins Haus gehen sehen, erzählte nicht, dass sie wie eine Privatdetektivin in einem Schwarz-Weiß-Film eine halbe Stunde im Auto gesessen und zu dem Fenster hochgeschaut hatte.

»Ja, also, puh, das sieht jetzt wohl so aus, als wäre ich heimlich bei meiner Geliebten gewesen«, fuhr Hauki fort, und Agnes dachte, wohl eher bei *seinem* Geliebten, sah ihn jedoch lediglich an, ohne etwas zu sagen. »Aber so ist das nicht. Ich war oben in der Wohnung von Alfred Rogne. Das heißt, in Martas Wohnung.«

»Hä?«

»Ja.«

Er fuhr sich durch das zerzauste weiße Haar.

»Marta hat diese Wohnung vor vielen Jahren gekauft.«

»Warum?«

»Sie ... hatte wohl vor, mich zu verlassen. Das heißt, sie hat mich streng genommen sogar verlassen. Aber nach ein paar Wochen habe ich sie überredet, wieder nach Hause zu kommen. Sie hat die Wohnung dann verkauft, das habe ich zumindest geglaubt. Ich habe mich nicht um ihre Finanzen gekümmert, sie hat früher ja sehr viel Geld verdient. Doch jetzt, wo sie nicht mehr da ist, habe ich von ihrem Steuerberater eine Übersicht über ihre Besitztümer bekommen. Und da ... ja, da hat sich gezeigt, dass sie die Wohnung nicht verkauft hat, wie sie behauptet hatte.«

Er nickte zur Haustür hin.

»Hat Alfred Rogne die Wohnung die ganzen Jahre von ihr gemietet?«

»Ja, das hat er wohl. Oder ...«

Hauki sah aus, als würde er überlegen, ob er ihr alles erzählen oder ob er hier aufhören sollte.

»Es sieht so aus, als hätten er und Tobias hier gewohnt ... ohne etwas zu bezahlen.«

Agnes stutzte. Wenn sie eines über Marta Tverberg gelernt hatte, dann das, dass niemand etwas umsonst von ihr bekam.

»Und du bist heute Abend hierhergekommen, um mit Alfred zu reden?«

»Ja … ich habe versucht, ihn anzurufen, gedacht, dass wir darüber reden sollten, wie es jetzt weitergeht, wo … Marta nicht mehr ist. Sie hatte möglicherweise ihre Gründe, ihn hier umsonst wohnen zu lassen, aber ich bin notwendigerweise nicht genauso großzügig. Er ist, verdammt nochmal, ein erwachsener Mann. Und das ist keine billige Wohnung. Aber er war nicht da. Zuerst hatte ich vor, wieder zu gehen, doch dann habe ich es mir anders überlegt und mir mit einem Extraschlüssel, den ich zu Hause gefunden habe, Einlass verschafft.«

Jetzt wirkte der alte Mann beschämt.

»Und der Anblick, der mich da drinnen erwartet hat …«

Agnes wurde es plötzlich kalt.

»Was hast du gefunden?«

Hauki schwieg und presste die Hand auf den Mund.

»Eigentlich sollte ich sofort die Polizei anrufen, aber … komm mit rauf.«

Er schloss die Tür zu der Wohnung in der dritten Etage auf. Als Erstes empfing sie der geräumige, helle Gang, den Agnes vom letzten Mal, als sie hier gewesen war, kannte. Der lange Korridor, der sich zu dem großen, hellen Wohnzimmer mit der Stuckdecke hin öffnete, erinnerte sie wieder an Oslo West. Sie trat ins Wohnzimmer und sah den Flügel. Die Kunst. Den braunen Teakholztisch.

Doch diesmal lagen nicht nur Musikerbiographien und andere Kaffeetischbücher darauf.

Jetzt waren da zusätzlich viele kleine, durchsichtige Plastiktütchen verteilt. Die meisten enthielten Pillen, manche ein Pulver. Agnes hatte nur eine sehr begrenzte Erfahrung mit Drogen, doch sogar ihr war klar, was sie da sah.

Das konnte nicht für den Eigenbedarf sein.

Das musste für den Verkauf bestimmt sein.

»Oi«, sagte Agnes.

»Ich weiß«, sagte Hauki. »Das reinste Rauschgiftnest!«

Sie erwiderte nichts.

Vor ein paar Jahren hatte sie einen Artikel mit der Überschrift gelesen: *Das sind die neuen Drogendealer*. Leute mit ganz gewöhnlichen Berufen, unter anderem ein IT-Experte und ein Friseur, waren nach dem sogenannten Mafiaparagraphen verurteilt worden, weil sie Rauschgift im Darknet verkauft hatten. Die Zustellung durch ahnungslose Postboten wurde zunehmend zu einem gesellschaftlichen Problem, hatte jemand von der Polizei gesagt. Es waren demnach nicht die stereotypen Drogendealer, die dahintersteckten. Etliche Dealer verkauften über eine Online-Firma mit Namen *Qualitätsbewusst*, war in dem Artikel zu lesen gewesen.

Hatte der von den Kritikern gefeierte Jazzpianist Alfred Rogne seinen Lebensstil *damit* finanziert?

Er, der nicht einmal Miete dafür zahlte, in der teuersten Wohnung von Voss zu wohnen?

»Nein, es ist wohl besser, wenn wir hier drinnen keine Fingerabdrücke hinterlassen«, sagte Hauki. »Das könnte schnell zu einem Beweis werden.«

Agnes sah ihn an.

Fragte er sich das Gleiche wie sie?

Ob in einem dieser Beutel das Pulver war, mit dem man seine Frau ermordet hatte?

Agnes hielt vor dem kleinen Haus in der Knute Nelsongata, benannt nach dem Mann, der nach Amerika ausgewandert und dort Senator geworden war. Selbst im Dunkel der Nacht sah sie, wie gemütlich diese kleine, ulkige Straße war, deren bunte Häuser von Straßenlaternen beleuchtet wurden.

Ihr Puls raste, und sie fühlte sich unruhig und zittrig. Vielleicht eine Reaktion auf das, was heute passiert war.

Die halsbrecherische Skitour.

Didrik im Krankenhaus.

Das Rauschgift bei Alfred.

Seine offensichtlich dunkle, zusätzliche Einkommensquelle schockierte sie zutiefst. Hatte Marta gewusst, was in ihrer Wohnung vor sich ging? Das konnte nicht sein. Man sollte doch meinen, dass eine Frau, die Didrik wegen der Misshandlung seiner Frau ins Gefängnis gebracht hatte, auch auf Drogenmissbrauch oder den Verkauf von Drogen rigoros reagiert hätte.

Ein neuer Gedanke kam Agnes.

Konnte genau das der Grund dafür sein, dass sie ermordet worden war?

Alfred saß ja bereits in Untersuchungshaft, die Polizei hatte ihn zumindest unter Kontrolle, wenn Hauki sie über das Rauschgift informierte.

Durch die Windschutzscheibe sah Agnes die Tür des Hauses aufgehen. Alexander, in Jeans und weißem Unterhemd, erschien auf der Treppe. Sein Anblick beruhigte sie sofort.

»Alles okay?«, fragte er, als sie aus dem Auto stieg.

Er konnte es ihr ansehen, dass dem nicht so war. Sie nickte.

»Es war nur ein furchtbar langer Freitag«, erklärte sie. »Und es ist viel zu lange her, seit ich das getan habe.«

Sie ließ den Kopf an seinen Hals sinken und atmete tief ein.

Er sagte nichts.

Griff nur nach ihren Händen und zog sie hinter sich her.

KARSAMSTAG

Die Morgensonne zwängte sich durch einen Spalt in den Gardinen, und Agnes war gerade zum zweiten Mal in – sie schnappte nach Luft und streckte sich verschlafen nach ihrem Handy – knapp fünf Stunden gekommen. Zu viele Orgasmen und zu wenig Schlaf waren ein Problem, von dem sie nicht erwartet hätte, es jemals zu bekommen.

Sex wie dieser war fast besser als Essen!

Erst jetzt, nachdem sie von Alexander heruntergerollt war und auf dem Rücken lag, nahm sie richtig wahr, wie es bei ihm aussah.

Das Schlafzimmer war dunkelgrau gestrichen, und in der Ecke standen zwei große grüne Pflanzen. Vor dem Fenster hingen lange weiße Gardinen, die fast ganz bis auf den Boden reichten; die waren auch nötig, weil man sonst von der Straße aus direkt hätte hereinsehen können. Das ganze Zimmer wirkte frisch und elegant, und Agnes fragte sich, ob seine Ex-Frau es eingerichtet hatte. Jetzt gab es hier jedenfalls nur noch wenige Spuren von ihr. In dem offenen Schrank, der die ganze Seite gegenüber dem Bett einnahm, hing keine Frauenkleidung, Agnes sah nur Sachen in den Blau- und Grautönen, die Alexander trug. Diverse grafische Drucke, alle geschmackvoll gerahmt, schmückten die Wände.

»Agnes, Agnes«, sagte Alexander, als er sich eine Zigarette anzündete, während er noch im Bett lag. Ja, sie liebte dieses Klischee, das war genau wie im Film. »Wer hätte gedacht, dass wir beide einmal hier liegen und uns vergnügen?«

Sie kroch zu ihm hin und erschlich sich einen Zug, kam sich vor wie Bonnie und Clyde, die verwerflicherweise drinnen rauchten.

»Das Universum vielleicht?«

Sie bereute es sofort, sie hörte sich an wie jemand, der an so einen Unsinn glaubte.

»Definitiv das Universum«, sagte er und lachte. »Erinnerst du dich, wie du mich gefragt hast, ob ich während der vergangenen Jahre an dich gedacht habe?«

Sie nickte.

»Als es in meiner Ehe schlecht lief, und das war lange der Fall, habe ich oft gedacht, wie es wohl mit dir gewesen wäre. Du hast deine Spuren bei mir hinterlassen, Agnes Tveit.«

Sie küssten sich mit ihrem Zigarettenatem, und er kroch unter die Decke zu ihr. Sie spürte, dass er schon wieder hart war. Sie selbst war wund, aber das machte nichts, sie wollte immer noch mehr. Agnes stimmte der Gedanke an den guten Sex, der ihr entgangen war, weil sie in der Oberstufe nicht mit ihm geschlafen hatte, fast traurig. Allein die Vorstellung, dass dieser Typ ihr Erster gewesen wäre, es sei denn, er war erst als Erwachsener so ein guter Liebhaber geworden! Stattdessen hatte sie ihr Debüt mit einem Knaben gehabt, der über ein großes Selbstvertrauen und wenig Leistungsfähigkeit verfügt und mit dem sie nie mehr ein Wort geredet hatte.

Zehn Minuten später näherte sich Agnes gerade ihrem dritten Orgasmus, als Tor Erik Åkervolds Ken-Grinsen vor ihren Augen aufblitzte.

Nein, nein, nein. Warum, zum Teufel, tauchte er jetzt auf?

Schaffte sie es wirklich, das jetzt zu vermasseln?

Sie brauchte Wasser. Und Kaffee. Und Abstand, um klar zu denken. Agnes ging in die Küche, holte Filter und Kaffeepulver heraus und setzte Kaffee auf, bevor sie sich in dem hellen Raum ohne Gardinen vor dem Fenster umsah. Auf der Fensterbank stand ein roter Bilderrahmen mit einem Selfie von fünf lächelnden Menschen. Zwei großen und drei kleinen. Alexander, Olivia und die Kinder. Sie sahen glücklich aus.

Es musste schrecklich für Alexander sein, dass seine Kinder in einem anderen Land lebten.

In dem Moment legten sich seine starken Arme um sie.

Sie drehte sich um und drückte sich an seinen warmen, biegsamen Körper, den Körper, den sie in den letzten Stunden in einem Intensivkurs kennengelernt hatte.

»Du musst sie sehr vermissen?«, sagte sie und spürte, wie er in ihr Haar nickte.

»Ich habe Angst, dass sie mich vergessen. Sie sind jetzt wieder in ihrer gewohnten Umgebung, die Großeltern sind im Nachbarhaus leicht zu erreichen, ebenso wie die Schule, auf der sie vor zwei Jahren nicht gern aufgehört haben. Jetzt bin ich derjenige, der dort nicht hingehört, der nicht dazu passt. Und dem gegenüber man sich höflich benehmen muss, wie ihnen bald gesagt werden wird.«

Alexander seufzte.

»Um ganz ehrlich zu sein, war es meine größte Angst, dass es so werden würde.«

»Hast darüber nachgedacht, selbst wieder nach Brüssel zu ziehen?«

Agnes hoffte im Stillen, dass er nein sagen würde.

»Ja, klar.« Er löste sich von ihr, holte zwei Tassen und goss ihnen Kaffee ein. »Wer hätte das nicht. Aber Olivia sagt, dass sie gut ohne mich zurechtkommt, und von den Kindern abgesehen, zieht mich nichts dorthin. Ich habe in Brüssel nie richtig meinen Platz gefunden. Der Markt für freiberufliche Musiker war hart dort, und es sind ein paar Dinge passiert …«

Er schien die traurigen Erinnerungen abzuschütteln.

»Ich habe mich immer nach Hause gesehnt. Und ich war so glücklich an dem Tag, als Olivia sich einverstanden erklärt hat, nach Norwegen zu ziehen. Hier war es zuerst auch kein Zuckerschlecken, und ich habe ein wenig bereut, dass wir uns nicht in Oslo niedergelassen haben, denn dort wäre ich der Musikszene näher gewesen und es hätte mehr Jobmöglichkeiten für Olivia gegeben. Aber dann hat sie diese Sauerteigbäckerei auf die Beine gestellt, und als ich das Angebot von Vossa Jazz bekommen habe, ist mir klargeworden, dass das genau das war, wovon ich geträumt hatte. Außerdem ging es den Kindern in der Schule und im Kindergarten gut. Plötzlich schien alles für uns an seinen Platz zu fallen.«

Agnes sah ihn an.

»Bis alles wieder in sich zusammengestürzt ist«, fügte er hinzu.

»Willst du mir erzählen, was passiert ist? Mit dir und Olivia, meine ich?«

Er sah sie forschend an, als würde er sich fragen, ob es angemessen war, ihr davon zu erzählen.

»Es ist vielleicht nicht immer so einfach, mit mir zusammenzuleben«, sagte er schließlich. »Ich gehe ziemlich in den Sachen auf, an denen mir etwas liegt, wie in der Musik. So war es auch mit dem neuen Job. Vielleicht bin ich zu ehrgeizig, das liegt dann wohl an meinem Hintergrund. Ich habe viel Kritik dafür geerntet, dass ich mich für das Saxophon entschieden habe. Einige in meiner Familie meinen, ich hätte Medizin studieren oder Rechtsanwalt werden sollen oder etwas anderes Ordentliches. Für mich war es wichtig, meinem Traum zu folgen, lieber Risiken einzugehen, als mittelmäßig zu sein. Außerdem habe ich mir selbst versprochen, niemals, niemals ein Schmarotzer in dem Land zu werden, das mich aufgenommen hat.«

Wie unterschiedlich sie aufgewachsen waren. Wie imponierend er war.

»Als man mir die Leitung von einem so wichtigen Festival wie Vossa Jazz angeboten hat … hat sich das in vielerlei Hinsicht so angefühlt, als hätte ich endlich meinen Anerkennungsstempel als Norweger bekommen. Ergibt das Sinn?«

Alexander schien kurz abzudriften, doch dann schüttelte er den Kopf.

»Tatsache ist, dass ich mit Sicherheit sehr egoistisch war. Und außerdem war Olivia extrem eifersüchtig. Nachdem wir nach Voss gezogen waren, verdächtigte sie mich, eine andere zu haben. Es ist hoffnungslos, gegen so ein Misstrauen zu argumentieren.«

Agnes fragte sich, was er zu ihrer Vergangenheit sagen würde. Vielleicht sollte sie ihm auch ein wenig von sich erzählen.

»Sie hat es nicht geschafft, mir zu vertrauen, und wenn jemand erst solche Gedanken hegt, wird er sie nur schwer wieder los. Alles, was ich getan habe – ob ich spätabends noch unterwegs war oder morgens früh gegangen bin –, hat sie als Zeichen gesehen, dass ich ein Verhältnis hatte.« Er zog die Schultern hoch. »Als sie sich schließlich entschlossen hat, mich zu verlassen, erfolgte das aufgrund eines weiteren Missverständnisses. Ich habe den Verdacht, dass sie eigentlich nur nach einem Ausweg gesucht hat, einem Anlass, wieder nach Hause zu gehen. Sie hat sich in Norwegen nie richtig wohlgefühlt. Und wir haben wohl auch nicht zusammengepasst. Aber die Kinder ...«

Er atmete schwer und resigniert aus.

»Ja, was soll ich sagen. Es ist die Hölle.«

Als Agnes sich ins Auto setzte, war sie ruhig und unruhig zugleich. Alexander schien definitiv mit seiner Ex-Frau fertig zu sein. Das bedeutete, dass für Alex + Agnes eine Zukunft möglich war. Für sie könnte das die Lösung für alles sein. Für den Druck, Kinder zu bekommen, zum Beispiel. Für drei kleine Kinder in Brüssel die Stiefmutter auf Abstand zu sein war perfekt. Sie könnten hin und wieder hinfahren und sich ansonsten selbst genug sein.

Aber würde Alexander wirklich glücklich sein, wenn er seine Kinder nur hin und wieder am Wochenende sah?

Würde er mit ihr allein richtig glücklich sein können?

Sie ließ Evanger erst einmal hinter sich und fuhr auf die E 16 in östlicher Richtung. Sie musste sich wieder auf die Arbeit konzentrieren. Sie rief Hauki an und stellte das Handy auf Lautsprecher.

»Was hat die Polizei gesagt?«, fragte sie, ohne ihn zu begrüßen.

»Ich habe noch nicht angerufen«, sagte er.

Mein Gott, war der Typ langsam. Allerdings waren Isländer generell skeptisch gegenüber Autoritäten. Schließlich hatten sie nach der Finanzkrise drei Regierungen den Laufpass gegeben.

»Das musst du sofort machen!«

»Natürlich«, sagte er. »Aber es ist ja noch früh am Morgen, ich wollte es nach dem Morgenkaffee tun.«

Agnes seufzte. Hauki begriff offenbar nicht, dass es eilig sein könnte. Falls die Polizei außer den Drogen in der Wohnung noch ein Pulver fand, das als Karfentanyl identifiziert werden konnte, hatte Alfred Rogne ein großes Erklärungsproblem. Kam er jedoch nach Hause, bevor die Polizei dort gewesen war, konnte er sich schnell aller Beweise entledigen. Sie bereute, dass sie nicht zumindest ein Foto gemacht hatten.

»Okay. Wenn du mit ihnen redest, könntest du dann vielleicht unerwähnt lassen, dass ich gestern Abend zusammen mit dir in der Wohnung war?«

Es war einfacher, wenn Viktor und Kristina Bachmann nicht wussten, dass sie herumgeschnüffelt hatte.

»Warst du da?«, fragte Hauki.

»Danke.«

Agnes legte auf und wählte Viktors Nummer. Sie wollte wissen, ob Alfred Rogne inzwischen aus der Untersuchungshaft entlassen worden war, aber er ging nicht dran.

Zurück in Voss, parkte Agnes hinter der Vekselbank und überquerte die Vangsgata.

Sie steckte die Hände in die Taschen.

Und spürte die rauchende Eule.

Agnes stellte ihr Telefon auf lautlos. Sie wollte nicht riskieren, dass ein Nachbar, der sich in dem Gebäude aufhielt, hörte, dass am Karsamstag jemand in der Praxis ihrer Tante war. Dann schloss sie die Tür auf, bei der *Dr. Eline Tveit* auf der Klingel stand, wie sie das als Teenager jeden Samstag getan hatte. Nahm die Treppe mit fünf großen Schritten, genau wie damals, und schloss die nächste Tür auf. Wie ein Einbrecher aus einem Zeichentrickfilm schlich Agnes sich auf Zehenspitzen zum Empfangstresen ihrer Tante unter dem großen Schwarz-Weiß-Foto von New York. Der stationäre PC war nicht ausgeschaltet, sondern im Ruhemodus, doch als sie die Maus berührte, wurde ein Kästchen zum Einloggen mit Passwort sichtbar.

Sie hatte gehofft, dass die Tante in dieser Beziehung so naiv war, dass sie so etwas nicht benutzte. Aber das war wohl nicht erlaubt, wenn es um vertrauliche Patientendaten ging.

Okay, Tante, dachte Agnes, als sie sich auf dem etwas harten und unbequemen Bürostuhl niederließ, welches leicht zu hackende Passwort hast du dir ausgesucht, um deine Patienten zu schützen?

Sie versuchte es mit *Tveit*.

Falsches Passwort.

Sie rechnete zurück, in welchem Jahr die Tante geboren war, und versuchte es mit *Tveit65*.

Das Kästchen zum Einloggen verschwand, und Agnes war plötzlich im Allerheiligsten. Sie kam sich wie eine Meisterdetektivin vor. Vielleicht auch eine Meistereinbrecherin.

Es war verlockend, nach allen Leuten, die sie kannte, im Patientenregister zu suchen, doch dazu fehlte ihr die Zeit. Sie gab Marta Tverberg in das Suchfeld ein und war auf die Informationen – außer den schmerzenden Hüften und hohem Blutdruck – gespannt.

Als sie auf *Enter* drücken wollte, kochte plötzlich die Angst in ihr hoch.

Konnte ihre Tante sehen, wonach sie gesucht hatte? Registrierte das Patientenregister, wer in dem Journal gewesen war?

Plötzlich nahm sie eine Bewegung an der Tür wahr.

Sie blickte auf. Und sah nichts. Aber war da nicht ein Geräusch im Nebenzimmer?

Wenn jemand dort war, würde er sie auf frischer Tat ertappen.

Agnes verharrte bewegungslos, doch alles, was sie hörte, war das leise Summen des PCs. Sie ging zur Tür, schaute in die kleine Küche, in der die Tante sich Mittagessen und Kaffee machte. Sie war leer.

Sie ging wieder hinaus und schloss die Eingangstür zur Sicherheit von innen ab.

Als sie sich auf den Bürostuhl ihrer Tante setzte, sah sie sich vorsichtig noch einmal um.

Dann loggte sie sich endlich in Martas Journal ein.

Es enthielt viel Text, doch drei Buchstaben hüpften über den Bildschirm und trafen sie direkt in den Magen.

Ein A, ein L und ein S.

Agnes starrte den Bildschirm an, die Buchstaben.

Ihr Blick schien an den Buchstaben festzukleben.

ALS?

Das konnte nicht sein.

Hatte die vitale, gut aussehende und forsche Marta Tverberg die schlimmste Albtraumdiagnose bekommen?

Vor einigen Jahren hatte Agnes eine Dokumentation über einen Mann gesehen, der auf der ganzen Welt Marathon gelaufen war, doch nachdem die Krankheit bei ihm nachgewiesen worden war, hatte er seine Muskeln und später all seine Körperfunktionen eingebüßt. Es war furchtbar anzusehen gewesen. Agnes erinnerte sich nicht an die Details, deshalb ging sie ins Internet und googelte ALS.

Amyotrophe Lateralsklerose.

Eine seltene und progressive Krankheit, die zu Muskelschwund führte, weil die Nervenzellen, die die Signale vom Gehirn an die Muskeln sendeten, zerstört wurden.

Die Illustration auf der Internetseite für ALS bei *Helse Norge* war ein leerer Rollstuhl.

Frühe Symptome der Krankheit waren die Schwächung eines Arms, eines Beins oder eine undeutliche Aussprache, stand da. Und: Das allererste Anzeichen, dass etwas nicht stimmte, konnte eine Tendenz zu stolpern sein, weil die Beine einen im Stich ließen.

Agnes musste an den Tag im Winter denken, als Marta ihr auf Krücken in Een die Tür geöffnet hatte.

»Was ist dir denn passiert?«

»Meinst du im Allgemeinen oder die Krücken?«

»Die Krücken! Wieso brauchst du die?«

»Ich bin ein altes Weib geworden.«

»Über Nacht?«

»So ungefähr. Wenn man ein altes Weib wird, passieren unerklärliche, rätselhafte Dinge.«

»Zum Beispiel?«

»Zum Beispiel, dass man sich den Fuß verstaucht, wenn man nach einem Glas Rotem über den Wohnzimmerboden tanzt.«

»Ist es das, was passiert ist?«

»Was auf jeden Fall passieren wird, ist, dass ich künftig mit den Krücken statt mit Hauki tanzen muss. Aber sie haben wohl den gleichen Nutzen, sollte man glauben.«

Das nächste Mal, als sie sich getroffen hatten, waren die Krücken verschwunden. Deshalb hatte Agnes auch nicht daran gedacht nachzufragen.

Frühe Symptome der Krankheit waren die Schwächung eines Arms, eines Beins oder eine undeutliche Aussprache, stand bei Helse Norge.

Agnes überflog schnell den Text im Journal und notierte sich, dass Blutproben genommen, ein MRT und etwas, das Spinalpunktion hieß, gemacht und die Lungen geröntgt worden waren. Die Diagnose war am 22. April erstellt worden. Knapp vier Monate, bevor Agnes die Anfrage bekommen hatte, Martas Biographie zu schreiben.

Vielleicht hatte Marta deshalb jetzt dieses Buch machen wollen.

ALS-Patienten lebten im Schnitt ab dem Zeitpunkt der Diagnose noch drei bis fünf Jahre, informierte Helse Norge.

Verdammt.

Auf eine seltsame Weise war es nach allem, was passiert war, eine Art Trost, zu wissen, dass Marta in wenigen Jahren ohnehin gestorben wäre. Dass es ihr erspart blieb, all die ständig hässlicher werdenden Stadien dieser Krankheit zu durchleben.

Das sollte Agnes jedoch nicht daran hindern herausfinden, wer Marta umgebracht hatte. Ganz im Gegenteil.

Der Täter hatte wohl nicht gewusst, dass Marta ALS hatte. Was das anging, hätte er sich eine Menge Arbeit ersparen können.

Sie druckte das Journal aus, löschte den Suchverlauf im Internet und loggte sich aus.

Im selben Moment hörte sie ein Geräusch.

Agnes warf einen Blick auf ihr Handy, doch das stand auf lautlos.

Kam das Geräusch aus der Küche?

Sie spürte ein Ziehen in der Brust, als sie sich noch einmal vorsichtig zur Küche schlich und behutsam die Tür öffnete.

Auf dem Boden lag ein Becher. Er war nicht zerbrochen.

Das Fenster war angelehnt. War es vorhin schon offen gewesen?

Das musste der Wind gewesen sein. In dem Fall ein einzelner Windstoß, denn jetzt hing die Gardine ganz ruhig.

Sie sah sich in dem kleinen Raum um. Hier war jedenfalls nichts.

Agnes stellte den Becher auf die Küchenbank. Es war, verdammt nochmal, Zeit, von hier zu verschwinden.

Sie sprang die Treppe hinunter, öffnete die Tür zur Vangsgata und schnappte nach Luft. Der Kontrast zu der dunklen Praxis war enorm, die Sonne blendete sie, und sie hielt sich die Hand über die Augen. Es war genauso herrliches Osterwetter wie gestern, und auch heute waren viele Leute unterwegs. Agnes hatte plötzlich das Gefühl, als müssten all die Familien in der farbenfrohen Skikleidung und mit den von Sonnencreme glänzenden Gesichtern ihr ansehen, dass sie etwas Kriminelles getan hatte.

Sie holte ihr Handy heraus, um ihrer Tante zu schreiben, dass es ihren Rosen gut ging, dabei sah sie, dass sie einen unbeantworteten Anruf erhalten hatte.

Die Nummer kam ihr bekannt vor, war aber keine, die sie gespeichert hatte.

Sie schaute im Online-Telefonbuch nach. Kurt D. Guneriussen.

Er musste sie gerade erst zurückgerufen haben, denn jetzt kam eine Nachricht von derselben Nummer herein.

Hei, Entschuldigung für die späte Antwort. Ich unterhalte mich gern mit Ihnen. Rufen Sie mich einfach wieder an, oder kommen Sie auf einen Kaffee vorbei, wenn Sie in Myrkdalen sind. Kurt G.

Kurt Guneriussen war nicht in Berlin. Der Pianist, von dem die Leute behaupteten, dass er menschenscheu sei, verbrachte die Osterferien genau wie so viele andere Bergenser eine gute halbe Stunde von Voss entfernt.

Der Schnee bedeckte die Erde wie ein dicker, glitzernder Teppich, als sie sich Myrkdalen näherte. Ein Traktor parkte neben einer rot angestrichenen Scheune, ein paar Pferde trotteten verschlafen über die Weide. Es sah fast so aus, als hätte das Leben auf den Höfen eine Pause eingelegt und sich der gesamte Fokus zu der Skianlage hin verlagert, die sich nur wenige hundert Meter weiter oben befand.

An Tagen wie diesem konnte Agnes sogar diejenigen verstehen, die es auf sich nahmen, stundenlang auf kalten Sesselliften zu sitzen, gar nicht zu reden von dem ewig langen Warten in der Schlange, bis man endlich an der Reihe war, nur für die kurze Abfahrt, und um das Gleiche dann zu wiederholen.

Es kam ihr wie gestern vor, dass sie von den Plänen gehört hatte, das Landwirtschaftsgebiet hier oben in ein Skiparadies für die Bergenser zu verwandeln. Inzwischen war es das größte Skicenter im Vestland, soweit sie das verstanden hatte. Sie war nie dort gewesen, aber es stand auf ihrer Liste, obwohl die Abfahrten sie nicht sonderlich reizten, die Après-Ski-Aktivitäten und Aufwärmhütten mit ihrem ureigenen Geruch nach Kräutern begeisterten sie umso mehr.

Da war sie eindeutig nicht die Einzige. Der Parkplatz war voll, die Wohnkomplexe größer und zahlreicher als das letzte Mal, als sie hier war. Man sollte doch meinen, dass ein Einzelgänger wie Kurt Guneriussen sich lieber eine einsam gelegene Hütte tiefer im Tal kaufen würde und keine Ski-In/Ski-Out-Wohnung mitten im Zentrum dieses betriebsamen Ferienorts. Agnes fand das richtige Gebäude und stieg die beiden Treppen zu Wohnung 3B hoch. Vor der Tür standen Skier, Stöcke und ein Snowboard. Sie klingelte, und zwei Sekunden später wurde die Tür von einem kleinen Jungen geöffnet, der nicht älter als fünf oder sechs Jahre sein konnte. Er hatte blaue und grüne Wollunterwäsche an und rote Wangen und sah aus, als wäre er gerade von der Piste hereingekommen. Hinter ihm roch es atemberaubend gut nach etwas frisch Gebackenem. Agnes' Magen ließ grüßen.

»Ich hoffe, Sie mögen Pfannkuchen?«, sagte der Mann, der mit ausgestreckter Hand in die Diele trat. »Kurt. Nach dem ersten Training am Berg brauchen wir etwas Warmes zum Mittagessen.«

»Agnes«, sagte sie und lächelte. »Ich liebe Pfannkuchen.«

Sie folgte dem Kleinen und dem Großen in die Küche. Dort saßen seine Frau und zwei etwas größere Kinder, ein Junge und ein Mädchen. Auf dem Tisch stand ein riesiger Berg Pfannkuchen.

»Ich habe von den Schwiegereltern eine Pfanne dafür zu Weihnachten bekommen. Der Kauf hat sich gelohnt«, meinte Guneriussen gut gelaunt. »Bedienen Sie sich!«

Im Fensterrahmen hingen fünf Ostereier zwischen den gelben Gardinen. Auf dem Buffet standen ein paar Osterhasen aus Toilettenpapierrollen mit farbenfrohen Federn. Temperatur und Stimmung im Raum waren warm und gut, und Agnes war überrascht, dass Guneriussen sich wohlzufühlen schien. Sie hatte ihn sich nicht als Familientyp vorgestellt. Sie entspannte sich in der Gesellschaft dieser Menschen, und das machte es nur noch schwieriger, ihr Anliegen vorzubringen. Nachdem sie zwei Pfannkuchen mit Sauerrahm und Marmelade genossen hatte, standen die drei Kinder zum Glück vom Tisch auf, und die Frau verschwand ans Telefon.

»Sie wollten mir ein paar Fragen zu Ihrem Buch stellen?«, fragte Guneriussen und goss ihnen beiden frischen Kaffee ein.

Er war kein besonders schöner Mann, er hatte dünnes Haar und war etwas bleich, aber er hatte schöne grüne Augen und einen festen Blick. Agnes wischte sich den Mund mit einer Osterhasenserviette ab.

»Ich arbeite, wie gesagt, an einer Biographie von Marta, und diese Arbeit ist nach allem … was passiert ist, etwas spezieller geworden. Ich würde gern mit noch ein paar Leuten sprechen, die sich in der Jazzszene von Voss auskennen.«

»Besuch ist uns immer willkommen«, sagte Guneriussen, und Agnes begann sich zu fragen, ob Alexander eine Fehlinformation bekommen hatte, was die soziale Phobie des Komponisten anging.

Andernfalls versteckte dieser Mann seine Angst imponierend gut.

»Ich möchte mit möglichst vielen reden, die Marta gekannt haben, und ich möchte die Jazzszene korrekt darstellen. Und Sie scheinen sowohl über Marta als auch über Vossa Jazz recht gut Bescheid zu wissen?«

Kurt Guneriussen wirkte plötzlich ernster.

»Ja, schon, nur war ich im letzten Jahr die meiste Zeit in Berlin, aber ich kannte Marta auch von dort. Sie war oft in Berlin und hat Konzerte gegeben. Ich gehöre absolut zu denen, die es für längst überfällig gehalten haben, dass man sie hier zu Hause mit der Auftragskomposition betraut, aber« – er räusperte sich – »ich muss zugeben, dass sich das jetzt etwas seltsam anfühlt.«

»Weil ... Sie das Gefühl haben, dass Sie das Mordopfer hätten sein können?«

Agnes sprach leise, damit keines der Kinder etwas mitbekam.

»Ja, das auch. Aber das, was geschehen ist, hat mich vor allem auf den Gedanken gebracht, dass es Absicht gewesen sein könnte, dass genau sie auf der Bühne stand, weil jemand sie auf genau diese Weise umbringen wollte.«

»Jetzt komme ich nicht ganz mit. Sie sind doch von sich aus von der Auftragskomposition zurückgetreten?«

»Ja ...«

Er senkte den Blick. Es war offensichtlich, dass er etwas verschwieg.

»War das nicht freiwillig?«

Guneriussen räusperte sich. Zögerte. Sah sie an, als versuchte er abzuschätzen, ob er sich auf sie verlassen konnte.

»Doch. Ich bin freiwillig zurückgetreten«, sagte er schließlich. »Aber ich habe zweihunderttausend Kronen dafür bekommen.«

Agnes wurde es plötzlich kalt unter dem warmen Pullover.

Die Gedanken sprangen durch ihren Kopf wie Pingpongbälle.

Erst jetzt sah sie die Angst in Guneriussens Blick.

»Ich hätte nichts sagen sollen, das war nicht das, wonach Sie mich gefragt haben. Entschuldigung. Aber seit Samstag fühlt es sich wie eine schwelende Eiterbeule an, und ich habe mich nicht getraut, die Polizei anzurufen. Und als Sie dann gekommen sind …«, sagte er und sah sich um, ob niemand von der Familie mithörte. »Ich *musste* es einfach jemandem erzählen.«

»Haben Sie das Geld von … Alexander Kosanovic bekommen?«, fragte Agnes nervös.

»Nein, nein!« Guneriussen schüttelte heftig den Kopf. »Nicht von Alex. Er hatte nichts damit zu tun. Ich glaube nicht einmal, dass er davon gewusst hat. Ich habe das Geld von der Vorsitzenden von Vossa Jazz bekommen.«

»Hä, von Lucy Fagnastøl?«

»Ja.«

»Aber warum?«

»Sie hat mir keinen Grund genannt. Fagnastøl hat nur gesagt, dass ich das Geld bekomme, wenn ich verspreche, es für mich zu behalten. Gleichzeitig hat sie mir eine Zusage für die Auftragskomposition für das Festival im nächsten Jahr gegeben.«

»Für Sie war es also eine Win-win-Situation?«

»Das war es wohl. Ich habe mehr Zeit, um an meinem Stück zu arbeiten – und die brauchte ich, weil ich sowohl ein bisschen neurotisch als auch sehr perfektionistisch bin –, und ich habe eine Menge Geld erhalten.«

»Aber ist Ihnen das nicht ziemlich … seltsam vorgekommen?«

»Doch, absolut. Aber ich habe mich damit beruhigt, dass das in der Jazzszene mit ihren vielen Beziehungen nun einmal so läuft und dass die Leute die Dinge auf ihre Weise regeln – jedenfalls die Leute mit Geld.«

Guneriussen sah Agnes mit seinen grünen Augen an.

»Aber jetzt konnte ich das Geheimnis nicht länger für mich behalten.«

Agnes rief Lucy Fagnastøl an, sobald sie wieder im Auto saß.

Sie ging nicht dran.

Sie versuchte es erneut, bevor sie ihr schließlich eine SMS schrieb, dass sie noch einmal mit ihr sprechen müsse, und zwar am liebsten sofort.

Kurt Guneriussen hatte versprochen, mit der Information zur Polizei zu gehen, nachdem Agnes ihm versichert hatte, dass er nicht in Schwierigkeiten geraten würde.

Falls Viktor, Kristina Bachmann und die anderen das nicht bereits getan hatten, war es jetzt *höchste* Zeit, dass auch sie sich ausführlich mit Lucy Fagnastøl und Svein Rogne unterhielten.

Die ganze Familie schien in den Fall verwickelt zu sein.

Svein Rogne hatte zu wem auch immer, mit dem er bei Hydro Texaco telefoniert hatte, gesagt: *Dass sie nichts wussten.* In der E-Mail von Lucy an Didrik hatte gestanden: *Dass sie der Polizei noch nichts sagen sollten.* Didrik Rogne hatte gesagt: *Dass er derjenige war, der immer alles regeln musste.*

Dann waren da die Aufnahmen, die jemand in ihren Briefkasten geworfen hatte.

Agnes hatte immer gedacht, dass die Frau auf der Aufnahme Marta war. Aber konnte das nicht auch Lucy Fagnastøl sein? Wenn sie jetzt an die beiden gleichaltrigen Frauen dachte, hatten sie tatsächlich eine sehr ähnliche Stimme und den gleichen, kaum wahrnehmbaren Voss-Akzent.

Falls die beiden auf dem Band das Ehepaar Lucy und Svein waren, wer hatte das dann aufgenommen?

Agnes öffnete das Fenster und atmete die kalte, frische Luft ein. Sie sah sehnsüchtig zu dem Skihang hoch, der unschuldsvoll unter dem knallblauen Himmel lag, und dachte daran, was Hauki gesagt hatte, nämlich dass sie Lucy Fagnastøl fragen sollte, wo sie ohne Marta heute wäre.

Sie warf einen Blick auf ihr Handy. Fagnastøl hatte immer noch nicht geantwortet.

Agnes gab sowohl bei den Zeitungen als auch bei Google Lucys Namen ein, fand aber nichts von Interesse. Sie versuchte, Viktor anzurufen, um ihn zu fragen, ob Lucy einen Eintrag im Strafregister hatte, doch er meldete sich ebenfalls nicht.

Verdammt!

Sie schlug mit der Hand auf das Lenkrad und zuckte zusammen, als die Hupe ertönte.

Herrgott, jetzt musste sie endlich losfahren, damit Kurt Guneriussen und seine Familie sich nicht zu wundern begannen.

Plötzlich hatte sie eine Idee.

Sie rief den Pensionär an, der sich sofort meldete. Als sie aufgelegt hatte, startete sie den Motor und fuhr Richtung Westen zurück nach Voss.

Es war an der Zeit, die Behauptung zu überprüfen, dass ein Bild mehr sagen konnte als tausend Worte.

Der Pensionär stand vor dem Eingang und wartete auf sie, als sie auf ihrem alten Parkplatz vor *Hordaland* parkte.

»Dass ausgerechnet du am Karsamstag *nicht* auf der Hütte

bist«, sagte Agnes und umarmte ihren ehemaligen Kollegen, der nach Old Spice und Filterkaffee roch. »Das schockiert mich wirklich.«

»Ich habe nie gern auf Planken gestanden«, sagte der Pensionär oder Gudmund Rio, wie der Veteran der Regionalzeitung eigentlich hieß, und öffnete ihr die Tür. »Und ich habe nicht vor, jetzt damit anzufangen. Gut, dich zu sehen, Tveit. Du vermisst uns wohl auch ein bisschen, was?«

Als sie in das Zeitungsgebäude traten, das sowohl nach Büro als nach Druckerei roch, spürte sie, dass sie das wirklich tat. Dass sie das hier vermisste. Dass sie vielleicht doch Journalistin war und keine Autorin.

»Das freie Leben ist das gute Leben«, sagte sie und hoffte, überzeugend zu klingen.

»So sagt man. Aber du meldest dich, wenn du es dir anders überlegst, okay? Ich werde nicht jünger mit den Jahren. Plötzlich ist der Chefredakteursposten wieder frei.«

Er zwinkerte ihr zu, machte bestimmt nur Witze, aber sie verbarg trotzdem, wie geschmeichelt sie sich fühlte, als sie dem Pensionär die Wendeltreppe hoch in die Redaktion folgte.

»Du willst dir alte Fotos ansehen?«, fragte er. »Das Fotoarchiv ist noch da, wo es immer war. Du kannst sofort loslegen. Ich bin derweil in meinem Büro.«

Er pfiff, während er in dem Chefredakteursbüro verschwand. Die Stimmung war hier so viel besser geworden, seit Eskildssen weg war, dachte Agnes, bevor sie zielsicher zu den großen Archivschränken ging. Sie bemerkte überrascht, dass das große Bildarchiv noch nicht digitalisiert war, jetzt, wo die Zeitung in vielen anderen Bereichen moderner geworden war, mit Live-Sendungen vom Anzünden des Weihnachtsbaums und dem 17. Mai und Aufnahmen von Podcasts. Ironischerweise hatte der Pensionär all diese Neuerungen auf den Weg gebracht.

Sie öffnete die Schublade mit dem F und blätterte zu *Fagnastøl, Lucy* vor. Hier gab es nur wenige Fotos. Die Aufmerksamkeit, die Lucy in der Lokalpresse zuteilgeworden war, stand vor allem in Zusammenhang mit der Leitung von Vossa Jazz. Und Fotos von eventuellen diesbezüglichen Interviews waren bereits im digitalen Archiv gespeichert.

Sie schaute sich ein Bild von ein paar Kindern an, die einen Basar abhielten, ein paar Korpsfotos und einige, auf denen Lucy zusammen mit Marta Tverberg abgebildet war, bevor sie auf ein Foto von einem jungen, schönen Paar stieß, das sie kaum wiedererkannte. Er hatte den Arm um sie gelegt. Sie ihren Kopf an seine Schulter gelehnt.

Das Paar Lucy Fagnastøl und Lauritz Fadnes studiert in Bergen, ist aber nach Hause nach Voss gekommen, um die Freundin Marta Tverberg bei ihrem Konzert zu unterstützen, stand auf der Rückseite.

Bingo.

Diese Verbindung hatte bisher noch niemand erwähnt.

Sie bot zumindest Grund zu der Annahme, dass Onkel Lauritz wohl kaum ein ständiger Gast bei seinem Bruder und seiner Schwägerin gewesen war.

Agnes sah erneut auf ihr Handy. Lucy Fagnastøl hatte noch immer nicht auf ihre Nachricht geantwortet. Sie schickte ihr eine neue:

Entschuldigung, ich habe ganz vergessen zu erwähnen, worüber ich mit Ihnen reden möchte. Ich frage mich ein paar Dinge, doch vor allem, warum Sie Kurt Guneriussen zweihunderttausend Kronen gezahlt haben, damit er sich von der Auftragskomposition zurückzieht.

Es dauerte keine Minute, bis die Antwort kam.

Lucy Fagnastøl trug eine Skihose und einen Anorak und schien nur einen kleinen Abstecher von der Langlaufloipe hierher gemacht zu haben. In Wirklichkeit war es ein gutes Stück von Mjølfjell nach Voss, wie Agnes neulich gesehen hatte. Vielleicht war sie, wie so viele andere, gekommen, um ins *Weinmonopol* zu gehen und ausreichend Wein für das lange Wochenende zu kaufen. Vielleicht war sie nur gekommen, um mit Agnes zu reden. Fagnastøl sah zumindest aus, als würde sie sich sehr viel unwohler fühlen als auf ihrer Hütte. Sie hatte die Hände um eine Kaffeetasse gelegt, als sie an dem Fenstertisch im *Vangen Café* saß.

»Schön, dass wir uns schon heute treffen können«, sagte Fagnastøl. »Es ist gut, dieses Missverständnis sobald als möglich aus der Welt zu schaffen.«

»Welches Missverständnis meinen Sie?«, fragte Agnes.

»Dass ich Guneriussen dafür bezahlt haben soll, dass er sich von der Auftragskomposition zurückzieht. Das ist nichts als dummes Gerede. Es stimmt, dass ich ihm letztes Jahr zweihunderttausend Kronen gezahlt habe, doch das war das Honorar für seinen Auftritt. Er hat nämlich auf unserem Sommerfest gespielt.«

»Auf dem Sommerfest des Bergenser Gerichts?«

»Nein, auf meinem und Sveins. Auf unserem privaten Sommerfest, das wir seit fünfzehn Jahren jeden August in unserem Garten veranstalten.«

»Bezahlen Sie jedes Jahr einem Künstler zweihunderttausend Kronen …?«

»Genau das wollte ich erklären. Natürlich bezahlen wir gewöhnlich nicht so hohe Honorare. Aber letztes Jahr war etwas speziell, Guneriussen hatte gerade von der Auftragskomposition zurücktreten müssen. Ich hatte seinetwegen ein schlechtes Gewissen. Dass er es nicht geschafft hat, das durchzuziehen, hat ihn schließlich einiges an Einnahmen gekostet. Und er hat mehrere kleine Kinder und … ja, und überhaupt. Ich dachte, dass es nicht schlecht sei, zwei Fliegen mit einer Klappe zu schlagen. Die Unterhaltung auf unserem Fest und ein großzügiges Honorar für ihn. Wir können es uns schließlich leisten.«

»Aha, aber was, in aller Welt, sollte Guneriussen davon haben, deshalb zu lügen?«

Fagnastøl schüttelte resigniert den Kopf.

»Das kann ich Ihnen auch nicht sagen. Ich hoffe nur, Sie haben ihn gefragt, ob er einen Beweis hat, dass das Geld wirklich für sein Schweigen war?«

Lucy holte ihr Handy heraus und loggte sich in irgendeine Buchhaltungs-App ein. Kurz darauf hielt sie Agnes das Display hin. Unter einer Rechnung über 200 000 Kronen von Kurt D. Guneriussen stand *Honorar für Musiker, Gartenfest.*

Agnes nickte und dachte, dass Lucy Fagnastøl vielleicht deshalb nicht mehr als Anwältin arbeitete, sondern Richterin geworden war, weil sie sehr viel besser darin war, die Lügen anderer aufzudecken, als selbst zu lügen.

Agnes glaubte ihr jedenfalls kein Wort.

Sie ging davon aus, dass ein schneller Anruf bei Guneriussen ergeben würde, dass die Vorsitzende ihn gebeten hatte, genau das auf die Rechnung zu schreiben, bestimmt mit der Erklärung, dass es so »einfacher« für sie beide sei. Und da er so dumm gewesen war, zu tun, was sie gesagt hatte, konnte niemand beweisen, wie die Dinge zusammenhingen.

Fagnastøl sah zufrieden aus. Agnes beschloss, das Thema zu wechseln.

»Haben Sie mit Alfred gesprochen, seit er gestern festgenommen wurde?«

Lucys Gesichtsausdruck verdüsterte sich.

Sie war eindeutig nicht über die Rauferei zwischen ihren Söhnen informiert.

»Alfred wurde ... festgenommen?«

»Weil er Didrik niedergeschlagen hat, ja. Es ist nicht alles die reinste Idylle in der Familie, was?«

Agnes kam sich plötzlich wie bei einem Verhör vor und merkte, dass ihr dieser konfrontative Stil behagte. Sie wollte Reaktionen bei der Frau hervorrufen, die ihr gegenübersaß.

»Ich muss los.«

Lucy Fagnastøl stand abrupt auf.

»Wussten Sie, das Marta ALS hatte?«, fragte Agnes noch schnell.

Fagnastøl hielt inne. Drehte sich um.

Ihr Gesichtsausdruck kam Agnes zum ersten Mal echt vor. Sie sah richtiggehend schockiert aus.

»Was sagen Sie da? Die *Krankheit* ALS? Marta war doch vitaler als eine junge Frau!«

»Zumindest hat es so ausgesehen. Doch vor einem Jahr hat sie die Diagnose bekommen.«

Lucy schwieg nachdenklich. Dann schüttelte sie den Kopf.

»Mein Gott. Wie furchtbar. Die arme Marta.«

Das schien sie ehrlich zu meinen.

»Ja. Und dann ist sie auch noch ermordet worden«, sagte Agnes. »Wenn Sie also etwas über sie oder diesen Fall wissen, das Sie nicht erzählt haben, sollten Sie vielleicht noch mal darüber nachdenken.«

Fagnastøls Blick wurde herausfordernd.

»Oder was?«

»Oder nichts. Ich versuche lediglich herauszufinden, wer Marta und Tobias umgebracht hat.«

»Da sind wir schon zwei.«

Lucy stand, Agnes saß. Sie hielten lange den Blick der anderen fest wie bei einem Spiel, bei dem keine als Erste wegsehen wollte.

»Wie lange waren Sie Vorsitzende von Vossa Jazz, sagten Sie?«, fragte Agnes schließlich.

»Seit 2017.«

»Haben Sie in den Jahren eng mit Lauritz Fadnes zusammengearbeitet?«

»Nicht über das rein Formelle hinaus. Aber Sie wissen bestimmt, dass er mein Schwager war. Warum fragen Sie?«

»Nur so. Mir kam der Gedanke, weil Sie früher richtig gute Freunde waren.«

Jetzt sah Lucy Agnes skeptisch an.

»Was hat die Tatsache, dass wir in der Jugend gute Bekannte waren, mit irgendetwas hiervon zu tun?«

»Nichts, Sie scheinen nur zu den Menschen zu gehören, die … Freunde leicht verlieren. Sowohl Marta als auch Lauritz. Zwei Musketiere, sozusagen.«

Agnes nahm eine Reaktion bei Fagnastøl wahr, als sie den Spitznamen erwähnte.

»Gab es einen besonderen Grund, dass die Freundschaft endete?«

Lucy musterte Agnes forschend, als wollte sie herausfinden, was sie wusste, bevor sie den Kopf schüttelte.

»Marta und ich haben uns, wie gesagt, entfremdet.«

»War das zur gleichen Zeit, als Sie und Lauritz ein Paar geworden sind?«

Lucy Fagnastøl seufzte, als hätte sie darauf gewartet, dass das kommen würde.

»Es stimmt, dass wir einige Jahre ein Paar waren. Bis ich … mit seinem Bruder zusammengekommen bin. Es gibt also gute Gründe dafür, dass das Verhältnis zwischen uns danach nicht mehr so eng war. Lauritz ist übergewichtig und einsam geworden. Und ich werde mein schlechtes Gewissen wohl nie mehr loswerden.«

»Haben Sie deshalb seine Budgetvorschläge immer unterstützt und ihm sein Amt als Festivalleiter gelassen, obwohl er streng genommen schon vor vielen Jahren hätte gehen müssen?«

Agnes fischte im Trüben. Sie hatte keine Ahnung, ob das stimmte, doch sie musste einen empfindlichen Punkt berührt haben, da der Blick der sonst so kontrollierten Frau flackerte.

»Man kann viel über Lauritz sagen«, sagte Lucy schließlich zögernd. »Aber er hatte wirklich Ahnung von Jazz.«

Ein Polizeiauto fuhr vorbei, als Agnes sich gerade in ihr Auto setzen wollte. Sie meinte, Viktor auf dem Fahrersitz zu erkennen. Entweder sah er sie nicht, oder er musste irgendwohin. Jedenfalls hielt er nicht an. Aber er hatte auch kein Blaulicht auf dem Dach, so ernst und eilig konnte es also nicht sein.

Aus reiner Neugier startete sie den Motor und folgte ihm.

Er fuhr an der Vangskirche vorbei und bog rechts bei der Sparkasse ab, passierte den Souvenirladen und das Lærumhaus, dann weiter durch die Unterführung und ein Stück den Gullfjordungsvegen hoch, bevor er nach rechts blinkte und in eine Einfahrt einbog. Agnes merkte sich, dass es die Nummer 15 war, bremste jedoch nicht ab, damit Viktor sie nicht entdeckte und für völlig übergeschnappt hielt. Es bestand eine geringe Chance, dass er sie bereits gesehen hatte, aber noch konnte sie behaupten, dass es reiner Zufall war. Sie fuhr bis zu dem Wohnkomplex weiter, der den Platz der früheren Hangurs-Seilbahn eingenommen hatte. Es kam ihr immer noch seltsam vor, dass es diese Institution, zu der sie in ihrer Kindheit sooft, die Skier auf der Schulter, marschiert war, nicht mehr gab. Doch die Wohnungen sahen gut aus. In so eine sollten ihre Eltern ziehen, falls sie Ernst damit machten, ihr Haus aufzugeben.

Agnes hielt auf dem Parkplatz und holte ihr Handy heraus, neugierig, wer in dem dunkelgrauen Haus wohnte, vor dem Viktor geparkt hatte.

Sie gab Gullfjordungsvegen 15 in das Online-Telefonbuch ein und drückte auf *Personen*.

Der Telefondienst war eindeutig nicht auf dem neuesten Stand.

Ihm zufolge wohnten zwei Personen in dem Haus.

Lauritz Fadnes und eine Frau namens Lisa Dagestad. Das

musste eine Mieterin sein, da Fadnes mit niemandem mehr zusammen gewesen war, seit Lucy Fagnastøl ihn verlassen hatte.

Agnes wartete nur wenige Minuten, bevor sie das Auto wieder startete, langsam den Berg hinunterrollte und links in den Gullfjordungsvegen 15 einbog. Das Polizeiauto stand direkt vor der Haustür. Dahinter war noch genau Platz für sie.

Agnes stieg aus und sah zu dem Fenster hoch, das auf das Vangsvatnet hinausführte, ob sie Viktor entdecken konnte. Oder er sie. Die Aussicht von dort oben war sicher sehr schön, doch das Fenster war viel zu klein; so baute man in den Achtzigern, als alle den Luxus von Luft und Panorama noch für selbstverständlich hielten. Würde ihr dieses Haus gehören – allein die Vorstellung, mit Alexander hier zu wohnen! –, hätte sie es so umbauen lassen, dass die ganze Wand ein einziges großes Fenster wäre.

Es war gut acht Monate her, dass Lauritz Fadnes sein Haus in einem Leichenwagen verlassen hatte. Der Garten zeigte kaum Anzeichen von Vernachlässigung, aber es lag auch noch immer Schnee. Wenn endlich der Frühling kam, würde er wohl einen Rasen enthüllen, der monatelang nicht gemäht worden war. Es musste seltsam für die Mieterin sein, weiter in dem Haus zu wohnen.

Agnes griff vorsichtig nach der Türklinke, die willig nachgab. Viktor hatte nicht hinter sich abgeschlossen. Sie trat in die Diele und wurde von einem Geruch nach altem Mann und alten Klamotten empfangen. In den Regalen standen unterschiedliche, an Antiquitäten erinnernde Sachen wie Leuchter und Schalen. Alles war in etwa gleich hässlich. Auf dem Boden lag ein Stapel Zeitungen. Agnes warf einen Blick auf die oberste Zeitung. Sie war auf den 29. August des Vorjahres datiert.

Hatte das Haus von Lauritz Fadnes wirklich seit seinem Tod unberührt dagestanden? Weder sein Halbbruder Svein Rogne, noch seine Ex Lucy Fagnastøl oder seine Neffen Alfred und Didrik hatten sich um das Haus gekümmert. Lucys schlechtes Gewissen war offensichtlich in dem Moment verschwunden, in dem es ihn nicht mehr gab.

Man stelle sich einmal vor, zu sterben und niemanden zu haben, dem man wichtig genug war, um ein wenig aufzuräumen.

Dieser Gedanke war fast ebenso unangenehm wie der, dass irgendwo hier drinnen eine angebissene Brotscheibe seit einem halben Jahr auf einem Teller vor sich hingammeln könnte.

Agnes warf einen Blick durch die Tür in eine Kellerwohnung, die leer war, ohne Möbel oder anderes. Diese Lisa Dagestad schien auch nicht mehr hier zu wohnen.

»Hallo«, hörte sie Viktor aus der oberen Etage rufen, »ist da jemand?«

Offenbar hatte er noch nicht aus dem Fenster gesehen.

»Hallo!«, antwortete sie mit einer Kleinmädchenstimme, um dem Ganzen den Ernst zu nehmen.

Als sie sich auf der Treppe zeigte, sah er alles andere als amüsiert aus.

»Was, zum Teufel, tust du hier?«

»Dir auch einen guten Tag! Ich bin zufällig vorbeigekommen und habe dein Auto gesehen.«

Viktor sah sie argwöhnisch an.

»Wenn ich eines in den letzten zwanzig Jahren gelernt habe, dann das, dass bei dir nichts zufällig ist.«

»Okay, du bist in Vangen an mir vorbeigefahren, und ich bin dir gefolgt. Als ich mitbekommen habe, in welches Haus du wolltest, hatte ich Lust zu sehen, wie Fadnes gewohnt hat.«

»Und ich wünsche mir, den Rest von Ostern frei zu haben. Aber das heißt nicht, dass ich es auch bekomme. Das ist ein Tatort, Agnes, kannst du bitte so nett sein und gehen?«

»Oi. Bedeutet das, dass ihr jetzt sicher seid, dass Lauritz Fadnes ermordet wurde?«

Viktor nickte. Und seufzte.

»Vieles deutet darauf hin. Ja.«

»Und das wolltest du mir wann erzählen?«

»Wenn ich du wäre, würde ich sehen, dass ich verdammt schnell hier herauskomme, und zwar bevor die Spurensicherung eintrifft und du Kristina Bachmann erklären musst, warum hier Fingerabdrücke von dir sind. Das darfst du dann ganz allein tun.«

Sie hielt die Arme hoch wie eine Kriminelle, die sich der Polizei ergab.

»Okay. Ich gehe. Wann zieht übrigens die Mieterin von Fadnes aus?«

»Die ist schon mehrere Monate, bevor Fadnes gestorben ist, ausgezogen.«

»Das heißt, dass nicht sie ihn tot aufgefunden hat?«

»Nein.« Viktor sah an ihr vorbei zur Tür. »Ich habe dir doch erzählt, dass die Polizei vor kurzem einen Tipp erhalten hat, dass in der Mordnacht jemand aus dem Haus gekommen ist.«

»Und warum fand derjenige das verdächtig?«

»Wahrscheinlich, weil Fadnes abends nie Besuch hatte? Ich weiß es nicht.«

»Was war ...«

»Und das ist alles, was ich dir zu dem Fall sagen kann, ohne dass ich für immer und ewig meinen Job verliere. Wir reden später, Agnes. Im Moment passiert viel. Mach nichts Dummes.«

Sie nickte und winkte, während Viktor sich umdrehte und in der Küche verschwand. Jetzt hatte sie ihn nicht nach Alfred Rogne fragen können.

Agnes sah sich schnell in dem schmalen Gang in der ersten Etage um. Entweder war jemand hier gewesen und hatte in den Sachen gewühlt, während das Haus leer gestanden hatte, oder Lauritz Fadnes hatte das Haus genauso vernachlässigt wie sein Äußeres. Überall lagen Kleidung, Zeitungen und Papiere herum – auf dem Boden, über dem Geländer und auf dem kleinen Tisch, der als Telefonbank gedient haben musste, als die Leute noch ein Festnetztelefon hatten. Eine dünne Zeitung, eine ausländische, guckte unter einem Pantoffel in einer Hulk-Größe hervor. Sie schob den Pantoffel mit dem Fuß zur Seite und sah, dass *Club Norvegienne Bruxelles* auf der Zeitung stand.

Ihr Herz setzte einen Schlag aus, als sie erkannte, wer auf der Titelseite abgebildet war.

»Agnes?«, rief Viktor streng aus der Küche.

»Ich bin schon weg.«

Sie schnappte sich die Zeitung und sprang die Treppe hinunter.

Die Straßen von Vangen leerten sich langsam. Es wurde bald dunkel.

In Agnes war es bereits dunkel.

Sobald sie vor ihrem eignen Haus gehalten und den Motor ausgeschaltet hatte, hatte sie die Zeitung herausgeholt, die sie im Gullfjordsvegen mitgenommen hatte. Sie verstand den Titel des Aufmachers nicht, da sie kaum ein Wort Französisch konnte, doch in dem großen Gruppenfoto hatte sie zwei Personen entdeckt, die nicht mit anderen zu verwechseln waren.

Marta Tverberg und Alexander Kosanovic.

Er hatte den Arm um ihre Schultern gelegt, sie winkte mit einer norwegischen Flagge, und beide lächelten.

Er hatte gesagt, dass er Marta in Voss zum ersten Mal begegnet war.

Die Zeitung war an den Kanten leicht vergilbt und auf den 23. Mai 2017 datiert. In dem Artikel ging es bestimmt um die Veranstaltung zum 17. Mai im norwegischen Club in Brüssel, bei der Marta Tverberg wahrscheinlich gespielt hatte.

Es sah definitiv so aus, als würden sie und Alexander sich kennen. Oder waren sie rein zufällig auf demselben Foto gelandet?

Agnes ging mit schweren Schritten zur Haustür, schloss auf und marschierte in die Küche, ohne die Schuhe auszuziehen. Sie setzte sich an den Tisch, holte ihren Mac heraus und rief Google Translate auf. Nach und nach gab sie den Text in das nicht sehr genaue Übersetzungsprogramm ein. Französischlehrer und Norwegischlehrer hätten sich die Haare gerauft, doch sie verstand zumindest grob den Inhalt.

Jazzdiva zu Besuch am Nationalfeiertag, lautete die Überschrift.

In dem Artikel stand, dass Große und Kleine auf der Feier zum 17. Mai, auf der es unter anderem Sauerrahmbrei und Lefsen mit Rächerlachs gegeben hatte, in der norwegischen Botschaft in Brüssel versammelt waren. Für die Unterhaltung sorgte *Marta Tverberg höchstpersönlich*. Sie hatte auf ihrer Europatournee einen Stopp in der belgischen Hauptstadt eingelegt, und die norwegischen Fans freuten sich über ihren Besuch. Die Journalistin hatte viele von ihnen interviewt und gefragt, was ihnen am 17. Mai am besten gefiel und worauf sie sich bei der heutigen Feier am meisten freuten. Unter ihnen auch Alexander Kosanovic, einen freischaffenden Musiker.

Die Kinder freuen sich darauf, nach guter norwegischer Sitte so viel Eis essen zu dürfen, wie sie wollen, doch ich freue mich sehr auf das Konzert, sagte er. *Es ist großartig, Marta Tverberg zu treffen und festzustellen, dass sie genauso nett wie brillant ist.*

Erinnerte Alexander sich lediglich nicht mehr genau, oder war er ein Lügner?

Sie blätterte in der Zeitung zurück und suchte auf der zweiten Seite nach dem Impressum, in dem in der Regel Namen und Telefonnummern von allen aufgeführt waren, die in der Redaktion der Zeitung arbeiteten. Redakteurin, Journalistin, Fotografin und Verantwortliche für die sozialen Medien war ein und dieselbe Frau. Sie hieß Marie Maes.

Agnes überlegte, ob es dreist war, jemanden am Karsamstagabend anzurufen, doch etwas Schlimmeres, als dass eine Frau in Belgien sauer auf sie wurde, konnte nicht passieren.

Sie wählte die Nummer.

»Hallo, ja, hier ist Marie?«, antwortete eine Frau am anderen Ende.

Agnes zuckte zusammen. Sie hatte mit einem »Bonjour« oder einem »Bonsoir« gerechnet, aber definitiv keinen Sunnmørsdialekt erwartet.

»Oh … spreche ich mit Marie Maes in Brüssel?«

»Das ist richtig!« Agnes kam der Gedanke, wie viel eleganter diese Frau wohl auf Französisch klingen würde. »Abgesehen davon, dass ich im Moment in den Osterferien zu Hause bin. Und gerade vom Saudehornet in Ørsta zurück. Mit wem spreche ich?«

Agnes hatte nicht geplant, was sie als Grund für ihren Anruf angeben wollte.

In dem Moment, als sie den Mund aufmachte und ihren Namen sagte, entschloss sie sich zu einer Lüge.

»Ich bin Journalistin bei der Regionalzeitung *Hordaland* in Voss und arbeite an einem Porträtinterview über den Leiter von Vossa Jazz, Alexander Kosanovic. Und so, wie ich das verstanden habe, kennen Sie ihn über die norwegischen Expats in Brüssel?«

Am anderen Ende wurde es kurz still, was Agnes unruhig machte. Vielleicht war Marie Maes über die merkwürdige Anfrage irritiert. Vielleicht kannte sie ihn überhaupt nicht, außer dass er in einem Artikel vorkam, den sie vor vielen Jahren geschrieben hatte.

»Alexander, ja!«, sagte sie schließlich. »Er ist ein feiner Kerl. Er hat viel zum norwegischen Expat-Leben beigetragen, während er dort unten gewohnt hat, gar nicht zu reden von der internationalen Musikszene.«

Agnes atmete erleichtert auf. Alles war nur ein Missverständnis, es gab eine natürliche Erklärung.

Plötzlich sehnte sie sich intensiv nach Alexander.

»Es ist nur so tragisch, dass er sich fast um Haus und Hof gespielt hätte«, sagte Marie Maes.

Wo bist du?, schrieb Agnes in der SMS. *Wir müssen reden.*

Es vergingen nur wenige Sekunden, bis Alexander anrief.

»Ich stehe direkt vor Daniels Tür, das Vorspiel mit der Fußballmannschaft, du weißt schon. Ist etwas passiert?«

Nicht am Telefon.

Sie musste Alexander in die Augen sehen, wenn er ihr erklärte, warum er sie angelogen hatte. Sowohl, was Marta anging, die er doch schon mal getroffen hatte, als auch, was der Grund für seinen und den Umzug der Familie von Brüssel nach Norwegen gewesen war.

»Nein«, sagte Agnes und hoffte, dass sich ihre Stimme normal anhörte. »Nichts, was eilt, wir können später reden. Viel Spaß auf dem Fest!«

»Ich hoffe, wir sehen uns später. Wolltest du nicht zu Ingeborg?«

»Ja, ich bin so gut wie auf dem Weg.«

Sie spürte, dass sie ihre beste Freundin jetzt brauchte.

Und einen Teppich aus Alkohol, der sich über die hektischen Gedanken legte.

»Auf Ex!«, sagte Ingeborg und hielt ihr Weinglas hoch.

»Langsam«, erwiderte Agnes trocken. »Du erinnerst dich, was das letzte Mal passiert ist, als wir so angefangen haben.«

Sie trank trotzdem einen großen Schluck von ihrem Weißwein.

»Meinst du den Abend, an dem du in einem Hotel aufgewacht bist und keine Ahnung hattest, wo du warst oder mit wem?«, fragte Ingeborg lächelnd. »Ja, so etwas vergisst man nicht. Aber inzwischen hast du dazugelernt. Und schließlich ist Karsamstagabend. Ich will tanzen gehen!«

»Da wohnst du am falschen Ort«, erwiderte Agnes tonlos. »Und hängst mit der falschen Frau ab.«

Wieder schien alles in sich zusammenzustürzen. Nichts war, wie sie geglaubt hatte.

Ingeborg saß auf dem Sofa, die Füße unter sich gezogen, und legte den Kopf schief.

»Ich habe vollstes Verständnis dafür, dass du deprimiert bist, weißt du. Es muss verdammt unangenehm sein herauszufinden, dass der Traummann ein Spieler ist«, sagte sie. »Aber, hallo, niemand ist perfekt. Alexander Kosanovic nicht. Nicht einmal Agnes Tveit. Das haben wir wohl auch gelernt, richtig?«

Agnes nickte schweigend, stippte einen Kartoffelchip in die Schale mit Sauerrahmdipp und lehnte sich auf dem gemütlichen Sofa der Freundin zurück. Sie hatte ja recht.

»Willst du mein Rezept hören?«, fragte Ingeborg und hob ihr Glas erneut. »Wir machen es uns heute Abend gemütlich – mit Wein, nicht mit Schnaps. Betrachte es als einen Miniurlaub. Dann sprichst du morgen mit Alexander. *No offense*, aber du bist oft klüger, wenn du ein bisschen Abstand zu den Dingen hast.«

»Okay«, sagte Agnes und stieß mit ihr an. »Aber tanzen musst du mit jemand anderem.«

»Deal. Wie läuft es mit der Mordermittlung? Glauben sie immer noch, dass Lauritz Fadnes auch ermordet wurde?«

Wie gut, dass es Ingeborg gab. Immer interessiert, immer neugierig. Es war schön, an etwas anderes zu denken als an all das, was Alexander ihr nicht erzählt hatte.

Agnes nickte.

»Es war wohl nicht schwer, das Ganze als Herzinfarkt zu tarnen. Dieses Elefantendope kann durchaus das Herz zum Stillstand bringen.«

»Mein Gott, dann ist die Frage ja, wer Interesse daran hatte, Lauritz Fadnes, Marta Tverberg *und* Tobias Løken umzubringen.«

»Tobias Løken war möglicherweise nur zur falschen Zeit am falschen Ort. Doch so, wie ich das sehe, haben Fadnes und Tverberg eindeutig drei Dinge gemeinsam. Beide waren Teil der Jazzszene, beide waren früher eng mit Lucy Fagnastøl befreundet, und beide konnten im Umgang ziemlich schwierig sein. Folglich gibt es bestimmt viele, die ein gutes Motiv hatten, sie zu töten. Ich komme fast auf genauso viele Personen, die ein Motiv gehabt haben könnten, sich an Marta zu rächen, wie auf solche, die auf die eine oder andere Weise von ihr abhängig waren.«

Sie dachte kurz nach.

»Und in Anbetracht der mächtigen Position, die Fadnes so viele Jahre bei Vossa Jazz innegehabt hat, trifft das vielleicht auch auf ihn zu.«

Ingeborg schenkte Weißwein aus dem Karton nach.

Sie stießen miteinander an und tranken. Agnes fragte sich, ob sie der Freundin von Alfred und den Drogen in der Vangsgata erzählen sollte.

»An was erinnerst du dich vom Gymnasium von den Rogne-Brüdern?«, fragte sie stattdessen.

»Ich erinnere mich vor allem, dass ich mich einmal auf verhältnismäßig direkte und wenig charmante Weise an Alfred heranzumachen versucht habe«, sagte Ingeborg. »Und dass ich ebenso direkt und uncharmant abgewiesen wurde. Der Grund war hoffentlich, weil er in der anderen Liga spielte. Diese Information hat gutgetan, obwohl mein Selbstvertrauen ziemlich darunter gelitten hat, dass sie so viele Jahre zu spät kam.«

»Erinnerst du dich, ob er damals irgendwas mit Drogen am Laufen hatte?«

»Tja, zumindest waren die beiden eifrige Haschkonsumenten, sowohl er als auch Didrik.«

Ingeborg lachte, als sie Agnes' überraschtes Gesicht sah.

»Du bist so süß, du hast überhaupt nichts mitbekommen, was?«

»Rein gar nichts. Ich hätte den Geruch nicht einmal erkannt, wenn mir jemand ein Gramm in die Nase gesteckt hätte.«

»Vielleicht sollte ich dir zu deinem Vierzigsten eine riesige Haschpfeife schenken.«

Sie kicherten bei dem Gedanken.

»Ich hatte den Eindruck, dass Didrik ein bisschen auf Alfred aufgepasst hat«, sagte Ingeborg. »Auch wenn immer er derjenige war, der in Schwierigkeiten geraten ist.«

»Interessant, dass du das sagst«, meinte Agnes. »Ich habe nämlich den Eindruck, dass Didrik Alfred auch jetzt beschützt. Ich habe mich eines Abends kurz in seiner Wohnung umgesehen …«

»Hä?!«

»Na ja, ich war zusammen mit Hauki Thorsson, dem Mann von Marta, in der Wohnung. Das ist eine andere Geschichte. Tatsache ist, dass auf dem Wohnzimmertisch Pillen und Pulver, und ich weiß nicht was, herumlagen. Wenn die Polizei das gesehen hätte, hätten sie ihn sofort festgenommen, da bin ich mir sicher.«

Und das hatten sie aller Wahrscheinlichkeit nach jetzt wohl getan?

»Du bist dir sicher, dass das kein Hockeypulver und keine Fruchtpastillen waren?« Ingeborg musste Agnes einfach immer wieder daran erinnern, wie sie einmal die Ohrstöpsel, die ihr draußen vor Rockefeller angeboten worden waren, für Dope gehalten hatte. »Sorry, ich höre jetzt auf. Glaubst du, das kann etwas mit dem Fall zu tun haben?«

Didrik hatte gesagt, dass Alfred nicht so unschuldig war, wie es den Eindruck machte.

»Vielleicht. Aber du hast wahrscheinlich recht, was den Abstand angeht. Vielleicht brauche ich nicht nur Abstand zu Alexander sondern auch zu dem ganzen Fall. Ich bin schließlich keine Journalistin mehr. Jetzt trinken wir noch ein Glas, und dann gehen wir aus.«

»Yes!«, rief Ingeborg und hielt ihr Weinglas hoch. »Doch apropos Drogen: Ich habe meine Mama noch mal nach Lucy Fagnastøl gefragt, und sie hat mir von einer Studentenfete erzählt, auf der plötzlich die Polizei aufgetaucht ist.

Lucy ist tatsächlich mit Cannabis erwischt worden. Mama war da, sie hat es gesehen.«

»Oi. Aber Lucy muss irgendwie aus der Sache rausgekommen sein?«

»Ja, das ist sie«, sagte Ingeborg. »Weil Marta Tverberg auch dort war. Sie hat der Polizei gesagt, dass der Stoff ihr gehört.«

Die Schlange vor dem *Tre Brør* bestand vor allem aus festlich gekleideten Naturfreunden mit roten Wangen, die von einem langen Tag im Fjell zeugten. Alle waren jünger als sie. Und nicht nur *ein wenig* jünger. Sie hätte von vielen die Mutter sein können. Da war nicht eine einzige alte Bekannte, die sich auf sie stürzte und sie umarmte. Sie kannte hier niemanden. Der angenehme Rausch und die guten Endorphine, die sie nach dem Sieg über den Weinkarton verspürt hatte, verflüchtigten sich.

Sie wäre am liebsten nach Hause gegangen, doch Ingeborg hatte bereits zwei Eintrittskarten gekauft und zog sie ins Lokal. Auch an der Bar standen die Leute an, und Agnes' Laune verschlechterte sich noch mehr.

»Du wartest hier«, sagte Ingeborg. »Ich ziehe für uns in den Krieg.«

Agnes zwängte sich neben ein paar leicht bekleidete Mädchen. Sie seufzte und dachte wieder daran, was Ingeborgs Mutter erzählt hatte. Wenn es stimmte, hatte Ragna Haukusdottir, Martas Stieftochter, sich entweder geirrt oder gelogen, als sie den Spruch *Es gibt einen ganz besonderen Platz in der Hölle für Frauen, die Frauen nicht helfen* auf Marta bezogen hatte. Es musste Cannabis gewesen sein, weshalb

Marta eingesessen hatte, bevor sie Hauki begegnet war. Falls das wahr war und Marta das getan hatte, um die berufliche Laufbahn von Lucy Fagnastøl vor einem abrupten Ende zu bewahren, war das einer der imponierendsten Freundschaftsdienste, von denen sie je gehört hatte. Die Frage war, ob Marta dieses Geheimnis seitdem als Waffe benutzt hatte.

Plötzlich stellte sich jemand direkt vor Agnes.

Sie blickte auf und sah zwei Biergläser, darüber ein breites Lächeln.

»Was macht eine Frau wie du an einem Ort wie diesem?«, fragte Tor Erik Åkervold.

Er war offensichtlich im Wochenendmodus. Trug sogar Hemd und Schlips. Der alte *VG*-Kollege war eindeutig beschwipst und wirkte ebenso froh, sie zu treffen, wie sein Anblick ihre Laune verschlechterte. Sie wollte dieses Gesicht nicht mehr sehen, wollte vergessen, wie er aussah, wollte, dass er aufhörte, in ihrem Kopf aufzutauchen und für Chaos zu sorgen.

»Jedenfalls suche ich nicht nach dir, so viel kann ich dir verraten. Ich hoffe, dass ich das bei unserer letzten Begegnung klargemacht habe. Du solltest besser auf junges Gemüse Jagd machen. Davon gibt es hier genug.«

»Okay«, sagte er und trat näher zu ihr heran. »Aber du kannst nicht leugnen, dass wir es nett zusammen hatten letzten Sommer, oder? Ich muss gestehen, dass ich ein wenig von einer Wiedervereinigung geträumt habe. Ich werde Fredrik auch nichts verraten, das verspreche ich.«

Åkervold wusste natürlich nicht, dass sie nicht mehr zusammen waren. Er hatte bestimmt nicht einmal seiner eigenen Frau gegenüber ein schlechtes Gewissen.

»Agnes, hallo!«

Sie hatte nicht die Zeit, überrascht zu sein, bevor Alexander auch schon bei ihr war und sie umarmte, hochhob und direkt vor Åkervold auf den Mund küsste. Nachdem er sie wieder abgesetzt hatte, reichte er dem *VG*-Journalisten die Hand.

»Alexander Kosanovic«, sagte er. »Sie sind ein Bekannter meiner Freundin?«

Die Ken-Puppe schien überrascht zu sein.

»Wir … sind uns schon vorgestellt worden«, sagte Åkervold beleidigt. »Ich habe Sie diese Woche mehrmals interviewt.«

»Ah, ja, stimmt. Dann noch mal hallo.«

Alexander blieb stehen und lächelte sie beide an, bis Åkervold Agnes ansah und murmelte, dass er mit dem Bier zu einem Kollegen müsse.

»Ich habe ihn wiedererkannt, klar«, flüsterte Alexander ihr ins Ohr, sobald er weg war. »Aber er ist so arrogant, dass ich ihn einfach ein bisschen ärgern musste. Vor allem, da es ganz den Eindruck machte, als wollte er die schönste Frau im Lokal anbaggern.«

Agnes erste Reaktion war, ihm um den Hals zu fallen.

Dann erinnerte sie sich daran, dass sie eigentlich wütend und verletzt war. Alexander spürte offensichtlich ihr Zögern, denn er winkte sie zu einem der freien Tische. Dort stellte er sein Bierglas ab und sah sie ernst an.

»Was ist los, habe ich etwas falsch gemacht?«

Seine Ruhe löste etwas in ihr. Vielleicht hatte sie doch zu viel Wein bei Ingeborg getrunken, denn sie spürte, wie ihr die Tränen kamen.

»Der Teufel soll dich holen«, sagte sie.

»Wie bitte?«

Er sah aufrichtig verwirrt aus.

Plötzlich begann sie zu weinen. Mein Gott, Flennerei am Karsamstagabend, das war ein neuer Tiefpunkt, selbst für sie. Aber sie konnte nicht aufhören.

»Gerade jetzt, wo ich angefangen habe, mich in dich zu verlieben, finde ich heraus, dass du ein verdammter Lügner bist«, rief sie schluchzend.

Ihr Mund war trocken, so dass sie nach dem Bierglas griff und es halb austrank. Gleich nachdem sie es abgesetzt hatte, hob sie es erneut an die Lippen und trank den Rest.

Alexander sah ebenso beeindruckt wie erschrocken aus. Er fing eine ihrer Tränen mit einem Finger auf und legte ihr die Hand auf die Wange.

»Ich verstehe nicht wirklich viel von dem, was du sagst, Agnes. Deshalb konzentriere ich mich erst mal auf den Teil, dass du in mich verliebt bist. Denn wie du sicher bereits bemerkt hast, bin ich das auch in dich. Und jetzt denke ich, dass wir ein Taxi zu mir nach Hause nehmen sollten, und dann reden wir über alles. Okay?«

Sie zögerte kurz, bevor sie nickte.

Sie hatte nicht vorgehabt, Alexander zu erzählen, dass sie in ihn verliebt war. Das hatte sie bisher auch sich selbst gegenüber weder eingestanden noch in Worte gefasst. Aber in ihrem Herzen spürte sie, dass es der Wahrheit entsprach.

Und er war in sie verliebt.

Agnes lächelte ihn mit tränenfeuchten Augen an.

Der Rest der Bar mit all den verdammten jungen, lauten Leuten war weit weg.

Sie musste im Taxi eingenickt sein. Jedenfalls war sie total verwirrt, als sie Alexander flüstern hörte, dass sie zu Hause seien.

Drinnen setzte sie sich aufs Sofa, während er auf direktem Weg in die Küche ging. Sie bekam mit, wie er Brot herausholte und irgendetwas aus dem Kühlschrank nahm, und begann wieder zu weinen. Er machte ihr ein Abendessen.

Es dauerte nur wenige Minuten, bis der verführerische Duft von Käse aus der Küche herüberwehte. Kurz darauf kam Alexander mit zwei großen Gläsern Cola zu ihr. Sie trank genauso gierig, wie sie von dem Bier getrunken hatte. Und dieses Mal bekam sie auch nachgeschenkt.

»Wenn du willst, können wir einfach essen und uns hinlegen und morgen früh reden, sobald wir beide wieder nüchtern sind?«, sagte Alexander.

Sie schüttelte entschieden den Kopf. Er sollte nicht glauben, dass er so einfach davonkam. Geschmolzener Käse ließ sie seine Lügen nicht vergessen.

»Warum hast du mich angelogen, dass du Marta Tverberg vor deinem Umzug nach Voss nicht gekannt hast?«, fragte sie und hielt seinen Blick fest, damit er sich nicht herauswinden konnte. »Ich weiß, dass du sie in Brüssel kennengelernt hast. Ich weiß auch, dass du massenweise Geld beim Spielen verloren hast, während du dort gewohnt hast.«

Alexander blickte eine Weile zu Boden, dann sah er sie wieder an. Jetzt waren seine Augen feucht.

»Ich habe darüber nachgedacht, dir von Letzterem zu erzählen«, sagte er. »Es aber nicht getan, weil ich es nicht geschafft habe. Ist dir klar, wie beschämend das ist … spielsüchtig zu sein?«

Er sackte leicht in sich zusammen.

»Mir kommen die Worte immer noch nur schwer über die Lippen. Nur die allergrößten Versager schlittern in so etwas hinein.«

»Das stimmt nicht …«

»Und noch schlimmer ist«, unterbrach er sie, »dass ich dich aus genau diesem Grund angelogen habe, was Marta angeht. Beides hat nämlich miteinander zu tun.«

Marta Tverberg und die Spielschulden?

Jetzt begriff Agnes gar nichts mehr.

Es klingelte in der Küche, und Alexander holte das Essen. Er kam mit zwei Tellern mit jeweils zwei hellen Scheiben Landbrot und einem Berg Käse dazwischen zurück. Es bedurfte ihrer gesamten Willenskraft, den Teller unberührt stehen zu lassen, doch sie tat so, als würde das Käsebrot sie nicht interessieren. Zum Glück redete Alexander sofort weiter.

»Es begann nicht lange, nachdem wir nach Brüssel gezogen waren«, sagte er. »Ich kannte dort niemanden, und in unserer Ehe kriselte es. Ich war verzweifelt auf der Suche nach Freunden, die keine kleinen Kinder hatten. Ein Musikerkollege hat mich zu einem Pokerabend eingeladen, und ich habe es geliebt. Wir haben angefangen, ein Mal in der Woche zusammen zu spielen, und bald habe ich auch allein gespielt, und dann ist eins zum anderen gekommen …«

Er lehnte sich auf dem Sofa zurück.

»Wir hätten die Wohnung verlieren können. Ich hätte garantiert meine Familie verloren. Doch als Marta dort unten zu Besuch war … Eines Abends sind wir ins Gespräch gekommen, und ich habe ihr von meinen Problemen erzählt, und sie … hat angeboten, mir Geld zu leihen.«

Agnes runzelte die Stirn.

»Warum wollte sie jemandem helfen, den sie nicht kannte?«

Diese Art von Güte brachte sie nicht mit Marta Tverberg zusammen.

Aber vielleicht sollte sie das?

Sie hatte während des Studiums Lucy Fagnastøl die Karriere gerettet.

Sie hatte ein frisch verheiratetes Paar mehrere Jahre kostenlos in ihrer Luxuswohnung wohnen lassen.

War Marta Tverberg ein gutherziger Mensch, der nicht wollte, dass jemand davon erfuhr?

»Ich war ganz tief unten, als sie mich getroffen hat«, sagte Alexander. »Zu dem Zeitpunkt fiel es mir schwer, das Licht am Ende des Tunnels zu sehen, um es einmal so auszudrücken. Eines Abend hat sie mich total deprimiert mit einem Glas Branntwein erwischt, und ich erinnere mich, dass sie gesagt hat, dass sie junge, stolze Männer wie mich hat zugrunde gehen sehen, weil sie eine Heidenangst hatten, den Erwartungen, die sie an sich selbst stellten, nicht gerecht zu werden.«

Er fuhr sich mit der Hand durchs Haar.

»Ich erinnere mich, dass sie gesagt hat, dass sie Angst hat, was ich tun werde. Sie war sehr … mütterlich. So mütterlich, dass es mich überraschte zu hören, dass sie keine eigenen Kinder hatte. Aber vielleicht war gerade das der Grund, dass sie helfen wollte. Es schien nicht so, als sei ich der Erste, dem sie die Hand reichte.«

Agnes spürte, wie ihr warm ums Herz wurde.

Dass Marta nicht an die große Glocke gehängt hatte, was sie getan hatte, war nur noch beeindruckender.

»Dann hast du ihr das Geld nie zurückgezahlt?«

Sein Gesicht bekam einen seltsamen Ausdruck, den sie nicht deuten konnte.

»Natürlich habe ich das. Ich habe ihr alles, was ich ihr schuldig war, zurückgezahlt. Mit Zinsen.«

Sie aßen und redeten weiter. Agnes trank Cola, Alexander erzählte, und sie bemerkte, dass sie nicht nur wieder nüchtern wurde, sondern auch besser verstand, was er die letzten Jahre durchgemacht hatte. Seine Ex-Frau kam aus einem belgischen Dorf aus einer streng katholischen Familie, die auf Abstand zu ihm gegangen wäre und ihm den Umgang mit seinen Kindern verboten hätte, hätte sie von seiner Spielsucht erfahren. Er sprach von der Scham, davon, wie er sein ganzes Erwachsenenleben darum gekämpft hatte, nicht als das Horrorbild eines Migranten zu enden, eines Menschen, der es nicht schaffte, in der Gesellschaft zu funktionieren, der nicht mit Geld umgehen konnte und der im schlimmsten Fall im Gefängnis endete. Er musste so viel beweisen, sagte er, vielleicht war es der Druck, den er sich selbst auferlegte, dass er anfing, sich beim Poker abzureagieren. Oder vielleicht war er auch nur ein schlechter Mann, der nichts Besseres verdiente.

Agnes legte ihm schließlich die Hand auf den Arm und zwang ihn, sie anzusehen.

»Du bist ein guter Mann, Alexander. Selbst die Besten machen Fehler. Aber wie …«

»… steht es jetzt mit der Sucht?«

Sie nickte und hielt die Luft an.

»Ich habe seit drei Jahren keine Karten mehr angerührt, weder physisch noch digital.«

»Gott sei Dank.« Sie war aufrichtig erleichtert. »Wenn der Verzicht zu schwer zu ertragen wird, kann ich dich vielleicht ablenken?«

Er rutschte näher zu ihr heran.

»Wie wäre es jetzt?«

»Du sollst das nicht ausnutzen«, sagte sie, aber kurz darauf genoss sie die Wärme seiner Lippen.

OSTERSONNTAG

Feueralarm.

Feueralarm?

Nein, das war das Telefon. Aber das Geräusch hallte von den Wänden wider.

Oder war es nur in ihrem Kopf?

Agnes öffnete vorsichtig ein Auge und sah, dass Alexander neben ihr noch schlief. Sie lagen auf seinem nicht wirklich breiten Sofa. Zugedeckt mit einer Decke, die er geholt haben musste, nachdem sie eingeschlafen war.

Sie hatte noch immer ihre Seidenbluse an, war aber unten herum nackt, und sie spürte, dass sie höllische Kopfschmerzen hatte, die das verdammte Telefonklingeln noch verschlimmerte. Als sie vorsichtig versuchte, sich von dem Sofa herunterzurollen, landete sie krachend auf dem Boden. Sie kicherte, stand auf, steif nach der Nacht und mit einem erheblichen Muskelkater.

Sie lief zu dem Tisch, auf dem das Telefon lag, und antwortete mit einem Schnauben, als sie sah, dass es Viktor war.

»Hast du geschlafen?«, fragte er.

»Ja«, antwortete sie groggy, während sie in die Küche schlich.

»Bist du zu Hause?«

Sie warf einen Blick ins Wohnzimmer. Vielleicht war es Viktors Reaktion, als sie ihm gesagt hatte, dass Alexander bei ihr übernachtet hatte, dass sie meinte, lügen zu müssen.

»Ja, ich bin zu Hause«, sagte sie. »Ich war gestern mit Ingeborg aus.«

»Okay, ich habe dreimal versucht, dich anzurufen und mir ein bisschen Sorgen gemacht. Ich dachte, du willst vielleicht wissen, dass gegen Alfred Rogne ermittelt wird.«

»Wegen des Angriffs auf Didrik?«, fragte sie, um Viktor nicht wissen zu lassen, dass sie von dem Rauschgift gewusst, ihm aber nichts gesagt hatte.

Sie hatte das Telefon zwischen Kinn und Schulter geklemmt, während sie sich ein Glas eiskaltes Wasser am Wasserhahn eingoss und trank.

»Wegen Mordes.«

Agnes verschluckte sich an dem Wasser und musste husten.

»Was?«, bekam sie schließlich heraus.

Es war also wirklich passiert.

Die Polizei musste Karfentanyl bei den Drogen in seiner Wohnung gefunden haben.

»Er wird des Mordes oder der Mittäterschaft beschuldigt. Ich kann im Moment nicht viel mehr sagen, aber ich wollte hören, ob du seit gestern Kontakt zu Alexander hattest?«

»Nein«, erwiderte sie.

Warum log sie schon wieder? Sie wusste es selbst nicht, es war, als wollte sie instinktiv Alexander beschützen. Vor was? Suchte die Polizei nach ihm?

»Okay. Ich muss los, aber wir reden sehr bald.«

Dann hörte sie nur noch ein Klicken. Er hatte aufgelegt. Agnes hatte wieder tausend Fragen und ein schrecklich schlechtes Gewissen.

Warum hatte sie nicht einfach sagen können, dass sie gerade in Evanger war?

»Wer war das?«

Alexanders warmer Körper war plötzlich hinter ihr.

»Viktor«, sagte sie und drehte sich zu ihm um. »Alfred Rogne steht unter Mordverdacht.«

Es war ihr so herausgerutscht. Sie musste es einfach jemandem erzählen.

Alexander sah sie aufrichtig überrascht an.

»Hä? Glaubt die Polizei, dass er Marta umgebracht hat?«

»Ja.«

Sie entschloss sich, nicht mehr zu sagen, da weder Alexander noch andere Vosser wussten, dass auch Lauritz Fadnes ermordet worden war. Viktor hatte nicht gesagt, ob Alfred Rogne auch des Mordes an dem früheren Leiter von Vossa Jazz beschuldigt wurde, und sie war zu geschockt gewesen, um zu fragen.

»Und dann hat sich Viktor erkundigt, ob ich seit gestern mit dir gesprochen habe«, sagte sie stattdessen und streichelte Alexander über die Brust. »Was glaubst du, weshalb?«

»Vielleicht hat Didrik der Polizei erzählt, dass er mit mir geredet hat«, sagte er, bevor er die Hand nach einer Packung Paracetamol ausstreckte, die auf der Arbeitsplatte lag. »Aber dann stimmt das, was er gesagt hat, ja ohnehin nicht.«

»Was hat Didrik gesagt?«

Jetzt schien Alexander zu überlegen, ob er etwas erzählen sollte oder nicht.

»Er hat mich gestern angerufen und mir mitgeteilt, dass er im Krankenhaus liegt, aber nicht, warum. Doch er hatte eindeutig ein schlechtes Gewissen. Er hat gesagt, dass er bei der polizeilichen Vernehmung gelogen hat.«

»Was Alfred angeht?«

»Nein, dass er nicht gewusst habe, wer unmittelbar vor dem Beginn des Konzerts auf Martas Instrument aufgepasst hat.«

»Ragna war manchmal so etwas wie eine Art persönliche Assistentin für ihre Stiefmutter oder ein *glorifizierter Sklave*, wenn du so willst«, fuhr Alexander fort. »Das Festival stellt ja allen Künstlern einen für sie persönlich Verantwortlichen, aber Marta wollte keinen Außenstehenden. Deshalb hat Ragna den Job übernommen, sich um alle praktischen Angelegenheiten zu kümmern. Dass sie die richtigen Zeiten für die Proben bekamen, dass sie zur rechten Zeit im Konzertraum waren, dass alle zur Tonprobe an ihrem Platz waren. Denn Marta Tverberg war nicht aufgrund ihres Alters vergesslich, sie war schon immer zerstreut.«

Und zu alldem hatte sie jetzt auch noch ALS, dachte Agnes.

»Aber um die Instrumente haben sich doch wohl die Techniker gekümmert?«, fragte sie.

»Gewöhnlich transportieren die Techniker die Instrumente und bringen sie auf die Bühne, ja, aber nicht immer. Am Samstag hatte Ragna Didrik angeblich Bescheid gegeben, dass sie sich bis zum Anfang des Konzerts um die

Saxophone kümmern würde. Ich habe davon nichts mitbekommen.«

»Und er hat bei dem Verhör gelogen um … sie zu beschützen?«

»Ich vermute, dass die Tatsache, dass er bis über beide Ohren in Ragna verliebt ist, etwas damit zu tun haben könnte«, sagte Alexander. »Jedenfalls war für alle, die bei den Proben dabei waren, offensichtlich, dass er in sie verschossen war. Ragna ist wie ein frischer Windstoß in dieses Setting gekommen, könnte man sagen. Sie hat sich direkt in Didriks Herz getrommelt. Ich habe ihn noch nie so erlebt.«

»Beruht die Faszination auf Gegenseitigkeit?«

»Wohl kaum. Ragna ist eine clevere und feine Frau. Sie tut gut daran, einen großen Bogen um einen gewalttätigen Alkoholiker zu machen. Aber ich muss schon sagen, dass es seltsam ist, was die Liebe mit den Menschen macht. Ich habe Didrik Rogne noch nie so sauber und ordentlich gesehen wie in den Wochen vor Vossa Jazz.«

»Aber basierend auf dem, was er dir erzählt hat, muss er sie doch verdächtigen, etwas mit dem Mord zu tun zu haben?«

Agnes dachte an Ragna Haukursdottir, an die wenig vorteilhafte Charakterisierung ihrer Stiefmutter, daran, was sie über ihre Mutter in Island gesagt hatte, deren Leben mehr oder minder zerstört gewesen war, nachdem die norwegische Jazzdiva ihr ihren Vater gestohlen hatte.

Wenn das stimmte, hing es nur von einem alkoholmarinierten Bassisten ab, ob Ragna arrestiert wurde.

Doch jetzt, wo gegen Alfred wegen Mordes ermittelt

wurde, war Didrik wohl vor allem daran interessiert, seinen Bruder reinzuwaschen?

»Ja, und der Gedanke, dass sie etwas damit zu tun haben könnte, war für ihn wohl genauso schwer zu ertragen wie der, dass sein kleiner Bruder darin verwickelt sein könnte. Aber mein Gott! Alfred?«, sagte Alexander. »Was für ein Motiv sollte *er* haben, Marta zu töten?«

»Ich weiß es nicht.«

Sie sagte nichts von den Drogen, von der Wohnung, in der Alfred viele Jahre gewohnt hatte, von dem Streit ums Geld oder von seiner Mutter.

Sie musste noch einmal mit Viktor reden.

Wenn sie nur nicht so müde wäre.

Wann waren sie heute Nacht eigentlich eingeschlafen? Hatten sie überhaupt geschlafen?

Es schien, als könnte Alexander ihre Gedanken lesen.

»Was hältst du von einem kleinen *power nap*, um all die neuen Informationen zu verdauen?«

»Ja, gern«, sagte sie. »Und eine von deinen magischen Tabletten.«

Es klopfte an der Tür.

Zum zweiten Mal an diesem Morgen fuhr Agnes hoch. Sie musste geträumt haben, oder hatte ihr Handy wieder geklingelt?

Nein, diesmal begriff ihr dösiges Gehirn die Situation richtig.

Es stand wirklich jemand draußen vor der Tür und klopfte.

Jetzt wachte auch Alexander auf. Er sprang auf und sah

sich verwirrt im Wohnzimmer um, auf der Suche nach etwas anzuziehen. Mit der Wolldecke um die Taille hüpfte Agnes auf die andere Seite des Tischs, wo seine Anzughose lag. Sie reichte ihm die Hose, er umarmte sie schnell, und während sie sich wieder auf das Sofa setzte, ging er zur Tür und öffnete.

Agnes bekam sofort Magenschmerzen, als sie sah, wer dort stand.

Viktor schaute an Alexander vorbei ins Wohnzimmer. Er begegnete ihrem Blick.

Sie konnte sich nicht erinnern, ihren besten Freund schon einmal so enttäuscht gesehen zu haben.

Der andere Polizeibeamte, der neben ihm stand, wartete eindeutig darauf, dass Viktor das Sprechen übernahm. Als er das nicht tat, räusperte er sich.

»Kosanovic«, sagte er bestimmt, aber freundlich, »wir haben den ganzen Tag versucht, Sie telefonisch zu erreichen. Warum gehen Sie nicht ans Telefon?«

Alexander sah sich um, als suchte er nach seinem Handy. Er kramte kurz in der Jacke, die er gestern getragen hatte, und zog das iPhone aus der Tasche.

»Verdammt. Tut mir leid«, sagte er und zeigte ihnen den schwarzen Schirm. Der Akku war leer. »Wir haben verschlafen.«

»Verstehe«, sagte der Polizist. »Aber wir würden gern noch einmal mit Ihnen reden, wenn das in Ordnung ist? Vielleicht auf der Wache, da Sie Besuch haben. Ziehen Sie sich bitte an und kommen mit.«

»Natürlich. Aber es wäre schön zu erfahren, um was es geht?«

»Das erzähle ich dir im Auto«, sagte Viktor verärgert.

Was wollten sie von ihm? Hatte es mit seinem Gespräch mit Didrik zu tun?

Agnes wurde plötzlich überdeutlich bewusst, dass sie unter der Wolldecke nackt war, auch wenn niemand das sehen konnte. Es fühlte sich an, als ob alle es trotzdem wüssten. Natürlich taten sie das, dachte sie, denn sowohl ihr Rock, als auch ihre Strumpfhose und ihr Slip lagen gut sichtbar auf dem Wohnzimmerboden. Sie konnte nur bewegungslos auf dem Sofa sitzen wie eine Idiotin, während Alexander hin und her hastete, um noch weitere Kleidungsstücke zusammenzusuchen.

Es hatte etwas von einem *walk of shame* im Sitzen.

Seat of shame.

Alexander kam glücklicherweise nicht zurück und küsste sie, bevor er ging. Er lächelte lediglich in ihre Richtung, fragte, ob sie hinter sich abschließen könne, und hielt sich die Hand ans Ohr wie ein Handy. Er sah sie nicht einmal an, bevor er zu den wartenden Polizeibeamten hinausging.

Verwirrt und rastlos, beschämt, verärgert und unruhig. Die Gefühle überschlugen sich in ihr, als Agnes endlich zu Hause war, über eine Stunde später, nachdem sie in Alexanders Haus in Evanger aufgebrochen war. Im Bahnhof hatten Plakate darüber informiert, dass anstelle des Zugs Ersatzbusse eingesetzt worden waren, und bis der verdammte Bus endlich aufgetaucht war, hatte der Ärger sich in ihr angestaut.

Die widersinnig lange Heimfahrt hatte ihr zumindest

reichlich Zeit zum Nachdenken gegeben. Über Alfred, über Didrik, über Ragna.

Darüber, ob Alexander mehr über den Fall wusste, als er ihr sagte.

Über Marta.

Sie setzte sich an ihren Mac und öffnete aufs Geratewohl ein paar alte Aufnahmen. Hatte das Gefühl, irgendetwas übersehen zu haben, etwas, das Marta erzählt und das sie damals nicht für wichtig gehalten hatte.

Mit ihrem aktuellen Wissen war es anders, Martas Stimme zu hören. Alles, was sie sagte, erschien in einem anderen Licht, nachdem Agnes mit vielen ihr nahestehenden Leuten über sie gesprochen hatte.

Als Marta sagte, dass sie sich bereits früh entschieden hatte, keine Kinder zu bekommen, dachte Agnes, dass Ragna ein Geschenk gewesen sein musste, das sie nicht gewollt hatte.

Als Marta sagte, dass Alfred und Tobias trotzdem wie zwei Söhne für sie seien, wusste Agnes, warum sie Didrik nicht erwähnte.

Als Marta ihre Kindheitsfreundin Lucy als jemanden bezeichnete, der ein Talent zur Dreistigkeit habe, wusste Agnes, dass sie recht hatte.

Und als Marta über das Alter sprach, hatte sie gewusst, dass sie vielleicht nicht mehr viele Jahre zu leben hatte.

»Hast du Angst vor dem Altwerden?«

»Nein. Ich sehe mir Hundertjährige an und beneide sie.«

»Warum?«

»Weil sie ihr Leben ausgekostet haben. Sie haben alles

gemacht, alles bewegt. Jetzt können sie entspannen und den Dingen ihren Lauf lassen.«

»Sehnst du dich manchmal nach dieser Ruhe?«

»Überhaupt nicht. Ich bin für Stricken und Häkeln nicht gemacht. Mir gefällt dieser Ausdruck, der in Mode gekommen ist: das dritte Alter.«

»Was ist das?«

»Das ist das neu gewonnene, aktive Alter unserer Zeit mit all den Möglichkeiten, die es birgt. Früher war es doch so, als würde man sich in das Wartezimmer Gottes setzen, sobald man in Rente ging. Heute ist das glücklicherweise anders. Der amerikanische Präsident ist fast achtzig, verdammt! Gar nicht zu reden von Nancy Pelosi, die die achtzig sogar schon überschritten hat.«

»Es ist gut, dass die Welt sich verändert.«

»Wenn die Jazzszene sich nur im gleichen Tempo verändern würde. Dann wäre ich die Nancy Pelosi des Jazz.«

»Absolut. Kannst du das nicht noch werden?«

»Wie gesagt, die Jazzszene hält nicht ganz Schritt mit der Zeit. Ich habe übrigens gerade ein Buch über das Altern gelesen. Eine etwas über achtzigjährige Amerikanerin wird darin interviewt. Eines Tages stand sie vor dem Spiegel und hat ihre Mutter darin gesehen. Und sie war nicht erschrocken, hat sie gesagt, ganz im Gegenteil, es hat ihr ein seltsames Gefühl von Gemeinschaft und Kontinuität gegeben. So muss es sein. Memento mater.«

»Bist du deiner Mutter ähnlicher geworden?«

»Ja, leider.«

»Hattet ihr kein gutes Verhältnis?«

»Das beste.«

Agnes hatte nie mehr mit Marta über ihre Mutter gesprochen. Sie wusste nur, dass sie früh gestorben war. War das der Grund, dass Marta sich trotz ihrer schrecklichen Diagnose anscheinend darüber freuen konnte, dieses dritte Alter erreicht zu haben?

Agnes öffnete den Browser und googelte »das dritte Alter«.

Einige sprechen über das dritte Alter wie über eine Art Altenpubertät, schrieb eine Psychologin in einem Artikel in einer Ärztezeitschrift. *Sie brechen mit alten Gewohnheiten und Pflichten und haben neue Hoffnung auf eine sinnvolle Zukunft.*

Die Psychologin, die selbst eine reife Frau war, wusste von vielen Menschen, die auf dem Weg ins dritte Alter davon träumten, sich zu befreien, und das auch taten.

Die Leute treffen große, kühne Entscheidungen, über die andere die Köpfe schütteln. Sie lassen sich scheiden, kündigen gut bezahlte Jobs, verkaufen ihr Haus, segeln um die Welt oder investieren in ein Renovierungsprojekt in der Provence, um Oliven anzubauen. Das Stichwort ist nicht Freizeit, sondern Freiheit.

Freiheit.

Hatte Marta in ihrer schwierigen gesundheitlichen Situation ein paar kühne Entscheidungen getroffen, die ihr in dieser letzten Lebensphase mehr Freiheit brachten, jedoch dazu geführt hatten, dass sie ermordet worden war?

Was war für Marta Tverberg die ultimative Freiheit?

Memento mater.

Nur bei zehn Prozent der ALS-Patienten war die Krankheit erblich, erinnerte Agnes sich, gelesen zu haben. Aber sie hatte schließlich nie erfahren, woran die Mutter von Marta gestorben war.

Vielleicht war das einer der Gründe, warum sie nie darüber gesprochen hatte.

Vielleicht hatte sie auch ALS gehabt.

So dass Marta das Ende vor Augen hatte, als sie die Diagnose mitgeteilt bekam.

Damit konnte wohl kaum jemand leben.

Agnes starrte auf den Bildschirm, während ein neuer, beunruhigender Gedanke in ihrem Kopf Gestalt annahm.

Das große Haus in Een war dunkel.

Agnes seufzte tief. Waren Hauki und Ragna auch zu irgendeiner Hütte gefahren? Sie griff nach ihrem Handy, um Hauki anzurufen. Im selben Moment sah sie ein Auto die Hauptstraße entlangkommen. Sie beobachtete, wie es sich näherte, entdeckte einen beleibten Mann auf dem Fahrersitz sitzen und eine Frau neben ihm.

»Agnes! Wir waren gerade in Gjernes, wir wollten zu dir«, sagte Hauki, als er geparkt hatte und ausstieg.

»Ach? Ich dachte, ihr wärt vielleicht im Fjell.«

Hauki sah plötzlich traurig aus.

»Dieses Jahr wird es bei uns nichts mit Ostern in der Hütte. Wir müssen ein Begräbnis organisieren. Und du kannst dir sicher denken, dass Marta ihre ganz speziellen Wünsche geäußert hat, wie das aussehen soll.«

Agnes stutzte.

»Sie hat ihr eigenes Begräbnis geplant?«

Hauki sah sie einen Moment lang an, als hätte er zu viel gesagt, doch dann zuckte er nur mit den Schultern.

»Marta hat alles geplant, für fast alle Situationen. Und das, wo Musik im Spiel war, hat sie sich auf keinen Fall aus der Hand nehmen lassen.«

Erst jetzt stieg Ragna aus dem Auto.

»Hallo«, sagte sie und nickte, wich Agnes' Blick aber aus.

»Also, du zuerst: Worüber wolltest du mit mir reden?«, fragte Hauki. »Geht es um Lucy Fagnastøl? Entschuldige, dass ich dich nicht zurückgerufen habe, aber ich fand, ich sollte dir das persönlich sagen, da Marta diese Geheimnisse trotz allem so lange gehütet hat.«

»Sie hat die Strafe für den Besitz von Cannabis auf sich genommen, mit dem Lucy als Studentin erwischt wurde?«

Hauki sah sie überrascht an.

»Das auch. Aber das andere war noch schlimmer. Das, wofür Fagnastøl auch heute noch ins Gefängnis käme.«

Agnes schwitzte plötzlich.

»Und was war das?«, fragte sie.

»Du hast bestimmt davon gehört, dass Lucy in den Siebzigern nichts ausgelassen hat. Worunter ihr Studium natürlich gelitten hat. Sie hat die Universität in Bergen mit ziemlich schlechten Noten verlassen. Trotzdem hat sie immer bessere Jobs bekommen.«

Er machte eine kleine Pause, als wollte er Agnes Zeit lassen zu begreifen, was passiert war.

»... weil sie ihr Zeugnis von der Juristischen Fakultät gefälscht hat«, sagte er.

»Shit. Ist das wahr?«

»Jepp. Lauritz wusste davon, da die beiden damals zusammen waren. Und als Lucy ihn wegen seines Bruders

Svein Rogne verlassen hat, ist er so wütend geworden, dass er gedroht hat, ihr Geheimnis zu verraten.«

»Woher weißt du das?«

»Von Marta natürlich. Lauritz hat es ihr erzählt. Er wusste, dass sie auch nicht gut auf Lucy zu sprechen war, da sie drei Monate für sie eingesessen hatte und wegen dieses Rauschgiftdelikts in den USA für Tourneen gesperrt war.«

»Aber Marta hat das doch freiwillig gemacht?«

»Freiwillig und freiwillig. Sie hat nicht protestiert, als Lucy der Polizei gesagt hat, dass der Stoff Marta gehörte.«

»So ist das gelaufen? Mein Gott, wie dreist.«

Hauki zuckte die Schultern. Ragna sagte nichts, stand nur da und hörte zu.

»Es gibt einen Grund, das Fagnastøl Lucifer genannt wurde«, sagte Hauki. »Marta hat gedacht, dass die Freundin mehr zu verlieren hatte als sie, hat aber trotzdem beschlossen, dass ihre Freundschaft damit zu Ende war. Jedenfalls wollte Lauritz Lucy irgendwann – gemeinsam mit Marta – erpressen. Marta hatte damals eine große internationale Karriere vor sich und war vernünftig genug, nein zu sagen. Es endete damit, dass diese Freundschaft auch zu Ende war. Dann hat er den Job als Leiter des neu geschaffenen Jazz-Festivals in Voss bekommen. Und wir alle wissen, wozu er seine Macht gebraucht hat, der verbitterte Faulenzer.«

»Mein Gott.« Agnes fragte sich, warum er ihr das alles nicht schon bei ihrem ersten Besuch erzählt hatte. »Ich gehe davon aus, dass man euch benachrichtigt hat, dass Alfred Rogne des Mordes beschuldigt wird?«

Sowohl Hauki als auch Ragna nickten ernst.

»Ich weiß nicht, ob die Polizei ihn schon vorher auf dem Schirm hatte«, sagte Hauki. »Aber schließlich musste ich ihnen von den Drogen erzählen ...«

»Natürlich. Aber hast du eine Ahnung, was für ein Motiv er gehabt haben soll? Glaubst du, Marta hat gewusst, dass er dealt? Oder meinst du, dass es etwas mit Lucy zu tun hat?«

Vater und Tochter sahen sich kurz an.

»Willst du mit reinkommen?«, fragte Ragna. »Es gibt da noch etwas, worüber wir gern mit dir reden möchten.«

Wieder einmal zuckte Agnes beim Anblick von Martas Portrait zusammen. Doch im Gegensatz zu den anderen Malen, die sie an dem Gemälde vorbeigekommen war, blieb sie jetzt davor stehen und betrachtete es eingehend. Und ihr fiel auf, dass ein klitzekleines Lächeln Marta Tverbergs Mund umspielte.

»Ich habe in Erwägung gezogen, sie bald abzuhängen.« Hauki stand plötzlich neben ihr. »Oder sie zumindest in ein anderes Zimmer zu hängen. Es ist gut, sie hierzuhaben, aber es fühlt sich auch ein bisschen so an, als würde sie mich bei allem, was ich tue, beobachten, als müsste ich nach ihrer Pfeife tanzen. Immer noch.«

Agnes war überrascht über den neuen Ton.

»Ich weiß, dass Marta ALS hatte«, sagte sie. »Und ich gehe davon aus, dass du das auch gewusst hast?«

Ragna blieb in der Tür stehen. Mehrere lange Sekunden sagte keiner etwas.

Schließlich trat Hauki dicht an das Bild heran und streichelte seiner Frau über die Wange.

»Ich habe versprochen, niemandem etwas von der Diagnose zu erzählen«, sagte er. »Das war ihr letzter Wunsch.«

Agnes hörte sich schlucken.

»Was … was heißt das? Sie hätte die Krankheit doch nicht verbergen können, wenn sie schlimmer geworden wäre?«

Ragna sah zu Boden, bevor sie in der Küche verschwand. Eigentlich begriff Agnes, was Hauki gesagt hatte. Es war nur schwer zu akzeptieren, dass sie gehört hatte, was sie gerade gehört hatte.

»Sie hat sich entschlossen, nicht so lange hierzubleiben, bis das passiert«, sagte er leise.

»Willst du damit sagen …«

»… dass Marta sich umgebracht hat. Ja.«

Agnes stand wie am Boden festgefroren vor dem Portrait der Jazzdiva. Sie versuchte zu begreifen, was Hauki ihr gerade erzählt hatte.

Dann war es wirklich so, wie sie bereits vermutet hatte.

Martas Mutter hatte auch ALS gehabt. Auch sie war nicht offen mit der Krankheit umgegangen, sondern hatte die Symptome verschwiegen, bis es nicht länger möglich war. Marta hatte gesagt, es wäre so, als würde man einer Pflanze beim Welken zusehen. Sie hatte sich sehr deutlich geäußert, dass sie das nicht erleben wollte und dass Hauki die Last erspart bleiben sollte, sich um die Pflanze zu kümmern.

»Marta hat die Diagnose ziemlich früh bekommen, sie hatte lediglich sehr diffuse und nur sporadisch Symptome. Aber durch ihre Mutter wusste sie, dass es schnell gehen konnte«, erklärte er. »Sie hat sich geweigert, der Krankheit Raum zu geben und so lange zu warten, bis sie nicht mehr Saxophon spielen kann. Sie hat sich geweigert, schwach zu werden. Stattdessen hat sie darauf bestanden, bis zum Ende stark zu sein.«

»Aber …«, brachte Agnes schließlich heraus. »Warum hast du nichts gesagt? Der Polizei, meine ich?«

»Weil wir ihr auch das versprochen haben«, erwiderte er leise.

Wir.

Sie.

Er und seine Tochter.

Ragna hatte davon gewusst. Oder war sich zumindest darüber im Klaren gewesen, dass das passieren konnte. Sie war wahrscheinlich strengstens instruiert worden, vor der Aufführung der Auftragskomposition auf das Instrument aufzupassen. Was in Anbetracht der Tatsache, wie gefährlich das Gift war, auch für sie potenziell hätte tödlich enden können.

Hauki schüttelte den Kopf.

»Ich weiß, ich weiß, das hört sich total krank an, in aller Ruhe zuzusehen, wie Polizei und Kripo im Mord an der eigenen Frau ermitteln, wenn du weißt, dass sie selbst alles geplant hat. Uns war nicht klar, welches Ausmaß das Ganze annehmen würde. Wir haben vielleicht damit gerechnet, dass die Polizei irgendwann die Zeichen versteht. Aber jetzt, wo sie faktisch jemanden festgenommen haben …«

»Mein Gott, Hauki, du musst die Wahrheit sagen!«, rief Agnes, schockiert über das, was sie von Hauki erfahren hatte. »Deine Frau hat einen unschuldigen Mann mit in den Tod genommen! Den Mann von Alfred! Der jetzt des Mordes an beiden beschuldigt wird!«

Hauki sah gequält aus, als würde er jeden Moment anfangen zu weinen.

»Das weiß ich. Das Ganze hat sich zu einem verdammten Chaos entwickelt. In meinen schlimmsten Albträumen hätte ich nicht gedacht, dass es so schiefgehen könnte. Und natürlich wäre es richtig, sofort zur Polizei zu gehen. Du musst mir glauben, wenn ich sage, dass ich viele Nächte wach gelegen und darüber nachgedacht habe. Das war es, worüber wir mit dir reden wollten. Denn wie sich gezeigt hat, hat Marta gewollt …«, sagte er und warf erneut einen Blick auf das Gemälde, »dass du das alles ans Licht bringst, Agnes. In deinem Buch.«

Marta hatte noch eine Tonaufnahme hinterlegt.

Ausgerechnet in Haukis Rasierkästchen, von dem sie wusste, dass er es jeden Freitag hervorholte, um vor dem Wochenende seinen gewaltigen Bart zu stutzen. Er hatte die übliche Routine am Karfreitag ausfallen lassen, sagte er, er war zu deprimiert gewesen. Doch am Samstagmorgen hatte er sich entschlossen zu duschen, wie Marta das gewollt hätte. Ihm war klar gewesen, dass das ein Gruß von ihr war, als er seinen Rasierapparat auf einem kleinen Olympus-Aufnahmegerät hatte liegen sehen.

»Sie sagt darin, dass sie nicht mehr hier sein wird, wenn ich das höre«, erzählte Hauki. »Aber dass sie hofft, weiterhin einen Platz in meinem Herzen zu haben. Sie bedankt sich für die Reise, sagt, dass sie mich liebt und dass sie schließlich die Lösung für sich gefunden hat.«

Agnes sah zu ihm hoch.

»Äh, dann hast du also nicht gewusst, dass sie sich während des Festivals auf der Bühne umbringen wollte?«

Hauki schüttelte traurig den Kopf.

»Nein. Aber es war mir sofort klar, als es passiert ist. Sie hat so viel davon geredet, dass sie den Leuten gern einen Schrecken einjagen wollte, wie sie es ausgedrückt hat.«

Hauki sagte auch, dass Marta auf dem Aufnahmegerät von ihrem Plan erzählt, dass »keine Unschuldigen darunter leiden sollen« und dass sie hofft, dass er ihre Entscheidung akzeptieren kann, selbst wenn er sie vielleicht nicht versteht.

Agnes ärgerte sich mehr und mehr über das, was sie hörte.

Unter einem Selbstmord hatten Unschuldige genauso zu leiden wie unter einem Mord.

Durch Martas Selbstmord war sogar ein unschuldiger Mann ums Leben gekommen, der versucht hatte, ihr zu helfen.

»Marta sagt noch mehr auf der Aufnahme«, fuhr Hauki fort. »Nämlich, was ich dir sagen soll. Wie sie sich vorstellt, dass all das in dem Buch erzählt wird. Dass sie einen Vorschlag für das letzte Kapitel hat.«

Agnes verabschiedete sich nicht von Hauki und Ragna. Sie schwieg und ging einfach raus zu ihrem Auto. Blieb darin sitzen und starrte zu dem Haus hin, dem Zuhause, in dem Marta Tverberg ihren verqueren Plan ausgebrütet hatte.

Ihr erster Gedanke war, direkt zur Polizeiwache hinunterzufahren und Viktor oder Kristina Bachmann alles zu erzählen. Diesem Wahnsinn ein für alle Mal ein Ende zu bereiten.

Dann dachte sie an ihr Buch.

Was der Redakteur in Oslo für ein Gesicht machen würde, wenn sie ihm ihren Erstentwurf schickte. An die Aufmerksamkeit, die die Veröffentlichung erregen würde.

An das Geld, das sie verdienen würde.

Was es für ihre Karriere bedeuten könnte.

Es würde der meistbesprochene Titel des Jahres werden.

Sie musste zumindest erst einmal über die Sache nachdenken.

Marta war ohnehin tot. Tobias war ohnehin tot.

Aber ein unschuldiger Mann saß für beide Morde im Gefängnis, und das musste sie in Ordnung bringen.

Agnes startete den Motor und nahm die Hauptstraße westwärts Richtung Vangen.

Sie war verwirrt. Denn es gab immer noch ein Teil, das nicht in das Puzzle passte.

Lauritz Fadnes.

»Du schon wieder«, sagte Didrik Rogne.

Er saß in der Bar des *Fleischer's* und hatte sich über sein Bier gebeugt.

Wenn er niemanden sehen wollte, hätte er bessere Verstecke finden können als dieses. Es machte viel eher den Eindruck, als wollte er gefunden werden.

Als wäre es wichtig für ihn, gesehen zu werden.

Während er in sein Halbliterglas starrte, studierte Agnes das, was von seinem Gesicht zu sehen war. Sie ging davon aus, dass er auch jetzt nicht nüchtern war, doch er wirkte versöhnlicher, als fehlte ihm die Kraft, wie gewohnt der widerwärtige Typ zu sein.

Das war vielleicht nicht so seltsam. Sein Bruder stand schließlich unter Mordverdacht.

»Wir müssen über Alfred reden«, sagte sie.

»Alfred hat niemanden umgebracht.«

»Das denke ich auch. Aber ich fürchte, dass er Beihilfe geleistet habe könnte, ohne sich darüber im Klaren gewesen zu sein.«

Jetzt blickte Didrik auf.

»Wir müssen über die Drogen reden«, sagte Agnes.

»Wovon sprichst du?«

»Hallo, du brauchst deinen Bruder nicht mehr zu beschützen. Wenn du nicht willst, dass Alfred unschuldig wegen Mordes im Knast landet, solltest du besser anfangen, mir ein bisschen zu helfen.«

Plötzlich rieb Didrik sich mit beiden Händen über das Gesicht, als wäre das alles ein Albtraum, aus dem er aufwachen wollte.

»Ich habe nichts anderes getan als versucht, ihm zu helfen, dass er mit dem Scheiß aufhört«, sagte Didrik. »Wir haben bereits einen Alkoholiker in der Familie, wir brauchen nicht auch noch einen Rauschgiftsüchtigen. Er hat ein verdammt gefährliches Spiel gespielt, das habe ich ihm mehrmals klar und deutlich gesagt.«

Jetzt sah Didrik Agnes direkt an. Seine eigenen Worte schienen ihm klargemacht zu haben, warum sie gekommen war.

»Aber weshalb hätte Alfred Marta umbringen sollen«, sagte er. »Das Weib war ja die reinste *sugar mama* für ihn und Tobias, sie hat ihn schließlich all die Jahre umsonst in der Bude wohnen lassen.«

»Wie gesagt, ich glaube nicht, dass er jemanden umgebracht hat … willentlich«, sagte Agnes ruhig.

Jetzt schien Didrik verwirrt. Sie konnte ihm noch nicht erklären, wie die Dinge zusammenhingen, aber sie war sich ziemlich sicher. Marta hatte sehr wahrscheinlich gewusst, dass Alfred so gut wie jede Droge besorgen konnte. Das war die einfachste Art, an die Substanz zu kommen, mit der sie offensichtlich beschlossen hatte, sich umzubringen. Vielleicht hatte sie auf diese Art die Miete von Alfred eingefordert. Vielleicht hatte sie ihm auch damit gedroht, ihn wegen des Dealens bei der Polizei zu verpfeifen, wenn er nicht tat, worum sie ihn bat.

Schwerer zu verstehen war, warum sie sich die Mühe gemacht und nicht einfach eine Handvoll Schlaftabletten aus der Apotheke geschluckt hatte.

Warum sie so weit gegangen war, sich eine Substanz zu beschaffen, die stark genug war, große Tiere zu betäuben.

Agnes spürte, wie es ihr plötzlich eiskalt den Rücken hinunterlief.

Natürlich.

Die Verbindung zwischen dem Elefantendope und dem Elefanten war vielleicht *speziell*, wie Viktor es ausdrückt hatte, aber sie glaubte keine Sekunde länger, dass sie zufällig war.

Wenn Marta von Anfang an geplant hatte, sich bei der Aufführung der Auftragskomposition auf dem Vossa Jazz-Festival umzubringen, hatte sie dafür sorgen müssen, dass sie den Auftrag bekam.

Lucy Fagnastøl hatte wahrscheinlich etwas von der lebenslangen Schuld abgegolten, in der sie bei Marta stand, indem sie Kurt Guneriussen ausbezahlte, so dass der Weg für die Diva frei war.

Das wäre niemals möglich gewesen, hätte Lauritz Fadnes, der eifersüchtige Ex-Kumpel und Ex-Freund der beiden, der Martas musikalisches Wirken in ihrer Heimatstadt all die Jahre erschwert hatte, noch auf dem Chefsessel gesessen.

Zudem hatte er auch seinem Neffen das Leben schwer gemacht.

Wenn bei der Obduktion von Fadnes Spuren von Karfentanyl gefunden wurden, konnte das gute Leben in der Neunmillionenbude Alfred Rogne teuer zu stehen kommen.

Agnes beschloss, es zu riskieren und mit Didrik zu teilen, was sie wusste.

»Ich weiß, dass Alfred Marta nicht umgebracht hat, aber ich habe Sorge, dass er euren Onkel umgebracht haben könnte.«

Sie rechnete mit einer schockierten Reaktion. Sie rechnete mit Wut.

Doch Didrik Rogne sah völlig unbeeindruckt aus.

»Das hat er auf keinen Fall«, sagte er und sah sie mit einem Gesichtsausdruck an, den man vor allem als verärgert beschreiben könnte. »Das Wochenende, an dem Onkel Lauritz gestorben ist, war Alfred zusammen mit mir in Kopenhagen.«

Agnes blieb im Foyer stehen, noch verwirrter als bei ihrer Ankunft.

Eine schöne Frau mit langen, dunklen Haaren, die mit

einer Tasse Kaffee vorbeiging, lächelte sie scheu an, als würde sie sich fragen, ob sie sie grüßen sollte oder nicht. Sie setzte sich an einen kleinen Tisch ganz hinten am Fenster. Die Frau war offensichtlich Gast im Hotel, sie sah nicht so aus, als wäre sie Norwegerin, hatte aber trotzdem etwas Bekanntes an sich.

»Da haben wir ja den Judas in Person!«

Ingeborg kam mit einem Stapel Papiere in der einen und einer Flasche Wasser in der anderen Hand auf sie zu. Erst jetzt wurde Agnes klar, dass sie ihre beste Freundin weder zurückgerufen noch auf die SMS geantwortet hatte, die sie ihr in der Nacht und am Vormittag geschickt hatte.

»Danke für die Info, dass du gegangen bist. Nein, warte! Die habe ich nie bekommen!«

»Sorry!« Agnes umarmte die Freundin, die die Umarmung nur halbherzig erwiderte. »Eine gewisse Person ist aufgetaucht. Wir sind nach Hause gefahren, um zu reden.«

»Was bist du nur für eine Freundin, mich mit dem jungen Gemüse allein zu lassen«, sagte Ingeborg streng, bevor ein Lächeln auf ihrem Gesicht auftauchte. »Ein Glück für dich, dass ich so gesellig bin!«

»Du hast jemanden zum Tanzen gefunden?«

»Besser. Lass mich nur so viel sagen, dass einem Touristen heute Nacht eine gute Vossa-Reklame zuteilgeworden ist. Und dass eine erschöpfte Mutter eines Kleinkinds von den Toten auferstanden ist.«

»Oi, wer war der glückliche Typ?«

Die Freundin zuckte mit den Schultern.

»Gute Frage. Wir haben nicht so viel geredet. Aber er kam aus dem Süden.«

Agnes stutzte.

»Groß? Mit leicht nasaler Stimme und behaarten braunen Armen?«

»Tja, das hört sich nach einer guten Beschreibung an, angezogen jedenfalls«, sagte ihre Freundin und zwinkerte ihr zu. »Woher weißt du das?«

»Mein Gott, Ingeborg«, sagte Agnes, so ruhig sie konnte, »ich glaube, du warst mit Tor Erik Åkervold im Bett. Mit *VG-Åkervold.*«

»Verdammt.« Ingeborg schlug sich die Hand vor den Mund. »Jetzt, wo du es sagst, hat er irgendwann davon gesprochen, dass er die Zeitung anrufen muss.«

Sie kicherte.

»Jaja, dann sind wir jetzt so etwas wie … Lochschwägerinnen?«

Agnes schüttelte den Kopf und ließ sich in einen der tiefen Ledersessel an der Rezeption fallen.

»Entschuldige«, sagte Ingeborg, »ich wusste ja nicht, wie Åkervold aussieht. Bist du sauer?«

»Mir ist Tor Erik Åkervold scheißegal«, erwiderte Agnes ein bisschen zu schroff. Sie schloss die Augen. Alle Fragen, all die losen Enden, die Informationen über den Selbstmord und Martas hinterlistigen Plan – all das stürmte erneut auf sie ein. »Ich bin nur sehr erschöpft.«

»Ich auch. Es zehrt, die ganze Nacht zu trinken und Sex zu haben.«

»Ich dachte jetzt eigentlich mehr an den Fall.«

Sie wollte Ingeborg noch nicht erzählen, was sie erfahren hatte, nicht, bevor das gesamte Puzzle gelegt war.

Sie hatte das Gefühl, dass es eilte.

»Okay. Aber ich fürchte, dass gerade noch mehr auf dich zukommt«, sagte die Freundin.

Agnes sah sie müde und fragend an.

»Heute Vormittag hat ein neuer Gast im Hotel eingecheckt, der hoffentlich nicht gekommen ist, um deine private Idylle zu zerstören.«

»Wer?«

Ingeborg nickte in Richtung der schönen, dunkelhaarigen Frau am Fenster.

»Olivia Kosanovic.«

Was immer die Ex-Frau von Alexander in Voss wollte, es konnte kaum etwas Gutes sein.

Ingeborg war wieder gegangen, und auch Agnes sollte sich auf den Weg machen. Stattdessen blieb sie stehen und sah zu dem Fenstertisch hinüber.

Plötzlich blickte Olivia Kosanovic auf und winkte.

Winkte sie ihr zu?

Agnes drehte sich um, um sicherzugehen. An der Rezeption war niemand.

Die Schöne, Dunkle lächelte und nickte, als ihre Blicke sich erneut trafen.

Sie musste gesehen haben, dass Agnes dastand und sie wie eine Idiotin anstarrte.

Verdammt.

Okay. Agnes atmete tief durch. Wahrscheinlich spielte es keine Rolle, ob sie sich früher oder später begegneten, vielleicht würde es sogar verhindern, dass sie eine dieser magischen Exen wurde, die im Hintergrund herumspukten. Sie ging zu ihrem Tisch.

»Hei!«, sagte Olivia. »Sind wir uns nicht schon einmal begegnet?«

Sie sprach gebrochen Norwegisch. Ihr Blick war sanft, aber forschend. Das schwarze, glänzende Haar hing in einem langen Pferdeschwanz über der einen Schulter, die braunen Augen rahmte ein diskreter brauner Eyeliner ein. Sie trug einen milchweißen Wollpullover und eine schmale Jeans.

»Eigentlich nicht. Ich heiße Agnes Tveit. Ich …«

»Genau! Sie sind Journalistin bei der Regionalzeitung, nicht wahr? Ich meine, mich von ihrem Profilbild auf Facebook an Sie zu erinnern. Sorry, in solchen Dingen bin ich ein bisschen autistisch. Sie haben mich vor ein paar Tagen wegen eines Interviews angerufen?«

Noch mal verdammt.

»Äh, ja, das war ich, aber …« Sie musste ehrlich sein, sie konnte jetzt nicht lügen. »Eigentlich war ich nur neugierig … auf Sie.«

Die Frau runzelte die Stirn.

»Hä?«

»Ja, denn …« Agnes atmete tief durch und sah ihr direkt in die Augen. »Ich glaube, ich bin in ihren Ex-Mann verliebt.«

Olivia Kosanovic – es war so verwirrend, dass sie noch immer seinen Nachnamen trug! – schien überrascht zu sein, was nur natürlich war. Agnes hatte Angst, dass sie wütend oder traurig werden könnte. Doch es sah nicht so aus.

»Möchten Sie sich kurz setzen?«

»Okay …«

Agnes setzte sich ein wenig unsicher auf die andere Seite des Tisches.

»Eigentlich bin ich zum Begräbnis von Marta Tverberg hier«, sagte Olivia. »Außerdem muss ich noch einiges aus dem Lager holen, deshalb habe ich mir gedacht, ich könnte beides miteinander verbinden. Ich hätte vielleicht die Kinder mitbringen sollen, schließlich wäre es eine gute Gelegenheit für sie gewesen, ihren Vater zu sehen, aber ich bin zu dem Schluss gekommen, dass Alex zurzeit sicher viel zu tun hat … nach allem, was passiert ist. Es freut mich zu hören, dass er jemanden kennengelernt hat.«

Die Frau lächelte, und Agnes spürte, wie ihre Wangen heiß wurden. Sie war froh, dass Alexanders Ex-Frau nicht sauer war, aber es bildete sich trotzdem ein Klumpen in ihrem Magen, als sie ihn Alex nannte.

»Haben Sie Marta gut gekannt?«, fragte Agnes.

»Ich habe sie in Brüssel mehrmals getroffen, so dass wir uns mit der Zeit ganz gut kennengelernt haben. Seltsamerweise hatten wir nicht mehr so viel Kontakt, nachdem wir hierhergezogen waren. Sie war oft auf Reisen. Ja, das ist wirklich tragisch, das Ganze.« Olivia rührte mit einem Löffel in ihrer Kaffeetasse. »Aber worüber wollten Sie eigentlich mit mir reden? Sie brauchen sich keine Sorgen zu machen, dass ich meinen Ex-Mann zurückhaben will. Ich habe meinen Nachnamen nur noch nicht geändert, weil so viel los war, aber es ist der nächste Punkt auf meiner Liste. Das mit Alex und mir war eine ebenso schlechte Idee wie die Sauerteigbäckerei.«

Agnes spürte, wie der Klumpen im Magen sich auflöste. Und dass sie Olivia tatsächlich mochte.

»Ich muss zugeben, dass es mich freut, das zu hören. Und von der Spielsucht weiß ich. Ich gehe davon aus, dass sie das mit *he has made his own bed* gemeint haben. Ich verstehe gut, dass das die Beziehung tiefgreifend zerstört hat.«

Olivia runzelte die Stirn.

»Das Spielen hat die Beziehung eine Weile schwierig gemacht, absolut, aber es ist nicht der Grund, warum wir nicht mehr zusammen sind. Ich dürfte während dieses Albtraums eine der verständnisvollsten Frauen der Weltgeschichte gewesen sein. Und der Dank, den ich bekommen habe …« Sie schüttelte leicht den Kopf. »Lassen Sie uns einfach sagen, dass es Alex war, Alex ganz allein, der unsere Ehe zerstört hat. Hoffentlich hat er aus seinen Fehlern gelernt. Denn er hat wirklich viele andere gute Eigenschaften.«

»Darf ich fragen, wie er die Ehe zerstört hat?« Jetzt wollte sie alles erfahren.

»Wie die meisten Männer ihre Ehen zerstören. Er hatte eine andere.«

Agnes bemerkte, dass sie erleichtert war. Ja, das war sie wirklich. Okay, seine Ex-Frau glaubte immer noch, dass Alexander eine Geliebte gehabt hatte. Und selbst falls es stimmte, konnte Agnes ganz gut damit leben. Sie hatte den Schrank mit ihren eigenen Skeletten schließlich auch noch nicht aufgemacht. Ihre Fehltritte waren vielleicht nur noch eine weitere Gemeinsamkeit.

»Er hat hoffentlich daraus gelernt«, sagte Olivia versöhnlich. »Mich hat das Misstrauen ganz verrückt gemacht, und zuletzt habe ich ihn auf frischer Tat ertappt.«

»Oh. Wie das?«

»Na ja, wenn ich jetzt daran denke, kommt mir mein eigenes Verhalten total bescheuert vor. Ich bin eines Nachts aufgewacht – ich erinnere mich gut daran, weil wir an dem Tag den Geburtstag unserer ältesten Tochter gefeiert hatten, es war der 29. Juli – und habe gesehen, dass er nicht im Bett lag. Dann habe ich über *Find My iPhone* herausgefunden, wo er war, und bin dorthin gefahren. Es ist eigentlich nicht meine Art, so etwas zu tun, aber das Misstrauen hatte mich so fertiggemacht, dass ich total den Verstand verloren habe. Ich wollte endlich eine Antwort auf die Frage, die schon lange an mir nagte.«

Agnes dachte mit Grauen daran, wie eifrig Fredrik jedes Mal die *Find My iPhone*-App benutzt hatte, wenn sie vergessen hatte, wo sie ihr Handy hingelegt hatte. Trotzdem war er so wenig eifersüchtig gewesen, dass er die Male, die sie die ganze Nacht nicht nach Hause gekommen war, keinen Gebrauch davon gemacht hatte.

»Ich musste nicht lange warten. Er kam schon bald aus dem Haus.«

»Haben Sie herausgefunden, wer die Frau war?«

»Ja, das habe ich, wie gesagt, sofort überprüft. Ich glaube, ich werde weder den Namen noch die Adresse jemals vergessen. Die Frau hieß Lisa Dagestad und wohnte im Gullfjordungsvegen 15.«

Agnes strebte mit umnebeltem Kopf und hohem Puls dem Ausgang zu.

Es konnte nicht so sein, wie sie befürchtete.

Olivia musste die Hausnummer falsch in Erinnerung haben. Oder das Datum.

Alexander konnte nicht in der Nacht zum 30. Juli aus dem Gullfjordungsvegen 15 gekommen sein.

In der Nacht, in der der Hausbesitzer, Lauritz Fadnes, ermordet worden war.

Denn dort hatte keine Lisa Dagestad mehr gewohnt.

Die Mieterin war viele Monate zuvor ausgezogen.

Der Einzige, der noch im Haus wohnte, war Fadnes selbst.

»Danke für gestern!«

Plötzlich stand Tor Erik Åkervold vor Agnes. Sie musste einen aufgewühlten Eindruck gemacht haben, denn sein dümmliches Grinsen verschwand, als sie ihn ansah.

»Nicht jetzt! Bitte!«, rief sie und ärgerte sich, den Mund aufgemacht zu haben, weil ihre Stimme so erschrocken klang.

»Sorry!«, sagte er und hielt die Hände hoch, als wollte er sich der Polizei stellen. »Ich ... ich wohne aber hier. Du siehst blass aus, Agnes, wie geht es dir?«

Mit zitternden Händen fischte sie ihr Handy aus der Tasche und sah, dass sie eine SMS von Alexander bekommen hatte.

Endlich wieder zu Hause. Habe der Polizei mit weiteren Infos zu Alfred geholfen, so gut ich konnte. Bin total erschöpft. Komm gern vorbei und entspann dich hier, wenn du mit der Arbeit fertig bist.

»Es führt ein gerader Weg in die Hölle«, sagte Agnes und ging durch die Tür. »Auch bekannt als Evanger.«

Es musste eine natürliche Erklärung dafür geben.

Das *musste* es.

Agnes betrachtete das kleine Haus in der Knute Nelsongata im Rückspiegel. Sie stieg aus dem Auto und ging zur Haustür.

Sie klopfte an, und Alexander war sofort da. Er schlang die Arme um sie, zog sie eng an sich, spürte jedoch, wie sie sich versteifte, ließ sie sofort wieder los und trat einen Schritt zurück.

»Stimmt etwas nicht, Agnes?«

Sie zwang sich, ihn anzusehen, suchte nach Zeichen von Angst in den braunen Augen. Doch alles, was sie sah, waren Besorgnis und Freude.

»Was hast du gemacht, Alexander?«

»Was meinst du?«

Erst jetzt fing sein Blick an zu flackern.

»Ich weiß, dass du in der Nacht, als Lauritz Fadnes gestorben ist, bei ihm warst.« Agnes versuchte das, was sich wie ein großer Klumpen im Hals anfühlte, hinunterzuschlucken. »In der Nacht, in der er ... ermordet wurde, wovon die Polizei jetzt mit Sicherheit ausgeht.«

Alexander starrte sie an. Seine Augen wurden feucht, bis sie überliefen und Tränen über seine Wangen rannen.

Plötzlich drehte er sich um und ging ins Haus. Agnes folgte ihm zum Sofa, setzte sich neben ihn und sah zu, wie er sich vorbeugte und den Kopf in den Händen vergrub. Er murmelte etwas, das sie unmöglich verstehen konnte.

»Was hast du gesagt?«

Alexander hob den Kopf, sein Gesicht war jetzt nass, der Blick stumpf.

»Ich sagte: So musste ich meine Schulden zurückzahlen.«

Ein Schauer lief ihr den Rücken hinunter.

»Die Spielschulden?«

Er nickte leicht.

»Es ist gefährlich, sich von jemandem abhängig zu machen. Das hat Alfred wohl auch zu spüren bekommen, nehme ich an. Hätten wir voneinander gewusst, hätten wir zur Polizei gehen können statt das … zu tun, worum man uns gebeten hatte.«

»Dann hat Alfred die tödliche Substanz beschafft.«

»Das weiß ich nicht, aber ich nehme es an. Mir ist erst bei dem Verhör heute bei der Polizei klargeworden, dass er in der Sache mit drinhängt. Ich habe nicht nachgefragt, was das für ein Pulver war oder woher es kam. Mir ist nur gesagt worden, dass ich Handschuhe anziehen und nicht damit in Kontakt kommen sollte. Alfred hat offenbar auch nicht nachgefragt, wozu es benutzt werden sollte.«

Alexander schwieg kurz.

»Was waren wir für Idioten«, sagte er.

Agnes fror plötzlich in dem warmen Wohnzimmer. Sie wusste nicht, was sie sagen oder ob sie verschwinden sollte.

»Dann hast du … du hast dich zum Auftragsmörder machen lassen, um deine Spielschulden zurückzuzahlen.«

Er nickte.

»Ich habe dir nicht die ganze Wahrheit gesagt, was in Brüssel passiert ist, Agnes. Die Spielschulden … die waren hoch. Erschreckend hoch. Ich schuldete den falschen Leuten große Summen, und sie waren bereit, weit zu gehen, um ihr Geld zurückzubekommen …«

Seine Augen füllten sich erneut mit Tränen.

»Sie haben mir Bilder von meinen *Kindern* geschickt!«

Er hörte sich verzweifelt an und atmete ein paarmal tief durch.

»Jemand hatte sie auf dem Weg zur Schule fotografiert. Ich war zu Tode erschrocken, ich musste meine Familie von dort wegbringen. Marta hat mir nicht nur geholfen, den Torpedo zu bezahlen, sie hat auch die Räumlichkeiten für die Sauerteigbäckerei beschafft und gesagt, dass sie mir einen Job besorgen wird, wenn wir nach Norwegen ziehen. Die Schulden, die ich bei ihr hatte … Ich habe ja gewusst, dass sie irgendwann die Rückzahlung einfordern würde, doch es war ein Schock, als das in Form eines solchen Auftrags geschah.«

»Du hättest dich einfach weigern können.«

»Das konnte ich nicht! Dann wäre mein Leben zerstört gewesen, da bin ich mir sicher. Außerdem …«

»Außerdem was?«

»Lauritz Fadnes wäre ohnehin bald gestorben. Er hatte mehrere Herzinfarkte und hat so ungesund gelebt, dass es jederzeit vorbei sein konnte. Lebensmüde war er seit langem, und er hatte auch keine Familie, die um ihn getrauert hätte. Ein wenig Pulver auf seinen Lippen hat nur beschleunigt, was sonst auf natürlichem Weg passiert wäre.«

»So dass der Rest des Plans in Kraft treten konnte? Des Plans, dass du der neue Leiter von Vossa Jazz wirst und Marta die Komponistin der Auftragskomposition?«

Alexander zuckte mit den Schultern.

»Niemand hat mir gesagt, wie der Plan aussah, aber ich habe vermutet, dass er so aussehen würde. Lucy Fagnastøl hat das Ganze vermutlich unterstützt. Aber das musst du mir glauben, Agnes: Ich habe nichts – absolut nichts – mit dem Mord an Marta zu tun. Es war ein Schock, als mir klarwurde, dass sie mit dem gleichen Stoff umgebracht worden war. Ich habe sie nicht ermordet, bitte glaub mir das!«

Plötzlich schien Alexander in sich zusammenzufallen, jetzt, wo die Wahrheit heraus war und er ihr von seiner größten Angst erzählt hatte: seine Kinder endgültig zu verlieren. Er begann zu schluchzen. Er setzte sich auf das Sofa auf dieselben Kissen, auf denen sie vor knapp vierundzwanzig Stunden Sex gehabt hatten. Agnes war ungewöhnlich ruhig angesichts dieser neuen Informationen, als hätte jemand einen großen, luftdichten Deckel über ihre Gefühle gestülpt.

Aber sie war unsicher, was sie tun, was sie sagen sollte.

Schließlich ging sie zu ihm, setzte sich neben ihn und streichelte ihn vorsichtig über den Rücken.

»Ich weiß, dass du Marta nicht umgebracht hast«, sagte sie und wartete, bevor sie den Satz beendete. »Sie hat sich selbst umgebracht.«

Er drehte sich abrupt ihr zu.

»Was?«

Alexander sah aufrichtig geschockt aus.

»Marta hatte ALS«, erklärte Agnes. »Es wäre schnell bergab gegangen mit ihrer Gesundheit und den Körperfunktionen. Ihre Karriere wäre bald zu Ende gewesen. Der Plan war wohl, das eigene Leben auf grandiose Weise enden zu lassen.«

Alexander starrte vor sich hin und schüttelte langsam den Kopf.

»Mein Gott«, sagte er.

Ja, mein Gott, dachte Agnes.

Der Mann, in den sie verliebt war, war ein Mörder.

Der Mann, der sie glauben gemacht hatte, dass es ein gemeinsames Leben für sie gab, hatte einem anderen Menschen das Leben genommen.

Sie holte tief Luft.

»Du musst zur Polizei gehen, Alexander. Du musst ihnen erzählen, was du getan hast. Ich werde dir beistehen. Das verspreche ich.«

»Danke, Agnes. Aber das kann ich nicht.«

»Was kannst du nicht?«

»Ich kann die Schuld für den Mord an Fadnes nicht auf mich nehmen.«

»Aber …«

»Ich kann nicht zu dem Typ Migrant werden!«, rief er verzweifelt, dann sagte er hart: »So einer kann ich nicht werden.«

Agnes versuchte, Augenkontakt zu ihm herzustellen, aber er starrte nur mit leerem Blick vor sich hin.

»Du kannst zu jemandem werden, der seine Fehler zugibt«, sagte sie ruhig. »Zu einem, der für sich einsteht.«

Er begann erneut zu weinen, lehnte sich an sie und ließ den Kopf an ihre Schulter sinken.

Dann hob er den Kopf, bis ihre Blicke sich endlich trafen.

Da war etwas Neues in seinen Augen, etwas, das sie vorher noch nie gesehen hatte.

»Entschuldige, aber es gibt keinen anderen Ausweg«, sagte Alexander.

Vorsichtig legte er ihr die Hände um den Hals.

Dann drückte er zu.

Er begegnete ihrem erschrockenen Blick mit seinen tränennassen pechschwarzen Augen.

Agnes spürte, wie ihr Hals sich zusammenzog, wie sich langsam das Blut in ihrem Kopf sammelte.

Schwarze Flecken erschienen vor ihren Augen.

Doch die Panik überschattete die Schmerzen.

Die furchtbare, unveränderbare Realität.

Er würde auch sie umbringen.

Sie spürte, wie ihr Körper schlaffer wurde, wie sie bereits zu resignieren begann.

Ein Gesicht tauchte vor ihren Augen auf.

Viktors Gesicht.

Sie hatte mit ihrem besten Freund kein klärendes Gespräch geführt. Sie hatte sich nicht bei ihm entschuldigt, dass sie ihn angelogen hatte.

Dachten die Leute an so etwas kurz vor ihrem Tod? An Dinge, die ihnen ein schlechtes Gewissen machten?

Alexanders Griff um ihren Hals wurde fester, gleichzeitig spürte sie etwas schwelen, das sich in der Mischung aus Panik und Resignation seinen Weg bahnte.

Wut.

Eine glühende, explosive Wut.

Was tat er mit ihr? Sie konnte doch jetzt nicht aufgeben!

Er durfte, verdammt nochmal, nicht damit durchkommen.

Ihre Arme waren schlaff, unbrauchbar. Sie hatte keine Ahnung, ob noch Kraft in ihnen war, doch als ihr Gesicht sich anfühlte, als würde es platzen, hob sie einen Arm.

Und boxte ihm, so fest sie konnte, zwischen die Beine.

Alexanders Griff um ihren Hals lockerte sich, und mit einem Heulen warf er sich zurück auf das Sofa.

Agnes kam hustend auf die Beine und taumelte auf die Haustür zu.

Ihr Hals brannte höllisch, und ihre Glieder waren wie Gelee. Sie hatte einen metallischen Geschmack im Mund und Schmerzen in der Brust.

Aber sie konnte es schaffen.

Sie würde wie Jesus von den Toten auferstehen.

Sie würde hier rauskommen!

In dem Moment, in dem sie nach der Klinke griff, spürte sie einen Griff um ihren Fuß.

Im nächsten Augenblick verschwand der Boden unter ihr.

Sie stürzte und landete auf dem Bauch.

Schlug mit dem Kopf gegen die Tür.

Dann wurde alles schwarz.

Sie erwachte mit hämmernden Kopfschmerzen und zu den Klängen eines … Saxophons?

Zunächst glaubte sie, es sei ein Radio oder eine Stereoanlage, die laut aufgedreht war. Dann erkannte sie den Geruch, den sie immer geliebt, den sie gejagt, der sie angezogen hatte.

Jetzt verursachte er ihr Übelkeit.

Alexander saß mehrere Meter entfernt auf einem Stuhl, die Beine unter sich gezogen. Er hörte auf zu spielen und ließ das Instrument in seinem Schoß ruhen.

Mein Gott, was war mit ihm passiert? Seine Augen sahen völlig anders aus. Als wäre er psychotisch. Sie erkannte ihn kaum wieder.

Agnes stellte fest, dass sie noch immer auf dem Boden bei der Tür lag.

Ihr ganzer Körper schmerzte.

Alexander starrte sie an.

»Louis Armstrong pflegte zu sagen: *Never play anything the same way twice*«, sagte er. »Doch so, wie sich alles entwickelt hat, bin ich gezwungen, das zu tun. Entschuldigung. Für alles.«

Sie sah, dass eine kleine, durchsichtige Plastiktüte mit einer winzigen Menge an weißem Pulver neben dem Saxophon lag.

Agnes erstarrte.

Instinktiv versuchte sie aufzustehen, konnte die Beine aber nicht bewegen.

Erst jetzt begriff sie, was Alexander getan hatte.

Er hatte ihre Füße zusammengebunden, als wäre sie ein Tier, das geschlachtet werden sollte.

Game over.

Das Einzige, das ihr jetzt zu tun blieb, war reden.

Auf Zeit spielen. Überzeugen.

Betteln.

»Bist du sicher, dass du das willst, Alexander?«, fragte sie schwach. »Bist du sicher, dass du das zerstören willst, was wir haben?«

»Wir haben nichts«, sagte er. »Du wirst mich ins Gefängnis bringen.«

»So habe ich das nicht gemeint. Ich muss nichts sagen. Alexander, ich verspreche es! Wir können weitermachen wie bisher, ich werde deine Geheimnisse hüten.«

Er lächelte traurig.

»Danke, dass du es versucht hast. Aber das ist die beste Lösung.«

»Du wirst damit nicht durchkommen«, platzte es aus ihr heraus, doch ihr harter Ton schien keine Wirkung zu haben.

»Doch, das werde ich. Hier ist mehr als genug Pulver für uns beide. Ich werde als ein weiteres Opfer des Täters in Erinnerung bleiben. Genau wie du. So bleibt mein guter Ruf erhalten. Mama kann weiterhin stolz auf mich sein. So viel anderes, für das es zu leben lohnt, habe ich ohnehin nicht mehr.«

»Das hast du wohl!«, rief Agnes. »Du hast drei Kinder, die ihren Vater brauchen! Du hast ein Festival, das einen Leiter braucht. Und du hast ... mich. *Ich* brauche dich!«

Er sah sie an, als wollte er prüfen, ob das, was sie sagte, wirklich stimmte.

Sie durfte die Maske jetzt nicht fallen lassen.

»Sollen wir das hier nicht vergessen und es uns lieber ... etwas gemütlich machen?« Sie hörte, wie zittrig ihre Stimme klang, und versuchte, ihre Angst zu verbergen, indem sie die Hand den Körper hinunterwandern ließ. »Es hört sich vielleicht seltsam an, aber ich muss zugeben, dass mich das Ganze ein bisschen geil macht.«

Er saß eine Weile abwartend da, als wollte er prüfen, ob sie meinte, was sie sagte. Dann steckte er die Hand in die Hose.

Verdammt, funktionierte es?

Was für ein kranker Teufel.

Zwei Sekunden nährte Agnes eine kleine Hoffnung. Dann zog Alexander die Hand wieder heraus.

»Nice try«, sagte er und öffnete die Tüte mit dem Pulver.

Er kam zu ihr.

Er, mit dem sie eine Vergangenheit hatte, er, mit dem sie eine gemeinsame Zukunft gesehen hatte.

Er löste das Seil um ihre Füße nicht.

Er hockte sich neben sie und schwenkte die Mordwaffe vor ihren Augen.

Agnes spürte einen neuen Schmerz hinter den Lidern. Fieberhaft versuchte sie, die Tränen wegzublinzeln, musste jedoch aufgeben. Die erste Träne lief ihr die Wange hinunter.

Da klopfte es an der Tür.

Sie holte instinktiv Luft, um nach Hilfe zu rufen, schaffte es jedoch nicht, bevor Alexander sich auf sie warf und ihr die Hand auf den Mund legte.

»Jetzt hältst du, verdammt nochmal, die Klappe«, sagte er.

Als hätte sie eine andere Möglichkeit.

Es gab nur eines, das sie tun konnte.

Sie machte den Mund auf, so weit es ging, und biss ihn in den Finger.

»Verdammt!«, schrie er, nahm die Hand aber nicht weg, sondern drückte Agnes' Kopf noch fester auf den Boden.

Es klopfte noch einmal, lauter jetzt. Die Klingel ertönte mehrmals.

»Hallo?«, rief eine Stimme.

Viktors Stimme.

Viktor war hier!

Agnes war so froh, dass ihr die Augen überliefen. Einen Moment vergaß sie, dass Alexander sie noch immer festhielt.

»Ist jemand da drinnen?«, rief ihr bester Freund.

Sie versuchte, unter der Hand zu schreien, doch die Luft reichte nicht aus, es kam nur ein kleines Wimmern, ein erbärmliches Piepsen heraus. Je mehr sie wimmerte, desto fester drückte er zu.

Nach einer Weile wurde es draußen still.

Kein Klopfen mehr.

Kein Viktor mehr.

Alexander wartete noch ein paar lange Minuten, bevor er mit einer Hand den Zippverschluss der Plastiktüte aufzog.

»Ich glaube, wir sollten es hinter uns bringen«, sagte er.

Der arme Viktor. Er würde für den Rest seines Lebens ein schlechtes Gewissen haben, dass er so nahe dran gewesen war, sie aber trotzdem nicht hatte retten können.

Jetzt war quasi alle Hoffnung erloschen.

Das Einzige, was noch da war, war der Wunsch, dass es nicht wehtat. Dass sie schnell das Bewusstsein verlor.

Dass es noch schneller ging als bei Marta.

Sie hätte gewünscht, er hätte es getan, während sie geschlafen hatte, wie bei Lauritz Fadnes.

Alexander studierte den Inhalt der Tüte.

Und ließ sie wegen eines plötzlichen ohrenbetäubenden Lärms fast fallen.

Die Tür!

Jemand hatte sie eingeschlagen.

Gleichzeitig mit der frischen, kalten Luft, die in den Raum strömte, tauchten drei Männer auf. Ganz vorn stand Viktor. Hinter ihm ein weiterer uniformierter Polizeibeamter. Und hinter ihm Tor Erik Åkervold.

Viktor richtete eine Pistole auf Alexander.

»Ganz ruhig, Kosanovic.«

Alexander hob die Arme über den Kopf.

Er sagte nichts.

Doch mit einer blitzschnellen Bewegung führte er die Tüte mit dem Pulver zum Mund.

Die große Menge an Karfentanyl musste die Wirkung beschleunigt haben.

Er fiel auf der Stelle um. Lag ganz ruhig am Boden. Gigantische Wellen aus Schock, Angst und Dankbarkeit überspülten Agnes, und die Reaktion kam sofort, sie schrie gellend.

Viktor eilte zu ihr und setzte sich auf den Boden.

Vorsichtig löste er das Seil um ihre Füße. Sie klammerte sich an ihn.

»Entschuldigung!«, rief sie weinend. »Entschuldigung! Entschuldigung!«

»Ich bin derjenige, der sich entschuldigen muss«, sagte Viktor ruhig, und Agnes spürte, wie schnell sein Herz unter der Uniform schlug. »Åkervold hat mich angerufen und gesagt, dass er befürchtet, dass du in Evanger in etwas Gefährliches hineingeraten bist. Der verdammte Don Juan hat dir das Leben gerettet, nicht ich. Ich hätte Kosanovic niemals wieder gehen lassen dürfen, ohne zu wissen, wo du bist. Entschuldige!«

In Viktors Armen beruhigte sie sich ein wenig.

»Es ist nicht dein Job, auf mich aufzupassen, Viktor.«

Er sah sie an und hielt ihren Blick fest.

»Doch«, sagte er und strich ihr auf eine Weise über das

Haar, wie er das noch nie getan hatte. »Doch, ich glaube, vielleicht ist es das.«

Agnes hatte eine dicke Wolldecke um die Schultern, zitterte aber wie Espenlaub.

Wie aus weiter Ferne hörte sie Ingeborg fragen, ob sie etwas Warmes zu trinken wolle. Sie schüttelte den Kopf.

Als sie wahrnahm, dass die Freundin eine halb volle Flasche mit goldbraunem Inhalt hochhielt, riss Agnes sie an sich und trank. Der Whisky brannte in der Kehle, half aber nicht wirklich, ihr Körper zitterte immer noch unkontrolliert.

Wie viel Zeit war vergangen?

Sie war zuerst für eine gründliche Untersuchung in die Notfallambulanz im Krankenhaus gebracht worden, aber da weder eine Gehirnerschütterung noch etwas anderes festgestellt worden war, hatte man sie zur Polizeiwache gefahren, wo Kristina Bachmann und ein anderer Polizist warteten.

Dort hatten sie mehrere Stunden verbracht.

Agnes hatte alles erzählt.

Danach hatte einer der anderen Polizisten sie nach Hause begleitet.

Ingeborg war bereits im Russarvegen gewesen und hatte auf sie gewartet. Viktor musste sie angerufen haben.

Jetzt saß sie schweigend und geduldig auf dem Sofa und sah zu, wie Agnes die Flasche mit Fredriks altem, teurem Whisky immer wieder zum Mund führte.

Agnes spürte, wie der Branntwein ihrer wunden Kehle

guttat oder zumindest die Schmerzen betäubte, aber etwas in ihr tat trotzdem sehr weh.

Als die Flasche leer war, ließ sie den Kopf auf den Schoß ihrer Freundin sinken und schlief ein.

OSTERMONTAG

»Also, nur damit ich das richtig verstanden habe«, sagte Ingeborg, nachdem sie den Frühstückstisch gedeckt und frisch aufgebrühten Kaffee eingegossen hatte. Agnes war in ihrem eigenen Bett aufgewacht, ohne sich zu erinnern, dass sie vom Sofa ins Schlafzimmer umgezogen war. »Marta Tverberg hat das Geld eingetrieben, das Alfred und Alexander ihr schuldeten, indem sie Lauritz Fadnes von den beiden hat umbringen lassen? Um wie viel Geld ging es da eigentlich?«

Agnes seufzte. Nach dem gestrigen Tag war ihr Kopf schwer wie eine Bowlingkugel, doch zumindest hatte sie aufgehört zu zittern.

»Was Alexander angeht, jedenfalls um Millionen«, sagte sie. »Genug, dass die Leute, denen er Geld schuldete, gedroht hatten, seine Kinder umzubringen. Und die Götter mögen wissen, wie viel Alfred Marta dafür schuldete, dass er so lange umsonst in ihrer Luxuswohnung gewohnt hat. Doch genauso sehr wie um das Geld, das sie ihr schuldeten, ging es wohl auch um die Macht, die Marta über die beiden erlangt hatte.«

Agnes fühlte sich bereits etwas besser; es tat gut zu reden.

»Marta hat schon dafür gesorgt, sie kleinzuhalten, indem sie sie immer wieder daran erinnerte, dass sie noch Geld von ihnen bekommt. Ich schätze, sie hat gewusst, dass Alfred dealte. Und angesichts der Tatsache, dass Marta Didrik indirekt wegen häuslicher Gewalt ins Gefängnis gebracht hatte, war ihm klar, dass sie auch seine Geheimnisse jederzeit auffliegen lassen konnte. Schließlich konnte sie Alfred ebenso wie Alexander erpressen, ohne dass die beiden etwas voneinander ahnten. Sie hatte das wohl so geplant, dass einer das tödliche Pulver besorgte und der andere den Mord ausführte. Druck ist bestimmt sehr viel schlechter auszuhalten, wenn man glaubt, allein zu sein.«

»Und was war Lucy Fagnastøls Rolle bei dem Ganzen?«, fragte Ingeborg. »Da ging es doch wohl auch um das Eintreiben einer Schuld?«

»Allerdings. Dass Marta die Verantwortung für Lucys Dummheit während ihres Studiums übernommen hat, die sie ihre Karriere als Juristin hätte kosten können, hat Marta Lucy nie vergessen lassen. Ebenso wenig wie die Tatsache, dass Marta wusste, dass Lucy ihr Staatsexamenszeugnis gefälscht hat.«

»Hä! Du machst Witze.«

»Nein. Aber erzähl das deiner Mutter, vielleicht fühlt sie sich dann etwas besser mit ihrem Job. Lucy konnte eigentlich nur zustimmen, als Marta wollte, dass Guneriussen die Auftragskomposition entzogen wird.«

Ingeborg schüttelte den Kopf.

»Und das alles hat Marta Tverberg getan, um ihr Leben selbst zu beenden, so, wie sie das wollte? Das ist total krank!«

Ja, das war total krank.

Marta Tverbergs Motiv, sich an einem öffentlichen Ort umzubringen, war das Einzige, was in diesem seltsamen Fall immer noch hakte und das Agnes immer noch nicht verstand.

»Wohl nicht nur deswegen«, sagte Agnes. »Ich schätze, ihr Hass auf Lauritz Fadnes – einen mächtigen Mann, den eigentlich niemand genug mochte, um seinen Tod überprüfen zu lassen – hatte sich über viele, viele Jahre hinweg aufgebaut. Und ja, es war wohl Teil dieses skurrilen Plans, ein letztes Werk zu komponieren: den Abschluss ihres eigenen Lebens. Was ja schließlich auch so funktionierte, wie Marta das geplant hat, nehme ich an. Abgesehen davon, dass ein unschuldiger Mann sterben musste.«

»Mein Gott, ja, das hätte ich fast vergessen. Der arme Tobias.«

»Alfred muss begriffen haben, dass er indirekt seinen eigenen Ehemann getötet hat, da er Marta das Elefantendope besorgt hat. Für ihn ist in der letzten Woche vermutlich ziemlich viel in die Brüche gegangen. Dass er die Drogen einfach so zu Hause herumliegen ließ … Vermutlich hat er seinen großen Bruder zusammengeschlagen, weil Didrik wollte, dass er sich wegen des Rauschgifts der Polizei stellt. Obwohl ihre Eltern, die mit Sicherheit auch davon wussten, alles zu vertuschen versucht haben«, fuhr Agnes fort und trank ihren Kaffee aus. »Verdammt, ich kann schon verstehen, dass es verlockend ist, diese Welt zu verlassen, wenn man so eine Diagnose bekommt.«

»Hast du eigentlich herausgefunden, wer dir den Umschlag in den Briefkasten gesteckt hat? Und mit wem Marta während der Aufnahme spricht?«, fragte Ingeborg.

»Nein, aber ich schätze, das war Alexander, in beiden Fällen. Ich glaube, dass er die Aufnahme selbst gemacht hat, um etwas gegen Marta in der Hand zu haben, falls es nötig werden sollte. Als er mitbekommen hat, dass ich eine True-Crime-Story schreibe, hat er wohl versucht, den Informationsfluss zu steuern und zu kontrollieren, was ich erfahre und was nicht.«

Vielleicht war er ihr auch gefolgt, dachte Agnes plötzlich. Schließlich hatte sie weder als sie in der Hütte noch als sie in der Praxis ihrer Tante war, gewusst, wo er sich aufhielt und was er trieb.

Bei dem Gedanken, dass Alexander ihr nachspioniert haben könnte, begannen ihre Hände erneut zu zittern.

»Shit, er hat ein riskantes Spiel gespielt«, sagte Ingeborg. »Stell dir mal vor, du hättest seine Stimme erkannt?«

Agnes zupfte an einer gelben Papierserviette herum.

»Für ein riskantes Spiel hat er schließlich gelebt.«

Dafür und um die Fassade aufrechtzuerhalten, dachte sie. Er hatte versucht, der gesellschaftlichen Erwartung eines vorbildlichen Migranten zu entsprechen.

Das konnte Agnes einfach nicht verstehen, und am liebsten hätte sie wieder geweint.

»Aber was passiert jetzt?«, fragte Ingeborg. »Mit dem Buch, meine ich.«

»Hauki hat eine Aufnahme von Marta gefunden, auf der sie ihre Wünsche zum letzten Kapitel erläutert«, sagte Agnes. »Ich soll enthüllen, dass sie den großen Schluss selbst inszeniert hat. Aber ich habe mein gesamtes Material abgegeben.«

»An den Verlag?«

Agnes schüttelte den Kopf.

»An Kristina Bachmann von der Kripo. Für den Fall, dass sich etwas darin findet, das die Polizei für ihre Ermittlungen brauchen kann. Anschließend habe ich die Mappe mit den Interview-Aufzeichnungen in den Word-Papierkorb verschoben und auf *Löschen* gedrückt.«

»Ernsthaft?«

»Ernsthaft. Es mag zwar sein, dass Marta all diese schwachen Menschen für ihren Plan gewinnen konnte. Aber ich weigere mich, diesen Plan für sie zu vollenden.«

»Agnes Tveit, hin und wieder imponierst du mir gewaltig.« Ingeborg legte Agnes den Arm um die Schultern. »Aber wie fühlst du dich?«

»Ganz okay.« Agnes merkte sofort, dass die Worte nach Lüge klangen, und Ingeborg reagierte auf ihre eigene Weise: Sie schwieg. »Okay, mir geht es grauenhaft. Es fühlt sich an, als wären mein Herz und meine Würde – und der ganze Rest – zerfetzt und im Klo runtergespült worden. Zufrieden?«

Die Freundin streichelte ihr über den Rücken.

»Ich bin nicht zufrieden, dass es dir so geht, nein. Aber alles wird gut. Wir erklären das einfach zum schrecklichsten Liebeskummer aller Zeiten. Mit einem eindeutigen Lichtblick: Du hast keine Kinder mit Alexander, so dass es dir erspart bleibt, ihnen den Rest deines Lebens erklären zu müssen, warum alles so gelaufen ist. Wie Olivia Kosanovic das tun muss. Und Viktor, was das angeht.«

»Hä, was hat denn Viktor damit zu tun?«

Ingeborg runzelte die Stirn.

»Du weißt doch, dass Gro ihn verlassen hat?«

Agnes starrte sie nur an.

»Nun ja, sie war in der letzten Zeit total durcheinander, und als sie mit Malin in die Osterferien gefahren ist, ist sie in Wirklichkeit wohl ausgezogen. Sie hat gesagt, dass es an der Zeit ist, raus in die Welt zu kommen, auch für sie. Viktor hat es mir erzählt, als er gestern angerufen hat. Und ausgerechnet dir hat er noch nichts davon gesagt? Er spricht doch sonst über alles mit dir?«

Agnes dachte an das Osterfrühstück, mit dem er vorbeigekommen war. Wie enttäuscht er gewesen war, als er von ihr und Alexander erfahren hatte. Daran, was er in Evanger gesagt hatte.

Sie schüttelte den Kopf.

»Wir haben es in den letzten Tagen nicht geschafft, richtig miteinander zu reden«, sagte sie leise.

»Okay, aber jetzt kennst du zumindest den Grund, warum er ein bisschen seltsam war. Dann sind wir also wieder drei Single-Idioten im Ort. Ein Skål auf uns!«, sagte Ingeborg.

Sie hielt die Tasse mit dem Bild von Frank Zappa und dem Zitat *Jazz is not dead, it just smells funny* hoch.

»Unser Hippiekollektiv wird immer aktueller, ist dir das klar? Wir drei und Tor Erik Åkervold.«

Agnes sah sie argwöhnisch an.

»Okay, *too soon*«, sagte die Freundin.

Ingeborg war gerade gegangen, als es klingelte.

Agnes zuckte auf ihrem Stuhl zusammen. Sie lief in die Diele und sah durch das kleine Fenster neben der Tür.

Ihre Tante stand draußen, breitbeinig und mit verschränkten Armen.

Im selben Moment begriff Agnes.

Sie hatte vergessen, die rauchende Eule zurückzulegen. Tante Eline musste entdeckt haben, dass die Praxisschlüssel fehlten.

Ihr erster Gedanke war, so zu tun, als sei sie nicht da, doch sie konnte die tonlose Stimme von draußen hören.

»Ich habe dich gesehen, Agnes«, sagte Eline. »Warum gehst du nicht ans Telefon? Mach auf. Ich hätte gern meine Schlüssel zurück.«

Verdammt.

Agnes öffnete langsam die Tür, während ihre Gedanken rasten: Sollte sie eine Geschichte erfinden oder einfach leugnen, dass sie die Schlüssel hatte?

Als ihre Tante in die Diele trat, schaffte sie weder das eine noch das andere.

Zum zweiten Mal in den letzten vierundzwanzig Stunden brach sie völlig zusammen.

Die Tränen flossen in Strömen.

»Entschuldige, dass ich sie genommen habe«, schluchzte sie. »Ich habe keine andere Möglichkeit gesehen herauszufinden, was mit Marta los war. Ich habe die anderen Krankenakten nicht angerührt, das schwöre ich, aber du kannst mich ruhig anzeigen, ich verdiene es, ins Gefängnis zu kommen. Entschuldigung!«

Plötzlich fiel ihr auf, dass ihre Tante ganz ruhig dastand und sie mit hochgezogenen Augenbrauen ansah.

»Also, ich bin gekommen, um die Schlüssel für meine Wohnung zu holen. Aber jetzt denke ich, dass wir uns aufs Sofa setzen sollten, dann kannst du mir erzählen, was du getan hast.«

Agnes kam sich wie ein kleines Kind vor, doch als sie erst einmal zu reden begonnen hatte, konnte sie nicht mehr aufhören, die Worte strömten nur so aus ihr heraus. Sie erzählte ihrer Tante, mit der sie eigentlich nicht so vertraut war, alles, was in den letzten Tagen passiert war, einschließlich ihres Verdachts, dass Marta krank gewesen war und dass sie gedacht hatte, dass das etwas mit der Aufklärung des Falls zu tun haben könnte. Ihre Tante saß schweigend da und hörte geduldig zu, bis Agnes berichtete, dass Tverberg sich selbst umgebracht hatte.

Da runzelte sie die bereits runzlige Stirn noch mehr.

»Selbstmord war das auf keinen Fall«, sagte Eline entschieden.

»Doch, war es«, erwiderte Agnes.

Eline schüttelte den Kopf. Jetzt war die ärztliche Schweigepflicht offenbar nicht mehr so wichtig.

»Wovor Marta Tverberg am meisten Angst hatte ...«, begann sie.

»... war, Schwäche zu zeigen«, unterbrach Agnes ihre Tante und dachte an das, was Ragna gesagt hatte.

Eline sah sie seltsam an.

»Nein. Am meisten Angst hatte sie vor dem Tod«, sagte sie. »Sie hatte eine Höllenangst davor zu sterben. Wir haben viel darüber gesprochen. Sie hätte sich nie, niemals selbst umgebracht. Und sie hätte es auf keinen Fall auf diese Art und Weise getan. In dem letzten Gespräch, das ich mit Marta führte, hat sie gesagt, dass sie so lange gegen diese Teufelei kämpfen wird, solange Kraft in ihr steckt.«

Agnes war überrascht.

Plötzlich baute sich ein neues, hässliches Gefühl in ihrem Magen auf.

Im selben Moment fiel ihr etwas anderes ein, das sie in den letzten Tagen ganz vergessen hatte.

»Hat Marta dir gegenüber einmal erwähnt, dass sie plante, ihr Geld nicht an die Familie zu vererben?«, fragte Agnes.

Ihre Tante zögerte ein paar Sekunden.

Dann nickte sie.

»Das letzte Mal, als sie bei mir war, hatte sie einen Termin bei einem Anwalt gemacht, um ein ordentliches Testament aufzusetzen. Sie war etwas besorgt, was Hauki dazu sagen würde, dass sie einen so großen Teil ihres Vermögens der ALS-Forschung hinterlassen wollte. Aber *er* kommt sicher auf andere Art an Geld, hat sie dann trocken hinzugefügt.«

Agnes hatte das Gefühl, als würde ihr etwas Eiskaltes den Rücken hinunterlaufen.

»Wann war sie bei dir?«, fragte sie leise.

»Das ist erst ein paar Wochen her. Sie wollte sich direkt nach Ostern mit dem Anwalt treffen.«

Verdammt.

Hauki war »auf andere Art an Geld gekommen«. Agnes fiel der Abend ein, an dem sie vor der Wohnung von Alfred und Tobias auf Hauki gewartet hatte. Warum war er eigentlich so lange dort oben gewesen?

Agnes schickte ihre Tante nach Hause und erinnerte sich an jemanden, den anzurufen sie in dem ganzen Chaos vergessen hatte, doch jetzt hatte sie plötzlich das Gefühl, dass er wichtig sein könnte. Sie suchte die Nummer von Josefine Løken in Knarvik heraus und hielt den Atem an, bis die Mutter von Tobias sich meldete.

»Hei, mein Name ist Agnes Tveit, ich bin Journalistin in Voss«, sagte sie schnell, als hätte sie es plötzlich sehr eilig. »Ich hatte Sie schon früher anrufen und Ihnen mein herzliches Beileid zum Tod Ihres Sohnes aussprechen wollen.«

»Danke«, sagte Josefine Løken mit einer Stimme, die sich anhörte, als könnte sie jeden Moment in Tränen ausbrechen.

»Sie haben sich nahegestanden, nicht wahr?«, sagte Agnes.

»Ja«, schniefte Josefine am Telefon. »Er war immer ein Mamajunge.«

Agnes holte tief Luft. Sie musste jetzt behutsam vorgehen.

»Es muss Sie sehr stolz gemacht haben, dass Tobias Medizin studiert hat?«

Løken schwieg.

»Wer sind Sie noch mal, haben Sie gesagt?«, fragte sie.

Agnes erklärte, was sie arbeitete und dass sie versuchte, der Polizei bei der Aufklärung des Falls zu helfen. Josefine Løken schien das zu beruhigen. Sie machte den Eindruck, als hätte sie nur darauf gewartet, angerufen zu werden.

Konnte es sein, dass auch sie noch nicht mit der Polizei gesprochen hatte?

»Tobias hätte schon vor vielen Jahren mit dem Studium fertig sein sollen. In den ersten Jahren hat er richtig hart gearbeitet und Tag und Nacht gelernt. Aber das hat an ihm gezehrt, und da hat er angefangen, Pillen zu nehmen, um wach zu bleiben. Von da an ging es bergab. Er ist abhängig geworden. Ich weiß, dass viele versucht haben, ihn zum Aufhören zu bewegen, aber da war es schon zu spät.«

»Und es war wohl auch keine große Hilfe, dass er mit jemandem zusammenlebte, der gedealt hat?«

»Wie meinen Sie das?«, fragte Josefine Løken. »Alfred? Alfred hat so etwas nicht getan. Da bestand wohl eher die Gefahr, dass Tobias ihn in den Abgrund zog; es war mein Sohn, der sein Leben und seine Fähigkeiten weggeworfen und das Zeug verkauft hat. Eine Mutter weiß alles. Nein, der gute Alfred, er war das Beste, was Tobias passiert ist. Seine Familie hat immer versucht, die beiden aufs rechte Gleis zu bringen. Genau wie Marta Tverberg.«

Agnes zuckte zusammen, als sie den Namen hörte.

»Wusste sie auch von den Drogen?«

»Ja, sie hat Alfred und Tobias ja nahegestanden. Von ihr kommt der Spitzname Alias«, sagte Josefine Løken stolz. »Tobias hat oft gesagt, dass er glaubt, dass sie ein schlechtes Gewissen hat.«

»Weswegen?«

»Sagen Sie es mir«, sagte Josefine Løken. »So, wie ich das sehe, war sie nur gut zu den beiden.«

Als sie aufgelegt hatte, blieb Agnes am Küchentisch sitzen und starrte vor sich hin. Ihr whiskymariniertes Gehirn arbeitete auf Hochtouren an der Verarbeitung der Informationen und dem Herstellen neuer Verbindungen.

Dann wählte sie die Nummer von Didrik Rogne.

Es dauerte eine Weile, doch dann meldete er sich.

»War der eigentliche Grund, weshalb du Tobias nicht leiden konntest, der, dass er Alfred dazu animiert hat, mit Drogen anzufangen?«, fragte Agnes.

Didrik schnaubte.

»Ja«, sagte er, »ich habe Tobias dafür gehasst, dass er diesen Scheiß in unser Leben gebracht hat.«

Er hörte sich fast nüchtern an. Ein bisschen verkatert vielleicht, doch er nuschelte zumindest nicht. Und er sprach unaufgefordert weiter.

»Papa und ich haben oft darüber gesprochen, dass wir Tobias anzeigen, damit er mit dem Dealen aufhört. Wir wussten, dass es auf die eine oder andere Weise beide kaputt machen würde. Aber Mama hat uns immer wieder davon abgehalten«, sagte Didrik. »Sie meinte, das würde nur Schaden anrichten.«

Didrik hatte seinen Bruder beschützt. Alfred hatte seinen Mann beschützt. Lucy hatte wahrscheinlich sich selbst und ihre Geheimnisse beschützt.

Agnes holte tief Luft.

»Weißt du, wer den Stoff besorgt hat, den Tobias verkaufte?«, fragte sie.

Am Telefon wurde es still.

Lange.

Sie hörte Didrik tief ausatmen.

»Genau darüber haben Alfred und ich an dem Abend, an dem ich im Krankenhaus gelandet bin, gestritten«, sagte er mit einem kleinen, bitteren Lachen. »Ich wollte mit dem, was ich wusste, zur Polizei gehen, um zu verhindern, dass Alfred in Schwierigkeiten gerät. Aber er hatte Angst.«

»Wovor?«

»Vor den Konsequenzen. Und schau doch, wozu es geführt hat: Alfred sitzt im Gefängnis.«

Agnes hatte das Gefühl, dass es im Zimmer kälter geworden war.

»Konsequenzen?«, fragte sie irritiert.

Eine neue Pause.

»Das hast du nicht von mir«, sagte Didrik nach einer Weile. »Aber ein paar Monate, bevor er gestorben ist, hat Onkel Lauritz mir erzählt, dass er überlegt, mit einer Information, die er bekommen hat, zur Polizei zu gehen. Nämlich, dass fast der ganze Stoff in der Drogenszene von Voss auf denselben Wegen hierherkommt: versteckt in Lkws mit Baumaterialien aus Osteuropa.«

Didrik redete weiter, doch Agnes wusste bereits, was er sagen würde.

»Materialien, die von einer der respektabelsten Firmen des Ortes bestellt werden: von Thorsson Bygg AS.«

Agnes hielt das Steuer mit beiden Händen fest umklammert, als sie weit über der erlaubten Geschwindigkeit die E 16 entlangfuhr. Ihr Herz klopfte hektisch, ihr war übel und heiß. Sie musste sich beruhigen, ihren Körper unter Kontrolle bekommen, bevor sie in Een eintraf.

Das hier war potenziell lebensgefährlich, das wusste sie. Sie sollte sofort umkehren. Sie hatte gerade einen Mordversuch überlebt. Was für ein Idiot musste man also sein, noch einen Mörder zu konfrontieren?

Sie fuhr weiter.

Die Wut loderte wie eine wütende Flamme in ihr.

Sie war es so verdammt leid.

Vor Männern Angst zu haben.

Dass schwache Männer starke Frauen herumkommandierten.

Es war wohl nicht Marta gewesen, die ihre Schulden eingetrieben hatte, indem sie Alexander dazu gebracht hatte, Lauritz Fadnes zu ermorden. Hauki hatte das für sie erledigt.

Wahrscheinlich hatte Marta nicht die geringste Ahnung gehabt, was ihr Ehemann trieb.

Und dann hatte er die gleiche Substanz benutzt, um sie umzubringen.

Hauki hatte möglicherweise auch dafür gesorgt, dass Tobias im Vossasaal auf die Bühne hochgeschickt worden war, um Marta zu »retten«.

Auf jeden Fall hatte er versucht, es so aussehen zu lassen, als hätte Alfred Rogne den tödlichen Stoff für alle drei Morde besorgt.

Agnes zitterte am ganzen Körper, so wütend war sie.

Wie, um alles in der Welt, hatte sie sich so an der Nase herumführen lassen können?

Hauki sah immer noch aus wie ein gutmütiger Teddybär, wie er dort vor dem großen Haus Schneereste wegschaufelte.

Doch inzwischen wusste Agnes, dass er ein lebensgefährlicher Bär war.

Er richtete sich auf und winkte ihr zu, als sie abbremste. Sie versicherte sich, dass auf zwei der anderen Höfe Leute draußen vor dem Haus waren, bevor sie sich die Tasche über die Schulter warf und ausstieg.

Hauki sollte nicht noch ein Leben auf sein Gewissen laden.

»Agnes! Schön, dich zu sehen. Ich habe gehört, dass …«

»Das kannst du dir sparen«, unterbrach sie ihn.

»Was?«

Hauki runzelte die Stirn.

»Die falsche Fürsorge. Die du mir, Marta und anderen entgegengebracht hast.«

Hauki stand mit der Schneeschaufel in der Hand da. Agnes bereute erneut, dass sie allein hergekommen war. Sie hätte Viktor mitnehmen sollen.

Hauki änderte seinen Griff um das Werkzeug, das leicht zu einer Waffe werden konnte. Agnes blieb in sicherem Abstand mehrere Meter von ihm entfernt stehen, näher an ihrem Auto, mit offener Tür, um schnell wegfahren zu können.

»Wovon redest du?«, fragte er und lehnte endlich die Schaufel gegen die Wand. »Du sieht erschöpft aus. Willst du nicht reinkommen und dich aufwärmen?«

»Nein, aber ich möchte, dass du die Aufnahme holst, auf der Marta sagt, dass sie die Lösung für sich gefunden hat.«

Agnes sah ihn an. Sie konnte jetzt nicht mehr aufhören.

»Aber das kannst du nicht. Weil es sie nie gegeben hat. Genau wie es nie einen Selbstmord gegeben hat. Ich weiß, dass du mich angelogen hast. Ich weiß, dass du hinter dem Ganzen steckst.«

»Gratuliere«, brummte Hauki in seinen Bart. »Schade für dich, dass du etwas zu spät darauf gekommen bist. Du hast Kristina Bachmann von der Kripo ja schon im Detail erklärt, wie alles zusammenhängt. Sie ist äußerst dankbar für die Aufklärung, hat sie gesagt, als sie angerufen hat. Sie hat sich faktisch im Namen der Polizei entschuldigt, wie belastend das alles in einer so schwierigen Zeit für mich gewesen sein muss.«

Agnes wurde übel.

»Ich weiß, dass es zu spät ist«, sagte Agnes. »Ich frage mich nur, warum du es für nötig gehalten hast, sowohl Lauritz Fadnes als auch die Frau, mit der du vierzig Jahre verheiratet warst, umzubringen?«

Er schien leicht zusammenzuzucken, als er den Namen Lauritz Fadnes hörte.

»Ich habe Lauritz Fadnes nicht umgebracht.«

»Nein, ich weiß, das hat Alexander Kosanovic für dich erledigt. Aber du hast das Elefantendope besorgt.«

Hauki sah plötzlich stolz aus.

»Das passte einfach zu gut …« Er lächelte. »Lauritz wäre ohnehin bald abgetreten. Ich konnte es nicht riskieren, dass er mich bei der Polizei verpetzt. Er wusste zu viel über meinen … Nebenverdienst.«

»Und du hast den Stoff zusammen mit dem restlichen Rauschgift in Alfreds Wohnung deponiert? Um es so aussehen zu lassen, als hätte er ihn beschafft? Was hat Alfred dir eigentlich getan?«

»Er wusste auch zu viel. Durch Tobias. Es ist sicherer, ihn hinter Schloss und Riegel zu haben«, sagte Hauki zufrieden. Es schien ihm richtiggehend Spaß zu machen, endlich darüber reden zu können.

»Der Plan war also immer, das Drogengeschäft zu vertuschen und nicht, Lauritz Fadnes aus dem Weg zu räumen, um Marta in das Vossa Jazz-Programm reinzubekommen?«

Wieder lachte Hauki in sich hinein.

»Nein, das wäre wohl etwas zu viel des Guten gewesen. All das war eigentlich nur ein Bonus. Sobald Lauritz tot war, hat Marta selbst an ein paar Fäden gezogen, um endlich die Möglichkeit zu bekommen, diese Auftragskomposition zu komponieren, von der sie derartig besessen war. Sie hat wohl gewusst, dass das ihre letzte Möglichkeit war. Lucy schuldete ihr, wie du weißt, eine ganze Menge, genau wie Alexander Kosanovic. Er hatte jegliche Selbstachtung verloren, der Arme, und er konnte nicht nein sagen, als er gedacht hat, dass ich in Martas Auftrag handele.«

Agnes hatte das Gefühl, sich übergeben zu müssen, konzentrierte sich aber auf Hauki, der sich über den Bart strich und den Blick über den Melsvatnet schweifen ließ.

»Ich selbst hatte keine konkreten Pläne, sie umzubringen, bevor sie den Termin bei ihrem Anwalt gemacht hat. Da wurde es plötzlich ein bisschen eilig.«

Er sah Agnes an, einen bitteren Zug um den Mund.

»In all den Jahren«, stieß er zwischen zusammengebissenen Zähnen aus, »habe ich hier in Voss gesessen, während sie um die Welt gereist ist. Umjubelt wurde. Sich im Rampenlicht gesonnt hat. Alles, was ich getan habe, hat sich nach ihren Plänen gerichtet. Ich habe für sie mein ganzes Leben in Island zurückgelassen! Ich habe die Kindheit meiner Tochter verpasst! Und jetzt sollte ich meine guten Jahre als Rentner damit verbringen, sie im Rollstuhl herumzufahren? Und nicht einmal dafür bezahlt werden? Verdammt, was bildete sie sich eigentlich ein? So sehr habe ich sie nicht geliebt.«

Agnes tat es für Marta weh, das zu hören. Sie war sich ziemlich sicher, dass Marta sich im umgekehrten Fall um ihn gekümmert hätte.

»Hör zu. Meine Frau wollte mit ihrer kleinen Rede dem Publikum einen Schrecken einjagen. Den hätten die Leute nach ein paar Tagen vergessen. Ich habe dafür gesorgt, dass sie für alle Zeit dafür in Erinnerung bleibt, dass sie selbst die Regie übernommen und nicht zugesehen hat, wie sie dahinsiecht.«

»Weiß Ragna, dass du sie umgebracht hast?«

Hauki lächelte.

»Es war ihre Idee, Didrik mit ins Boot zu holen. Wir waren uns sicher, dass er zum Hauptverdächtigen werden würde. Der Gauner hatte das beste Motiv, nachdem Marta ihn ins Gefängnis gebracht hatte. Ragna ist ein kluges Mädchen. Sie hat es verdient, dass ich ihr den Rest meines Lebens widme.«

»Aber sie riskiert auch, eingesperrt zu werden, wenn irgendwann die Wahrheit herauskommt?«

Jetzt legte Hauki den Kopf schief und sah sie an, als wäre sie ein Kind.

»Der Fall ist abgeschlossen, meine Liebe. Die Kripo-Frau ist auf dem Weg nach Hause, die Polizei hat ihre Aufklärung bekommen, alle sind zufrieden. Und der Rest von Martas Erbe geht in Ragnas musikalische Zukunft statt an irgendwelche ALS-Forscher, die das Geld für nichts vertun«, sagte Hauki.

Er begann zu lachen, dass sein massiger Körper vibrierte.

Agnes spürte seinen Blick im Rücken, als sie sich umdrehte und zu ihrem Auto ging. Sie ließ den Motor an und fuhr den Berg hinunter, weg von dem großen weißen Haus in Een. Ihr Herz klopfte noch immer heftig.

Kurz bevor sie auf die E 16 abbiegen musste, fuhr sie an den Straßenrand und stellte den Motor aus.

Sie warf einen schnellen Blick in den Rückspiegel, bevor sie die Hand in die Tasche steckte und eines der kleinen Olympus-Aufnahmegeräte herausholte. Sicherheitshalber hatte sie mehrere mitgenommen.

»Das ist für dich, Marta«, sagte Agnes und drückte auf Stopp.

ELF MONATE FRÜHER

So, dann wollen wir mal sehen, ob dieses Aufnahmegerät funktioniert.

Hauki hatte darauf bestanden, dass wir uns dieses Programm heute Abend ansahen. Er hatte damit gewartet, bis ich von der Tournee zurück war. Es ist wichtig, hatte er gesagt, so viele Informationen wie möglich über die Krankheit zu bekommen. Ich habe gesagt, dass ich die nicht brauche, dass ich mehr als genug mitbekommen habe, als Mama krank war. Aber er hat darauf bestanden.

Es war so abscheulich anzusehen. Ich musste mehrmals den Kopf abwenden. Ich habe ihn gefragt, ob er nicht bitte ausschalten kann. Aber er hat weiter auf den Bildschirm gestarrt, als wäre er von dem, was sich dort abspielte, völlig hypnotisiert.

Der Mann in dem Dokumentarfilm war Hobbymusiker gewesen. Ein Jahr, nachdem er die Diagnose bekommen hatte, konnte er seine Hände weder zum Gitarrespielen noch zu irgendetwas anderem mehr gebrauchen. Bald konnte er nicht mehr laufen. Zum Schluss musste eine Maschine ihm beim Atmen helfen.

Der Gedanke, dass es mir auch so gehen würde, war fast

nicht auszuhalten. Dass ich rund um die Uhr von der Hilfe anderer abhängig sein sollte, verursachte mir Schwindelgefühle. Ich sagte nichts zu Hauki, sah weiter zu, wie der Mann im Fernsehen ohne eine einzige noch funktionierende Körperfunktion starb. Mit seinem Kopf war alles in Ordnung. Das war fast das Schlimmste. Zu sehen, dass er sich seiner Situation bis zuletzt bewusst war, dass er total gefangen war, eingeschlossen in seinem zerstörten Körper. Nein, es war so furchtbar, dass ich es nicht geschafft habe, einen Bezug zu meiner Situation herzustellen.

Nicht, bis Hauki in Richtung des Bildschirms nickte und fragte: »Willst du das wirklich?«

»Wie meinst du das, es ist doch wohl, verdammt nochmal, klar, dass ich das *nicht will*!«, sagte ich.

Ich war verärgert und verletzt, doch als ich mich umdrehte und ihn ansah, den zuverlässigen, mich in all diesen Jahren immer unterstützenden Ehemann, war er kaum wiederzuerkennen.

»Aber du glaubst, dass du das schaffst? Die neue Botschafterin für ALS zu werden?«, sagte er. »Marta Tverberg, die als die weltbekannte Saxophonistin in Erinnerung bleiben wird, zuletzt allerdings ihr Instrument nicht mehr spielen konnte?«

Ich begann zu weinen. Zuerst sah er überrascht aus. Ich weiß nicht, ob er mich schon einmal hatte weinen sehen.

»Es ist schließlich nicht so, als hätte ich eine Alternative!«, rief ich.

Er starrte emotionslos in die Luft.

»Beruhig dich«, sagte er. »Es findet sich immer eine Lösung.«

PERSONENREGISTER

Agnes Tveit - Journalistin, 38 Jahre, stammt aus Voss, schreibt an einer Biographie über die Jazz-Saxophonistin Marta Tverberg

Fredrik Johannes Dahl, ihr Ex-Mann, Chirurg, ist wieder nach Oslo zurückgekehrt

Dr. Eline Tveit, Tante von Agnes, Ärztin

Viktor Vormedal, Polizist und langjähriger Freund von Agnes, ihre Infoquelle bei der Polizei
Gro Skutle, Viktors Ehefrau und Erbin eines großen Möbelhauses,
Henrik Vormedal, Viktors Vater, Arzt, galt lange Jahre als vermisst

Alexander Kosanovic, Leiter des Vossa Jazz-Festivals, Musiker, Fußballtrainer, verheiratet, drei Kinder, Agnes' erste große Liebe
Eskildsen, Chefredakteur der lokalen Zeitung
Tor Erik Åkervold, Journalist, ehemaliger Kollege von Agnes in Oslo
Sigmund Storedal - der Leiter der örtlichen Polizeistation
Ingeborg, die einzige Freundin von Agnes, alleinerziehende Mutter mit weitverzweigter Familie

Marta Tverberg, weltbekannte Jazz-Saxofonistin, lebt in Voss
Hauke Tverberg, ihr Ehemann
Alfred & Didrik, Martas Band auf der Bühne